本书获陕西理工大学人才引进科研启动项目（项目编号：SLGRCQD2034）资助

结构·解构·建构
乔纳森·卡勒文学理论研究

Structure, Deconstruction, and Construction
A Study of Jonathan Culler's Literary Theory

孙宁 著

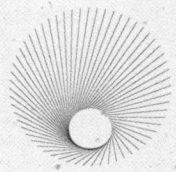

中国社会科学出版社

图书在版编目（CIP）数据

结构·解构·建构：乔纳森·卡勒文学理论研究 /
孙宁著. -- 北京：中国社会科学出版社，2024. 8.
ISBN 978-7-5227-4009-6

Ⅰ. I712.065

中国国家版本馆 CIP 数据核字第 2024WS7243 号

出 版 人	赵剑英
责任编辑	金　燕　石志杭
责任校对	李　莉
责任印制	李寡寡

出　版	中国社会科学出版社
社　址	北京鼓楼西大街甲 158 号
邮　编	100720
网　址	http：//www.csspw.cn
发 行 部	010-84083685
门 市 部	010-84029450
经　销	新华书店及其他书店
印　刷	北京明恒达印务有限公司
装　订	廊坊市广阳区广增装订厂
版　次	2024 年 8 月第 1 版
印　次	2024 年 8 月第 1 次印刷
开　本	710×1000　1/16
印　张	16
插　页	2
字　数	251 千字
定　价	89.00 元

凡购买中国社会科学出版社图书，如有质量问题请与本社营销中心联系调换
电话：010-84083683
版权所有　侵权必究

目 录

绪 论 ……………………………………………………………（1）
    第一节　乔纳森·卡勒及其文论思想概述 ……………………（1）
    第二节　乔纳森·卡勒研究现状分析 …………………………（12）
    第三节　选题的研究方法和研究意义 …………………………（19）

第一章　结构主义时期的诗学建构 ……………………………（24）
    第一节　语言学理论与符号学反思 ……………………………（25）
    第二节　文本阐释与结构语言学的分析路径 …………………（41）
    第三节　从文本阐释到诗学建构 ………………………………（62）

第二章　解构主义时期的学术之思 ……………………………（97）
    第一节　文学话语理论 …………………………………………（97）
    第二节　文本理论与解构式阅读 ………………………………（111）
    第三节　解构式阅读的主要方法 ………………………………（139）

第三章　理论时代的文学性追寻 ………………………………（153）
    第一节　文学理论诸问题 ………………………………………（154）
    第二节　文学理论与文学性 ……………………………………（180）
    第三节　文化研究与文学性 ……………………………………（189）

第四章　后理论时代的文学研究 …………………………（205）
　第一节　后理论时代及卡勒的应对 ……………………（205）
　第二节　比较文学的危机与未来 ………………………（214）
　第三节　抒情诗理论的建构 ……………………………（220）

结　语 ……………………………………………………（228）

参考文献 …………………………………………………（242）

后　记 ……………………………………………………（253）

绪　　论

以《结构主义诗学》《论解构：结构主义之后的理论与批评》和《文学理论入门》被中国读者熟知的美国理论家乔纳森·卡勒，其学术思想丰富，研究方法独特。在中国学者眼中，卡勒被冠以多重身份：语言学家、符号学家、结构主义者、解构主义者、读者反应批评家、文化研究者等，这些多重身份从侧面反映出卡勒文学理论的丰富性和研究视角的多维性。但也有学者认为，卡勒只是结构主义在美国的译介者，解构主义在美国的阐释者，他的理论缺乏原创性，是零碎的，缺乏系统性的，的确，卡勒自己也曾说过，"美国人从来就没有建立宏大理论的习惯，所以才没有出现像科恩那样的民族理论"[1]。情况果真如此吗？让我们带着这些疑问，走近这位身份复杂、思想丰富的文学理论家。

第一节　乔纳森·卡勒及其文论思想概述

乔纳森·卡勒（Jonathan Dwight Culler），1944年10月1日出生于美国俄亥俄州的一个学术世家，因其父母都是大学教授，卡勒从小就受到了良好的教育。卡勒出生后不久便随全家一起迁往纽黑文，在中学毕业后进入哈佛大学学习，于1966年以优异的成绩取得了历史和文学学士学位。同年，获得"罗兹奖学金"的资助，前往英国牛津大学的圣约翰学院进行学习。1968年卡勒获得了比较文学学士学位，1969年卡勒开始了

---

[1] Jonathan Culler and Pheng Cheah, eds., *Grounds of Comparison: Around the Work of Benedict Anderson*, New York: Routledge, 2003, p.238.

他人生的第一个学术职位——剑桥大学塞尔文学院现代语言研究室的研究员,并担任该研究室的主任。1971年卡勒与诗人维诺妮卡·福雷斯特-汤姆逊结婚,这场婚姻只维持了3年多就结束了。1972年卡勒被牛津大学圣约翰学院授予现代语言学博士学位,此后卡勒在剑桥大学一直工作到1974年。1974年卡勒前往牛津大学,担任布拉斯诺兹学院的法语讲师。一年后卡勒又返回美国,在耶鲁大学担任"法语与比较文学"的客座教授,就是在这里卡勒遇到了对他影响非常大的、同样任教于耶鲁大学的德里达。1976年12月27日对卡勒来说是个难忘的日子,因为他的《结构主义诗学》获得了美国现代语言学会颁发的洛威尔奖,这一天也是卡勒与执教于康奈尔大学的学者西雅·蔡思结婚的日子。婚后不久卡勒开始任教于美国康奈尔大学。1982年著名学者艾布拉姆斯退休后,卡勒接替"1916"讲座教授的职位一直至今。

正是由于不断辗转于几所著名大学之间的学习和任教,卡勒积累了极为丰富的学术经验,积淀了深厚的学术功底,为他以后的学术生涯打下了坚实的基础。卡勒一方面认真执教于大学,被誉为是对康奈尔大学文科研究影响最大的人[①],另一方面积极参与学术活动与文学研究事务,先后于1972年任《新文学史》(*New Literary History*)顾问编辑,1974年担任《*Diacritics*》编委,1978年任《现代语言学会会刊》(*Publications of MLA*)的编委会成员。自1979年起任《今日诗学》(*Poetics Today*)的编委,1985年担任《大学英语》编委,1988年担任美国符号学会会长,2001年卡勒当选为美国艺术科学院院士,1999年至2001年当选为美国比较文学学会会长,2006年当选为美国哲学协会会员。

卡勒的学术思想丰富,涉及领域广泛,学术视野开阔,治学风格严谨又不失包容性。卡勒的第一部作品,从创作时间上看,应该是《福楼拜:不确定性的运用》,但卡勒在一次访谈中说到自己早年的创作时强调,他的第一部作品其实是《结构主义诗学》,但因为种种原因,没有及时出版,并将之搁置一边,快速创作出了《福楼拜:不确定性的运用》,

---

① Jonathan Culler and Paul Sawyer, "On Taking Thought as Far as It Can Go, A Conversation with Jonathan Culler", *English at Cornell* (*English Department's Newsletter*), Fall 2007.

并于 1974 年出版。①《结构主义诗学》也经修改后于 1975 年出版。《结构主义诗学》为卡勒赢得了声誉,获得了美国现代语言学会的洛威尔奖,也让卡勒收获了"结构主义者"的称号。这部作品之所以在美国获得成功,是因为卡勒将外来的理论成功嫁接到本土文化,这种嫁接的成功,说明了卡勒具有非凡的观察力和学术驾驭能力,能够寻找到外来理论在本土文化中的生长点,让生长于欧陆的结构主义在美国文化中开花、结果,这种嫁接的方法也是卡勒在论述解构式阅读时提到的方法,卡勒的学术历程本身也在实践中证明了嫁接方法的可行性和有效性。结构主义主要是以索绪尔的语言学和符号学为理论来源,探寻文本背后的结构,为文本意义的阐释寻找依据,卡勒在介绍结构主义时,并不是简单地介绍,而是将其与美国文学理论界的实际状况相联系。当时的英美文学界长期笼罩在"新批评"所形成的陈旧、死气沉沉的批评氛围当中,新批评在兴起之初,因其关注文学本体、关注文本本身而受到追捧,这对文学研究回归文学本体起到了无可替代的促进作用。但随着新批评进一步发展,其将作品与社会、作者割裂的弊端愈演愈烈,使文学研究失去了活力。正是在这种大的背景下,卡勒将结构主义理论引进美国。如果卡勒照搬以法国为代表的结构主义而不作任何改变,其结果和新批评一样,引不起人们的关注和兴趣。卡勒将结构主义语言学分析模式与建构诗学相结合,并将读者作为一个非常重要的维度来考察文本结构及阅读活动,探寻使文本意义成为可能的文学程式和惯例,这样就将结构主义从相对封闭的状态中解放出来,使文本阐释指向诗学建构,从而给英美文学理论界带来了一股清流。盛宁先生认为《结构主义诗学》在美国的成功,证明外来文化不仅不会与本国的传统文化相悖,而且还能使本土文化发扬光大。②

《福楼拜:不确定性的运用》是卡勒非常喜欢的一部作品,"它是我带着极大的革新文学批评的热情快速创作出来的一部作品,它关注的是

---

① Jeffrey J Williams,"The Clarity of Theory: An Interview with Jonathan Culler", *The Minnesota Review*, Spring 2008.
② 盛宁:《阐释批评的超越——论〈结构主义诗学〉》,《读书》1990 年第 12 期。

小说和意义的惯例，如果你读福楼拜的小说，抱着和读巴尔扎克小说一样的期待时，你恐怕会感到惊讶：福楼拜颠覆了小说的惯例，尤其是关于意图和意义的惯例，小说是我们建构生活的一种方式，但同时，它又通过各种叙述技巧进行解构。时至今日，我依然非常喜欢这部书"[1]。福楼拜小说所呈现出的意义空白和断裂的确是以往小说所没有的，这种空白和断裂引起了许多文论家的注意，这就是著名的"福楼拜问题"。卡勒对此问题也表现出强烈的兴趣，他指出福楼拜小说中的意义空白和断裂，一方面揭示了关于意义的不确定性和表达的复杂性，另一方面通过创新小说创作手法来对以往的惯例进行颠覆，进而进行解构。尤其是"反讽"手法不再是解读文学文本的主要手法，它不仅不能使文本意义连贯、确定，反而制造出了一系列不确定性，这种观点刷新了我们对小说的既定看法。长期以来，小说被我们看作再现社会现实、表现生活意义的一种重要方式，现在看来，小说不仅不能表达连贯的意义，甚至还可以不断地进行自我解构，"小说是一种反讽形式，诞生于意义和经验之间的不一致。小说的价值之源在于搜寻空白并进行填补所获得的乐趣，但同时我们又必须清楚，那些声称已经填补了这些空白的做法都是盲目的。"[2] 卡勒认为对小说空白的填补是永远都无法完成的，它在不断地自我建构和自我解构中敞开自己，指向未来，福楼拜在小说中对不确定性的运用需要我们重新认识小说的功能和叙事技巧，卡勒在后来的研究中对叙事理论的持续关注也是这种思考的延续。

卡勒具有深厚的语言学功底，获得了语言学博士学位，同时对符号学抱有浓厚的兴趣。现代语言学之父——索绪尔对他的影响是不言而喻的，1976年卡勒出版了《索绪尔》一书，这本书被大英百科全书和法国百科全书列为研究索绪尔参考书目的著作，以准确而清晰的文笔，对索绪尔的语言学理论进行了深入浅出的介绍，而且在介绍中加入了自己的许多新见和思考，也对索绪尔的《语言学教程》中的一些细节做了有理

---

[1] Jeffrey J Williams, "The Clarity of Theory: An Interview with Jonathan Culler", *The Minnesota Review*, Spring 2008, p. 76.

[2] Jonathan Culler, *Flaubert: The Uses of Uncertainty*, New York: Cornell University Press, 1974, p. 14.

有据的补充和完善，消除了人们对《语言学教程》某些内容的误解，更易于读者了解和接受索绪尔的语言学精髓。在评价索绪尔的理论贡献时，卡勒并没有直接对其进行评价，而是将索绪尔与同时代另外两位著名理论家弗洛伊德和涂尔干放在一起讨论，从方法论的高度对索绪尔语言学的现代性和创新性进行了深入阐释。

卡勒在分析索绪尔的语言学理论时，对符号作了一系列研究，并进而确立了建构符号学的设想。他的这一设想是与解构的研究视角紧密联系在一起的，尽管此时卡勒还没有写出《论解构：结构主义之后的理论与批评》，但在前两部著作中，卡勒已经开始了解构的尝试，再加上结构主义暴露的弊端越来越多，卡勒将关注点开始转向解构主义。他在1981年出版了《符号的追寻：符号学、文学、解构主义》，这部著作分为三个部分：第一部分承接《结构主义诗学》最后提出的对于文本意义阐释的超越，即对新批评所倡导的文本阐释模式的反驳，这种反驳始终围绕着结构主义和符号学来进行。卡勒详细讨论了阐释批评与诗学之间的区别，并认为文学批评的首要任务不是文本阐释，而是诗学建构。接着卡勒从符号学与解构的关系入手，来探讨符号在文本中的意义是如何的难以把握，寻找那些最有力和最令人感兴趣的文本是如何在展现意义的同时又解构意义赖以存在的逻辑。第二部分卡勒从具体的问题入手来论述文学符号学，并对一系列的概念进行了详细的分析，主要从阅读理论的视角来分析符号学，对符号学与诗学的关系、预设与互文性、费什的读者阅读理论等都做了细致的阐述。第三部分主要是阐述从解构的视角对文学符号学进行研究的具体内容，包括顿呼、镜像阶段、叙述分析中故事与话语的关系、隐喻的变化等方面，通过分析，卡勒看到了符号学内在的复杂性和矛盾性，正是通过解构式阅读让我们发现符号之间在文本中如何进行相互制约和协调，这种制约所形成的张力以及不同的意义程式之间的矛盾冲突成为解构阅读关注的焦点，也是卡勒之后一直比较关注的内容。

1982年，《论解构：结构主义之后的理论与批评》由康奈尔大学出版社出版，这是卡勒学术历程中非常重要的一本书。这本书采用了不同于《结构主义诗学》的写作手法，卡勒说："《结构主义诗学》旨在全面审视一种批评和理论文字，认同它们最有价值的建设和成就，并且将它们介绍给对大陆批评鲜有关注的英美读者……在80年代末写一种批评理论，不再是介绍陌生的问题、方法和原理，而是直接参与一场生机勃勃、难解难分的论战。"[①]《论解构：结构主义之后的理论与批评》不仅是《结构主义诗学》中对结构主义语言学模式的解构式思考的展开，是卡勒解构思想最集中的体现，也是卡勒在多元化理论研究中解构思想延续的理论起点，因而这部作品在卡勒整个的学术理论建构中起着举足轻重的作用。

在导论部分，卡勒详细分析了结构主义与解构主义在文学批评中的不同。他认为结构主义通过对语言学模式的分析，试图寻找使意义理解成为可能的惯例与程式，以及由符号排列组合形成意义的可能性。但在解构主义看来，"结构主义"一词掩盖了文本结构各部分之间的种种矛盾与冲突，这些冲突决定了寻找意义的不可能性。对卡勒来说，他并没有将结构主义与解构主义放置在对立的格局中，而是将其看成有某种复杂联系的运动，他列举了巴特、拉康的例子来说明结构主义与解构主义在某种意义上是相生相伴的，卡勒认为与其在结构主义与解构主义之间徘徊犹豫，不如从阅读入手，或许更易于厘清解构主义的来龙去脉。

此书的第一部分主要从读者的角度来论述解构式阅读。读者一直是卡勒非常关注的一个研究维度，在《结构主义诗学》中，卡勒就将读者和读者的文学能力引入对结构主义语言学分析模式的考察之中。在《论解构：结构主义之后的理论与批评》中，读者依然是一个非常重要的因素，因为结构主义对代码的追寻，导致了批评家将文本看成一种互文性的编织物，这种文本观更进一步坚固了读者在阅读中的核心地位，并进而发展成新的阅读模式。卡勒从阅读的故事、作为女人来阅读等方面阐释了读者与解构式阅读的复杂关系。文本的互文性特质与文学符号意义的难以捕捉性使读者的阅读活动复杂多变，但新的阅读模式的开创为阅读活动提供了新的可能，而解构式阅读的核心意义就在于发现文本意义

---

① [美]乔纳森·卡勒：《论解构：结构主义之后的理论与批评》，陆扬译，中国社会科学出版社1998年版，第1页。

的断裂与变动不居，剖析文本阅读所面临的各种窘境，从而打破传统的二元对立关系决定意义的固有模式，颠覆固有的阅读模式和意义生成模式，使文本意义向读者敞开。因而卡勒指出："解构即是考察阅读的故事将我们引入的窘境。如果说它在近年来关于阅读的著述中可被视为巅峰，这是因为它从迥然不同的角度来思考，进而剖析它面临的各种问题。"①

第二部分从具体的方法上阐释了解构式阅读的具体内容。主要从文字与逻各斯中心主义、意义与可重复性、嫁接复嫁接、惯例和倒置等几个方面来论述解构主义作为一种阅读理论，在具体的阅读实践中是如何操作的。尽管其中很大篇幅都在介绍德里达的解构思想，但卡勒将其放在旨在解决一系列阅读问题的大框架中来进行，因而他对德里达的解构思想并非只作纯粹的介绍，而是进行了某些改造和完善。在阐述德里达的解构思想的同时，提出自己的真知灼见，这本身也在实践着解构思想的精髓："解构理论唯赖重复得以存在。有人情不自禁，言必称德里达，以为如此才是解构的本源实践，而把他的崇拜者的摹仿看成派生文字搁置一旁，但事实上，这些重复、戏拟、'褪色'或歪曲，正是使一种方法成形，并在德里达著作的内部阐发了某种解构实践的东西。"② 正是在阐述德里达、德曼、米勒等人的解构思想的过程中，卡勒形成了自己的一整套关于解构式阅读的理论。尽管有些概念是从德里达那里借用过来的，但卡勒对这些概念予以新的界定和补充，并将其放在新的语境中来阐发。卡勒正是从阅读入手，来凸显解构主义在颠覆传统二元对立、关注边缘论题、创造新的阅读范式和阅读语境方面所作的努力和贡献。

第三部分对解构主义作了总体性评述。文中大量引用了保罗·德曼的解构理论，还有华尔特·迈克尔斯的阅读实践理论，来说明解构批评所具有的优势，同时也分析了解构批评存在的问题。卡勒认为解构批评并不是要探讨形而上学的哲学问题，而是从阅读文本出发，旨在开掘文学文本中的文本逻辑，它承认差异，注重区别，拒绝对任何文本做出一

---

① ［美］乔纳森·卡勒：《论解构：结构主义之后的理论与批评》，陆扬译，中国社会科学出版社 1998 年版，第 68 页。

② ［美］乔纳森·卡勒：《论解构：结构主义之后的理论与批评》，陆扬译，中国社会科学出版社 1998 年版，第 104 页。

刀切的理论划分。解构批评强调多元的研究视角,每一种视角都不能涵盖或代替另一种视角,我们能做的就是不断地变化视角,以求得更多的意义可能性。

卡勒的《罗兰·巴特》于1983年出版,在这本书中,卡勒从"多才多艺的人""文学史家""神话学家""批评家""论战家""符号学家""结构主义者""享乐论者""作家""文士"等几个方面为我们展现了一个立体的、多维度的巴特。作为法国著名的理论家,巴特的研究领域非常广泛,他既是结构主义的代表人物,又是后结构主义的开创者;既有对符号学的痴迷,又有对文学史独到的理解;既是一位文学享乐主义者,又刻苦钻研法国文学经典。巴特是一位多面手,他的理论丰富而又充满矛盾,卡勒看到了巴特理论的复杂性和他创作的多样性,在《罗兰·巴特》中很好地呈现了这一点,让读者看到了一个鲜活的巴特。正如解构主义所主张的那样,任何试图从一个视角来阐释意义的想法都将是徒劳,愈是多视角的解读,愈能接近事物的真面目,这一点,卡勒的《罗兰·巴特》就是一个很好的例子。

《符号构形:批评及其体制》是卡勒在文化研究日益兴起的大背景下对文学研究和文学批评重新思考的结果,这部著作以论文集的形式于1988年出版。在此之前,文学研究一直寻求从心理学、语言学、人类学等学科中找到研究的新方法和新资源,来促进文学研究的新发展。随着跨学科交流的日益频繁,各学科之间的壁垒逐渐被打通,文学研究的范围得到了前所未有的拓展,文学理论与文学批评获得了一个崭新的发展阶段。面对这种情况,卡勒从符号学的角度,对文本的含义进行了扩展。在卡勒看来,符号是一个宽泛的概念,既包括传统意义上的文学文本,也涉及政治、意识形态、法律、旅游等社会的方方面面,因而在《符号构形》中,卡勒从符号意义指称机制的角度,分析了诸多的文化现象,可看作卡勒在文化研究兴起之时的一个回应。卡勒向来对文学研究的发展动态保持着高度关注和敏锐观察,因而对文化研究的蔓延也做了及时的回应。这部作品显示了卡勒开阔的学术视野和广泛的研究领域,书中不仅对语言符号的形成进行了体制视角的探析,而且对诸如法律、旅游、垃圾等与符号有关的文化现象也进行了符号学方面的研究,探寻它们与符号形成的内在机制与价值体系之间复杂的关系。

随着文化研究的日益推进和向纵深发展，它与文学研究之间的关系便是一个亟待解决的问题。关于这一问题，卡勒在 2014 年的一次访谈中重申了他的观点，他认为文化研究在刚兴起时的确表现出好战的姿态，文化研究者们攻击文学研究只为找到自己的一席之地，现在情况好多了，他们也不再那么好战了，从目前看，文化研究和文学研究似乎可以和平共处了，文化研究热衷于对文化文本的解读，卡勒认为这一点也同样适用于文学文本的解读，当然二者之间的竞争还是存在的，比如对奖金或奖励的竞争还是有的，但不存在原则上的冲突。①其实对于文化研究与文学研究的关系，早在 20 世纪 90 年代卡勒就作了思考和回应，《文学理论》就是这种思考的结果，这本出版于 1997 年的小册子，引发了学界再次关注文学理论基本问题的热潮。在这本书中，卡勒以别具一格的书写方式，对文学的基本问题进行了深入浅出的阐述，整本书依然显示了他一贯的解构的研究视角，即对以往文学理论的质疑，对文学常识的批判，大胆开创新的阐释可能，以多元化的视角审视文学相关问题。因而他的《文学理论》不像以往的文学理论教程从文学的本质说起，卡勒不仅没有界定"文学是什么"，而且对该问题的合法性进行了解构。在卡勒看来，给一个事物下定义是愚昧之举，因为定义扼杀了事物获得更多意义的机会，他主张与其寻找"文学是什么"，不如换个说法，研究"什么是文学"来得更科学、更有效。

文化研究中关于理论的讨论对文学研究产生了很大的影响，于是在《文学理论》的开篇，卡勒首先探讨了"理论是什么"这一问题，他认为理论不会消亡，关于理论消亡的讨论只能引起更多的关于理论的理论。理论具有跨学科性，它是对常识的质疑与批判，而且具有自指性。理论的这些特征决定了掌握理论并非易事，它无边无涯，无所不容。面对理论，我们应该具有开阔的胸怀和质疑批判的态度，才能促进理论的发展，而理论的发展无疑又为文学的发展提供新的视角和理论资源。因而接下来的问题就是关于文学的讨论，卡勒认为"文学是什么"这个问题并不

---

① 郑丽：《乔纳森·卡勒访谈录》，《外国文学研究》2014 年第 2 期。

重要，因为当今文学与非文学之间的界限愈来愈模糊，设想一种标准来判定文学与非文学之间的区别显然只是一种理想，况且在文学与非文学之间本来就存在着一个模糊地带，那么如何来研究文学？卡勒主张多视角的研究，尽可能多地呈现文学的基本特征不失为一种方法，于是他从五个方面来展现文学的本质特征，但他始终强调，这五个视角中的任何一个视角都不能涵盖或替代另外一个视角，我们能做的就是在它们之间不断地转换。后面的几个章节卡勒分别围绕文学理论的诸多具体问题展开论述，主要有语言、意义与文学解读的关系、修辞、诗学与诗歌、叙述、述行语、身份、认同和主体等方面的内容。从论述的过程来看，卡勒并没有对任何一个问题直接给出自己的观点，而是尽可能多地呈现各种理论和观点，卡勒的这种研究方法真正体现了解构主义的精髓：消解既定的思维模式，多视角的呈现意义的无限可能性。从切入的视角来看，卡勒对文学的研究加入了许多新的视角，这些视角显然与文化研究有关，卡勒自己也曾说自己忙于"谈论种族、性别、身份、代理，被纳泼和米查尔斯'反理论'的理论之间的论证弄得糊里糊涂，忘了文学理论。"[①]这一段离开文学理论进行文化研究的经历仍然对后来的文学研究有着不可替代的作用。

2007年斯坦福大学出版社出版了卡勒的新作《理论中的文学性》，这本书依然采用解构的研究视角，在对传统的理论、概念和范畴进行解构的同时，又为新的理论的建构提供了空间。卡勒将文学置于多元理论的大背景中来考察文学理论的发展和走向，这本著作中的很多问题也是他之前关注的问题的延续和进一步思考。全书共分为三大部分：理论、概念和批评实践。在第一部分中卡勒主要围绕理论与文学的关系进行了论述。第一篇文章卡勒首先探讨了理论的扩张和跨学科性的日益凸显，对文学理论造成了某种威胁。但同时，文学性的蔓延又使文学在其他领域以另一种方式占据了一席之地，如同辛普森、米勒所说文学性已经高奏凯歌。卡勒也认为文学性已经获得了理论的核心位置，尽管传统的文学

---

① Jonathan Culler, "The Literary in Theory", in Judith Butler, John Guillory and Kendall Thomas, eds., *What's Left of Theory*, New York: Routledge, 2000, p.119.

受到来自电视、广告、电影、网络等新兴媒体的挑战,"但文学模式已经获得胜利:在人文学术和人文社会科学中,所有的一切都是文学性的。"①卡勒并没有就此止步,而是就文学性的重新界定进行了探讨,他认为,既然所有的理论都是文学性的,那我们是时候回到作品中了,从作品出发来重新界定文学性,是文学研究今后首先要解决的问题。紧接着第二篇文章卡勒论述了小说与民族文化的关系,探讨了小说的惯例和程式在形成中是如何受到民族文化和传统的影响的。第三篇文章是关于抵制理论的话题,这个论题主要是针对保罗·德曼的著作《抵制理论》,卡勒认为理论永无止境,因为无法掌握,所以便有了抵制理论的情绪,但正是在不断质疑和批判中才会产生更多的理论,才能促进人类思维的发展和进步,因此理论无须抵制,也无法抵制。此书的第二部分是对一些概念的探讨,主要包括对文本概念的辨析和对文本理论嬗变的梳理,对索绪尔与德里达关于符号任意性的比较,运用述行语理论对文学话语的分析,关于阐释和过度阐释的辨析,还有对全知型叙述视角的论述等。从这些概念分析可以看出,卡勒所关注的是对文学基本概念的阐释与梳理,这些概念关系着文学理论的发展及走向。第三部分是批评实践,主要围绕如何写出好的批评作品、比较文学应该如何进行比较、文化研究如何进行等议题来进行论述。从这些概念和理论的阐释也能看出卡勒近年来的研究趋向,就是以更为开阔的学术视野和一以贯之的解构研究思路回归文学,努力发现新的研究视角,对文学基本问题作更为深入的研究,为新理论的建构寻找更多的可能性和更大的空间。

2015 年卡勒出版了《抒情诗理论》,2019 年外语教学与研究出版社获得重新发行的版权,将这本书引入中国,引起了国内学者的广泛关注。这本著作是卡勒在理论时代与后理论时代坚守文学研究、追寻文学性的一次尝试,也是他践行其一直以来执着追寻诗学建构的学术理想的充分体现。关于抒情诗,卡勒早在《结构主义诗学》中就专门有一章来阐述抒情诗的相关理论,此章名为"抒情诗的诗学"。卡勒不仅从诗歌语言的层面论述了抒情诗的诗性,更结合抒情诗程式和文学惯例来对抒情诗做

---

① Jonathan Culler, *The Literary in Theory*, Stanford: Stanford University Press, 2007, p.41.

深度阐释。在《抒情诗理论》中，卡勒一方面延续了他在《结构主义诗学》中的主张，另一方面又以解构的视域来解读抒情诗。在导论中，卡勒梳理了西方抒情诗的理论传统，发现抒情诗虽然在西方文学理论的发展过程中有着悠久的历史，但作为一种文类却被忽视，这也是其撰写此书的一个重要原因。这部著作从"一种归纳的方法""作为体裁的抒情诗""抒情诗理论学说""节奏与重复""抒情演说""抒情结构""抒情诗与社会"七个方面阐述了抒情诗的相关理论，并提出了自己独到的见解。

除了上述主要著作之外，卡勒还参编了多部著作，主要有 *Harvard Advocate: Centennial Anthology*（1966）、*On Puns: The Foundation of Letters*（1988）、*Just Being Difficult*（2003）、*Grounds of Comparison: Around the Work of Benedict Anderson*（2003）、*Deconstruction: Critical Concepts in Literary and Cultural Studies*（2003）、*Structuralism: Critical Concepts in Literary and Cultural Studies*（2006），在这些著作中，卡勒或重申或扩展了自己的文学理论和文学主张，也参与了许多关于文学、文化研究的话题讨论和论争。

第二节　乔纳森·卡勒研究现状分析

卡勒的文论思想对西方文学理论及美国文学理论的发展都产生了重要的影响，其著作《结构主义诗学》《论解构：结构主义之后的理论与批评》《理论中的文学》《文学理论》等使卡勒享有盛誉。在跨文化交际的大语境中，卡勒的文论思想在中国也引发了学者的关注，相关的研究也在不断推进中。了解国内外卡勒的相关研究状况对呈现卡勒文论思想的理论体系至关重要。

一　国外研究现状

卡勒作为美国当今学术成绩斐然的理论家，他的著作成为诸多理论学家在论述自己的观点时援引的对象，但从总体上看，卡勒学术思想的研究才刚刚起步，他的理论的价值和意义还有待进一步研究。国外对卡勒的研究主要是对卡勒著作的评述，或者将其文章编入文学理论教材或专著中，对卡勒理论进行系统研究的几乎没有。总之，卡勒在国外的研究现状与其理论建树和学术贡献并不对等，这种情况在国外并不少见。出现这种情况的原因主要有：一是卡勒主要以译介和阐释外来理论的形式进行学术研究，因而在许多学者看来，卡勒的理论缺乏原创性，他们没有意识到任何一种具有创新性的理论都是在继承现有理论的基础上才能完成的，没有继承和消化，创新也只是徒有新奇的概念和名称而已。理论是否具有创新性主要是看理论家是否具有创新能力，只要具有了创新能力，就能在旧的理论上生出新的理论，卡勒无疑具有这样的创新能力，否则结构主义、解构主义都不可能在美国生根、发芽、开花、结果；二是人们还没意识到卡勒理论和学术方法的价值和意义，这需要一定的时间。

国外关于卡勒的研究成果中，最多的是书评，主要有 B. F. BART 对卡勒《福楼拜：不确定性的运用》的书评（*The Modern Language Journal*, Vol. 59, No. 7, Nov., 1975)、John Earl Joseph 对《索绪尔》的书评（*The Modern Language Journal*, Vol. 71, No. 2, Sum., 1987, pp. 227 – 228)、William E. Cain 对《结构主义诗学》的评述（*College English*, Vol. 46, No. 8, Dec., 1984, pp. 811 – 820)、Carol Rigolot、Mas'ud Zavarzadeh 对《符号的追寻》的书评（*The French Review*, Vol. 56, No. 5, Apr., 1983, pp. 759 – 760) (*The Journal of Aesthetics and Art Criticism*, Vol. 40, No. 3, Spr., 1982, pp. 329 – 333)、Stirling Haig 对《论解构：结构主义之后的理论与批评》的书评（*The French Review*, Vol. 57, No. 6, May, 1984, pp. 891 – 892)、Lydia Goehr 对《阐释与过度阐释》的评述（*The Journal of Aesthetics and Art Criticism*, Vol. 51, No. 4, Aut., 1993, pp. 632 – 634)、J. Fisher Solomon 对《罗兰·巴特》的书评（*Modern Philology*, Vol. 83, No. 1, Aug., 1985, pp. 101 – 104)、William B. Scott 对《符号构形》的评述（*The American Historical Review*, Vol. 95, No. 5, Dec., 1990, pp. 1485 – 1486)、David Herman 对《文学理论》的书评（*SubStance*, Vol. 28, No. 2, Issue 89：Special Section：Marcel Bénabou, 1999, pp. 159 – 162)、Louis Lo 对《文学理论》的评析（*The Modern Lan-*

guage Review*, Vol. 103, No. 1, Jan., 2008, p. 176)。

在这些书评中,更多是对卡勒新书的简单介绍和评价,也有少数理论家对其观点进行了进一步的拓展和延伸,B. F. BART 在对《福楼拜:不确定的应用》的书评中,详细分析了卡勒的解读视角和对于福楼拜文本独特的研究方法,尤其是对反讽的分析。"卡勒是近几年学术界最具智慧的理论家之一,我非常崇拜他对于符号的分析。"他认为,"这是一本值得去阅读、去沉思、去热情讨论和学习的好书"[1]。John Earl Joseph 在对《索绪尔》的书评中指出,卡勒具有过人的天赋,他总能够抓住索绪尔理论的精髓并以十分清晰的方式表达出来,还对《普通语言学教程》中出现的错误进行了有理有据的矫正和修复,消除了读者对《普通语言学教程》某些内容的误解,这对索绪尔语言学理论的正向传播具有非常重要的意义。[2] Mas'ud Zavarzadeh 在对《符号的追寻》的书评中对卡勒的理论、学术价值及其不足做了全方位的阐述,他指出希利斯·米勒将批评家分为两种类型——谨慎型和神秘型,而卡勒被他划分在谨慎型批评家一列中。Mas'd Zavarzadeh 认为米勒的这种分法还是有一些问题的,比如对德里达就不是太适合。卡勒试图建立一种诗学,其目的不是阐释单个的作品,而是将文学作为一种惯例来说明。卡勒受现代语言学和传统结构主义的影响,又和解构主义紧密联系,他从语言符号和解构的角度来探究文学的意义的生成,这种多元化的视角显示了卡勒过人的理论天赋和理论把握能力,当然其理论中也存在着保守主义的影子,这就是许多人认为他的理论缺乏创新的原因,但这并不妨碍他成为一位杰出的理论家。[3] Michael Boyd 和 Linda Brodkey 在评述《论解构:结构主义之后的理论与批评》时指出:德里达是一位只顾表述自我的理论家,他拒绝将他的思想系统地、有条不紊地传达给读者,他更像是一位表演者,将其思想留给他理想的读者去解读和总结,而卡勒无疑是最适合解读他的思想人选。卡勒作为一位阐释者和分析者,他具有超乎常人的分析能力和

---

[1] *The Modern Language Journal*, Vol. 59, No. 7 Nov., 1975, p. 405.
[2] *The Modern Language Journal*, Vol. 71, No. 2 Summer, 1987, pp. 227–228.
[3] *The Journal of Aesthetics and Art Criticism*, Vol. 40, No. 3, Spring, 1982, pp. 329–333.

表述能力,因而他的《论解构:结构主义之后的理论与批评》不仅表述了解构式阅读的精华,而且毫无疑问地推进了解构思想的传播和深化。①

从国外的现有研究资料来看,卡勒学术理论的相关研究形式比较单一,主要是以书评的形式对卡勒新近出版的著作进行点评,书评的长处是能针对具体的作品有的放矢地呈现卡勒的理论,不足是没有足够的阐释空间,缺乏应有的深度和广度。除此之外,关于卡勒文学理论的系统研究成果很少,这种现象令人费解。

二 国内研究现状

与国外比较零散、冷清的研究相比,国内关于卡勒的研究形式多样,关注度也在提升,愈来愈多的学者开始意识到卡勒及其学术思想给中国文学理论发展带来的新启示,尤其是他在《文学理论》中独有的审视文学基本问题的方法和思路,给中国读者留下了深刻的印象。国内的研究状况从目前的研究成果来看,主要有以下几种形式:

首先是翻译。翻译卡勒的著作或文章是研究卡勒学术思想的基础和起点,卡勒进入中国读者的视野是在20世纪80年代,在伍蠡甫与胡经之主编的《西方文艺理论名著选编》下篇中,收录了卡勒的一篇文章,题为《文学中的结构主义》,当时将卡勒翻译为库勒。1988年方谦翻译了卡勒的《罗兰·巴尔特》,此书由三联书店出版(1992年中国社会科学出版社出版了孙乃修翻译的《罗兰·巴尔特》),同年,陆扬翻译的《论解构:结构主义之后的理论与批评》一书由中国社会科学出版社出版。1989年,中国社会科学出版社出版了由张景智翻译的《索绪尔》,十年之后即1999年,宋珉的《索绪尔》修订译本由中国社会科学出版社出版。1991年,盛宁翻译的《结构主义诗学》亦由中国社会科学出版社出版,《结构主义诗学》使卡勒在美国荣获了盛誉,而盛宁先生的翻译使卡勒研究在中国文学理论界拉开了帷幕,盛宁先生不仅精准地翻译了《结构主义诗学》,而且为此书写了题为《阐释批评的超越》的前言,为中国读者详细介绍了《结构主义诗学》写作的语境,并对其主要内容和主要观点

---

① *Language in Society*, Vol. 13, No. 4 Dec., 1984, pp. 555–558.

做了客观的分析和评价,对卡勒的结构主义理论在中国的接受起了很大的促进作用。2003年3月19日盛宁在《中华读书报》发表了《重读〈论解构〉》,详尽地梳理了卡勒由结构主义转向解构主义的学术历程,深度分析了卡勒的解构主义在对欧陆解构主义的改造过程中是如何与本土的解构思想进行碰撞和交融的,对解构主义的文本解读也有精辟的阐释,可以说是国内早期研究卡勒解构思想的权威文章。1998年辽宁教育出版社出版了由李平翻译的《文学理论》,这本著作的翻译与原作的出版仅仅相隔一年,说明了中国学者对世界文学理论发展动向的应对速度之快和反应能力之强。除了对卡勒的著作积极翻译引进外,卡勒的一些论文和访谈录也被翻译成中文发表,主要有《文学中的结构主义》(张金言译)、《当前美国文学批评中争论的若干问题》(钱佼汝译)、《超越阐释》(杨扬译)、《作为妇女的阅读》(黄学军译)、《德·曼》(程锡麟译)、《雅克·德里达》(渠东、李康、李猛译)、《什么是文化研究?》(金莉、周铭译)、《比较文学何去何从?》(查明建译)、《理论在当下的痕迹》(周慧译)、《比较文学的挑战》(生安锋译)、《当今的文学理论》(生安锋译)、《文学理论的现状与趋势——乔纳森·卡勒教授访谈录》(何成洲译)、《抒情理论新论》(李玉平译)、《理论中的文学》(徐亮、王冠雷、于嘉龙、郑楠译)等。

其次是关于卡勒的研究论文。自从20世纪80年代以来,关于卡勒的研究文章就陆续出现在各种期刊上,主要有王宁的《后结构主义与分解主义》(1987)、钱佼汝的《美国新派批评家乔纳森·卡勒和分解主义》(1987)、姚基的《卡勒论读者的"文学能力"》(1988)、盛宁的《阐释批评的超越》(1990)、姚基的《终结,抑或是起点?》(1992)、查明建的《是什么使比较成为可能?——乔纳森·卡勒对"可比性"的探讨》(1997)、石恢的《从"文学研究"到"文化研究"》(1999),这些文章可以说是国内卡勒研究的拓荒之作,它们分别从不同的角度来阐释卡勒的学术思想,在一定程度上凸显了卡勒学术理论的核心范畴和主要的研究理念,为后来的进一步研究奠定了基础。进入21世纪以来,卡勒研究不断升温,相关文章数量有所增加,在研究的深度上也有所推进,这些论文主要有夏冬红的《对文学、理论与经典诸观念的质疑——从乔纳森·卡勒的〈文学理论〉谈起》(2001)、石恢的《读卡勒〈当代学术入门：文学理论〉》(2001)，《当代批评与理论》(2001)、高奋的《文化语境下的文学研究》(2003)、盛宁的《重读〈论解构〉》(2003)、汪贻菡的《卡勒的启示》(2005)、吴子林的《对于〈文学性扩张〉的质疑》(2005)、王敬民的《从文本阐释到诗学建构》，《试论乔纳森·卡勒的文学体制观》(2006)、王卓斐的《"以子之矛，攻子之盾"——乔纳森·卡勒的解构主义文论思想研究》(2007)、陈红、王敬民的《乔纳森·卡勒文学符号观发微》(2007)、王敬民的《中国视野中的乔纳森·卡勒》(2007)、林树明的《卡勒为何关注"作为妇女的阅读"》(2007)、赵宪章的《解构及其理论意义》(2008)、黄善强的《卡勒文学能力论》(2008)、姚文放的《从文学理论道理论——晚近文学理论变局的深层机理探究》(2009)、王敬民的《乔纳森·卡勒结构主义诗学观省思》(2009)、张旭春的《全球化时代的文学理论?》(2009)、刘莹的《乔纳森·卡勒文学语言符号论研究》(2010)、陶家俊的《安德森—卡勒范式的摹仿诗学基础——评乔纳森·卡勒与本尼迪克特·安德森的对话》(2010)、李惠子的《"动态地理论"及其对文学理论研究的意义——读乔纳·森卡勒〈文学理论〉》(2011)、张亚飞的《乔纳森·卡勒的转向研究》(2012)、汤拥华的《理论如何文学？——以乔纳森·卡勒理论观的调整为参照》(2012)、王雪盼的《解读"文学经典"》(2012)、姚文放的《从理论回归文学理论——以乔纳森·卡勒的"后理论"转向为例》，《释"表征性解释"——乔纳森·卡勒"文学经典论"的关键性概念》(2013)、徐志强的《理论之后的文学存在方式——以大卫·辛普森和乔纳森·卡勒的"后理论"为例》(2013)、郭福平的《卡勒的文学理论观及其当下意义》(2013)、宋捷的《乔纳森·卡勒〈文学理论〉的启示》(2014)、汤拥华的《文本的追问与文学性的重构——以乔纳森·卡勒对罗兰·巴特后期文本观的批评为参照》(2014)、郑丽的《乔纳森·卡勒访谈录》(2014)、陈军的《文类作为程式化期待——乔纳森·卡勒结构主义诗学与文类》(2014)、《从阅读程式到修辞话语——乔纳森·卡勒的结构主义抒情诗理论》(2017)、吴芳的《乔纳森·卡勒的女性主义阅读理论》(2017)、赵元的《抒情诗的施魅与祛魅——读乔纳森·卡勒的〈抒情诗理论〉》（2019）、郝运慧的《诗学的倡导与当下的理论观察——乔纳森·卡勒教授访谈录》（2020）、周星的《乔纳森·卡勒的文学本质论路径——从文学程式到超保护合作原则》（2021）、李法庭的论文《乔纳森·卡勒'后理论'运思视角的介入与突围》（2022）等。从近年的研究成果来看，卡勒在中国的研究逐渐掀起了一个热潮，愈来愈多的学者意识到了卡勒理论的价值和意义，相信卡勒的后续研究空间会越来越大。

最后是关于卡勒的硕士、博士学位论文及专著。卡勒丰富的理论和独到的学术视角，使其成为许多研究生关注的焦点和研究的对象。目前硕士学位论文主要有山东大学蔡玲的《乔纳森·卡勒之"文学能力"辨析》（2005）、安徽师范大学王玮的《卡勒结构主义诗学研究》（2006）、南开大学马珺的《乔纳森·卡勒叙事理论研究》（2006）、山东大学吴茂娟的《论文学活动中的文学程式》（2011）、华东师范大学张亚飞的《乔纳森·卡勒的转向研究》（2012）、山东大学杨瑞雪的《论乔纳森·卡勒的读者阅读理论》（2015）、苏州大学孙晓光的《理论回归文学：乔纳森·卡勒的元理论观念》（2018）等。这几篇硕士学位论文分别从不同的视角分析了卡勒理论中的一些关键概念，比如文学能力、文学程式、诗学等，厘清这些概念对卡勒学术理论的进一步研究至关重要，因而这些论文在推进卡勒的纵深研究方面做出了不同程度的贡献。博士学位论文主要有四川大学王敬民的《乔纳森·卡勒诗学研究》（2005）、清华大学吴建设的《乔纳森·卡勒：解读理论多元时代》（2008）、北京大学许璐的《乔纳森·卡勒文学阅读理论研究》（2010）、扬州大学徐志强的《乔纳森·卡勒的文学理论范式研究》（2013）、东北师范大学张进红的《乔纳森·卡勒抒情诗诗学研究》（2018）等。王敬民的论文主要是从诗学的视角，阐述了卡勒在不同时期的诗学追求，2008年在论文基础上修改而成的专著《乔纳森·卡勒诗学研究》由中国海洋大学出版社出版，是国内首部研究卡勒学术思想的专著，具有开拓性的意义，尤其对卡勒诗学理论有较为深入的分析。吴建设的论文主要是从卡勒文学研究的视点、方法和关键词等方面对卡勒理论的总整体性的研究，既有微观的概念辨析，也有宏观的理论把握，资料也比较全面，2011年吴建设在此论文的基础上出版了专著《乔纳森·卡勒》，成为国内第二部研究卡勒的专著，也是目前仅有的两本专著之一。许璐的论文主要阐述了卡勒的阅读理论，卡勒的理论总是将读者作为一个重要的因素来考察整个文学活动，因而阅读理论是卡勒整个学术思想的重要组成部分。徐志强的论文则是从范式入手，分析了卡勒语言转向下的诗学范式、解构中的理论范式和后理论时代的文学范式，并阐明了范式之间转换的语境及卡勒理论范式的价值和意义。张进红的论文对卡勒的抒情诗理论从文类、抒情诗的历史、抒情诗的品质和抒情诗的仪式化等方面进行阐释，是目前比较系统的研究卡勒抒情理论的成果，为卡勒研究的推进提供了丰富的理论资源。

通过对国内外卡勒研究资料的分析，我们可以看到，卡勒的研究才刚刚起步，相对于国外较为冷清的研究局面，国内的卡勒研究比较活跃，这为后续的研究创造了比较好的学术氛围和拓展空间。

第三节　选题的研究方法和研究意义

纵观目前国内外关于卡勒的研究成果，资料的收集和译介性工作已经有了一定的基础，对卡勒学术理论中的一些关键性的概念和范畴也有了较为深入的梳理，对他的诗学、阅读理论、文学能力、程式和规约、文学范式等概念做了深入细致的分析研究，这些成果为卡勒学术思想的进一步研究奠定了坚实的基础。

在这些研究成果中，更多的是关注卡勒某一个阶段或某一个主题，对卡勒的学术思想进行系统研究的则很少，本书的写作意图是想呈现一个学术思想体系完整且丰富的卡勒。在很多学者眼中，卡勒的身份是结构主义在美国的译介者，解构主义在美国的阐释者，就连卡勒自己也从未标榜自己是一位结构主义者或解构主义者，抑或文化研究者，他拒绝标签是因为这种标签会让自己好战且失去理性。①很多学者认为卡勒的学术思想缺乏体系性，但从卡勒整个学术的发展过程和他的著作中所呈现的理论状态来看，其学术思想具有内在的关联性，每一个阶段都有其内

---

① 郑丽：《乔纳森·卡勒访谈录》，《外国文学研究》2014 年第 2 期。

在的逻辑性转变。结构、解构、建构是卡勒学术思想的关键词，而诗学建构是贯穿其学术思想的主线，语言学、符号学、文本理论都为他建构学术大厦打下了坚实的地基。而且他的不同时期、不同阶段的学术研究互相支撑，尤其是他解构的视角，在《结构主义诗学》中初露端倪，在多元理论时代和后理论时代，卡勒也未抛弃解构主义的阅读和分析方法，依然在延续着他的解构思想。从这个意义上来讲，在卡勒的整个学术发展历程中，以解构的视角审视文学、以解构的阅读方法介入文学研究是其一以贯之的学术研究方法；以解构的视角去探索文本的结构，以建构一种能体现文学程式和规约的诗学目标；以解构主义理论为武器，试图在文本阅读中建立一种能呈现文本意义无限可能性的阅读模式；在文化研究的大潮中，卡勒依然以解构的视野，在多元化的理论中寻求文学理论和文学批评存在和发展的新可能和新机遇。这些都表明，解构的分析视角和诗学建构在卡勒的文学理论中占据了核心的位置，从某种意义上来说，没有这种解构的视野，卡勒的《结构主义诗学》也不可能在美国获得成功，正是对正统的法国结构主义注入新的解构思想，将封闭、僵死的结构主义改造为一种开放的、充满无限可能的、有读者参与的结构主义，才使其与美国崇尚自由和不断创新的本土文化精神相契合。

　　从以上的分析中我们可以看出，卡勒学术思想丰富、涉猎领域广泛，语言学、符号学是其学术建构的起点和基础，结构主义时期、解构主义时期、多元理论时期、后理论时期，每一个阶段卡勒都积极参与，但其作品涉猎内容并非泾渭分明，且形式比较多样化，对其研究要采用掰开、揉碎，再进行整合的方法，才能以读者可以接受的形态完整呈现出来。因为在许多学者的眼中，卡勒的理论缺乏体系性，没有宏大的理论建构，只是一些零碎的文章，即使有著作，也是一个缺乏原创的理论阐释者，这不得不说是对卡勒的一个误读。的确，理论的发展需要原创的理论家，是他们不断推出新的理论才促使文学研究不断向前发展，但同时，新的理论需要有更多的人来进行消化、沉淀、阐释、运化，它的作用才能真正发挥出来。如果只是一味地追求新奇理论和原创理论，而对已有的理论不加以仔细研究和消化，那么理论的创新就失去了它应有的价值和意义，理论的发展也只不过是新概念和新名词的轮流上场而已。正是在这个意义上，卡勒作为一个阐释者，他的理论的价值和意义便凸显出来了，其学术精神也难能可贵。更为重要的一点是，卡勒并非一位只会译介、阐释的理论家，他在译介和阐释的过程中，不但将外来理论与本土文化相结合，而且不断呈现自己的新见，因而卡勒是一位具有原创能力的理论家。他的理论也并非没有体系性，只不过，作为美国理论家的传统，他们没有书写宏大理论的习惯。①仔细研读和分析卡勒的著作和文章，其学术思想的内在联系性便会呈现出来。

  本书聚焦卡勒文论思想的发展历程，力图通过梳理其学术理论，彰显卡勒独特的治学理念和开阔的学术视野，把握其每一个阶段的学术重心，凸显其一以贯之的诗学追求。结构主义时期，卡勒的学术重心旨在通过结构主义语言学分析模式，试图建构一种结构主义的诗学理论，他在分析经典结构主义语言学分析模式的过程中，展示了其深厚的语言学基础和符号学造诣，他主张要超越单一的文本阐释，将发现文本背后深层的程式作为文学批评的主要任务；解构主义时期，卡勒以解构的视角审视符号与文学的关系，并对文本、阅读进行了解构式的探究，对结构主义时期的学术思考进行了超越和解构；多元理论时期，卡勒将视角转向更大的领域，思考理论与文学的关系，在文化研究的大潮中依然捍卫文学的文学性，并延续了他解构式的研究思路；后理论时期，传统文学受到冲击，多媒体发展使文学研究在喧嚣中不断被淹没，卡勒依然坚守他的学术理想，那就是诗学的建构，《抒情诗理论》的出版表明诗学的追求一直贯穿其学术思想的始终。通过对其学术发展阶段的梳理，可以呈现卡勒在结构、解构和建构之间是如何平衡这三者关系的，而厘清其学术理路的发展变化，对重估其学术价值有着深远的意义。

  卡勒的学术思想涉及文学的方方面面，内容丰富，见解新颖，却又不乏矛盾与悖论，因而要想条理清晰地呈现他的学术思想是一件比较困难的事情。采用的方法也不能是直接的阐释和分析，而是要用文本细读的方法，在深入分析他的作品的基础上，将其零散的理论片段通过解构

---

① Jonathan Culler and Pheng Cheah, eds. *Grounds of Comparison: Around the Work of Benedict Anderson*, New York: Routledge, 2003, p. 238.

这一主线贯穿起来。而他的作品从时间上来说，跨度比较大，从20世纪70年代至今，其文论思想在不同的时期有着不同的变化和表现，要呈现这些变化，不能就作品来论述作品，而是要将其纳入文学活动中，探讨卡勒是如何以开阔的思路来分析文学活动中的每一个要素，并将其理论与其阅读实践相结合，来勾勒其学术思想的主要内容。

卡勒的文学理论看似没有以体系的形式呈现，但内容涉及了文学活动的每一个环节，而且各内容之间有着很强的内在逻辑联系。为了研究的逻辑性和表述的条理性，凸显其学术思想发展的阶段性和主题性，本书从结构主义时期的诗学建构、解构主义时期的学术之思、多元理论时期的文学性追寻、后理论时期的抒情诗理论四个阶段来安排框架，这样的构架使内容和主题突出，逻辑层次清晰。每一个部分又会从基本概念入手，逐渐转入核心论题。语言符号是文学活动的媒介和载体，也是卡勒学术历程的起点，在对语言符号的解读和文学话语的分析中，卡勒以索绪尔的语言学理论作为自己研究的基础，他在继承其理论的基础上做出了自己的阐释，补充和发展了索绪尔的结构语言学，使结构语言学向解构式的文本诗学发展，并在之后的文学研究中起到了根基的作用。语言观影响文本观，卡勒的文本理论是与建构一种文本诗学紧密相连的。它以结构语言学为工具，旨在揭示文本的深层结构、意义生成和可理解性的内在机制与规约，展示文本意义的无限可能性。卡勒的解构思想不同于德里达那种企图颠覆传统哲学的解构思想，不同于德曼的解构修辞学，也不同于米勒分解式的阅读理论，他只把解构主义应用于文本阅读，旨在分析文本逻辑，因而他的解构式阅读理论是一种以解构的方式为文本建构一种新的阅读模式的理论。他的目标不是消解文本意义、倒置传统的二元对立，而是为文本意义的呈现挖掘更多的视角和可能，使文本意义向读者无限敞开，但又不是永无所获。因为惯例和程式依然会在文本阅读中潜移默化地起作用，所以文本意义的理解并非德里达所言的永无可能，只是变动不居，卡勒认为阅读的魅力正在于此。卡勒对文学研究的理论建构也是在解构的视野中进行的，他的《文学理论》就是鲜明的体现，也是他关于文学基本问题进行长期思考的一个总结。他打破以往文学理论的书写惯例，以解构的视角审视理论、文学及文学的一些基本问题，刷新了我们以往对于文学的基本认识，也改变了我们看待文学的视角和方法，这些都是解构思想运用到文学研究的成果，是值得思考和借鉴的。

从结构、解构与建构的视角去探究卡勒的文学理论，并将其放置在历史大语境中去分析和解读，不仅有助于厘清其理论形成的内在原因，消除对卡勒文论思想的误读，重估卡勒文学理论的价值和意义。更重要的是，他独特的研究方法和学术理念为我们当代文学理论的建构提供了重要的启示和借鉴意义，值得我们深入地去研究。

第 一 章

结构主义时期的诗学建构

　　诗学建构是贯穿卡勒整个文论思想的一条主线，从最初的《结构主义诗学》到他的最新力作《抒情诗理论》，他一直在践行着他的学术理念。卡勒的诗学建构是建立在他深厚的语言学和符号学的基础之上的。文学是语言和符号的艺术，没有对语言和符号的深入解读与分析，文学研究就如同空中楼阁，没有了根基，因此历来的文学理论家都非常重视语言问题，乔纳森·卡勒也不例外。语言学和符号学是卡勒文学理论中一个不可或缺的组成部分，是他进行文学话语分析的基础，也是他建构自己整个文学理论体系的根基。语言在整个文学活动中处于非常重要的地位，有什么样的语言观就会形成相应的话语理论、文本理论、阅读理论，并最终决定总体的文学观。卡勒的语言观主要受索绪尔语言学理论的影响，在《索绪尔》中，他不仅分析了索绪尔语言学的主要内容，对索绪尔的理论贡献也做出了中肯的评价，而且对其中的不足和缺陷提出了自己的见解，完善和发展了索绪尔的语言学理论。他在《结构主义诗学》中，对结构主义所信奉的语言学模式进行了细致的分析，并对结构主义的几个代表人物的语言学分析模式进行了解读，指出他们的不足，同时予以补充和阐发，并主张要超越文本阐释，走向诗学建构。在语言学、符号学研究的基础上，卡勒从述行语理论的角度对文学话语作了详细的解读和分析，为我们认识文学话语的属性提供了新的理论资源和研究视角。

第一节　语言学理论与符号学反思

在乔纳森·卡勒的整个学术理论中，解构的分析视角始终贯穿他的学术历程，而语言学、符号学理论是他建构自己学术大厦的根基。我们知道，卡勒获得了语言学博士，在他从事文学研究的初期，他利用自身的语言学优势，致力于在语言学与文学之间寻求一种研究模式，《结构主义诗学》就是这种努力的代表性成果。卡勒的语言学、符号学主要从索绪尔语言学理论中吸取资源，又将这种资源与美国的本土语言状况相结合，并在解构式阅读的实践中不断深化。在全面介绍索绪尔语言学的过程中，卡勒的阐述和介绍补充了许多空白，也纠正了人们对于索绪尔理论的一些误解，更好地促进了《普通语言学教程》的接受和传播。

一　对索绪尔语言学的继承和革新

费迪南·德·索绪尔是现代语言学的创始人，他的语言学理论影响了 20 世纪之后几乎所有的文学理论流派，甚至哲学、社会学、心理学等人文学科。这位被誉为"现代语言学之父"的瑞士语言学家，他的著名作品《普通语言学教程》是在他去世后由他的同事和学生根据学生们的听课笔记及他本人的部分笔记整理出版的，尽管这部作品的逻辑性和精准度遭到了许多学者的质疑与争论，但它依然是现代语言学发展史上的经典之作。索绪尔的语言学理论对卡勒的影响无疑是巨大的，卡勒在他的著作《索绪尔》的开篇便说道："他重新组织起对语言和语言本质的系统的研究，提出了语言研究的新方向，从而使语言学在 20 世纪取得如此伟大的成就。仅此一点就足以使他成为一位现代思想家，一位使一门学科面貌一新的思想家。"[1]

卡勒在介绍索绪尔的理论之前，首先站在学科和方法论的高度，对索绪尔语言学进行了总体性评价。卡勒认为索绪尔的语言学在探究意义、学科、方法论和语言与人类思维的关系问题等方面，为我们提供了新的

---

[1]　[美]乔纳森·卡勒：《索绪尔》，张景智译，中国社会科学出版社 1989 年版，第 1 页。

理论和研究方法，对诸多学科如社会学、符号学、结构主义以及现代思想甚至认识整个人类文化都做出了巨大的贡献。所以，他的这本书也必然是跨学科的，涉及语言、符号、哲学、文学及社会科学，由此也可以看出索绪尔语言学内容的丰富与复杂。同时，卡勒指出，索绪尔之所以一直未写成此书，除了他异常谨慎的态度外，语言学理论的异常复杂和困难重重也是他迟迟未动笔的一个原因。

　　索绪尔认为语言符号是由能指和所指构成的，而能指和所指之间的关系是任意的，没有任何必然的、内在的联系。这条看似极其简单的定律，却是支配着整个语言符号学体系的一个关键。索绪尔认识到了符号任意性的重要性，因而他从符号的任意性出发进行语言分析。卡勒对此理论进行了阐发，他认为索绪尔的这个观点不仅使我们认识到语言符号的本质，更为重要的是，让我们明白"语言不是各类事物的命名集，所以语言的所指也不是预先存在的概念，而是暂时的、可以变化的概念，它随语言的不同发展时期而变化"①。决定语言的是关系，而不是某种先在的本质，这是对之前的本质决定论的一种反驳，在卡勒看来，关系是大于本质的，本质在某种意义上是由其与周围事物的关系决定的，事物本身的意义不是先在的，而是由关系决定并处于不断变化之中的。关于符号的任意性问题，卡勒在《理论中的文学》一书中专辟一节，对索绪尔和德里达关于符号任意性的问题进行了详细的比较。

　　与符号任意性相联系的，是语言单位的性质问题，这个问题弄不清楚，语言分析就无法进行。卡勒认为索绪尔对这一点非常重视，因为这关系到了解符号任意性的全部奥秘。②但在《教程》中却没有很好地体现出来，不能不说是一桩憾事，卡勒就此问题有深入细致的论述。我们强调语言不是简单地为事物命名，它还要在自己的文化传统中去创造范畴和概念，进而以自己的方式组织和表达世界。因而每一种语言，都有着自己的语言系统，而这种系统的形成，始终与自己国家或民族的文化传

---

①　[美]乔纳森·卡勒：《索绪尔》，张景智译，中国社会科学出版社1989年版，第24页。

②　[美]乔纳森·卡勒：《索绪尔》，张景智译，中国社会科学出版社1989年版，第25页。

统和社会惯例密不可分。因为语言单位的意义是由其在整个语言系统中与其他语言单位的关系所决定的,卡勒举的例子是"认识棕色",我们认识棕色并不是要记住棕色本身的性质,而是要在把它与红色、灰色、褐色、黄色、黑色等颜色的比较中区分出来,从而认识棕色的特点。这个例子告诉我们,语言单位的性质是差异性,差异性使符号具有了意义,而差异性是需要在一个语言系统中才能够呈现的。

差异性不仅是索绪尔语言学里的一个非常重要的概念,也是德里达解构主义理论中的一个非常核心的概念,当然,德里达对此概念进行了解构式的改造,称为"异延"。"'异延'更为有力且恰到好处,因为在尼采、索绪尔、弗洛伊德、胡塞尔和海德格尔的著作中,'差异'都是一个关键性术语。"①卡勒认为索绪尔这一论断触及了语言的本质,如果没有差别,任何语言符号就会毫无价值,语言也就无法成为体系,更无法进行正常的表达和交流。索绪尔在《教程》中这样写道:"所以在任何情况下,我们所看到的都不是预先规定了的观念,而是来自系统的价值。我们说价值相当于概念,其意思是,概念纯粹是表示差别的,不能根据其内容从正面确定它们,只能根据它们与系统中其他成员的关系,从反面确定它们。"②卡勒特别引用了两个大家非常熟悉的例子,就是索绪尔在《教程》中所举的例子:从日内瓦到巴黎8点25分的快车和国际象棋,不管车厢、司机如何更换,或者即使它晚点半个小时,它仍然是8点25分的日内瓦到巴黎的快车,它的更为重要的意义是在列车时刻表中表现出来的,是由它与其他车次的差别中显现出来的。国际象棋中的每个单位,比如"王",它的构成材质、大小、颜色、形状丝毫不会影响它的意义,只要它能与其他棋子相区别就可以了。从这两个例子可看出:语言单位的最重要的特征是差别,语言单位之间"只有差别,没有正面的规

---

① [美]乔纳森·卡勒:《论解构:结构主义之后的理论与批评》,陆扬译,中国社会科学出版社1998年版,第81页。

② Ferdinand de Saussure, *Course in General Linguistics*, trans. Wade Baskin, London: Owen/Fontana, 1974, p. 117.

定"①，语言单位与所代表的实际的物体之间没有必然的联系，它们只有在与其他语言单位的差异中彰显意义。卡勒认为索绪尔的这一做法，"这对逻各斯中心主义是一个强有力的批判"②，因为符号只是差异的一种结果，它不是实体，没有意义的来源。德里达同样受到索绪尔的影响，他说："差异在游戏中互为综合和指派，这就阻止了它们在任何时刻，以任何方式，成为在自身中呈现自身，唯以自身为参照的简单元素。无论在书写或口头话语中，没有哪个要素能不牵连到本身不是种单纯呈现的另一个要素，而起到符号功能。这种联系意味着每一'要素'，不论音素还是字母，均系参照了语言系统中其他要素的踪迹而构成。"③德里达吸取了索绪尔的差异性理论，进而将其建构成自己解构主义文论的一个核心概念。由此可以看出，索绪尔语言学理论对解构主义的影响。卡勒虽然认为索绪尔对逻各斯中心主义进行了批判，但并不彻底，因为他将符号的概念建立在感性与智性的区分上，因而又落入逻各斯中心主义的二元对立的窠臼中，这体现了索绪尔理论的矛盾性。卡勒指出：正是这种矛盾性使德里达对索绪尔保持了浓厚的兴趣，而这种矛盾性正是解构主义的要义所在，"解构主义不是一种界定意义以告诉你如何发现它的理论。作为诸理论赖以奠基的各种等级分明的二元对立之一批判消解剂，它阐发了任何欲从单一途径来界定意义的理论所面临的困难"④。

语言系统与言语的关系问题是索绪尔语言学理论中必然面对和必须解决的一对范畴，因为这关系着语言学研究的对象，而研究对象的确立标志着作为学科的语言学的真正形成，可见这个问题的重要性。卡勒对这一问题的处理是从两个方面着手的，一是介绍并肯定了索绪尔关于语言系统和言语的区别，在介绍的过程中加入了自己的见解与阐释；二是

---

① Ferdinand de Saussure, *Course in General Linguistics*, trans. Wade Baskin, London: Owen/Fontana, 1974, p. 120.
② [美] 乔纳森·卡勒：《论解构：结构主义之后的理论与批评》，陆扬译，中国社会科学出版社1998年版，第83页。
③ [美] 乔纳森·卡勒：《论解构：结构主义之后的理论与批评》，陆扬译，中国社会科学出版社1998年版，第83页。
④ [美] 乔纳森·卡勒：《论解构：结构主义之后的理论与批评》，陆扬译，中国社会科学出版社1998年版，第115页。

发展了被索绪尔所忽略或者说所摒弃的言语，并将索绪尔的言语与以奥斯汀、塞尔为代表的述行语理论相结合，同时吸收德里达、德曼、巴特勒的相关述行语理论，为述行语理论的发展增添了新的内容。而且将述行语理论运用于对文学话语的分析，为我们认识文学话语的属性提供了新的分析视角。

索绪尔在《教程》中说，语言系统是"一个潜存在每一个人的脑子里，或者说得更确切些，潜存在一群人的脑子里的语法体系"①。卡勒对此界定是比较满意的，他总结道：语言系统是一个由形式构成的系统，而言语是实际的话，是依赖于语言系统的言语行为。② 索绪尔区分语言系统与言语，是为了从纷繁芜杂的语言现象中找到研究的重点和科学的研究对象。卡勒认为把语言系统看成由形式构成的系统，把言语看作这些形式的结合和外部体现，与把语言系统看作语言能力、把言语看作这种能力的体现并不完全一样③，后者可能更重要一些。由于索绪尔的研究重心是对语言单位的分析，因而没有考虑句子是否正常的结果。卡勒还看到了《教程》在安排布局上的不合理性，他认为这本书以区分语言系统和言语开篇，会给读者造成一种印象：假定存在着一个被称为语言系统的东西，说明语言就要把这个系统从语言现象中分离出来。这种编排在一定程度上削弱了论证的严密性和逻辑性。索绪尔的本意不是这样的，而是"区分语言系统和言语，是符号的任意性和语言的同一性所引起的必然结果"。④ 由此可以看出，卡勒对《普通语言学教程》的理解非常透彻。

共时性和历时性是索绪尔语言学理论中的重要范畴，索绪尔认为语言是处于不断地变化和演变当中的，这是它的历时性，那么在研究语言现象时，我们应该研究它的发展变化，但索绪尔认为要研究语言的特性，研究语言的本质，不是作历时性研究，而是作共时性研究，因为语言

---

① Ferdinand de Saussure, *Course in General Linguistics*, trans. Peter Owen, London: Owen/Fontana, 1974, pp. 13–14.
② ［美］乔纳森·卡勒：《索绪尔》，张景智译，中国社会科学出版社1989年版，第33页。
③ ［美］乔纳森·卡勒：《索绪尔》，张景智译，中国社会科学出版社1989年版，第34页。
④ ［美］乔纳森·卡勒：《索绪尔》，张景智译，中国社会科学出版社1989年版，第40页。

"是一个纯粹的价值系统,其价值完全取决于各种成分暂时的组合状态"①。卡勒认为索绪尔对语言的共时性研究比任何人都触动到了语言最深刻的特点,他举了很多个例子来说明进行历时性分析是没有意义的,如对英语中第二人称代词"you"的演变的分析,卡勒认为一个人不了解"you"的发展演变,丝毫不会影响他更好地理解和使用现代英语,相反,你了解这种变化,也不能帮助你更好地使用现代英语,"you"的用法是在它与诸如"he""she"等词的共时状态的关系中确定的。②因此,共时性研究就比历时性研究更有意义和价值,这也是索绪尔坚持区分共时性研究和历时性研究并强调共时性研究的原因。尽管他的这一观点在提出时受到了许多人的非议,但卡勒看到了索绪尔提出这种观点的内在原因,即使共时性研究是一个方法论上的假设,但它对研究语言的关系也有着举足轻重的作用和意义的。再者,历时性研究在某种意义上也是一种假定,它也是在共时性描述中派生出来的,卡勒不惜花费了大量的篇幅来举例论证这一问题,最后他得出结论:语言的共时性研究,其实质就是关系的研究。

卡勒认为索绪尔所提出的语言学理论的核心内容就是对语言系统进行共时性分析,通过比较显现差别和对立,进而表现这些相互联系着的价值构成。他非常强调索绪尔提出的一条经常被人忽视的原则:"分析语言就是分析社会现象,就是研究物质的东西所起的社会作用。"③ 在语言研究中,区别差异、界定关系、构成价值是一个异常困难和复杂的过程,要受到思维习惯、文化传统、社会惯例,甚至意识形态等因素的影响。卡勒深知这种研究的复杂性,因而对索绪尔的理论给予了高度评价。

在《索绪尔》一书中,卡勒专门用一章来介绍索绪尔的影响和理论地位。首先卡勒对索绪尔以前的语言学发展进行了详细梳理,他认为 17 世纪和 18 世纪的语言学没有找到正确的研究语言的方法,他们的研究是建立在认为语言能表现人类思想和思维本质这一基础之上的。17 世纪的

---

① Ferdinand de Saussure, *Course in General Linguistics*, trans. Peter Owen, London: Owen/Fontana, 1974, p. 80.
② [美] 乔纳森·卡勒:《索绪尔》,张景智译,中国社会科学出版社 1989 年版,第 44 页。
③ [美] 乔纳森·卡勒:《索绪尔》,张景智译,中国社会科学出版社 1989 年版,第 65 页。

保尔·罗瓦雅尔语法,就是希望通过研究语言来获得对普遍的逻辑和思维规律的认识,主要研究范围是对词类和语法范畴进行理性主义的解释[1],索绪尔指出,他们虽然没有把握住语言的本质,但是他们对历时性和共时性研究还是能分得清的,这已经很不容易了。到了18世纪,在学者和语言学家孔狄亚克的启发和影响下,学者对语言的研究主要集中在对词源的探究上,因为他们相信只有将词的起源弄清楚了,才能说明词的本质,并进而说明思想的本质。19世纪的语言学家则将重心转移到了对各种语言的相似性及历史联系的研究上,所以当索绪尔提出语言首先是一种符号时,很多学者认为他又重蹈覆辙。但他进而强调语言是一种符号,它们的本质和意义来自它们之间的关系和差别,这就从方法论的角度避免了前辈的原子论。"对索绪尔来说,只有研究符号及其本质,才能区分语言中功能性的和非功能性的作用,从而才能准确地从关系上认识语言单位。"[2]

梳理索绪尔之前的语言学研究历史,是为了凸显索绪尔语言学理论的研究方法。卡勒"为了更清楚地了解索绪尔的观点的现代性"[3],他将索绪尔与同时代的两位杰出的人物放在一起进行比较,来凸显方法论的革新对社会变革的巨大作用。这两位杰出的人物就是我们非常熟悉的现代心理学创始人西格蒙德·弗洛伊德和现代社会学创始人埃米尔·涂尔干。弗洛伊德将人的心理分为意识、潜意识和无意识,将人格区分为自我、本我和超我,他认为人的许多行为是由无意识中的性本能驱使的,主张应从人的潜意识和本能出发来解释人的许多行为。涂尔干主张社会事实以一种先在的形式对个体进行影响和塑造,而这种社会事实正是社会学应该研究的对象。卡勒认为他们三人都坚信:个人的行为是因为有意识或无意识地吸收了社会系统,那么只有对系统进行透彻的研究才能更好地解释个人行为,而且强调个体与个体之间的关系和规范。在卡勒看来,他们的研究方法不仅使相应的学科得以确立,而且他们削弱了主

---

[1] [美]乔纳森·卡勒:《索绪尔》,张景智译,中国社会科学出版社1989年版,第71页。
[2] [美]乔纳森·卡勒:《索绪尔》,张景智译,中国社会科学出版社1989年版,第91页。
[3] [美]乔纳森·卡勒:《索绪尔》,张景智译,中国社会科学出版社1989年版,第95页。

体的中心地位，使主体不再是意义生成的中心和源泉，这在一定程度上有反本质、反逻各斯中心主义的意义，这也成为解构理论的重要来源。

在评价索绪尔的理论贡献时，卡勒主要强调了两个方面：从宏观的层面看，索绪尔所提出的关于语言学的研究方向和学科任务是可行的，也是被后来的学者所接受的。而且他的理论影响了他之后的几乎所有的文学理论流派和许多人文学科，如布拉格学派、哥本哈根学派、功能学派、美国结构主义、乔姆斯基为代表的生成转化语法学派等，在这一点上，他被称为现代语言学之父毫不为过。从微观的层面看，索绪尔所创立的许多概念，如语言系统与言语、能指和所指、共时性和历时性、组合关系和聚合关系等，都是推动现代语言学向前快速发展的诸多动力。当然，卡勒也承认索绪尔的理论中也有许多地方是矛盾的，论述也不清晰。总之，索绪尔为我们开启了语言学尤其是符号学的一个新时代，"索绪尔对符号和符号系统的研究为全面研究人类行为的构成方式铺平了道路"①。

二 关于符号学的思考

符号在卡勒的文论中占有非常重要的地位，他深入分析了符号的意义和功能，不仅在《索绪尔》一书中详细介绍并评述了索绪尔的关于符号学的理论，而且在1981年出版的《符号的追寻》、1988年出版的《符号构形》等书中，对符号进行了深入的分析和研究。在1983年出版的《罗兰·巴尔特》一书中，专门研究了作为符号学家的巴特。在2007年出版的《理论中的文学》一书中，有一节比较了索绪尔和德里达关于符号的任意性理论。当然，在《结构主义诗学》和《论解构：结构主义之后的理论与批评》等书中也有涉及，这说明符号理论在卡勒的整个学术体系中有着根基的作用。

卡勒以索绪尔所提出的符号的任意性为起点，对符号的性质进行了深入的研究。他对索绪尔所设想的建立符号学科表现出了极大的兴趣，并一直致力于这门新兴学科的建立。卡勒指出：虽然在索绪尔的《教程》

---

① ［美］乔纳森·卡勒：《索绪尔》，张景智译，中国社会科学出版社1989年版，第6页。

中关于符号学的论述所占的篇幅很小,但是在索绪尔的理论中,符号学是非常重要的,"归根结底,语言是一个符号系统。因此,必须求助于符号学才能准确地说明语言。难道这个道理不是很明显吗?"[1] 卡勒认为索绪尔提出了一个严肃又艰巨的任务,那就是建立符号学学科,只有以科学的视角去审视包括文学语言在内的符号系统,弄清楚符号意义的生成与社会惯例之间的关系,才能为其他学科开创新的局面。卡勒认为符号学一旦建立,其影响不可估量,但由于索绪尔之后的很多语言学家并没有意识到建立符号学的重要性,致使符号学的发展缓慢,直到索绪尔的语言学研究模式在人类学等学科领域有了突破性进展,符号学才发展起来。[2]

符号学是卡勒学术思想的基点,他在《索绪尔》中将符号学作为论述的重点,在最后一章中专门阐释了索绪尔为我们留下的这笔遗产,就是建立符号学,接着他在《符号的追寻》中有两篇是继续探索符号研究的方法和符号学学科是如何建立的。卡勒将符号的研究与文学、解构式阅读和各种社会现象联系起来,使符号学的发展有了新的视角和方法论上的创新。《符号的追寻》的副标题是"符号学、文学、解构",从这个副标题我们可以看出卡勒对符号的研究不再是停留在结构主义的层面上,他看到了结构主义的研究模式所具有的弊端,进而将研究的视角转向了解构,只有解构的思维方法才能阐释符号学包括文学符号学的内在复杂性和矛盾性,以及各个符号之间的张力和它们在整个系统中的关系。卡勒认为一个事件是否有意义不是取决于它自身,而是在整个的体系中它所具有的象征意义,对于整个人文学科来说,符号学的出现就是一个事件,因为它的出现使许多学科的边界和关注点都得到了调整。一个学科的出现,重要的不是急于界定其学科性质,而是"认同和重新界定以前旧的一些学科,为了宣称符号学的出现在现代学术界是一个事件,必须同时认可那些被誉为先驱者的学者,描述各种学科曾无法处理的问题,而这些问题恰恰是符号学所要面对的"[3]。符号学的出现使人类学家、文

---

[1] Ferdinand de Saussure, *Course in General Linguistics*, trans. Peter Owen, London: Owen/Fontana, 1974, p. 47.
[2] 王敬民:《乔纳森·卡勒诗学研究》,中国海洋大学出版社2008年版,第50—51页。
[3] Jonathan Culler, *The Pursuit of Signs*, New York: Cornell University Press, 1981, p. 21.

学理论家和语言学家明显地受到了影响,卡勒指出,这是一个学科诞生应该有的反应。

　　与符号紧密相连的便是意义的讨论。关于符号和意义,卡勒坦言这虽不是一个新鲜事物,但之前的研究都是将符号作为语言或者心理学方面的辅助研究,真正将符号进行综合研究和展望的有两个非常重要的人物:索绪尔和皮尔士。卡勒对这两人的符号理论进行了比较,索绪尔研究符号是从符号的任意性开始的,他认为语言是符号的一个体系,是"更大一级的符号学的一部分,就应该在社会生活中去研究符号……它将告诉我们符号的构成,什么规律支配着它,它现在不存在不代表它以后不存在,它有它存在的权利,它的地位首先要得以保证"[1]。索绪尔强调,语言学是符号学的一个非常好的例子,他把语言学放到了符号学的中心位置,认为符号的能指和所指之间的关系是任意的、约定俗成的,那么我们就不能对符号进行单个的研究,必须建立一个符号系统才能确定符号的意义。这样,符号学就可以使语言学具体化,使处于符号系统中的意义事件成为可能,这样共时性研究便成为一种主要的研究方法。从现代语言学的角度看,索绪尔给出了一个比较实际的设想,但是必须以最终建立一种模式标准为前提,这在卡勒看来是有一些问题的,或许正是这一问题,使得索绪尔的结构主义语言学模式受到挑战。而皮尔士的出发点不同,他将符号学推广到了各种符号现象,认为每一个事物都是一种符号,从而建立了全面意义上的符号学体系。他从符号任意性之间的区别开始,认为符号就是相对于某人、在某方面,能代替(代表、表现)他物的某种东西。"皮尔士的符号学重视交际的所有形式——语言的以及非语言的,皮尔士理论的焦点放在不断发展的文本上,放在符号运动的过程上。他没有从先验存在、又能够自我运转的符号系统出发,相反,通过'对象',他把社会和历史的因素合理地纳入了符号学的研究范围。"[2] 卡勒认

---

[1] Jonathan Culler, *The pursuit of signs*, New York: Cornell University Press, 1981, p. 22.

[2] Qiaodan Lu, "Sign, Meaning and Interpretations – A Comporative Stucly of the Signifying Function of Saussurean and Peircean Semiotics", paper ■elivered to the International Conference on Applied Social Science, sponsored by Information Exgineering Research Instieute, USA, Taipei, January, 15 – 16, 2013.

为，索绪尔和皮尔士的许多观点是互补的，尽管他们开始的出发点不同，但最终得出的结论却惊人的相似，他们"都同意符号学的任务就是描述深藏在行为和表现之下的看似'最自然'的模式和惯例"①。卡勒认为，正是这种区别和惯例使得事物具有了意义，使得椅子和桌子成为意义而不是木头，每一个事件或事物正是在社会系统和惯例之下才成为一个个表达意义的符号或有意义的事件。在这个意义上说，马克思、涂尔干、弗洛伊德等人都是主张社会中的个人和事件同样是一种有意义的象征，和语言系统有同构之处。

关于符号的体系问题，卡勒指出索绪尔所言的体系是有一个比较稳定的模式和标准的，但在他看来，这是有问题的。我们不能为意义的生成过程设置限制和界定一个一劳永逸的体系和惯例，"人们总是在为符号的生成和存在设置限制，而忘了符号和意义的关系是变动不居的"②。此时的卡勒已经认识到了结构主义语言学所存在的问题，他开始试图将符号学的设立放在解构视野中去进行，尽管此时《论解构：结构主义之后的理论与批评》还未出版，但是他的思路已经从结构主义开始转向解构主义，因而我们说卡勒的许多思想具有前瞻性。卡勒认为符号学从一开始就以批判逻各斯中心主义所主张的知识是先在和独立于它们的表达形式而存在，这一点是值得肯定的，但是索绪尔在寻找符号意义的生成过程中，最终还是将意义落脚在了依赖符号体系的先验存在。正如卡勒引用德里达的话："符号学无法逃离逻各斯中心主义，尽管意义的源头不再是先于它们表达而存在的意识，它们的来源变成了一个差别的系统，而这个系统符号学将之看成任何意义行为的必要条件。"③

卡勒在分析符号学的过程中，逐渐发现符号学学科陷入了一个困境，即符号学由于对符号和意义采取了严格的调查，它最终显示了意义生成过程的根本性矛盾。正是由于符号学采用了一种也许永远不会实现的方法，即对符号和符号系统的分析，导向了书写行为和置换行为。尽管这

---

① Jonathan Culler, *The pursuit of signs*, New York: Cornell University Press, 1981, p. 24.
② Jonathan Culler, *The pursuit of signs*, New York: Cornell University Press, 1981, p. 37.
③ Jonathan Culler, *On Deconstruction*, New York: Cornell University Press, 1982, p. 45.

些行为可以被人所分析和理解，但它们自身的局限却难以克服，那就是符号的意义永远不可能被一种条理清晰而全面的理论所掌握，它永远处于一种动态的建构当中，这对雄心勃勃要建立"符号学帝国"的学者来说是一个不小的打击。可贵的是，卡勒很早就洞悉了这一点，他说："尽管符号学自身的理论有缺陷，但它却提供了一种类型的解释活动，一种德里达式的双重科学，一种解构的阅读模式。"①卡勒敏锐地看到了用结构主义模式研究符号已经穷途末路，而解构主义则非常热衷于宣扬符号学任务的不可能性，符号学与解构主义之间这种既对立又联系的相互作用的张力已经为我们研究文学提供了一个很好的能量源头，它的优势今天来看依然存在。卡勒为符号学寻找到了一条与文本和阅读相联系的途径，那就是将符号学作为一种阅读理论，在文本的阐释和作品意义的追问中去分析符号或许更有意义。

三 文学符号的自指性

乔纳森·卡勒接受了索绪尔关于语言学是符号学一个分支的观点，在索绪尔看来，语言学是符号学的一个分支，而文学语言更是符号学的典范，是由于在符号的组合关系和聚合关系方面，文学符号表现得异常突出。一方面，文学符号总是通过一定的辅助惯例，如隐喻、转喻、夸张等修辞手法来凸显自身，在表现文学符号潜在系统和文学语言惯例的同时，使意义彰显出来；另一方面，文学符号总是不断地否定自身、超越自身，"交通代码不违背自己的代码系统，但文学却在不断地违背自己的代码系统。这是因为从根本上讲，文学是要探索人类经验的一切可能性，对我们平时观察自己或观察世界时使用的范畴提出疑问，使之深化"②。卡勒强调文学的价值也就在于文学作品对现有符号系统的不断打破、质疑和超越，他从符号学的角度给予了说明和界定，得出了文学符号具有自指性的结论。

自指性是自我指涉性（self‑referentiality）的简称，它是西方文论中

---

① Jonathan Culler, *The pursuit of signs*, New York: Cornell University Press, 1981, p. 43.
② [美]乔纳森·卡勒：《索绪尔》，张景智译，中国社会科学出版社1989年版，第143页。

的一个非常重要的概念，它的出现与语言学的发展和文学本体研究紧密相关。具体来说，它贯穿了从俄国形式主义到结构主义再到解构主义的发展历程，内涵丰富。那么，什么是文学符号的自指性？与自指性相对的是它指性，也就是指向它自身以外的事物，那么，什么样的语言指向他者呢？韦勒克认为科学语言是直指式的，而文学语言则是丰富的，有内涵的。[①]保罗·利科认为"科学语言是一种精确的、一致的和可证实的语言，是按照词典、词汇或句法的语言学规则构建起来的。科学语言以定义、专名、符号以及公理和逻辑规则的形式，消除歧义，形成一种易于被逻辑所证明的关于实在的模式。诗歌语言则不同，它是言论的语言学的产物，是一种应用的、生产的、力量的语言。它以歧义性、一词多义为特征，是一种'语言游戏'，着眼于上下文构造出多种语义效果，体现了言论的无限性"[②]。而早在俄国形式主义那里，作为核心人物的什克洛夫斯基就提出了"陌生化"理论，他认为诗歌语言是对"日常语言"的陌生化，是对日常语言的扭曲和变形，经过"陌生化"处理后的诗歌语言能延长人们对事物的感知长度和范围。俄国形式主义的另一个代表人物罗曼·雅各布森在1958年的演讲《语言学与诗学》中论述了自我指涉性，他认为"文学科学的对象不是文学，而是'文学性'，也就是说使一部作品成为文学作品的东西"[③]，他提出了"文学性"这一概念，对文学理论的研究对象、方法、范围意义重大。卡勒指出："文学性的定义之所以重要，不在于作为鉴定是否属于文学的标准，而是作为理论导向和方法论导向的工具，利用这些工具，阐明文学最基本的风貌，并最终指导文学研究。"[④] 雅各布森在论述"文学性"时指出：对文学性的研究涉及了一个非常重要的问题，就是对语言尤其是诗歌语言的分析，语言的

[①] ［美］韦勒克、［美］沃伦：《文学理论》，刘象愚等译，生活·读书·新知三联书店1984年版，第285页。

[②] ［法］保罗·利科：《言语的力量：科学与诗歌》，载胡经之、张首映主编《二十世纪西方文论选》（第三卷），中国社会科学出版社1989年版，第291页。

[③] ［法］茨维坦·托多罗夫编选：《俄苏形式主义文论选》，蔡鸿滨译，中国社会科学出版社1989年版，第24页。

[④] ［美］乔纳森·卡勒：《文学性》，载［加拿大］马克·昂热诺等主编《问题与观点：20世纪文学理论综论》，史忠义、田庆生译，百花文艺出版社2000年版，第29页。

"诗的功能"和"指称功能"的区分非常重要。雅各布森认为诗的功能就是将读者的注意力引向自身，文学语言的这种将信息聚集自身、将注意力指向自身的特性就是文学符号的自指性。雅各布森意识到文学性的最重要的表现首先是语言的诗性功能，当然，作为构成作品的"材料"，文学语言有许多功能，但文学研究要做的是研究文学作品之所以能成为文学作品的诗性功能，文学语言通过辞格、句子构造、修饰语、隐喻、押韵等手段来吸引读者的注意力，使文学符号呈现出与众不同的特征。学者王汶成也将自指性看作文学语言的三大特征之一，他认为文学语言具有自指性、曲指性和虚指性的特点，他引用了象征派诗人瓦莱里的一个比喻来说明文学语言与非文学语言的不同，"非文学语言很像走路，而文学语言却像在跳舞，尽管在这两种情况下都是脚的运动，但前者有一个外在目的，即走近一个目标，而后者的目的就在自身，它是为双脚的运动而运动的"①。由此可以看出，自指性是文学符号区别于非文学符号的一个重要标志，卡勒认为这种区别，"通过分离出文学的'特质'，推广有效的研究方法，加深对文学本体的理解，从而摒弃不利于理解文学本质的方法"②。

卡勒的文学符号观也是在索绪尔语言学的影响下，在形式主义文论的基础上发展而来的。卡勒明确指出：文学符号是指向自身的，它具有自我指涉性，它也传递信息，表达情感，但它最重要的功能是凸显自己，因而文学符号便具有了形式方面的独立价值。在《文学理论入门》中讨论"文学是什么"这个问题时，他的第一条关于文学本质的内容就是"文学是语言的'突出'"③。卡勒认为，作品的"文学性"存在于文学语言中，而文学语言则通过独特的风格来呈现与众不同的结构风貌，使读者眼前一亮，进而关注文学语言本身。"尤其是诗，它把语言按声音的差别排列组织起来，创作出可供人品味的东西。"④ 在《结构主义诗学》一

---

① 王汶成：《文学语言中介论》，山东大学出版社2002年版，第167页。
② ［美］乔纳森·卡勒：《文学性》，载［加拿大］马克·昂热诺等主编《问题与观点：20世纪文学理论综论》，史忠义、田庆生译，百花文艺出版社2000年版，第30页。
③ Jonathan Culler, *Literary Theory*, New York: Oxford University Press, 1997, p. 28.
④ ［美］乔纳森·卡勒：《文学理论入门》，李平译，译林出版社2008年版，第30页。

书中，卡勒对雅各布森的诗学进行了详细的论述，并且将文学语言的分析与语言行为联系起来，他引用穆卡洛夫斯基的话："语言的诗学功能在于对言语行为的最大限度的突出。"① 而"突出"有很多种办法，对于雅各布森来说，就是运用非常整齐的语言，这种整齐的结构在诗歌中比较常见，也非常醒目，能够吸引人的注意力，而"音律和节奏上的内在联系，是使诗区别于一般言语交流功能的主要手段之一"②。文学符号通过指向自身来表现诗性，表现一种与其他符号不同的审美特性，卡勒认为对文学符号自指性的研究是研究文学本质的前提和基础，如果没有对构成文学作品的材料——文学符号研究透彻，那文学研究就会缺少根基，而且"文学作品从不受代码系统的约束，所以，用符号学的观点来研究文学总是如此引人入胜"③。

文学符号的自我指涉性不仅使文学语言具有了诗性的功能，而且使文学语言具有更新意识的功能。文学符号的自指性要求形式不断地自我更新，不断背离原有的形式与规则，而这种更新使得文学符号所指示的内容随之改变。卡勒说："如果有一种直截了当的、明指的符号代码，可以用来独立地对各种文学作品进行解释，那么文学的价值也随即大为逊色，作者要做的第一件事就是背离和超越这种代码的规则。"④ 由此可以看出，文学作品的价值不在于对已有规则和惯例的完全重复，而在于通过各种手段，使文学符号对现有的符号系统进行打破、质疑和超越，才能凸显自身，创造新的意义指称。

在《文学理论入门》中卡勒对文学的本质进行界定时，提出了五个方面的观点：文学是语言的"突出"；文学是语言的综合；文学是虚构；文学是审美对象；文学是互文性的或自反性的建构。⑤深入分析这五个角

---

① [美] 乔纳森·卡勒：《结构主义诗学》，盛宁译，中国社会科学出版社1991年版，第96页。
② [美] 乔纳森·卡勒：《结构主义诗学》，盛宁译，中国社会科学出版社1991年版，第243页。
③ [美] 乔纳森·卡勒：《索绪尔》，张景智译，中国社会科学出版社1989年版，第144页。
④ [美] 乔纳森·卡勒：《索绪尔》，张景智译，中国社会科学出版社1989年版，第155页。
⑤ [美] 乔纳森·卡勒：《文学理论入门》，李平译，译林出版社2008年版，第36页。

度，其实质仍然是从不同的视角去看待文学语言的结果。"文学是语言的'突出'"强调了文学符号的自指性特点，主要偏重于形式技巧方面的内容，这个我们前面已经讨论过。"文学是语言的综合"是指文学语言的丰富性和生成复杂性，卡勒强调了仅从形式层面去界定语言也是有失偏颇的，他指出文学作品所呈现的语言是文本中各种要素和成分组合起来的一种关系错综复杂的语言，包括声音与意义之间的关系、语法结构与主题模式之间的关系、形式与意图之间的关系等，它们之间是一种和谐的关系还是形成具有反差的张力，在不同的文本中会有不同的表现。因而卡勒指出，形式上的突出不能作为区分诗性语言的唯一标准，要对文学符号作整体的考察才能呈现出文学语言的特性。"文学是虚构"是卡勒从语言与世界的关系视角对文学的界定，什么是虚构？在卡勒看来，虚构是文学语言表述与世界之间形成的一种特殊的关系，文学作品是由文学符号的组合来呈现一个虚构的世界，而这个虚构过程的实质是一个语言活动过程，作品所描述的世界与现实世界的关系如何界定？卡勒认为这便涉及如何解读的问题。"非虚构的话语一般包含在那种告诉你如何理解它的语境之中：一本用法手册，一篇报纸上的新闻报道，慈善机构的一封来信。然而，虚构的语境对虚构到底要说明什么意义这个问题总是不做明确答复。文学作品对真实世界的指涉，与其说是文学的特性，不如说是解读赋予这些作品的一项功能。"①在卡勒看来，文学符号所具有的自我指涉性使文学作品与现实世界的关系变得扑朔迷离，复杂而又微妙，而这种虚构的关系没有一个固定的模式和不变的答案，它需要读者在解读文本、分析文学符号的过程中去建构。"文学是审美对象"则是卡勒从文学语言的美学作用对文学的界定，文学是语言的艺术，这种艺术性不仅体现在各种修辞技巧、节奏和韵律等形式方面，还表现在它能协调各部分一致实现其目的性——艺术作品本身上，而非外在目的，这种目的能给人带来愉悦，即康德所言的"美是无目的的合目的性"。卡勒认为，一部文学作品就是一个审美对象，它促使读者通过对文学符号的解读来思考形式与内容的相互关系。文学是互文性的或者自反性的建构，这里

---

① Jonathan Culler, *Literary Theory*, New York: Oxford University Press, 1997, p.31.

有两个非常重要的概念："互文性"和"自反性"。什么是互文性？茱莉亚·克里斯蒂娃对其有这样的描述："任何语篇的形成都是对于引用语的再加工；任何语篇的形成都是以对其他语篇的吸收和转换为基础的。"①卡勒显然接受了这一观点，他认为一部作品的意义存在于与之相关的其他作品的关系之中，就像一个符号的意义是由与其他符号的关系来决定的一样，文本始终处于这样的一种关系当中。"一部作品通过与其他作品之间的关系而存在于其他作品之中。要把什么东西作为文学来读就要把它看作一种语言活动，这种语言活动在与其他话语的关系中产生意义。"②自反性也是关于文学本质研究中的一个重要概念，自反性这一概念主要用于社会学，是指事物的一种自我对抗。③在卡勒这里，他用自反性来界定文学，主要强调的是文学文本具有自我反思、自我建构的能力，不仅包括对文学实践的更新与提高，而且不断反观自身、反思自身，而这种自反性是在对文学语言的突出运用和语言再现世界的过程中来实现的。卡勒对文学五个方面的界定，其基点都是从文学符号的自指性开始，对文学作较为全面的观照。当然，卡勒自己也一再强调，这五个视角中的任何一个视角都不能全面反映文学的特质，必须在二者之间不断地变化自己的位置，这种对待文学的方法，显示了他解构的研究思路，"对每一点论述，你都可以从一种视角开始，但最终还要为另一种视角留出余地"④。

第二节　文本阐释与结构语言学的分析路径

随着卡勒的学术历程的变化，其文本理论的内涵也在发生着更新，这是因为卡勒总是将文本的阐释放在整个文学理论的大背景中去进行的，目标却是建构一种开放的诗学，这种诗学的建构充满了艰辛，但却是卡勒始终坚持的一条学术理路。无论是新批评的影响，还是结构主义的译

---

① Julia Kristeva, *The Kristeva Reader*, New York: Oxford Blackwell, 1986, p. 35.
② Jonathan Culler, *Literary Theory*, New York: Oxford University Press, 1997, p. 33.
③ ［德］乌尔里希·贝克、［英］安东尼·吉登斯、［英］斯科特·拉什：《自反性现代化——现代社会秩序中的政治、传统与美学》，赵文书译，商务印书馆2001年版，第9页。
④ Jonathan Culler, *Literary Theory*, New York: Oxford University Press, 1997, p. 28.

介,抑或是解构主义盛行时的参与,后理论时期的文化研究,其文本理论始终与诗学建构同行。因为在卡勒看来,"结构主义使人们看到的那种文学研究,其基本上不是一种阐释性的批评;它并不提供一种方法,一旦用于文学作品就能产生迄今未知的新意。与其说它是一种发现或派定意义的批评,毋宁说它是一种旨在确立产生意义的条件的诗学。它将新的注意力投向阅读活动,试图说明我们如何读出文本的意义……"①

一 文本理论概述

"文本"是整个文学活动中一个非常重要的概念,它是连接作者与世界、作者与读者、读者与世界的中介。不管是轻视文本的传统的文学观念(如摹仿说、情感说、客观说等),还是重视文本的形式主义和结构主义,抑或是将文本看成处于不断建构、意义延宕的编织物的解构主义批评,甚至后现代、后殖民主义等,都始终无法避开"文本"这一概念,而对文本的地位界定和研究方法的不同便形成了不同的文学批评流派。

卡勒的文本实践分析始于他的第一本著作《福楼拜:不确定性的运用》,而他对文本理论的集中讨论主要是一篇文章《文本的变迁》②,收录在《理论中的文学》这部著作中,其他一些关于文本的讨论散见于《结构主义诗学》《索绪尔》《罗兰·巴特》《论解构:结构主义之后的理论与批评》《文学理论入门》等著作中,还有一些零散的论文。

在讨论卡勒的文本理论之前,对其文本分析的第一次尝试的成果《福楼拜:不确定性的运用》进行详细分析甚为必要,从中可以看出卡勒文本理论的起点,这有助于我们理解他的文本理论在后来会发生什么样的变化。卡勒后来说,《福楼拜》其实是写在《结构主义诗学》之后的,因为出版问题,后者被搁置,因而《福楼拜》先于《结构主义诗学》出版③,了解这一点也很重要,因为这关系到理解卡勒学术理念的转向问题。在《福楼拜》中,卡勒分了三个部分来论述福楼拜的小说创作,试

---

① [美]乔纳森·卡勒:《结构主义诗学》,盛宁译,中国社会科学出版社1991年版,第16页。
② Jonathan Culler, *The Literary in Theory*, Stanford: Stanford University Press, 2007, p.99.
③ Jeffrey J Williams, "The Clarity of Theory: An Interview with Jonathan Culler", *The Minnesota Review*, Spring 2008, pp.75–76.

图阐释当时著名的"福楼拜问题"。那么,什么是"福楼拜问题"?简言之,就是在福楼拜的小说里存在一个问题,即"整部作品的意义缺失或暂时缺失"①,这个问题已经成了西方文学史、福楼拜研究史中的一个热点问题,有许多的作家、理论家都对这一问题进行了探讨,主要有:波德莱尔、法朗士、莫泊桑、普鲁斯特、纪德、莫里亚克、左拉、丹纳、亨利·詹姆斯、珀西·卢伯克、安东尼·阿尔巴拉特、保尔·布尔热、尼采、瓦莱里、萨特、热拉尔·热奈特、罗兰·巴特等,可见这个问题的被关注度之高。卡勒当然也没有回避这个问题,他主要是从符号和结构的角度出发,对福楼拜的文学文本中的许多空白、意义的断裂、缺场作了"细读",并运用"反讽"的手法来分析文本中的许多矛盾和意义的不稳定性,甚至是意义的缺失和空白。的确,对于已经习惯了主题明确、意义连贯的传统的文学文本的读者来说,福楼拜的这种文本特点的确无法被接受。卡勒说:"福楼拜已经掌握了巴特称之为间接性的文学语言这种东西,它只提供能指,但不填入所指……这种写作模式试图向那种控制着世界的概念系统提出诘问,它假装发挥语言的指涉功能,以抗拒复原。"②那么,这种写作方式其背后的理由是什么,不同的作家有不同的分析,也得出了不同的结论。③

卡勒在创作《福楼拜》时已经完成了《结构主义诗学》的创作,此时的他既有新批评的影响,又有对结构主义和符号学的浓厚兴趣,他的视角必然的放在福楼拜的文本结构方面。从符号学的角度看,他认为,福楼拜对一些细节的过度扩展是对符号能指和所指的疏离甚至背离。和其他许多文论家认为福楼拜的这种意义的缺失是一种意义的困乏一样,卡勒也认为这种缺失是一种意义的困乏,但不仅仅如此,他从这种意义的缺失中看到了符号方面的创新,还有对传统叙述模式的突破和超越、对传统小说惯例的颠覆,同时也是对意义和作者意图的解构。"福楼拜的现实主义不仅是由一个和谐的、充满意义存在的爱玛的梦想的缩影和弗

---

① 王钦锋:《论"福楼拜问题"》,《外国文学评论》1994 年第 4 期。
② Jonathan Culler, *Flaubert*: *The Uses of Uncertainty*, New York: Cornell University Press, 1974, pp. 108 - 109.
③ 王钦锋:《论"福楼拜问题"》,《外国文学评论》1994 年第 4 期。

雷德利克·莫罗嘲讽的将他的宏伟目标与功利的平庸世界对比所构成，而且，他以同样精确的手法，为我们展现了一个以反讽的手法抵制和颠覆批评家试图想要建立的关于意义与和谐整体的复杂模式的细节和可能性世界。"① 在卡勒看来，福楼拜小说的最大价值不是如何再现社会现实，而是在于表达方式的创新，通过对细节的扩张来展现现实的复杂与不可捉摸。在许多理论家眼里，福楼拜的这种阻碍情节发展、延缓人物行动的"细节"是无意义的。但是卡勒认为，福楼拜就是要展现世界的真实和生活的无奈，"这就是现实！"同时，福楼拜的小说创作是对既成（比如巴尔扎克）小说阅读惯例的反抗，巴尔扎克的小说在读者阅读过程中可以对文本进行"复原"，而对福楼拜来说，他将符号的能指和所指分离，使能指占据文本却拒绝与所指连接，甚至使所指成为空白，他拒绝意义的"复原"。卡勒认为，"反讽"作为以往的一个产生意义的重要手段，在福楼拜这里"不是意义产生的技巧，更多的是产生无意义和不确定性的手段"②。在卡勒的这次文本分析演练中，我们看到了卡勒分析文本的特点，即更多是从符号、修辞技巧和叙述手法等方面进行的，这与他深厚的语言学背景密不可分，我们知道卡勒获得了语言学博士，之后他一直致力于在语言学与文学研究之间寻找一个突破口，以将二者紧密联系，在他的文本分析中，这种努力一直都在进行。

卡勒的文本理论是从梳理"文本"概念的起源开始的，并对文本的发展变迁做了详细的论述。卡勒认为，文本作为文学研究的核心，从经典作家那里作为一种强有力的形式客体，发展到后理论家那里被看作一种反规则的系谱，其间经历了许多变异。在这种变迁过程中，卡勒要强调的不是演变本身，而是这种演变揭示了什么。卡勒在梳理"文本"最初的定义时，提到了1972年杜克洛和托多罗夫合编的《语言科学百科词典》中关于"文本"的两个意义相对立的定义，一是认为文本是"超越

---

① Jonathan Culler, "The Uses of Uncertainty Re – Viewed", *The Bulletin of the Midwest Modern Language Association*, Vol. 11, No. 1, Spring 1978, p. 14.

② Jonathan Culler, "The Uses of Uncertainty Re – Viewed", *The Bulletin of the Midwest Modern Language Association*, Vol. 11, No. 1, Spring 1978, pp. 14 – 15.

句子的话语组织"并且是"自主的和封闭的";二是文本具有创造性。①卡勒的分析加上第二条是为了回应当时理论发展对语言科学提出的挑战,自主性、封闭性与创造力确实存在着一些悖论,但从中可以看出学科发展对文本概念的影响,尤其是德里达和克里斯蒂娃的理论,使学者重新审视文本概念。

  卡勒认为,"文本"作为围绕着语言学模式而进行重新组织的人文学科的一个关键概念,其双重标识也是一个非常重要的特点。卡勒说:"如果我们不解决围绕在文本概念周围的这些问题,我们就会被我们未经检验的主张所驯化,因为文本问题无法逃避。"②文本的确是一个很难界定的概念,而对文本的不同界定会产生不同的文本阅读理论和文学批评理论,"文本概念人各言殊,新批评理论家将其视为语言表层结构,符号理论家认为它是超越语言的符号体系,后结构主义者则认为文本具有互文性,而当代批评家更是将其内涵无限扩大,认为生活中具有表意功能的语言符号以及类语言符号都是文本"③。文本一方面是作家创作的产物,是作者最终意图的显示,但同时它又具有自身的独立性,它在印刷、出版到阅读的过程中会带上传播媒介的印迹,这会使文本变体,而这种变体最终会以各种可能的形式体现在作品的最终意图中,使文本意义变得复杂而多义。卡勒指出:文本总是被物质的东西所承载,虽然它指向的是事件和显现。在"文本"理论的发展过程中,英美新批评的贡献首当其冲,新批评将"文本"第一次推到了理论的前台,作为对传统的重内容轻形式、重意义轻文本的倾向的反驳,新批评赋予了"文本"自身的独立性,使文本获得了自主性,这无疑是文论史上的一大进步。卡勒认为,在新批评理论中,"文本自身"作为文学研究的审美对象,与历史和传记相对,新批评非常强调文本自身"是一种复杂的积极状态"④。在这里卡勒表达了两层意思:一,强调自身是为了与传统的理论相区别,突出文本

---

① Jonathan Culler, *The Literary in Theory*, Stanford: Stanford University Press, 2007, p. 99.
② Jonathan Culler, *The Literary in Theory*, Stanford: Stanford University Press, 2007, p. 100.
③ 董希文:《20 世纪西方文学文本理论流派纵论》,《山东省青年管理干部学院学报》2005 年第 5 期。
④ Jonathan Culler, *The Literary in Theory*, Stanford: Stanford University Press, 2007, p. 101.

的自主性和独立性,这是一种积极的理论路向(因为不管作者的意图如何,他也必须将其思想外化为符号,按一定的规则组织成文本,所以作家只能写文本,不能说文本);二,为什么说"是一种复杂的积极状态",卡勒认为新批评关注文本,以文本自身来引用例证,好一点的情况是不反对文本想要说的内容,但更多时候却是将文本与作者和社会等内容抛掷一边,这便有些矫枉过正。

文本是否是独立的?卡勒的答案是肯定的,他强调正是因为这种独立性,才使得文本中的任何一个部分都关系到最终意图的呈现,因而都要谨慎、严肃、认真地对待,他引用了米歇尔·里法尔泰的一句话来说明这一点,"从构造上看,我所说的形式的复杂和语义学的特征构成了一个自足的、统一的、具有合法形式的文本,然而无故地去除任何线索都会使它偏离正道"[①]。文本的自主性和独立性就在于文本本身以各种方式来展现艺术作品的意图而作者的意图却不被揭示,换句话说,即文本自身被艺术目的所包围却能独立于任何其他信息之外,卡勒说,这和康德所言的"审美客体是无目的的合目的性"[②]有着内在的一致性。正是在这样的一种语境中,德里达得出了这样的结论:"文本之外别无他物"[③],它的内涵有两层:一是文本之外的信息或事物与文本本身无关;二是你无法逃离文本,当你逃离一个文本,获得的是更多的或更大的文本。

在西方文本理论发展过程中,卡勒强调了其跨学科属性的出现是在结构主义时期。在这一时期,卡勒也是致力于用语言学的模式去分析文本的结构,其成果为《结构主义诗学》,这部为他带来声誉的著作,其实是卡勒的第一部作品。卡勒认为在结构主义者那里,一切事物都是文本,文本被认为是由二元对立关系组织起来的具有深层结构的符号构成物,对他们来说,"文本研究的任务就是通过对另一个使文化发生的符号系统

---

① Jonathan Culler, *The Literary in Theory*, Stanford: Stanford University Press, 2007, p. 102.
② [德]康德:《判断力批判》,邓晓芒译,人民出版社2002年版,第78页。
③ Jacques Derrida, *Of Grammatology*, trans. Gayatri Spivak, Baltimore: Johns Hopkins University Press, 1976, p. 158.

的重建"。① 卡勒从未称自己为结构主义者或解构主义者,他不喜欢这种标签,是因为这会使人以一种论战者的姿态出现,会使理论易走向偏颇或极端,所以有许多学者说卡勒的理论中庸色彩比较浓,其实不然,卡勒更多时候是以一种旁观者的视角来阐述理论,反倒能见出一些新意,同时避免了极端。在《结构主义诗学》里,卡勒试图想要寻找文本背后使意义理解成为可能的系统和模式,因而他的文本理论与结构主义者的文本理论有一些共同之处,即通过文本分析,发现文本背后的深层结构和系统;而二者的不同之处在于:结构主义者将文本看成一种封闭的系统,它不关心单个的文本意义,而是寻找一种更宏大的文本结构方法,以得到一种一劳永逸的文本分析模式,所以从这个意义上,有学者说:"结构主义文论是一种宏大叙事,但也包含了一种康德式的狂想。"②而卡勒的文本理论则是在分析罗兰·巴特的文本理论的基础上呈现的,他详细分析了巴特的《从作品到文本》这篇文章,巴特通过对文本与作品的一些参数的对立来描述文本的概念,文本是一种能指对所指的无限延迟的实践或游戏,是一种分裂与自我分裂快感的实践③,真正的文本是应该一直被寻找、被描述的,卡勒对此是认同的。在卡勒看来,符号的能指和所指之间的复杂关系在文本分析中能更好地显现出来,这种意义的不定性和复杂性使文本分析充满了各种可能,文本结构中各部分之间的张力在意义的找寻和生成中凸显。巴特认为作品和文本是不同的,而且总是对立的,但在"界定什么是作品什么是文本"这个问题上,巴特的论述模糊且矛盾,在巴特看来,作品是"传统的",而文本是"先锋的",但他又说传统中也有一些好的文本,而先锋的文学中也有一些只是作品,不是文本,卡勒认为他的这种分类是欠妥的,因为在卡勒看来,作品和文本只是研究对象的两个不同概念,举个例子,当我们从审美的角度去寻找意义而阅读《包法利夫人》时,它是作品,当我们从符号系统、互

---

① Jonathan Culler, *Structuralist poetics*: *Structuralism, Linguistics and the Study of Literature*, New York: Cornell University Press, 1976, p. 31.
② 董希文:《20 世纪西方文学文本理论流派纵论》,《山东省青年管理干部学院学报》2005 年第 5 期。
③ Jonathan Culler, *The Literary in Theory*, Stanford: Stanford University Press, 2007, p. 106.

文性、语言不确定性运作、历史生产和接受去分析它时,它就是文本,因而不能说一些作品是作品而另一些是文本。①在这里卡勒对巴特的文本理论的方法和构架提出了疑问,并认为巴特将文本奉为一种理想化的理论是一种不对称性对立,这种二元模式的不对称性对立将使这种文本理论在实际的操作中困难重重。

克里斯蒂娃的文本理论不仅对卡勒有很大影响,而且对文本理论从封闭、稳定的结构性向开放、多义、不稳定的建构性过程转变有着关键性的作用。卡勒认为,巴特对文本理论的发展有很大的贡献,但将文本概念引向了声名狼藉的状态②,而克里斯蒂娃却试图对文本做精准界定,在她看来,文本不是主体简单地表达,而是创造了主体,因为"互文性"使主体深陷文本之中,从这个角度来讲,是文本创造了主体,而非主体在言说文本,"如果你认为每一个符号化的活动都是各种符号体系(一种互文性)的转换场所,你必然会理解它的发音的位置和它表示的客体从来就不是单一的、完全的、与自身同一的,而是复义的、分裂的"③。克里斯蒂娃认为文本内部之间是一种复杂的关系,能指和所指之间是复义的、不确定的、模糊的关系,文本解读不是复原,而是建构,对于创作者来说是如此,对于阅读主体来说也是如此。卡勒认为这种将文本结构转向开放和建构的理论对文本概念的发展意义深远。

卡勒对文本结构的认识是不断发展和深入的,在《论解构:结构主义之后的理论与批评》中,他详细论述了德里达关于文本和意义的观点,并阐发了自己的文本观念。德里达所言的"文本"有着比较宽泛的外延,是指向所有可能的指涉物,而这些指涉物有着不同踪迹的结构,在捕捉意义时不断使事物本身延迟,因为这期间补充中介无处不在。卡勒认为德里达所说的"文本之外别无他物"④,强调了文本结构的复杂性,在德

---

① Jonathan Culler, *The Literary in Theory*, Stanford: Stanford University Press, 2007, p. 107.
② Jonathan Culler, *The Literary in Theory*, Stanford: Stanford University Press, 2007, p. 109.
③ Julia Kristeva, *The Revolution in Poetic Language*, trans. Margaret Waller, New York: Columbia University Press, 1984, p. 60.
④ Jacques Derrida, *Of Grammatology*, trans. Gayatri Spivak, Baltimore: Johns Hopkins University Press, 1976, p. 158.

里达看来，所有的事物都是具有互文性的中介，意义产生于即时的那一瞬，意义在这永无终结的相连体系中得以延迟。事实上，卡勒接受了德里达的这种文本思想，不同的是卡勒仍然坚信这种意义的延迟背后还是存在着一个内在逻辑机制，否则意义永无见天之日，但这个过程充满了冒险和各种可能。卡勒援引最多的是德里达关于卢梭《忏悔录》中"补充"的讨论。德里达认为，这种"补充"用于言语和文字的关系很是贴切，他认为文字是言语的补充，它虽附属于言语，但它永远要通过文字来体现，卡勒指出，文字之所以能为言语充当"补充物"，是因为文本的原生结构的欠缺，因为文本结构本身就具有填补补充物的空间，因此卡勒说："文本想要告诉我们关于事物本身的重要性越多，其展现媒介的必要性就越多，事实上，这些符号或补充物应该为'有什么东西需要把握'负责。"①卡勒得出了这样的结论：文本是开放的，其意义捉摸不定，即使你通过符号或补充物所得到的意义也并非文本最初的意义，它只不过是符号作用的一种结果，文本永远处于建构的过程中，它没有终点，终极意义也无从追寻。

在对待文本的跨学科问题上，卡勒持积极肯定的态度。他认为文本概念的泛化有利于打破学科之间的壁垒，实现学科之间的交流与共享。卡勒认为，文本概念的发展不仅仅推动了文学研究，而且对人类学、历史、艺术、社会学等人文学科都产生了巨大的推动作用，因而他总结说文本理论是跨学科研究的一个利器。不仅如此，他还引证了保罗·德曼《阅读的寓言》中的文本观念来强调文本分析的跨学科性，德曼在《阅读的寓言》这部作品的后半部分，对卢梭的《社会契约》做了综合的阅读，卢梭认为，每一个人都处于"双重关系"之中，每一个个体都会由两种关系所规范。德曼分析道："与我们有关的实体的结构（它有可能是财产、国家政权或其他政治机构）将被清晰地展现出来，当它将所有这些个别的形式包含在其中作为一般形式时，也就是说作为法律的文本。"②卡勒指出：法律必须是普遍的，而不是针对个别人的，德曼分析卢梭关于

---

① Jonathan Culler, *The Literary in Theory*, Stanford: Stanford University Press, 2007, p. 111.
② Jonathan Culler, *The Literary in Theory*, Stanford: Stanford University Press, 2007, p. 113.

个人与实体之间的关系的目的在于说明文本的跨学科潜力和结构特征，德曼认为，我们总是在无限接近文本的定义，"……体系之间的关系产生了文本，独立于它的指涉意义的功能是它的语法，从这个意义上讲，文本是语法的……但是如同没有语法就没有文本构成一样，没有指称意义的悬置就没有语法，语法逻辑只有在它的指称意义不在场时才起作用"①。这一点卡勒在《福楼拜：不确定性的运用》中已经有所论述，符号的指涉意义悬置和缺场使文本在解读过程中充满了各种可能，不仅如此，卡勒还进一步指出，文本是在指涉意义缺场的情况下生成的，并不断打破和颠覆现有的语法规则而创造新的指涉意义，从而使文本成为意义的争夺场，使文本呈现为修辞与语法的张力结构，凸显其复义的特征，这样，"文本概念在一般法则、语法体系和个别行为和事件之间获得了一种普遍而又矛盾的结构关系"②。

二 文学能力与文学阅读

"文学能力"是卡勒在《结构主义诗学》中提出的，有学者认为，卡勒的这一概念是从乔姆斯基的"语言能力"演变而来的。"能力"是人完成一项活动所表现出来的一种综合素质，卡勒在《索绪尔》一书中认为索绪尔重视语言系统忽略言语，没有将句子纳入语言系统，从而给乔姆斯基的理论留下了空间，他特别指出："正是由于乔姆斯基强调了这一点，采用自己的'语言能力和语言表现'取代了索绪尔的'语言系统与言语'，语言能力指讲话者所掌握的潜在的规则系统。"③显然，卡勒受索绪尔的影响是毫无疑问的，他试图将索绪尔的结构主义语言学运用于文学研究，进而建构一种诗学的构想就是最好的例证。但对于乔姆斯基，卡勒其实没有作更多的阐述，除了在《索绪尔》中有过简短的分析外，即使在《结构主义诗学》中的"文学能力"一章中也只提了三言两语，因而我们很难仅从两个概念的外在形态得出"文学能力"来自

---

① Jonathan Culler, *The Literary in Theory*, Stanford：Stanford University Press, 2007, p. 103.
② Jonathan Culler, *The Literary in Theory*, Stanford：Stanford University Press, 2007, p. 115.
③ [美]乔纳森·卡勒：《索绪尔》，张景智译，中国社会科学出版社1989年版，第113页。

乔姆斯基的"语言能力"的结论还是有些过于武断，充其量应该只是概念上的借用，两者之间的内在关系还需进一步考证。当然，也许会有人疑惑："文学能力"是卡勒在《结构主义诗学》中提出的一个概念，为何放在他的解构阅读理论中来论述？原因有二：一是卡勒早在他的第一部著作《福楼拜：不确定性的运用》中就显示出了解构的思路，在《结构主义诗学》中也在建构诗学的过程中解构了许多概念和范畴；二是"读者"这一概念在卡勒之后的理论中仍然是一个非常重要的概念，包括在《论解构：结构主义之后的理论与批评》《文学理论入门》《理论中的文学》中都有体现，那么，他眼中的读者也是以具有文学能力为前提的读者。

（一）文学能力

关于"文学能力"这一概念的含义，在这里重新强调是因为"文学能力"是卡勒所论述的读者最重要的能力。卡勒认为，文学文本是语言符号的编织物，它永远处于一种向读者开放的状态，读者要想理解文本，就必须具备一种应对各种文学文本的能力，那么，文学能力是如何形成的？

在卡勒这里，"文学能力"至少包含两个方面的内容：一是语言能力，这是基础和前提；二是理解文学类型和程式、惯例的能力。语言能力是文学能力的基础，要想阅读文学文本，首先要有相应的语言能力，这种语言能力不仅包括对字、词、句的认知，对整个语言系统的了解，还有对句法、语法的掌握能力，这一点卡勒在《索绪尔》中有过详细的论述，每一个符号的意义是由它在整个系统中与别的符号的对立与差别来决定的。要学习一种语言，就要学习这个语言系统，这是基础，但学习了这个语言系统，认识了字、词，并不意味着你就学会了这种语言。卡勒在《结构主义诗学》中论述"文学能力"这一概念时，引用了维特根斯坦的一句话："理解一个语句意味着理解一种语言。而理解一种语言意味着掌握了一门技艺。"[①] 卡勒引用维特根斯坦这句话意在说明掌握一种语言就意味着具有了一种语言能力，这种语言能力不仅包括对字、词、

[①] Jonathan Culler, *Structuralist Poetics*, London: Routledge&Kegan Paul, 1975, p.131.

句等这些基本的语言单位的学习，还有对整个语言体系和语法、句法的熟练运用，不仅如此，更为重要的是能够在不同的语境中进行词语的替换和重复使用，维特根斯坦称之为技艺，它其实就是认识、理解并能运用一种语言的能力。

掌握了一种语言就意味着拥有了一种能力，但这是否就意味着具备了阅读以此种语言写成的文学的能力？卡勒的答案是否定的，卡勒认为，如果一个人没有花费一定的时间和精力去进行文学方面的训练，他就不具备相应的"文学能力"。他不熟悉文学的各种程式，也不了解文学的传统和惯例，即使他认识语言符号，也绝不会把一个文学文本当作文学文本去阅读，给他一首诗，他能做到的是理解语言，但是，"理解语言与对这首诗的主题阐述却还有一段距离"①。因为文学符号属于第二层次的符号系统，语言符号是文学文本的基础。文学文本从表层来看的确是由语言符号构成的，但在组织和使用这些符号时，使用了隐喻、转喻、夸张等修辞手法和多种文学表达技巧，还有文学传统和惯例、文学类型等因素的影响和制约，使文学文本中的符号更具有了丰富的内指性和自指性特征。因而在阅读文学文本时，除了具备语言能力外，还要具有一种应对文学文本的综合能力，这些能力综合起来就是卡勒所言的"文学能力"。当然，卡勒也承认，在实际的阅读过程中很难去辨别哪些是语言能力，哪些是文学知识，但这并不重要，重要的是理解语言与真正理解一首诗是有区别的。

正是由于语言能力与文学相关知识的融合，才形成了文学能力。文学能力的形成是需要一个过程的，读者在学习的过程中，将语言知识和语法、文学诸种知识和阅读经验"内化"为阅读文学文本的综合能力，这种能力在阅读活动中至关重要。这一至关重要的活动是由读者来完成的，读者是文学能力的主体，其在阅读活动中的作用在卡勒的理论中获得了绝对的主角。我们从实际的阅读过程来看，卡勒"文学能力"概念的提出的确有助于对文本的多种意义作可能性的解读。

---

① Jonathan Culler, *Structuralist Poetics*, London: Routledge&Kegan Paul, 1975, p. 133.

（二）文学能力与读者阅读

有学者指出，始终把读者纳入关注视野是卡勒学术理论最为显著的一个方面①，这样的判断是有道理的，卡勒在谈到为什么从读者的视角来研究文学阅读的程式时提到了以下几点原因：第一，从读者的角度出发便于研究。尽管文学文本引发的很多思维活动并不只是读者方面的问题，也有作家和文本本身的因素，但我们很难得知，有时候会陷入主观猜想而失去依据。如果从读者赋予文学文本的意义和感受出发，观察起来就要方便得多。第二，文本所有的意义可能性都依赖于读者的阅读，尤其依赖于读者的文学能力。第三，将读者的阅读视为写作即文本的建构，可以提供一种新的阅读模式。卡勒坦言，文学能力的确在实际中千差万别，也很难去描述，它是为了说明文学文本意义的无限可能性而设想出来的一个概念，"为什么一部作品可能有若干种意义，却又不是任何一种意义；或者是：为什么某些作品给人以怪异、文理不通、不知所云的印象。这一模式并不意味着在某一个特定方面一定存在着全体一致的看法。它只意味着，我们必须自选一组事实，无论哪种事实，它们似乎有必要加以说明解释，于是我们就设法构架出一个文学能力的模式，来对它们进行说明解释"②。文学文本的意义是不确定的，是有无限种意义的可能性，而这种意义的可能性是说由于读者自身条件的不同，阅读的结果就会不同。尽管文本的意义可能有无限种，但是对于具体的读者来说，他会得出一种，那么，为何会是这一种意义？卡勒认为是需要解释的，这就引出了"文学能力"这一概念，卡勒的初衷并不是仅仅为了阐释读者，而是旨在通过读者的文学能力来建构一种诗学，这种诗学并非为了限定文本的意义，使大家有一个统一、固定的看法，恰恰相反，卡勒一直强调文本的开放性和意义的无限可能性，他想要做的正是给这种无限可能性一种合理的解释模式。

为了阐述"文学能力"，卡勒提出了"理想的读者"，因为在实际的

---

① 王敬民：《乔纳森·卡勒诗学研究》，中国海洋大学出版社2008年版，第5页。
② ［美］乔纳森·卡勒：《结构主义诗学》，盛宁译，中国社会科学出版社1991年版，第185—186页。

阅读活动中，有很多因素会干扰阅读的顺利进行，也有可能使表现出来的阅读行为具有一定的假象，因此卡勒提出，必须以理想的读者作为前提，才能发现阅读过程中阅读模式如何对意义产生作用。在理想的读者阅读的过程中，他会运用他所掌握的语言和文学的知识，对文学文本做出完整、详细的阐释，从而建立起读者与文本的关系，卡勒认为这是一种正确的思路，将读者一步一步引向文学。同时，卡勒强调，他所关注的并非阐释文本本身，而是阅读、阐释文本的可能性，文学效果和文学交流的可能性。

总之，读者所具有的"文学能力"是卡勒解构式阅读理论的基础，也是他对文学文本意义的无限可能性分析的一个重要工具，正是由于读者的文学能力有高低之分，才会在阅读过程中产生出无限种可能的解释，而每一种解释又都具有合法性与合理性，文本的意义永远处于读者的建构当中，因而卡勒认为一部作品可能有若干种意义，却又不是任何一种意义。

卡勒在分析了这些以语言学为工具进行文本分析的优劣之后，提出了自己的诗学主张。针对仅仅从语言学出发来考察文本所导致的不理想后果，他提出了文学能力的概念；针对只把文本意义阐释作为目的，他提出了以程式和归化来探求文本意义产生的内在机制。在此基础上，他将这些概念和方法运用于分析抒情诗和小说，这些内容构成了《结构主义诗学》的第二部分内容，也是这本著作的精华部分，下面我们要详细论述这一部分。

"文学能力"这一概念被认为是卡勒文学理论体系中的一个非常重要的概念，这一概念提出的重要意义不仅仅是对新批评封闭文本阐释的反驳，更是一种阅读方式的改变，具有方法论的意义。关于"文学能力"的来源，很多学者提出是受乔姆斯基转换生成语法理论的影响[1]，也有学者认为来自费什[2]。对于它的来源，我们暂时先搁置起来，首先需要弄明

---

[1] 参见赵毅衡编选《符号学文学论文集》，百花文艺出版社2004年版；郭宏安、章国锋、王逢振《二十世纪西方文论研究》，中国社会科学出版社1997年版；王敬民《乔纳森·卡勒诗学研究》，中国海洋大学出版社2008年版。

[2] 吴建设：《乔纳森·卡勒》，光明日报出版社2011年版，第92页。

白的是"文学能力"的含义和它提出的目的。卡勒认为，读者在阅读文本时必须具有一种能够内化之前所积累的语言学和文学话语的知识及能力，"如果有人不具备这种知识，从未接触过文学，不熟悉虚构文字该如何阅读的各种程式，叫他读一首诗，他一定会不知所云。他的语言知识或许能使他理解其中的词句，但是，可以毫不夸张地说，他一定不知道这一奇怪的词串究竟应该如何理解。他一定不能把它当作文学来阅读——我们这里指的是把文学作品用于其他目的的人——因为他没有别人所具有的那种综合的'文学能力'（literary competence）。他还没有将文学的'语法'内化，使他能把语言序列转变为文学结构和文学意义"①。卡勒的这段话表明在阅读、分析文学文本时必须具备三种能力，一是语言学能力，即对字词的基本意义和用法要掌握；二是对句子所要表达的意义能有所把握；第三种也是最重要的一种，就是对文学阅读的各种程式和惯例要熟悉，才能进行文学文本的阅读和分析。在这里卡勒提出了"文学能力"的概念，它是一种综合能力，它的形成需要长期的训练和积累。但是，弄清"文学能力"这一概念在什么情况下产生远比追溯它的源头更有意义。在"文学能力"这一概念的提出中，索绪尔、乔姆斯基、燕卜荪、费什甚至巴特、德里达等都功不可没，但卡勒有自己的起点和目标，起点是语言学，目标是建立一种诗学，以阐释文本意义产生的可理解性和内在的程式与规约。

卡勒的"文学能力"是与阅读模式紧密相连的，他之所以要提出这一概念，是因为单纯从语言符号的角度来阐释文本意义的可理解性、去发现文本背后的内在机制是不大可能的，之前分析的雅各布森、格莱麦、巴特、弗莱等的失败已经说明了这一点，于是卡勒将目光转向了读者，在他看来，诗学，更多的是一种阅读理论，如何阅读对于文本来说至关重要，这里的阅读文本并不是只对具体的文本做出意义的阐释，而是要通过阅读活动来发现阅读程式和惯例，而"文学能力"在卡勒的分析中，显现为一种阅读文本的程式。卡勒重视读者的作用，因为没有读者的阅读，文本永远是静态的、无生命力的，正是因为读者总是带着某种程式

---

① ［美］乔纳森·卡勒：《结构主义诗学》，盛宁译，中国社会科学出版社1991年版，第174页。

去阅读文本，才使不同的文本焕发出不同的生命色彩。而对程式的熟练掌握，则需要长期的学习、积累和训练，最后内化为一种综合的既包含语言学知识又具有深厚的文学知识的能力。卡勒坦言，"文学能力"这一概念的提出是为了说明文学作品无限意义可能的事实而设法架构出来的，因为文学文本可能有若干种意义，却又不是任何一种意义，文本意义的这种无限开放性需要一个具有无限开放性和包容性的概念来阐释。在卡勒看来，"文学能力"能承担此重任，因为读者所具有的"文学能力"是千差万别的，因而在阅读文本的过程中会产生出无限种意义，这是卡勒对文本意义的解构式思考。文本意义没有定论，它随着参与文学活动中的各个因素的变化而永远处于变化之中。在分析中，我们发现卡勒一方面在寻找一个分析模式，在建构一种诗学，另一方面，他又强调文本意义的无限性和丰富性，在卡勒的学术历程中，建构与解构总是形影不离，这种倾向在他之后的理论中也一直都有体现。

为了说明"文学能力"在建构一种诗学中的重要作用，卡勒设想了一个理想的读者，当然这是为了理论构想而设定的，在现实中这种理想的读者并不存在，但这并不会影响诗学的理论建构。卡勒认为，文学符号属于二级符号，它是建立在符号学的基础之上的，但又与文学程式和惯例密不可分，因而诗学的任务就是创立一种新的、能够洞察意义生成可能的阅读模式，这种阅读模式其实质是一种新的思维活动，卡勒指出，燕卜荪在《含混七型》中已经关注到了这个问题，燕卜荪探讨当一个训练有素的读者在分析一首诗时，他的头脑是如何思考的，其实这个过程就是"文学能力"在起作用的过程。在卡勒看来，当你阅读一首诗的时候，"文学能力所表现的最显著的特点就是要实现阐释过程的完整性：既然是诗，就应该首尾一贯……"[1] 是读者使一首诗的内容趋于完整，因为卡勒坚信在分析文本时，需要解释的不是文本本身，而是在阅读过程中对文本阐释、阅读的可能性，换句话说，是什么使得一个文本可以被理解、被接受，这种可理解性、可接受性应该是文学研究的基本任务，而

---

[1] ［美］乔纳森·卡勒：《结构主义诗学》，盛宁译，中国社会科学出版社1991年版，第191页。

并非仅对具体文本给出解释。卡勒总结了使批评重新活跃起来的结构主义诗学的三个特点：一是强调具体的阅读模式。卡勒指出，结构主义诗学之所以能够超越新批评，是因为它不像新批评那样，只关注具体文本的意义阐释，而是通过对文本的分析，找寻文本背后所隐藏的深层结构，这种深层结构是一种阅读模式。这种方法论上的转化在卡勒看来是一种进步，值得肯定。二是给读者留下积极创造的空间。卡勒认为，文本的意义来自不同的阅读方法和期待，而这些阅读方法和期待则是由读者的文学能力所决定的，"阅读不是一种洁白无瑕的活动，它始终充满着人为的操控，不去研究读者的阅读模式，便忽略了关于文学活动的信息的主要来源"①。三是结构主义诗学能产生一种建立在诗学基础之上的阐释模式，在这种阐释模式中，"文学能力"常常会充当自我阐释的基础，以此来对文本阐释的局限做出自查和反思。卡勒进一步强调，他所构架的结构主义诗学只是一个框架，里边填充的内容不仅仅是结构主义的内容，许多解构主义的思想都可以容纳在其中，这是一种开放的、具有包容性和自我更新的诗学。

三　文学程式与归化

"文学程式"是卡勒在《结构主义诗学》中提出的一个概念，也是他学术理论中一直在强调的一个范畴。在《结构主义诗学》中，卡勒一方面运用结构主义语言学模式分析文学文本，试图发现潜藏于文本结构背后、使意义成为可能的程式和惯例，进而建立一种诗学。但他的结构主义诗学又与正统的结构主义者所建立的深层结构模式不同，以法国、捷克为代表的结构主义，注重文本结构的封闭性研究，在卡勒出版《结构主义诗学》时，结构主义的光芒已经消退，解构主义日渐兴起，因此，卡勒的《结构主义诗学》中已经明显具有了反思正统的结构主义、吸收解构主义方法的倾向，"结构主义诗学在乔纳森·卡勒的研究中呈现出新

---

① ［美］乔纳森·卡勒：《结构主义诗学》，盛宁译，中国社会科学出版社1991年版，第194页。

的特点，乔纳森·卡勒最大的特点是将结构主义与解构主义贯通"①。卡勒用以打破文本结构封闭性的方法就是将读者的阅读引入对文本的结构分析当中，卡勒理论中的读者是具有一定的文学能力、掌握一定文学程式的读者，才能在阅读活动中展现文本意义的种种可能性。

"文学程式"，简单地说，就是文学创作和文学阅读所遵循的一系列规范和一些约定俗成的惯例，主要包括语言符号、体裁、文类等方面的内容。卡勒认为文学程式类似于语言学体系中的语法，因为文学符号属于二级符号，在文学文本里所呈现的文学符号从构成来看与语言符号并无二致，是什么使得一段符号或一个文本被称为文学文本？卡勒认为是文学程式，尤其是读者以一种文学的视角和期待去阅读它，它的文学特质才能展现出来，当然前提是这个文本是一个文学文本，这就涉及了作家的创作程式。卡勒认为作家的写作也是按照一定的程式去进行的，"一部文本的实体给了它一种稳定性，把它与以言语形式表现的日常交流区分开来，这种区分对文学研究具有重要的意义"②。但对卡勒来说，他所关注的不是创作的程式，而是读者的阅读程式，因为不管文本是如何创作的，其意义的生成都要依赖于读者的阅读才能呈现出来，这并非孰重孰轻的问题，而是角度切入的不同，关注点不同而已。

为了说明程式对阅读的重要性，卡勒分析了抒情诗和小说两种体裁的阅读程式，卡勒提出文学程式的目的不在于阐释文学文本，而在于研究程式为读者提供了怎样的理解意义的途径，他举了很多例子，如巴特的《S/Z》、斯坦利·费什的《罪的惊诧：〈失乐园〉中的读者》、伊瑟尔的《隐含的读者》、斯蒂芬·布斯的《论莎士比亚的十四行诗》，还有他自己的《福楼拜：不确定性的应用》，这些作品都是从读者的角度出发，来论述文学程式和惯例如何影响文本，以及文本是如何服从和抗拒这些程式的，卡勒指出，正是在对读者运用文学程式阅读文本的描述中，文

---

① 吴茂娟：《论文学活动中的文学程式》，硕士学位论文，山东大学，2011年。
② ［美］乔纳森·卡勒：《结构主义诗学》，盛宁译，中国社会科学出版社1991年版，第198页。

学文本的结构和意义就显现出来了。①

作家创作文本，总要依据某种文学程式来写作，或在某种原有程式的基础上有所突破，进而促进文学程式的自我更新和发展演变。同样，对于读者来说，要进行文学文本的阅读，就必须依据某些文学程式，否则，就不是文学意义上的阅读。但由于文学文本在创作时运用了大量的文学修辞和各种写作技巧，导致文学文本与世界之间形成一种虚构的、非直接的、复杂的关系，因而卡勒提出了"归化"这一概念，归化即将文本中的"一切怪异或非规范因素纳入一个推论性的话语结构，使它们变得自然入眼"②。"归化"在卡勒的理论中是和"文学程式"紧密联系在一起的，它是读者文学能力的具体化的过程，也是文学程式通过读者的文学能力而建立文本与世界关系的过程，在这个过程中，不同的文本与世界建立了不同的关系，卡勒称之为逼真性。"逼真性"是卡勒借用俄国形式主义的一个概念，卡勒引用了托多罗夫关于"逼真性"的三条含义：一是指一个具体文本与另一种具有普遍性的"公认的"文本之间的关系；二是指某一体裁受到传统认可或期待的程度；三是指文本与现实的关系。③ 卡勒认为，这三点充分体现了文本的内在属性，即文本不是孤立的，它与其他文本或大的文类构成了一种关系，即互文性关系。再者，文本不是封闭自足的个体，它与世界构成了各种各样的关系，这种互文性所构成的各种关系都需要读者的参与才能完成，因而我们说卡勒将结构主义所探寻和追求的那种封闭空间中的文本解放出来，将其置于一个开放的、互文的话语空间，使文本的意义从单一的阐释走向多元的建构，这无疑是一种进步。

"文学程式"的提出是否意味着对创作的积极性和读者的创造性的束缚？是否与文学是一种自由的精神活动相抵牾？是否与卡勒的解构主义

---

① Jonathan Culler, *On Deconstruction: Theory and Criticism after Structuralism*, New York: Cornell University Press, 2004, p. 35.

② ［美］乔纳森·卡勒：《结构主义诗学》，盛宁译，中国社会科学出版社1991年版，第206页。

③ ［美］乔纳森·卡勒：《结构主义诗学》，盛宁译，中国社会科学出版社1991年版，第208页。

阅读的内在精神相违背？卡勒的答案是否定的，他是从以下三个方面来论述这些问题的：首先，程式是必要的，完全的自由是不存在的。一方面，我们必须把自己从那个逻各斯中心主义的或上帝赋予的虚构（这种虚构虽然承认符号的人为性，却同时又认为符号是一成不变的、得到认可的，因此受到程式的严格控制）中解放出来；① 另一方面，我们又要不断建构，而建构则必须依赖程式才能完成。其次，意义的存在有赖于程式的作用。卡勒指出，我们平常所说的自由创作和自由创造意义只是我们的一种幻想，没有程式、没有必要的限制，任何意义都不可能存在。正如福柯所言，"从局限性的原则看来，如果我们不考虑它们的局限作用，就无法对它们积极的、产生意义的作用给予解释"，也正如德里达所言"我们必须设法把自己从这种语言中解放出来，并非真的采取措施使自己获得解放，因为那样就要把我们自己的历史环境也否定了。于是只好想象这么去做，并非真的把我们解放出来，因为那样是无谓的，只会剥夺意义投向我们的光芒"②。程式在某种程度上成就了意义，没有了程式，意义会像孤魂野鬼，无处安家。一种程式的运用，便会有意义的生发，没有程式也就没有了意义。最后，程式本身也是处于不断建构和发展中，那种一提到程式就在脑海中显现出固定的模式和一成不变的解释的理论是不适合卡勒的"文学程式"的界定的。卡勒认为先有今天的程式，才有明天的变化，就如同先有结构，才有解构，进而才能建构一样。在卡勒的理论中，解构是对结构中不足的补充和扬弃，而解构的目的不是摧毁，而是建构新的理论，以适应文学活动的实际发展，促进文学批评的复兴。因而卡勒强调文学程式的重要性一方面为文学文本的意义可能性寻找到了依据，使意义和效果成为可能；另一方面，文学程式自身的发展和不断自我突破又为文学文本意义的开放性提供了一个发展的空间，使读者在阅读过程中与文学文本建立一种良性的互动关系。

程式和归化是卡勒诗学中非常重要的范畴。卡勒在论述文学能力时，

---

① ［美］乔纳森·卡勒：《结构主义诗学》，盛宁译，中国社会科学出版社1991年版，第366页。

② ［美］乔纳森·卡勒：《结构主义诗学》，盛宁译，中国社会科学出版社1991年版，第367页。

会经常提及程式,什么是程式?卡勒没有给出明确的界定,他是从文本意义的不确定性出发来阐释这一问题的。卡勒引用了德里达的"异延"这一概念来说明文本意义的难以把握性,文本产生后,其意义的实现取决于读者以什么样的程式去阅读它,因为在卡勒看来,文学文本的符号是二级符号,它是建立在语言符号学的基础之上的,文本中的符号与语言学层面的符号并无二致,但其最终却能产生不同寻常的意义是因为读者的阅读期待和阅读程式的介入,才使得文本产生出不同的诗意。抒情诗要用与之相配的阅读模式和文体期待,小说要用小说的阅读程式去阅读,才能产生好的效果,这些程式是读者文学能力的重要组成部分,当你将一首诗的字面词句读出来时,你并没有真正阅读了这首诗,你要像读一首诗那样去阅读,强调的就是按照诗的程式去阅读。归化则是"强调把一切怪异或非规范因素纳入一个推论性的话语结构,使它们变得自然入眼"①。其实质是在文本和世界之间寻找到一种可理解的关系,文本与世界的关系由于以符号为媒介,因而它们二者之间的关系有很多种,文本为了表现对世界的不同认识,会采用很多方法,比如各种修辞技巧、隐喻等,使文本与世界之间的关系变得复杂、新奇、虚构,如何将这样的文本自然地安放在世界中,读者就必须用"归化"的方式将这种新奇的、形式的、虚构的成分转化还原,使它们以一种自然的、可接受的形式纳入我们的视野。卡勒强调:程式和归化多种多样,因为表达方式的改变就意味着思想的改变,那么对于文本来说,不同的程式介入、不同的归化方式都会有不同的意义,这就意味着,程式和归化带给我们的不是固有模式和一劳永逸的理论模板,而是意味着意义的无限可能,这是卡勒一直在强调的内容,而我们对卡勒的误解也大都在此,卡勒在结构主义时期,却时时处处以解构的思路进行着诗学的建构,这是一种难能可贵的学术视野。

---

① [美]乔纳森·卡勒:《结构主义诗学》,盛宁译,中国社会科学出版社1991年版,第206页。

第三节　从文本阐释到诗学建构

一　文本阐释及其局限性分析

（一）文本阐释

与文本阐释相联系或者说相对的是作品阐释，二者的区别在于：作品阐释主要是从作者与作品的关系出发，来解释作品的意义和主题思想，"古典文艺理论称文艺作品为作品，强调的是作品与作者的关系""作品的意义来源于作者，是作者决定作品的意义，由于作者的特殊性，因此这作者可以是人，也可以是时代，还可以是神"①。20世纪之前的文学理论主要侧重于作品阐释，不管是摹仿说、再现说还是情感说，其实质都是强调主体对于作品意义生成的决定性作用。而文本阐释则是关注文本本身，主要从语言学的视角来分析文本的内在结构。文本阐释是在索绪尔的语言学模式影响下出现的。在俄国形式主义者那里，文本形式获得了独立的自主性，而这种独立自主性是源于文学语言的"陌生化"，这种陌生化语言所呈现出来的"文学性"是文学之所以成为文学的东西。之后的英美新批评派发展了这一理论，更凸显了文本的自足性和文本的中心地位。他们认为文学文本是意义自足体，解释文本应该从文本自身出发，因为从作者出发来解释文本会有"意图谬误"，文本所要表达的意图和作者的意图之间很难去考量，即使是作者的意图，也只是体现在文本中的意图，没有必要通过研究作者来获得。而从读者出发去解释文本更不可靠，读者因人而异，会将自己不同的主观感受带入文本，从而引发"感受谬误"，因而新批评所关注的是文本本身的内容，主要是对文本语言特性的分析，提出了"含混""反讽""张力""悖论"等概念。②

卡勒的学术生涯开始之日，正是新批评大热潮渐退之时，但他在成长过程中见证了新批评的发展，新批评的影响和贡献无法抹杀，卡勒坦

---

① 张法:《全球化时代的文艺理论》，安徽教育出版社2005年版，第63页。
② 参见董学文主编《西方文学理论史》，北京大学出版社2005年版，第289—291页。

言，我们都是新批评家，新批评所倡导的文本细读对文学研究而言永远不会过时，它对文本本身的关注、使文学研究始终不会偏离大的方向，这一点是毫无疑问的。德曼就曾说过："当研究文学文本的方法不再是建立在非语言学基础之上，当讨论的对象不再是意义或价值而是生产的模式和意义的接受……文学理论才会形成。"①在这里，德曼强调了真正的文学理论是对文学本体的研究而非历史和美学的考察，而这种转向新批评功不可没，即使最终矫枉过正，但它所推崇的研究方法已经成为文学研究的重要维度，因而卡勒在《符号的追寻》中客观地评价了新批评，我们无法摆脱新批评，我们想要超越新批评所提出的"文本统一性""文本细读"等概念，则需要艰苦卓绝的努力。②

（二）文本阐释的局限性

尽管新批评所倡导的文本阐释在文学研究的发展过程中起到了积极的作用，是对传统文论重内容轻形式、重意轻言的反驳和批判。但同时我们也清楚地看到，这种将文本与作者、世界和社会生活割裂的阐释，使文本成为无源之水，无根之木，必然会失去鲜活的生命力。卡勒清楚地看到了这一点，他说："然而，对文学教育来说是好的东西未必适合于整个文学研究，那些在学院里确实成功的新批评的诸多方面，将它的最后边界规定为某种文学批评大纲。对于文学文本自律的赞同，相信文学教学有着某些明确的结果，导致了将阐释当作批评专有的活动来赞同。"③卡勒认为，在大学教育中，这种批评模式对于那些没有太多文学背景的学生来说，只从文本内部进行解读来增强文本体验也无可厚非，但是卡勒很快就发现了问题所在，对于读者来说，寻找意义来对文本进行阐释是必要的，但是对文学研究而言，对批评家而言，只把阐释看成文本分析的唯一任务，是非常不利于文学研究发展的。伊格尔顿就曾说："新批评起了很好的作用，但在某种意义上说它过于谦虚和单一化，不能称作是一种精明而讲究实际的学派。在它一心致力于研究孤立的文学原文时，在它对感

---

① Paul de Man, *The Resistance to Theory*, Minneapolis: University of Minnesota Press, 1986, p.7.
② Jonathan Culler, *The Pursuit of Signs*, New York: Cornell University Press, 1981, p.3.
③ ［美］乔纳森·卡勒：《超越阐释》，杨扬译，《文艺理论研究》1991年第1期。

性的偏爱当中,表现出忽略文学更广阔、更富结构性方面的倾向。"①因而卡勒说:"因为新批评最重要、毒害最大的遗产是对批评家的任务就是阐释作品这一广泛而无可非议的观念的认同……从事文学研究并不是要对《李尔王》产生另一种阐释,而是要提高人们对某种话语模式和惯例的功能与习惯的理解。"②卡勒在这里明确指出了新批评所主张的文本阐释对文学研究的不利影响,进而倡导一种超越文本阐释的诗学建构,即发现文本背后意义生成的惯例和机制。

二 诗学建构的理论思考

(一)诗学建构的理论框架

卡勒意识到了新批评所主张的单一的文本阐释对文学研究带来的不良影响。他详细地分析三种理论模式,它们虽然都对新批评的文本阐释有不同程度的抨击,但最终却被其强大的理论传统和理论惯性所淹没。"阐释的原则是一种如此强大无需验证的美国批评的公理,以至于它同化并抵消了最有力量和明智的反叛行为。"③ 卡勒认为正是因为文本阐释貌似合法的性质,使许多文学研究偏离了正轨。他先是分析了弗莱的《批评的解剖》,这部作品曾给英美文论界带来了短暂的春天。在这本著作中,弗莱主张:文学批评应从文学自身的系统入手,去研究整个文学系统的结构和原则,而不应该只关注单个的文本阐释。卡勒认为弗莱的观点是对新批评文本阐释的一种反拨,但是没有击中要害,即对阐释本身没有明确的认识。在弗莱看来,阐释的应是文本系统和结构,或是作为整体观念的文学,而在卡勒看来,阐释不应该作为文学研究的任务,弗莱没有将怀疑阐释本身作为目标不能不说是一个遗憾,因为"有许多工作是批评所面临的,也有许多东西需要我们去提高对文学的认识,但我们唯一不需要做的事就是对文学作品做更多的阐释"④。在卡勒这里,阐

---

① [英] 特里·伊格尔顿:《当代西方文学理论》,王逢振译,中国社会科学出版社 1988 年版,第 135 页。
② [美] 乔纳森·卡勒:《超越阐释》,杨扬译,《文艺理论研究》1991 年第 1 期。
③ [美] 乔纳森·卡勒:《超越阐释》,杨扬译,《文艺理论研究》1991 年第 1 期。
④ [美] 乔纳森·卡勒:《超越阐释》,杨扬译,《文艺理论研究》1991 年第 1 期。

释文本的意义是必要的，但没有太大意义，其价值只不过是提供一种范式而已，真正的文学研究不是着眼于具体文本的意义，而是研究文本背后使意义理解成为可能的惯例和机制，即要建立一种诗学，"以证明批评是一门学问，使我们为批评辩护时不再有那么多的保留……"①

卡勒还分析了第二种对文本阐释正面采用却暗含反叛的模式——精神分析学，精神分析对文本的解读主要还是一种阐释，人物、情节、事件背后的意义都需要阐释文本，只不过这种阐释将文本与人的本能和潜意识等因素联系起来，注重文本意义与作家个人经历二者的潜在对应关系。精神分析学方法所能做的只有两件事："一是解释艺术作品的'内在意义'，二是解释艺术家作为人的气质。"②卡勒认为虽然精神分析学派的目标仍然是阐释文本，但在阐释的过程中，展现了文本之间的内在冲突，而这种冲突具有某种结构意义上的规则。第三种模式是斯坦利·费什（Stauley Fish）的"情感风格学"，卡勒认为，费什的阅读理论强调了对诗学的需要，但他没有在这个正确的方向上走远，费什的理论重点在读者身上，而卡勒则一直强调阅读的过程和惯例，因而费什同样没有超越文本阐释。

卡勒的《结构主义诗学》分为三个部分，第一部分为结构主义与语言学模式，主要内容是介绍语言学及其在结构主义流派中的不同应用，评述了各种语言学模式分析的得失，试图在评述的基础上找出文本结构的语言学分析模式。在卡勒看来，首先要弄清楚的是语言学的分析方法对文本结构分析是否具有合法性和有效性，于是他从语言与言语、关系、符号、发现的程序、结果与蕴含等方面进行了论述。卡勒介绍了索绪尔关于语言和言语的理论，他认为，与结构主义相关的是语言和言语背后所掩藏的规则与行为、功能性与非功能性的区别。语言是一系列语法规范，而言语是这种规范的具体运用，是一种个体的语言行为，那么文本中的语言和言语又是一种怎样的关系？卡勒认为，文本中的语言和言语

---

① ［美］乔纳森·卡勒：《结构主义诗学》，盛宁译，中国社会科学出版社1991年版，第16页。

② 董学文主编：《西方文学理论史》，北京大学出版社2005年版，第245页。

并非语言学中所描述的那样简单，而是在其中交织着一种更为复杂的因素。为了说明这种状况，他引述了乔姆斯基的两个非常重要的概念："能力"和"表现"，掌握一种语言，就意味着具备了一种语言能力，"对于一个学会了英语的人来说，由于他有理解从未接触过的语句的能力，他就具备了超出其语言表现的语言能力"①。这种能力在卡勒那里变成了读者的"文学能力"。卡勒认为区分语言与言语，是进行结构语言学分析模式的基础。不仅如此，还要从语言学角度对结构进行二项对立分析，研究"关系"在语言学系统中的重要作用。卡勒坦言：二项对立分析，这也许是结构主义分析模式的最大特点，二项对立分析意在分析系统的功能性差别，这对意义的生成至关重要，他认为列维－斯特劳斯将这种方法应用于人类学也是相当成功的。当然卡勒也强调了运用二项对立分析的危险，即避免无意义地划分对立，"二项对立的应变性和力量取决于这样一个事实，即它将性质不同的区别组织起来，如果这些区别与所研究问题无关，那么，二项对立就会将读者引入歧途，这主要是因为它是一种人为的结构"②。语言学中的符号问题一直是卡勒所关注的，本书第一章里已经详细论述，这里只作简单总结。卡勒认为符号的能指和所指是一个关键，能指一般比较好界定，而所指则不容易把握，原因就是对于所指，语言学家总是从不同的方面来界定，这是其一；其二，能指在文本中呈现，但所指飘忽不定，从这个意义上说符号始终处于一个不完整的状态，"如德里达所说，完整的意义是不存在的，只有'差异'：所指只能理解为一种阐释过程或意义产生过程的效应，在这个过程中，又会产生许多阐释中介将这个所指的意义范围扩大"③。卡勒认为，将语言学用于结构主义分析还有一个重要的原因，语言学能提供一套程序，而运用这种程序，有助于分析文本的结构，他列举了巴特和保尔·盖尔文对

---

① ［美］乔纳森·卡勒:《结构主义诗学》，盛宁译，中国社会科学出版社1991年版，第30页。
② ［美］乔纳森·卡勒:《结构主义诗学》，盛宁译，中国社会科学出版社1991年版，第39—40页。
③ ［美］乔纳森·卡勒:《结构主义诗学》，盛宁译，中国社会科学出版社1991年版，第45页。

这种程序的肯定性论述，但同时又指出，发现这种程序是困难的，而且也容易误入歧途。这时就要借助于一个非常重要的概念——语言能力，也就是说，将索绪尔的语言学理论与乔姆斯基的生成转换语言学进行有效整合，才能避免一些错误。卡勒对语言学作为结构主义分析模式基础的结果和意义作了说明，他强调，结构主义语言学与生成语法不是对立的，与现象学也不是格格不入的，它并没有忽视主体，因为结构语言学也只能发生在现象学内部，但也不会像笛卡儿那样夸大主体的思维作用，因为主体毕竟存在于各种程序和规则中，它的各种活动都会受到这些程序和规则的影响，"即使谈论一部作品，怎么能把作者看作它的本源？当然，书是他写的，是他的构思，可是他写诗也好，写历史或批评也好，他只能置身于一个为他提供各种程式的系统之中，而这些程式则构成并界定了话语表述的种类。你要表达一个意思，就必须先行假定想象中的读者由于吸收同化了有关的程式而会做出怎样的反应"①。在这里，卡勒给创作主体这样的位置，即主体不是意义的起源，但也和意义息息相关，因为系统和规则需要通过主体来发挥作用，从这一点上说，卡勒的理论显示了其强大的包容性和科学性。他进一步指出：结构主义与主客体之间的关系是复杂的，要想对其进行正确的分析，借助语言学是一个不错的选择，因为它为我们提供了一种方法论的样板，我们通过它可以发现隐藏在事件背后的系统的本质。

卡勒分析了两种语言学运用的实际范例，一个是罗兰·巴特将语言学用于时装的实例，一个是列维-斯特劳斯将语言学模式运用于神话学的实例。在《时装体系》一书中，巴特将语言学的模式运用到对时装意义的分析当中，对不同服饰所代表的社会意义做了详细的分析，包括每一年所流行的服饰，当然，这种分析是琐碎的、繁杂的，巴特并未继续下去。卡勒说这恰恰表现了分类分析本身的困难，这种时装语言最终表现了符号系统中似是而非、难以确定的本质，这让卡勒更坚信语言系统内部的复杂性与矛盾性。列维-斯特劳斯在其四卷本《神话学》中，同

---

① [美]乔纳森·卡勒：《结构主义诗学》，盛宁译，中国社会科学出版社1991年版，第59页。

样运用语言学的分析模式对神话进行了分析，他将神话看作一个象征系统的言语，分析神话中各个单元之间的关系和象征意义。他发现单个的神话在整个神话系统中的意义是由深藏在整个神话体系背后的规则和思维所决定的，并将两种不同文化里的神话进行比较，从而找出关系和意义。卡勒认为这种分析方法还是有问题的，"因为我们没有任何先验的理由认为，神话与神话之间有任何必然的联系"①。列维－斯特劳斯的神话分析一方面显示了神话的内在结构和意义生成的过程，但同时也使神话的神秘感褪去，卡勒称之为"归化"，这与文学阅读有相似之处。通过对这两个实例的分析，卡勒得出了这样的结论："两个实例都说明了语言学并不能提供一个可以机械照用的发现程序，也说明了如果机械搬用，就会忽视究竟要解释什么这样一个基本问题。"② 由此看来，语言学的分析模式并不是现成的，是需要在分析中进行动态建构的，这确实是一个复杂的问题。

　　雅各布森的诗学分析引起了卡勒的注意，他通过分析发现雅各布森的诗学研究，是从语言本身的某些特性出发来探究文学语言结构的诗学特点的，雅各布森强调了语言的整齐性，即"语言的诗学用法就是把音韵和语法上互相联系的语言单元排列成语序，重复类似的语言单元，把它们排列成齐整的结构形式"③，这种排列整齐的语言在诗歌中更为常见，卡勒对此方法有一些疑问，原因在于雅各布森的这种分析方法是建立在语言学提供的是一种透明而又客观的程序的假设之上的，但实际情况并非如此，语言学所提供的分析程序远比我们想象的要复杂得多。卡勒用了很大的篇幅来论述雅各布森对语言的诗学功能的具体分析，包括对诗歌格局分布的关注、读者领悟的解析、诗歌语法结构的分析、语义的探寻等，最后卡勒得出了这样的结论：虽然雅各布森关注到了语法

---

　　① ［美］乔纳森·卡勒：《结构主义诗学》，盛宁译，中国社会科学出版社1991年版，第83页。

　　② ［美］乔纳森·卡勒：《结构主义诗学》，盛宁译，中国社会科学出版社1991年版，第91页。

　　③ ［美］乔纳森·卡勒：《结构主义诗学》，盛宁译，中国社会科学出版社1991年版，第95页。

成分在文本分析中的作用，也强调了其产生的功能对诗歌效果的重要作用，但从总体上来说，他的分析实践是失败的，"由于他相信语言学为诗学格局的发现提供了一种自动程序，由于他未能认识到语言学的中心任务是解释诗学结构如何产生于多种多样的语言潜在结构"①。由此可以看出，卡勒想要建立的诗学并非一种束缚文本意义的固定框架，而是一种动态的、具有生成能力的参照体系，比如，一首诗被认为是一首诗，包含了两个方面的活动，一是作家依照诗的程式去创作，二是读者依照诗的程式去阅读，这里边是有规则和惯例可参照的。同时，卡勒强调了文本意义的多重性和分裂性，看到了文本意义生成的复杂性，因而他的诗学建构是谨慎的、严肃的，他没有急于去建立一种分析模式，而是探讨了各种可能的分析方法，从而使他的诗学建构体现出更大的包容性。

卡勒深谙语言符号本身的复杂性，因而他引用了梅洛·庞蒂的一句话："如果语言字里行间表达的意思与字行本身表达的意思等量，语言的未'言'之意与所'言'之意等量，那将会怎样呢？"② 如果未言之意与所言之意等量，那么语言变得坚硬，而文学失去魅力。卡勒没有正面回答这个问题，而是从介绍格莱麦（又译格雷马斯）和他的《结构语义学》开始。在《结构语义学》中，格莱麦主要是想从词语或词汇单元推衍出对于整个文学文本的意义产生作用的范例或程序，格莱麦研究了小说家齐治·贝尔纳诺的"想象的世界"，声称它"根据获得的全部文本所做出的几乎完整的描述范例，具体阐述了所运用的各种程序，而且最后还提出了一个语义微观世界的种种定型组织模式"③。卡勒说如果真如格莱麦所言，那么为文学文本寻找到一个描述语义和主题的系统便有希望了。但事实并非如此，因为格莱麦的这个规则系统是建立在基础语义直接构

---

① ［美］乔纳森·卡勒：《结构主义诗学》，盛宁译，中国社会科学出版社1991年版，第120页。
② ［美］乔纳森·卡勒：《结构主义诗学》，盛宁译，中国社会科学出版社1991年版，第121页。
③ ［美］乔纳森·卡勒：《结构主义诗学》，盛宁译，中国社会科学出版社1991年版，第123页。

成大的语义效应的理论假设之上，其构成过程是简单而有规律的，这种假设是认为词义的意义解释是固定的，其组合的原则也是可见的。卡勒认为这是很难实现的，因为从单个的词义到句子的意义其中的距离复杂而遥远，也正是因为这样，文本的解读过程才充满了意义丛生的踪迹和险象环生的冒险。很明显，格莱麦试图想要建构的语义学分析模式是不成功的，但他所想要解决的问题是值得肯定的，也是卡勒努力想要解决的问题。卡勒深刻地总结了雅各布森和格莱麦失败的原因，那就是单纯从语言学出发，试图寻找到一种解读文本意义的程序和方法，是不现实的。因为"作者和读者注入文本的远不止单一的语言知识，而外加的补充经验——对文学结构形式的期待，文学结构的内在模式，形成并验证关于文学作品的假设的实践——正是引导读者领悟和架构有关格局的因素"①。卡勒自己也非常清楚，语言学只能作为文本分析的基础，它本身不能作为一种方法直接对文本进行阐释，文本意义的生成需要许多因素的参与才能完成，因而需要谨慎对待。

（二）抒情诗的诗学理论

诗学建构一直是卡勒学术研究的核心任务，也是他一生都在思考和追寻的学术梦想。在《结构主义诗学》的"抒情诗的诗学"这一章中，他首先批驳了之前的研究——将诗歌语言作为诗歌与非诗歌的区别，在他看来，诗歌的语言和日常语言是有区别，但远没有达到可以区别诗歌的程度，"一部文本成为一首诗，并不一定取决于语言属性，希望从诗歌语言的特殊性出发建立一套诗歌理论，似乎注定要失败的"②。虽然诗歌的语言、节奏、韵律对一首诗来说不可缺少，但使一首诗成为一首诗的关键是"说来简单、其实意义深远的诗歌强加于读者的那种阅读方式"③，正是读者的这种阅读方式或者说是程式化的期待使一首诗成为一首诗，

---

① ［美］乔纳森·卡勒：《结构主义诗学》，盛宁译，中国社会科学出版社1991年版，第149页。

② ［美］乔纳森·卡勒：《结构主义诗学》，盛宁译，中国社会科学出版社1991年版，第241页。

③ ［美］乔纳森·卡勒：《结构主义诗学》，盛宁译，中国社会科学出版社1991年版，第244页。

卡勒分析了许多首诗歌来论述阅读模式对诗歌主题、意义、结构、语言、整体性的影响，以说明阅读程式对诗歌文本分析的重要意义。

卡勒认为诗歌的本质存在于诗歌特有的阅读程式中。他举了一个非常典型的例子，一则新闻报道：昨天在七号公路上／一辆汽车以一百公里时速行驶／撞上一棵法国梧桐／车上四人全部丧生。如果我们将这则新闻报道以抒情诗的形式分行、留白，重新阅读会给读者不一样的阅读体验，会引发读者不同的想象，报道中的每一个意象不再指向现实，而是被赋予了某种普遍的意义和内涵。换句话说，当新闻报道以诗歌的形式出现时，其语言所代表的意义就与日常语言的意义大相径庭了。"昨天"不再指向具体的现实的时间，而是具有了意义的普遍性，意指所有可能的昨天；"车撞向梧桐树"也不再只指向物理世界中的交通事件，由于空白的存在和细节的缺失，人与车、车与树之间的关系变得复杂而具有了某种象征的意义，诗歌呈现出一定的荒诞性。从这个例子中卡勒总结道：诗歌与新闻报道的不同在于读者阅读期待的不同，读者的阅读期待又与文学类型的程式密不可分；使一首诗成为一首诗，尽管诗歌的语言、节奏、韵律起了非常大的区分作用，但最根本的因素是诗歌这种文学类型的程式在起作用，这种程式的存在才使得诗歌的语言、节奏、韵律等因素彰显出来，共同建构了诗歌特有的阅读场域。

1. 诗歌中的"距离"与"指示词"

卡勒指出诗歌中的非个人化问题，其内在的本质依然是诗歌阅读程式的体现。他举了一个例子来说明如何辨别和阅读诗人的诗歌和书信，进而理解诗歌的阅读程式。当我们阅读一位诗人的一首诗和阅读他的一封书信，情况是大有不同的。阅读书信时，需要现实的各种语境才能理解书信的内容，而且我们会把书信当作某一具体时间上的具体人的行为来阅读和理解。而当我们读他的诗歌时，我们就会进入虚构的语境中，"我们所求助的并不是实际的语言行为发生的环境，而是要把诗歌看成对那种语言环境的摹仿——直接的摹仿或迂回的摹仿"[①]。读者在阅读诗歌

---

① ［美］乔纳森·卡勒：《结构主义诗学》，盛宁译，中国社会科学出版社1991年版，第245页。

时，会不自觉地寻找一个"诗中人"，以他为视点来进行虚构式的联想、想象、阐释，这时指示词就起到了重要的作用，同时也使诗歌与现实拉开了距离。卡勒认为指示词是诗歌语言的"定位取向"的体现，它们表示语言行为发生的环境，指示词包括人称代词、冠词、时间和地点状语、动词时态等，这些指示词不仅是诗歌创作的重要技法，也是读者进行虚构阐释的依据。卡勒以布莱克的前四首《短诗》（《致春天》《致夏天》《致秋天》《致冬天》）为例来说明读者与四季之间的各种可能关系。他说读者在读这四首小诗时，不会简单认为这只是布莱克与四季的对话，而是一个程式，一个将读者引入某种语境的程式。此时，如何去架构与四季对话的诗学范畴中的"我"至关重要，"我"是展开虚构情境中的阐释的视点和起点，有了这个"诗中人"，一切意象的存在才能被整合为一个可以呈现意义、可被理解的有机整体。

正是因为读者具有不同的阅读程式的期待，阅读活动才得以顺利进行。当读者看到一首诗时，基于以往的阅读程式记忆，他们会将诗中的环境与现实的环境进行区分。卡勒以雪莱的《云》为例，阐释了指示词对理解诗歌意义的重要性：

> 我为焦渴的鲜花，从河川，从海洋，
> 带来清新的甘霖；
> 我为绿叶披上淡淡的凉荫，当他们
> 歇息在午睡的梦境。
> 从我的翅膀上摇落下露珠，去唤醒
> 每一朵香甜的蓓蕾，
> 当她们的母亲绕太阳旋舞时摇晃着
> 使她们在怀里入睡。

卡勒指出，当读者认为诗中的"我"是一朵云时，会显得茫然不知所措，但文学的阅读程式告诉读者，这里的"我"绝不仅是一朵云，这里的"我"具有了诗学的结构和意义，我们必须将其与整个诗歌的内容结合起来，思考"我"具有哪些隐藏性的内涵和意义，并将对"我"的解读和阐释放在诗歌阐释的中心地位。

卡勒对华莱士·史蒂文斯的《罐子轶事》中"我"的指示词的解读同样具有代表性：

> 我将一个罐子，圆圆的罐子，
> 安放在田纳西一座山坡上。
> 它使得那山坡四周
> 围着乱蓬蓬一片蛮荒。
> 荒野向罐子隆起，
> 趴在周围，不再撒野。
> 那罐子圆溜溜的立在地面
> 神气活现，高高在上。
> 它俯视千里凌驾八方。
> 没有花饰，灰暗无光。
> 它生不出鸟儿长不出树，
> 在田纳西却不同凡响。

诗中的"我"是谁？卡勒认为读者填入或想象的任何说话者都将具有诗学的成分，都将参与整个诗歌意义的建构，"我"的特征取决于"把陶罐放在田纳西"这一行为被赋予了什么样的意义，"我"是这一行为的实施者，任何与"我"有关的内容都将以诗歌的意义内容被包容到诗歌的意义体系当中。卡勒指出，诗学传统的一个重要内容就是通过这些表示时间、空间和人称的指示词，迫使读者架构一个耽于冥想的诗中人，这样就确定了诗歌的叙述者，意义的展开和对话才能进行。即使诗歌的灵感和素材都来自现实社会，但它们一旦进入诗歌场域，便被诗学程式吸收、"归化"，具有了虚构化的逻辑存在。"罐子"和"我"之间有着怎么样的关系？"我"为什么要将"罐子"置于山坡上？"罐子"与荒野格格不入，却使四周的荒野向其臣服，作为主体的人，"我"创造了"罐子"，尽管其没有花饰，灰暗无光，却不同凡响。诗歌在彰显艺术与自然的关系？还是在凸显人对自然的主宰？抑或人对自然的不断反思与靠近？

读者在心中会有各种意义的生成，这些意义的构建过程依赖的是客体与自我感受的不断化合。在卡勒看来，指示词不仅为我们提供了话语的环境，还为我们架构出一个符合全诗其余部分主题要求的叙述者，当叙述者与其他主题不符时，读者总会不断调整、不断设想、不断进行推理，直至一切都符合逻辑、顺理成章，阅读活动才能继续进行。

  在当代诗歌中，情形可能会有所不同，它们更倾向于设置各种障碍来提高读者理解的难度，这对诗歌的阅读和阐释造成了一定的困难。设置障碍的惯用手法就是模糊指示词，让读者架构"诗中人"的过程显得艰难和曲折。阿什贝利的诗歌以晦涩难读而闻名，哈德罗·布鲁姆曾在《影响的焦虑》中将阿什贝利视为史蒂文斯的继承者。卡勒以阿什贝利的《网球场的誓言》为例，分析了指示词的模糊不定会给读者的阅读带来何种阅读体验。"他们只梦想阿美利加，将消失在一千三百万草茎支柱当中：'这蜂蜜真可口，虽然它火辣辣地刺激喉咙。'藏匿在草棚躲避黑暗，想必他们现在已是成年人，这凶手的烟缸可以十拿九稳——这湖泊是紫丁香的团簇。"我们从诗中很难去架构一个意义明确、主题明晰的环境，意象很多："他们""草茎支柱""蜂蜜""凶手的烟缸""这湖泊"等，这些意象之间联系松散，如果非要将这些意象串在一起，也不是不可以，但每一个意象生发出的意义杂乱无序，卡勒认为如果读者非要将这些指示词安放在某一单一的环境中注定是要失败的，他分析了几种意象的组合方法，每一种都会产生出不同的阐释意义，因而卡勒得出了这样的结论："联系比比皆是，却又单薄勉强。特别是由于众多的指示词阻碍了我们架构一个推论性的环境，确定哪些是它的主要成分。但是这些目标又激励读者对他自身的思维结构形态进行探索，而这种探索比一般情况下的探索受益更大。话说回来，倘若不是由于使我们架构虚构的诗中人、以实现把诗的内在联系解释通的要求这最初的阅读程式，我们也不会进行这样的探索。"[①]卡勒认为晦涩难读的诗歌反而更能激发读者阅读和探索的兴趣，根本原因在于文学阅读程式不断要求读者去架构一个可以阐释

  [①] [美]乔纳森·卡勒：《结构主义诗学》，盛宁译，中国社会科学出版社1991年版，第253页。

和理解全诗的诗中人,要求读者不断去整合、梳理各种意象的内在关系。"诗中人"在卡勒眼里不是具体的叙述者,它具有一种诗学的功能和意义,带有非个人化的色彩。不管是"云""罐子"还是"春""夏""秋""冬",这些"诗中人"只是诗歌的程式体现,是非个人化的,当然,它们肩负了具体的叙述主体统一诗意的使命。

2. 诗歌的有机整体性

卡勒认为,抒情诗的第二个基本程式是对诗歌意义和逻辑连贯性的内在期待和不懈追求。尽管在诗歌的实际阅读活动中,结构的断裂、意义的悬置无处不在,但正是因为对诗歌有机整体性的内在追求,才使得读者可以理解和解读这些断裂。诗歌的有机整体性源自人们对事物秩序性的一贯追求。日常语言行为或许不注重其一致性和连贯性,但在诗歌中,所有的语言行为都有其特殊的地位和作用。如柯勒律治所言:"诗歌的各个部分都是相互支撑、相互解释的。"① 诗歌的有机整体性当然也受到许多理论家的挑战,但读者骨子里对诗歌和谐得体的程式期待使这些挑战并未成为主流。读者阅读诗歌,理解是其目的,在理解的过程中,完整的感觉是贯穿其中并主宰这一过程的最重要的因素,即使是诗歌中那些孤立的、无关紧要的细节,我们都试图将其纳入整个诗歌的整体构架当中,即使这一愿望最终失败,使某些诗歌成为片段或不完整的代表而获得意义,这一过程中仍然是诗歌有机整体性的程式在起作用。这些片段也因为整体性的程式而获得价值,卡勒以庞德的《纸莎草》(春天……太长……贡古拉……)一诗为例来阐述他的这一观点。这首诗三个指示词之间没有内在的连贯性,省略号既是割裂,也是意义的延伸,读者在阅读时,也要假定它是具有整体性的,只有设置一个整体性的预设,我们才能对其间隙做出恰当的意义阐释。

卡勒借此分析了结构主义者对诗歌完整性的研究,雅各布森注重诗歌韵律和语法结构层次所呈现出的和谐统一,格雷马斯提出了四种同类体,即通过语义类型的架构逐步实现对诗歌的理解,他的四项同类体包

---

① [英]塞缪尔·泰勒·柯勒律治:《文学传记:柯勒律治的写作生涯纪事》,王莹译,中国画报出版社2019年版,第372页。

含两对相互对立的语义类型。托多罗夫则是将诗歌阅读过程看成一个"形象化"的过程,在这个过程中,读者通过对诗中各个意象的解读,试图找到一个中心结构,或主宰整个诗歌各个层次和部分的生发性机制,这样就可以慢慢架构出诗歌的整体结构。罗兰·巴特认为整体性是诗歌阅读的一种程式期待,尽管在实际的阅读活动中这种期待往往会落空,但正是这种对整体性的期待恰恰构成了文学效果的本源。

大部分诗歌并不像我们所期待的那样意义连贯、主题明晰、阐释过程一片坦途,更多时候,阅读活动就像文字的冒险和意义的争夺战,充满了矛盾、犹豫、断裂、歧义、含混,读者依据诗学惯例和文学程式,将这些矛盾、断裂、含混的意象纳入一个具有整体性的结构当中,试图给这些杂乱无章、毫无关联的事物以某种内在的逻辑性,使它们能相互容纳,相互达成妥协。卡勒认为这个过程充满了艰辛,同时也充满了探险的乐趣和获得圆满的成就感。他以托马斯·奈施的诗歌《别了,告别大地的恩泽》的最后一节为例来分析读者采用的惯常阅读策略。诗的最后一节内容为:

> 于是,愈来愈急切
> 迎接命运的到来。
> 天堂是我们的世袭领地,
> 大地仅是演戏的舞台;
> 我们攀登抵达天域。
> 我病魔缠身,我必须死去。
> 主啊,请赐予我们仁慈。

这一节的内容在卡勒看来,每一句本身并无歧义,意义也不含混,但是将它们联系起来,意义就变得含混不清,如何将这些毫无关系的意象纳入一个统一和谐的整体性结构中,卡勒认为一般有三种途径:一是寻找对立的命题;二是寻找共通点;三是转化模式。第一种途径是针对具有鲜明的对立命题或反命题的意象经常采用的一种方式,如诗中的"天堂"和"大地","天堂"是我们死后去的地方,"大地"是我们活着时候的生存场地。这样"天堂"与"大地"是"死"与"生"的对比,"天堂是我们的世袭领地"预示每个人的最终命运都是死亡,生命只是短暂的一瞬,"天"与"地"构成了一对无法调和的矛盾。如何化解这一矛盾?最后一句揭开了谜底。第二种途径是读者将表面不相关的事物放置在某一特定的语境中,把它们连接成一个语序,在这种传递着强烈情感的过程中,读者沉浸在二者联系的想象当中,能够协调它们之间的对立,这样对立的特征便被消解了。第三种是当对立无法解决时,读者就会转向另外一种模式,以此来寻求与诗歌整体性的融合。

3. 诗歌的主题与顿悟

诗歌的主题虽然不是卡勒诗学所追寻的最终指向,但也是一个诗学无法回避的事实:所有的诗歌都带有某种意义,所有的阅读活动都伴随着意义的建构。因而意义期待也成为卡勒的一个诗学程式期待。在讨论诗歌的主题,即意义期待时,卡勒指出,有一些诗歌关注人类经验,阅读时启用常规程式就可以获得意义阐释,而有一些诗歌,可能就得用其他一些非常规程式,比如顿悟。有些诗歌,比如意象派诗歌,更强调即刻的感悟,更依赖抒情诗体,要求读者在阅读时要寻找强烈感情的"客观对应物",如庞德的《在一个地铁车站》[①]:

> The apparition of these faces in the crowd;
> Petals on the wet, black bough.
> 人群中这些面孔幽灵一般显现;
> 湿漉漉的黑色枝条上的许多花瓣。

庞德作为意象派的代表诗人,其作品中的意象充满了模糊与不确定。卡勒说读者在阅读这一类诗歌时,要对这些意象的"内在特质"进行领悟,使诗歌的形式得到真正把握,使表象转化为深沉。克罗齐曾说:"艺术是什么——我愿意立即用最简单的方式说,艺术是幻象或直觉。艺

---

① 杜运燮译,出自辜正坤主编《世界名诗鉴赏辞典》,北京大学出版社1990年版,第642页。

家找了一个意向和幻影；而喜欢艺术的人则把他的目光凝聚在艺术家所指示的那一点，从他打开的裂口朝里看，并在他自己身上再现这个意象。"[1]庞德受直觉主义的影响，将对意象的领悟发展为影响巨大的意象理论。他和希尔达·杜里托尔、理查德·奥丁顿都主张采用最直接的方法来处理意向，注重对意象的瞬间把握。这首堪称其代表作的诗歌是他在地铁站瞬间看到的意象的叠加，人群中面孔的冲击和花瓣的意象叠加给读者带来瞬间的震撼与感动，会使读者不由自主地将二者整合、统一在一个和谐的诗歌结构中，尽管不同的读者瞬间感悟的画面千差万别，但明晰的主题会随着瞬间的领悟凸显出来。

卡勒认为通过对意象的领悟来把握主题依然是诗歌的程式在起作用，它迫使读者在现实与诗歌程式中做出调和。卡勒举了威廉斯的《便条》的例子来说明程式在领悟过程中的重要性：

>我吃了
>放在
>冰箱里的
>梅子
>它们
>大概是你
>留着早餐
>吃的
>请原谅
>它们
>太可口了
>那么甜
>又那么凉

---

[1] [意]克罗齐：《美学原理·美学纲要》，韩邦凯、罗蓬译，外国文学出版社1987年版，第211页。

这首诗作为判断文学与非文学的一个典型例子，它凸显了文学程式在确证文学过程中的重要性。卡勒分析了《便条》之所以可以成为诗歌的两个重要原因，一是诗歌程式。这首诗如果以便条的形式写出来，贴在冰箱门上，类似一个便笺，绝不会有人将其视为诗歌，但当它以诗歌的格式写下来，有关诗义产生的程式就会立刻启动，这时便条的实用意义就被剔除了，"于是，我们必须说出一种新的作用，以证明这首诗存在的必要性。在已知的对立面，即吃梅子与这一行为违反社会礼俗两者之间，我们可以说，作为便条的诗变成了一种调解力，一方面承认社会礼俗的重要性，因此表示歉意，但另一方面，由于增加了末尾的几个字，又肯定了这即刻的感官享受也不可或缺，在处理人际关系（'我'与'你'的关系）时，必须为这种经验留有一定的余地"①。也就是说，当《便条》以诗歌的格式出现时，读者就会按照诗歌程式来发现和领悟其主题，它所指向的不再是物理事件，而是带有虚构的普遍性的存在。歉意可以忽略不计，或许，它表达的不仅仅是歉意，还有更多的内容可以想象和挖掘。另外，还有感官的感觉。卡勒认为最后几句对梅子的感官感受的描述，虽然给人从感官到心理获得了某种感悟和意义的延伸，但因为感官的享受超出了语言的界限，语言的世界无法吸收同化或抵制感官享受的冲动，因而此诗只能用寥寥数语来草草收场，显得形式平庸而无太多深意可寻。

还有一种情况，就是在面对一些含混朦胧诗或一些极短的诗歌时，诗歌程式就显得尤为重要。例如阿波利奈尔著名的一句诗（歌手/水上号角的一根独弦）这首诗没有任何有意义的行为主体，读者如何来解读？卡勒说读者必须自己架构隐含的行为主体，将"歌手"与"乐器"联系起来，这种二相对立的结构暗示读者去寻找两个名词的对应物，以此来揭开双关语的意义。

4. 诗歌中的"阻遏"与"复源"

卡勒认为在阅读诗歌的过程中，非个人化、统一性和意义的程式，已经为阅读诗歌搭建了一个舞台，也基本上决定了阅读的大方向。诗学

---

① ［美］乔纳森·卡勒：《结构主义诗学》，盛宁译，中国社会科学出版社1991年版，第262页。

的要义就是使诗歌变得可以被理解。但从另一个方面来看，诗歌又总是在设置阻遏，就比如修辞，使用修辞是为了更准确、形象地表达意义，还是为理解设置障碍？当然，从修辞学的出现之日起，它的初衷如热奈特所言，修辞学的活跃是为了从系统的第二层次（文学）中发现作为第一层次（语言）特征的透明性和严密性。结构主义使日渐式微的修辞学重新活跃起来，尤其是我们在阐释诗歌意义受到阻遏时，修辞学不失为一种意义阐释出路。但是卡勒发现，结构主义视域中的修辞学与我们所说的修辞学视角完全颠倒，在这里，修辞学不是运用于创作的一种技法，而是为阅读提供一套形式模式的方法，供读者在阐释文学作品的过程中使用。因为面对有些诗歌，不运用修辞的策略，读者便会束手无策。如马莱尔伯的诗句：铁若更好地利用可以造就良田。这里的"铁"必须从修辞学的角度来阐释，将其阐释意义锁定在"武器"和"犁"这两个举隅比喻的意义，似乎才能和"良田"产生关联，从而使文本得到归化。归化强调把一切怪异或非规范性因素纳入一个推论性的话语结构，使它们变得自然入眼。阅读的过程就是将一切因素（包括规范与不规范的）纳入自己认可的具有推论性的话语体系的过程。读者在此过程中要和各类程式达成共识，否则将会事与愿违，卡勒说当我们不理解某些修辞的内在规则时，可能就会愈走愈远。当我们看到这样的诗句：他被心爱的人投来的一瞥"杀死"。我们必须进行语义的转换，这样文本才变得可以理解，因而修辞在文本的归化过程中起到了很好的引导作用，它使意义的阻遏获得了某种解释的通道。

　　卡勒还对诗歌的空隙和空白给予了程式方面的阐释。诗歌最明显的结构特征是分行分节，这样诗歌的行末和诗节之间就留下了许多空白和空隙，读者必须利用诗歌程式赋予这些空隙以某种价值和意义，并将其纳入整个诗歌的意义阐释体系当中。卡勒给出的可操作性的路径是将诗歌形式看成一种摹仿，他举的例子是罗伯特·罗厄尔的《爱德华先生与蜘蛛》中的一节：

　　　　信仰正试图摆脱
　　　　信仰。

卡勒指出，阅读这首诗，从诗歌外在形式入手来归化文本也不失为一种好的阅读策略，他说有批评家就从该诗的排版形式入手，认为该诗的排版形式就恰到好处地摹仿了大写的"Faith"衰退为小写的"faith"的过程，预示了一个似是而非的矛盾：即宏大的、崇高的信仰衰退为一个个忙于生计的、渺小的信仰，这种转变的发生，这种距离的跨越，是由诗节本身来完成的。这种来自诗节形式的诗歌程式助力读者完成了文本的归化，这当然也是诗歌阐释活动的一个部分。卡勒发现还有一种利用诗行行末进行归化的办法，他说当读者阅读诗歌的词语时，不要立即将词语与现实世界相关联，就可以建立一种阅读现象学的基础，这样诗行末的间断就会形成句法结构上的模棱两可，读者试图将间断的内容补充完整，使其与整个诗歌形成一个整体，但当他停顿后发现之前的结构并不完整，于是再进行新的调整，赋予间断以新的功能和意义，这样文本的归化就在对间断与行末的不断填充中趋于完成。

卡勒还罗列了其他文本归化的方法，比如通过分析诗歌的韵律和节奏来突出诗歌的形式方面的程式，以此来达到把握意义的目的。还有通过音步或音韵格律产生"耦合"，使对称的声音和节奏产生或转化为对称的意义。如果这两种程式的运作不奏效时，卡勒建议读者回到诗歌的统一性和匀称结构的程式上来，从这些角度论证诗歌形式特征的合理性。

诗歌的诗学理论建构一直是卡勒学术体系中的不变追求，结构主义时期的诗学建构是他用结构主义的方法，尤其是用结构主义语言学的模式去探求诗歌程式在阅读活动中的重要作用，这种对诗学的不懈追求即使在后理论时期仍然未能停止，《抒情诗理论》的出版就是这种诗学的继续推进与发展的成果。

（三）小说的诗学理论

诗学理论的探索与建构一直是贯穿卡勒学术发展的一条主线，也是他学术研究的最终指向。在结构主义时期，卡勒主要运用结构主义的语言学分析模式来研究文学阅读活动中意义阐释所依赖的惯例和程式。结构主义者对诗歌的研究不算多，他们真正感兴趣的是小说的结构和阐释。卡勒认为，诗学是研究文本实现其意义功能的程式和惯例，它的内容既包括抒情诗的诗学，也包括史诗或小说的诗学。史诗对人物行为的理解和对情节的理解与抒情诗是不一样的，我们在解读小说时，人物的行为需联系起来才能理解其真正的功能。

在他的早期著作《福楼拜：不确定性的应用》中，卡勒就开始了对小说解读模式的探寻。卡勒说"对许多读者来说，福楼拜的名望是一个谜"，"事实上，如果一个人不去读福楼拜的作品，就不会崇拜他。很早的时候，我们带着麻木的期待，认为通过一本书去了解另外一个作家的真正的主题是可不表达的"[1]。福楼拜的小说呈现出了与传统小说不一样的叙事方式，传统小说情节明晰、连续，线条单一且意义确定，而在福楼拜的小说里，情况似乎不太一样，卡勒发现，福楼拜的小说中，虽然细节的描写细腻，但意义不确定、不连贯，甚至缺失，这就是当时非常著名的"福楼拜问题"[2]。卡勒运用新批评的文本分析方法，尤其是新批评最重要的解读方式——"反讽"，对其小说作了深入解读。在以往的创作理念中，"反讽"是意义产生最重要的方式，但在福楼拜的小说文本中，"反讽"不再产生完整、连贯的意义，反而阻断了意义，创造了意义的不确定性和文本结构的不稳定性。卡勒在创作《福楼拜：不确定性的应用》时既有新批评的文本解读方法，又受到法国结构主义的影响，因而在这部著作中，他一方面采用了新批评最擅长的"反讽"解读文本，另一方面又对"反讽"提出疑问，这也暗示了新批评的式微以及结构主义的强盛势头。卡勒从"反讽"入手，分析了小说意义不确定的深层原因，他分析了福楼拜的成名作《包法利夫人》，这部被左拉称为"新艺术的法典"，打破了以往小说叙事的惯用模式，将主题模糊化，如同唐纳德·查尔顿所说："通过卡勒博士详细阐述的叙事策略，福楼拜成功地'挫败了读者的期望'，破坏了阅读习惯和我们对意义的追求。因此，他的著名的现实主义实际上是以描述无关和琐事、无缘无故和毫无意义为中心的，而且不是从任何可定义的叙述者的角度，也不是从一系列人物

---

[1] Jonathan Culler, "The Uses of Uncertainty Re-Viewed", *The Bulletin of the Midwest Modern Language Association*, Vol. 11, No. 1, 1978, pp. 13–18.

[2] 王钦峰：《论"福楼拜问题"》，《外国文学评论》1994 年第 4 期。

的头脑中,而是从一种意志的立场、迷失方向的傲慢和不断的讽刺,阻碍我们寻求统一的观点。"① 卡勒认为我们在读巴尔扎克的作品时,能感受到巴尔扎克总是忙于评论物质世界对我们理解社会和个人的重要性,呼吁我们分享知识,或者向我们保证,如果我们从他卓越的见解中获益,我们最初的不完整感将被消除。但在福楼拜的小说中,他对"反讽"的运用与其说是一种产生意义的技巧,不如说是一种毁灭的方式或产生意义的不确定性。福楼拜似乎在寻求一种无效的叙事,他通过转换叙事视角使作者声音不断隐匿,从这个意义上讲,福楼拜更多的是将小说看成一个美学的对象,而不是交流的行为,在他的作品中,更侧重对以往规则的消解,而不是去理解人物、理解作者。韦恩·布斯也曾说,福楼拜的作品中有大量的"不可原谅的反讽"。

在《福楼拜:不确定性的应用》中,卡勒首先分析了福楼拜早期小说创作中惯用的三种策略:作者策略、自白策略和预言策略。形式主义者在对这三种策略进行分析时,往往将其与文学史的发展紧密结合,从而形成了对福楼拜早期作品的总体评价,当然这种评价为多数人所接受和认同。第二章卡勒开始探讨福楼拜对不确定性的四种用途,这四种用途标志着福楼拜的小说创作趋于成熟。这四种不确定性具体表现为:细节的不相关性、故事来源的不明确性、主人公的不典型性以及主题意义的不确定性。最后一章专门讲述了福楼拜如何用愚蠢的语言挫败读者的士气,这种愚蠢的语言被赞美为"设计的幸福""布瓦德的嫉妒"和"安托瓦尼的偏见";检查反讽的复杂程度,以及它对批评家对自己的程序的意识所产生的或应该产生的影响;并试图在萨拉姆博亚的无聊中找到积极的一面——神圣的一面——与之相反,愚蠢和不确定性的消极一面可能会找到意义。卡勒指出福楼拜作品的终极意义在于质疑我们赋予世界意义的程序,通过与现实的拟像抗争,迫使我们承认自己的愚蠢和秩序的任意性。因而在卡勒看来,福楼拜和巴尔扎克之间存在着深刻的决裂。

---

① Jonathan Culler, "The Uses of Uncertainty Re‐Viewed", *The Bulletin of the Midwest Modern Language Association*, Vol. 11, No. 1, 1978, p. 14.

在《结构主义诗学》"小说的诗学"一章里，卡勒指出，小说通过符号系统为我们创造了一个充满意义的世界，这也是小说存在的意义。与诗歌惯用的隐喻相比，小说偏离真实世界会让读者更加费解，因为诗歌偏离现实世界，读者可以自然地将其视为隐喻而获得解释，从而更易理解。在小说文本中，因为小说特有的程式使其偏离真实而难以理解，越是费解其影响力就越大，这也是小说被结构主义者关注的一个重要原因。小说的基本程式是为我们呈现一个意义的世界，这种意义的建构如何进行，卡勒主要从"可读文本"与"不可读文本"、叙述契合、代码、情节、主题与象征、人物等方面对小说文本的阅读模式和结构特点进行了探讨。关于可读性与不可读性，卡勒首先指出，小说参与的意义生产与诗歌是截然不同的，它有着自己的一套程式和规则。他分析了结构主义者眼中的小说模式，以巴特的《S/Z》为例，巴特将小说分为可读文本和不可读文本，可读性文本是指传统的或"巴尔扎克"式的小说，这类小说意义连续，情节明晰，是按照传统模式可以理解的文本。不可读文本是指写得出，但读者尚不知如何阅读的文本。巴特认为现代文本则更多是充满了意义的断裂和矛盾的，这与传统的小说文本形成一种对立，尽管这种区分并不是文体方面的区分。卡勒认为可读文本与不可读文本的区分虽然可以激发读者对小说阅读模式的关注，促进文学批评的发展，但这里还是存在一些关键的问题。他指出，巴特所言的可读文本与不可读文本分别对应了"快感文本"与"极乐文本"，这种理解在一定程度上阻碍了我们对小说的真正理解，虽然其核心会集中在文本的结构和理解的形态，但极有可能发展为一种扭曲的对立，这不利于小说的研究。巴特所言的"快感文本"和"极乐文本"，在卡勒看来，它们只是程度上的差别，不构成区分和对立，换言之，卡勒并不认为存在传统文本与现代文本的对立，即传统文本意义连续，而现代文本则充满意义的断裂。结构主义者在研究古典文本时同样发现了文本中的断裂、含混不清、自我否定等特征，这些被认为是现代文本的标签性特征同样也在传统文本中存在。卡勒引用了克里斯蒂娃的话：小说自诞生之日起，便饱含着反小说的种子，小说是在与形形色色的规范相对立的基础上形成的。小说文本模式的发展具有延续性和传承性，我们研究的重点不是某一时期小说的程式特点，而是整个小说的发展历程及其普遍性。卡勒说，从福楼拜到罗伯-格里耶，从斯特恩到索勒斯，我们都能从他们的小说文本中感受到因理解的断裂或破坏而造成错位的狂喜，从而彰显了小说的自身特征和艺术魅力。

关于叙述契合，卡勒是从小说所呈现的真实性开始论述的。如巴特所言，小说通过语言单元的不同组合，试图给读者呈现事实本该如此的"真实效果"，语言单元被消除了其他功能，只在呈现真实性方面才组合在一起。在卡勒看来，小说中的语言单元在情节发展中不起作用，但却能增加小说的"真实性"效果，当我们确认了这种叙述契合，就能使读者沉浸在文本世界中，并像阐释现实世界那样阐释文本。读者怀着对小说语言单元所指的期待，但在阅读的过程中，卡勒强调这种期待不断被打破和隔断，因为纯粹的真实再现反倒会产生一种虚幻所指，使读者不断在文本世界和现实世界进行切换。卡勒发现许多小说都有大量列举或描述各种物件的内容，但又没有明确的主题，给读者一种支离破碎的意境，无法形成一种对世界的整体认知。他说这不是真正的现实主义。真正的现实主义，是将故事彻底否定，或者引出一个空虚的主题，使故事不能成立。卡勒分析了福楼拜的著作《布瓦尔与佩库歇》中他们获得别墅的一段场景描写：

> 正前方是一片田野，右首有一间谷草棚，还有一座教堂的尖顶，左首则是一片白杨树。
>
> 纵横交错的两条小径，形成一个十字，把菜园划分为四块。菜畦里整整齐齐栽种着各色蔬菜，但这儿那儿却又冒出几株矮小的柏树或经过整枝的果树。菜园的一侧有一条藤蔓覆顶的走道，通向一座凉亭；另一侧，又有一堵墙，支撑着一棚瓜果；菜园的后部是一道竹篱，一扇门通向庭院。院墙外有一片果园；凉亭后面是个灌木丛；竹篱外有一条羊肠小径。

卡勒认为这段描述就属于不参与情节的无意义的语言单元，它不指向任何主题，也没有什么明确的目的，"所有的语句引导我们穿过一片菜园，最后让我们看到一个果园，一丛灌木，一条小径。刻画细节的癖好的结果却是一个空虚的主题。福楼拜把通向概念的门径统统堵死，充分体现了他纯熟地把握了巴特所说的间接文学语言技巧：'使一种语言变成间接的语言，最有效的办法就是尽量不断地指喻具体事物本身，而不是它们的概念，因为一个具体事物的意义总是闪烁不定的，而概念的意义却不会'"。① 福楼拜小说中大量的"无意义"的语言单元，使文本的意义捉摸不定，呈现出主题的模糊和意义的矛盾与断裂。卡勒还分析了其他作家如皮埃尔·居约戴的小说《伊甸园，伊甸园，伊甸园》，阅读这部小说最大的困难就是无法确认叙述者，而无法确认叙述者，就意味着我们不知将语言放在什么位置，在长达二百五十页的一个句子里，我们看到的不是意义的表现，而是语言的表演。也就是说，在不同的小说文本中，作者总是以这样或那样的手段在文本和读者之间制造障碍，以期获得阅读的异样感。对于读者来说，阅读就是在与文本的沟通中不断逾越障碍，获得叙述的契合，阅读活动才得以继续，这个过程充满了克服重重困难的成就感和愉悦感。

在对小说中的阅读单位的功能进行分析时，卡勒借用了巴特在《S/Z》中的"五种代码"，并对其进行了批判性阐释。在《S/Z》中，巴特指出，代码可以使读者将文本的语言单位进行分类，进行语言成分的识别，这五种代码可用于文本意义的划分和区别，它们分别是行动代码、阐释代码、意胚代码、象征代码和文化代码。行动代码主要是指推动故事向前发展的情节序列，巴特称之为"经验的声音"，即读者对情节序列的把握和认知是建立在日常生活经验和日常生活逻辑的基础上，才能理解故事发展中每一个行动意味着什么，会导致什么样的结果。阐释代码是指回答逻辑、谜语与解释、悬念与突变、巴特称之为"真相的声音"，是文本中关于揭示真相、澄清谜团的内容，所以阐释代码又被称为谜的代码，这种代码能使情节的发展扣人心弦，牢牢抓住读者想要得到真相的心理。意胚代码即意义内涵，更偏向于"含蓄意指"，巴特称之为"个

---

① ［美］乔纳森·卡勒：《结构主义诗学》，盛宁译，中国社会科学出版社1991年版，第298页。

人的声音",具体而言,是读者对人物、人物性格发展等有关信息的理解,对人物性格有明显提示作用。象征代码是读者从文本中引出象征读义和主题的推论,巴特对象征代码并未给出明确的界定,其内涵与符号、能指、症候意义相近。文化代码是文本的文化背景,文化代码具有典型的历史互文性特征。"尽管事实上所有代码都是文化的,但在我们遇到的代码中,我们专门把这一类叫做文化代码:人类知识的、公众舆论的、文化的代码,这种文化是通过书本、教育的方式或通过整个社会以更一般、更分散的方式传递;这种代码所参照的知识被社会建构为一整套规则。"从巴特的论述中可看出文化代码并不具有积极的意义,即文化通过代码的形式将自己伪装成自然,在一定程度上掩盖了传统文学语言的俗套与虚假,巴特在《神话集》中对巴尔扎克的意识形态意图的分析就是这种思想的体现,也成为其揭露文学中现实主义神话的有效方法。在巴特看来,现实主义小说虽然以逼真的手法真实反映和再现现实,让读者相信小说的真实性,但事实并非如此,现实主义记录的并不是自然而然的现实,而是各种文化的代码。卡勒认为,巴特的五种代码虽然在文本阅读中起到一定的作用,"但是,它们远远未能包容'一种佚名的、集体的声音'的种种表征,这一声音的'本源为整个人类的智慧',而它们的基本功能则是要让各种逼真性的参照模式发挥作用,使虚构契合实体化"①。阅读中最重要的是语言问题,而语言问题不仅涉及交流,更是一个标志和产生意义的问题,是关乎语言序列并能生出意义"踪迹"的问题,巴特关于语言单位代码的阐释,在一定程度上为读者的阅读提供了参照物和意义生成的模式,这一点卡勒是持肯定态度的,但同时卡勒认为巴特代码分类还是有一些问题的,在巴特看来,只要了解了文学代码,我们就可以破解文本,获得意义,但事实上并非如此。阅读的过程远比破解代码要复杂得多,各种代码的意义的确认不仅要考虑在情节发展中被赋予了何种意义,而且也要借助文本结构分析才能够完成。

情节是小说非常重要的一个构成要素,必然成为卡勒小说诗学的重

---

① [美]乔纳森·卡勒:《结构主义诗学》,盛宁译,中国社会科学出版社1991年版,第310页。

要探讨对象。卡勒认为读者具有一定的文学能力，能概括出小说和电影的情节，文学理论应该认真研究情节，使其存在的合法性得到确认，他认为一种关于情节的理论，应该能够陈述对读者识别情节、比较情节以及把握它们结构的能力。识别情节涉及语言单位的顺序性和逻辑性，自然也成为结构主义特别热衷的一个研究点，普罗普打开了情节结构研究点的先河，巴特对情节结构表现出极大的兴趣，卡勒详细分析了从托多罗夫、普罗普、巴特到格莱麦、克里斯蒂娃等人的结构主义的情节分析方法。卡勒承认研究情节比研究语言单位要复杂、困难得多，因为语言单位以及组合虽然令人生畏，但至少其意义是现成的，是可追寻的。情节结构研究的情况不同，一方面要确定哪些成分可以看作叙述的基本成分，另一方面又要考虑它们是如何组合在一起的。如巴特所言，我们面对的是不计其数的情节，讨论情节的视角也是多种多样的，如历史的、心理的、审美的、社会的、人种的，等等。面对如此众多的语言现象，要从中抽出一条分类的原则，找到一个描述的视角，是很难做到的。但卡勒认为在理论上情节结构的分析又是可行的，如何进行情节结构的研究，卡勒提出了一个评价的标准，即看这种研究在多大程度上与我们所论的故事情节的直觉了解相吻合，看它是否能将明显的错误排除掉。在普罗普之前，维斯洛夫斯基就对情节的结构进行过分析，提出情节是由单个的主题组成的，他举的著名的例子就是"龙劫走了国王的女儿"，普罗普则认为这个例子中的主题可分为四个因素，每个因素都可以变化，而情节不变，如龙可以换成巨兽、巫婆等或任何其他邪恶的势力；女儿可以换成任何受宠爱的人或物；国王可以换成别的所有者；"劫走"可以换成其他的失踪形式。普罗普由此将童话分为两类："角色"和"功能"，角色由不同的人物充当，而功能则构成情节。这种分类，在卡勒看来意义不大。因为我们在阅读中，替补原有因素所产生的故事情节和效果完全不一样，而且在某一特定时刻，故事的发展具有多种可能性，那么情节分析也应该包含这一事实。

卡勒分析了普罗普、托多罗夫、什克罗夫斯基、列维－斯特劳斯、巴特、克里斯蒂娃等人关于情节结构的分析，从中得出了一个结论：从情节结构本身的分类和功能出发去探究小说的情节结构似乎行不通，应从读者的视角出发，寻找读者自己的阐释语言，这便和他所提出的文学能力是一脉相承和必然的呼应。

　　主题和象征也是小说文本的一个核心范畴。卡勒认为，主题是读者在文本中发现的连贯一致的形式的命名，或是将各种代码连接在一起，呈现出一种条理方法的命名。因而我们也可以说情节是主题结构的顺时性投射，研究情节，就是要对情节结构进行主题的分割，反过来说，主题的研究又能促进读者对文本情节结构构成的把握和理解。主题不是孤立的，是随着故事的发展和情节的变化慢慢呈现出来的，这需要读者联系文化语境和自身经验共同参与才能完成。在这个过程中，卡勒强调读者应具备一种识别维系逻辑联系性、使它的各个成分能够被理解的意识。如何对主题的统一性、转化和连续性进行理解？卡勒提出了一个外向推论的命题，他认为外向推论能够赋予事件或行为普遍性的意义和功能。什么是外向推论？他以狄更斯的《艰难时世》为例，其中有一个情节是路易莎透过围墙木板的节孔偷看骑马而被人逮住，这样的举动意味着什么？卡勒说，这主要取决于读者采取什么样的视角来对待这件事，是从其父亲的角度，还是从读者的角度，不同的视角对事件所赋予的意义是截然不同的。在赋予事件意义的过程中，我们会激活自己积累的经验判断，并不断与小说的文本语境相关联，在情节发展中不断确认主题及事件的象征意义。为了进一步说明外向推论是如何进行的，卡勒提出了"经验性复原"和"象征性复原"两种小说阅读程式。"经验性复原"主要依赖因果关系进行外向推论，如我们看到某人豪华的服饰，就会自然地推出此人是纨绔子弟或者花花公子，并试图在之后的情节中找到与之相符的意义符号。"象征性复原"是为意义寻找表征，它并不局限于因果关系。卡勒认为在一般的阅读中，"经验性复原"是最容易使用的，但并不是所有的经验都可以奏效，"当因果关系不存在，或各种可调集的因素不足以说明某一事物或事件在文本中所得到的强调，甚或我们实在无法处理某一细节的时候，就采取后一种复原的办法"[①]。巴特的象征代码为

[①] ［美］乔纳森·卡勒：《结构主义诗学》，盛宁译，中国社会科学出版社1991年版，第333页。

象征性复原提供了有益的探索,其中最重要的方法就是对照。象征代码总是处于一些对立的范畴中,如黑与白、邪恶与善良、主动与被动等,这些对立与相应的主题形成呼应,使读者从对人物、细节的把握和对照中去提炼主题。如一位憔悴干瘪的老人与一位年轻美貌的女郎之间就会形成关于死与生、冷与热等象征性的主题,他们并肩坐着,呈现出一种象征性的凝合。卡勒认为,读者阅读文本时,要深谙文学阅读的程式,要采取相应的阅读策略,才能把握文本的主题和象征意义。

关于小说的人物,卡勒首先指出结构主义者对小说人物研究的疏漏和偏见,法国结构主义者认为人物无非是意识形态的化身和代言,他们更看重的是人际关系系统和习俗惯例系统对个人的作用,忽视人物的个性特征和独立完整的人格魅力,认为这是不存在的。卡勒认为小说创作的实际情况已经发生了变化,各个历史阶段小说文本处理人物的方法不同,相应的阅读理论和实践也应该跟上。阅读传统的"巴尔扎克"式的小说对人物形象的阅读期待和阅读萨洛特、罗伯-格里耶等人的小说不同,阅读惯例和程式也会发生变化。但最重要的一点是我们应该具有寻找阅读小说的程式和惯例的意识,当然,结构主义者关于人物的见解也不是一无是处,它至少给我们这样的一个启示:让我们对以往我们所认为的"栩栩如生"、丰满的人物形象重新作一番考察。卡勒发现,即使再丰满、再栩栩如生的人物,它也要依赖于人物塑造的约定俗成的程式才能完成,因而结构主义者的人物研究在某种程度上又是可行的,也具有一定的合理性。换句话说,作者再钟爱、再喜欢的人物形象,也要依赖于人物塑造的程式来进行,不可能随心所欲,但这种程式到底是什么样的程式?结构主义者进行了一系列的努力和探究。卡勒认为,结构主义者并未对人物塑造的程式作直接探讨,但他们对人物的作用和功能的研究无疑为我们研究程式提供了参考和启示。卡勒深入解读了普罗普关于民间童话人物七种功能的分析,以及格雷马斯关于人物行动元的论述,指出他们的努力都未能真正解决人物塑造的模式和程式。在卡勒看来,最理想的一种小说阅读理论不是留意某个人物干了什么,而是能将人物纳入有限的空缺中,建构一种关于功能性角色的更恰当的模式。卡勒对弗莱关于人物的分类法大加称赞,弗莱推出"无论是戏剧还是在小说中,一切栩栩如生的人物形象是否能够站得住，完全要看属于它们戏剧功能的固定原型是否恰当，那固定原型本身并不是人物，但是，人们需要它，犹如扮演它的演员需要一副骨骼的支撑一样"①。卡勒之所以认为弗莱关于文学类型的划分大有前途，是因为弗莱将文学类型与春、夏、秋、冬四种叙述类型相对应，在这些类型中，每一种都能找到固定的人物形象，我们现存的文化代码中包含了它们的各种模式，这样，我们在阅读时，这些模式能够引导我们理解人物形象及人物形象身上所赋予的意义。关于人物形象的塑造，巴特在《S/Z》中是通过论述语义代码与人物的关系来呈现的。卡勒认为巴特的这种思路对阅读有积极的作用，在阅读活动中，各种细节的组合与阐释，能够表现人物的性格特征，尤其是某些细节具有丰富的意蕴，是一种能够彰显人物独特性格的语义代码。巴特以巴尔扎克的小说《萨拉辛涅》为例，分析了细节与语义代码对人物塑造的重要性，文本中描写萨拉辛涅年轻时对玩耍倾注了异乎寻常的热情，在他和同伴扭打时，倘若较量不过，他就用牙咬。巴特认为读者会将"热情"和"异乎寻常"视为他的性格，但用牙咬就需要进行语义的阐释，从文化和心理定势的角度，我们可以将其阐释为"女人气"。巴特认为阅读就是一个命名的过程，一个让文本经历语义的变化的过程。卡勒进一步阐释了巴特的思想，他说在阅读过程中，读者根据一个个命名的意胚，将其串联起来，就会形成一个较为完整的人物形象。而意胚的选择和组织又会受到意识形态、心理统一性的模式影响，所以文学程式起着至关重要的作用。

卡勒认为，结构主义者虽然没有为文学系统提供一套完全定型的模式，但它却为这个问题提供了一个大致的框架，更为重要的是，结构主义让我们改变了对小说的认知，传统的理论将小说界定为摹仿，而现在我们将小说视为一种结构，通过研究小说的结构模式，让我们明白我们是怎样以一种文学程式来理解文学、理解世界的，这也是卡勒小说诗学的核心内容。

---

① ［加拿大］诺思罗普·弗莱：《批评的解剖》，陈慧译，北京大学出版社 2021 年版，第 215 页。

三 诗学的前景

（一）关于诗学建构的合法性论争

卡勒关于诗学的建构过程一直伴随着质疑和反对的声音，就如同他在《结构主义诗学》中引用波德莱尔的那句话："一种体系就是一道诅咒永远地将我们放逐；我们总又不得不创造另一种，这番劳苦是一个残酷的惩罚。"他引用这句话也表明了建构一种诗学所面临的挑战，这是一个异常艰辛的过程，但又是我们不得不面对的状况。卡勒的诗学建构是建立在结构主义语言学的根基上的，他的研究焦点是文学阅读，因而更多地涉及读者的相关因素，比如读者的阅读程式期待、读者的文学能力等，这引发了来自结构主义者的反诘和责难，尤其是聚集在《如是》（*Tel Quel*）杂志周围的学术精英，他们对卡勒的学术主张给予了猛烈的抨击。这些学者认为，文本有很多种读法，也包含难以数计的结构可能性，而卡勒却将其限制在某种规则和程式之中，尤其是卡勒提出的"文学能力"这一概念，结构主义者是无法接受的，尽管结构主义者在初期也试图设想一种文学系统，来对每一部文本的结构进行分析和描述，以此来证明文学能力的合法性，但他们认为这种想法已经失败，这是他们反驳卡勒的一个理由。其次，结构主义者认为卡勒削去了结构主义最具生命力、最激进的锋芒，因为卡勒不但没有将文学从束缚它的意识形态中解放出来，反而将它变为一种研究和描述现状的分析科学，将文学阅读限定在这些规则和程式中。在结构主义者看来，这是一种典型的从概念出发，从意识形态出发的行为，是他们所不接受的研究路径。

针对以上质疑，卡勒首先指出，文本之所以具有多种结构和意义的可能性，正是因为文学程式在起作用。卡勒分析了巴特在论述其从《叙述结构的分析引言》到《S/Z》转变时的一段话，巴特的这段话意在表明他在《叙述结构的分析引言》中曾设想寻找出一个能分析所有作品的总的结构，但在《S/Z》中他放弃了这种设想，因为他意识到每一部文本都有其自身的某种模式，每一部文本都应该被区别对待。卡勒分析了巴特的这种转变，指出巴特的论述有严重的矛盾之处，既然每一部文本都有自己的模式和系统，但为什么巴特仍然保留了代码？保留代码就意味着保留了集体的知识和读者共同遵守的规范。代码在巴特这里，意味着迄今为止一切被写下、读过、见过、做过的事情。阅读文本的过程就是不断解读代码和切割代码的过程，这是文本意义的源泉。文本可能会有不止一个结构，但在卡勒看来，正是因为阅读活动的程序才使文本具有了不同的结构。也正是因为文学系统的存在才使阐释代码产生多义成为可能，因而摒弃诗学建构、摒弃系统的概念，是一种奇怪的、不合理的推论，也不符合文学阅读的实际。卡勒进一步论述，如果一个文本只有一个固定的意义，我们可以说这可能跟一般的文学系统没有关系，我们面临的事实是：文本的意义是开放的、多重的，依据不同的程序可能会产生不同的阐释意义，这就反证了我们所面临的阐释过程是具有相当的力量的，至少我们不能否定它的存在。

接着卡勒阐述了为什么要超越结构主义。他引用了雅克·德里达在《书写与差异》中的论述，"一种结构主义的阅读，虽然发生于某特定的时刻，却总是事先包含着、且总要诉诸于这部无时无刻不相伴的天书"[1]。这里的"天书"和克里斯蒂娃提出的"种文本"有着某种相似的意义，是一种超越具体文本结构的类似存在。卡勒进一步论述，读者在论及一部作品的结构时，总要选择某种有利的角度，从而确立相应的文本结构，这是一种以诗学功能为中心的直觉的理解，它主宰着文本的各种形式，并使它们之间形成相互支撑、相互解释的关系，从这个意义上来讲，这个中心既是出发点，又是一个具有限定性的准则。当然，在德里达的视域中，这些中心不是固定不变的，它处于不断被解构的状态中，中心不断被替换，意义也不断被建构。克里斯蒂娃也有同样的论述："符号学的研究不啻是这样一种考察：当考察结束时，它除了发现自身的意识形态运动以外一无所获，于是它只好承认他们，否定他们，再重新开始。"[2]这一论述表明，我们不能将语言产生意义作为我们的出发点，因为语言产生意义的形式是多种多样、不受限制的，我们总要超越一切规范的

---

[1] [法]雅克·德里达：《书写与差异（上册）》，张宁译，生活·读书·新知三联书店 2001 年版，第 68 页。

[2] [法]朱莉娅·克里斯蒂娃：《符号学：符义分析探索集》，史忠义等译，复旦大学出版社 2015 年版，第 56 页。

限制。

卡勒深入分析了克里斯蒂娃的"种文本",什么是"种文本"?克里斯蒂娃说:"种文本可以视为包括了语言的整个历史演变、和所能承担的各种指喻活动的文本。语言的过去、现在、未来的各种可能,在显文本中尚未得到具体表现或被掩盖起来的各种可能都已包含在内。"① 克里斯蒂娃认为读者在阅读时需要依赖种文本才能对具体的文本做出意义的阐释,因为它包括了诗人和读者所发明创造的符号示义过程的一切可能的变化,因而种文本可以成为诗歌语言分析的中心概念。"种文本"概念的提出从表层上看的确和卡勒的程式有某种暗合的内容,但很快卡勒就发现,克里斯蒂娃的"种文本"是一个空洞的、不存在中心的概念。它除了能让人们不去否定文本的语言结构之外,不能有其他任何效果,因为读者永远不清楚"种文本"都包含了什么。况且,从她的阐释过程来看,虽然"种文本"包含了一切可能的意义,但在阐释文本时她并未考虑所有的意义可能性,而是采用了相关性原则,这使得她不得不掉入程序的泥潭中。即使克里斯蒂娃想要逃脱程式,想从某种程序中解放出来,就必须引入更有力、更强大的程序。因而卡勒认为不管理论上结构主义者是多么痛恨程式,但在阐释的实际活动中却无法逃离,并在不断依赖程式中创造意义和阐释文本。

卡勒认为语言问题不仅关涉交流的问题,还是一个标志和产生意义的问题,是一个语言序列以其发展所具有的、并能生发出的意义"轨迹"的问题。这个轨迹和德里达所言的"踪迹"有异曲同工之妙。德里达认为,我们阅读语言并不只是为了获得某种直接的意义,而是寻找由语言形式为我们打开的与其他语言序列相联系的意义的轨迹。

(二)关于诗学的未来

关于诗学的未来,卡勒一直是持乐观态度的,他通过对巴特、德里达、克里斯蒂娃等人的理论研究,发现无论他们以何种方式想要逃出程式的限制,最终都会陷入另一种程式中。"《如是》派的成员无论为自己

---

① [法]朱莉娅·克里斯蒂娃:《符号学:符义分析探索集》,史忠义等译,复旦大学出版社2015年版,第346页。

赢得了什么样的自由，它都必须建立在约定俗成的程式之上，都必须包括一套阐释程序。"① 即使他们想要超越结构主义的文本分析，追求一种自由的阐释模式，终究都难以逃脱意识形态的影响和控制，也无法逃脱文学约定俗成的程式和惯例的限定和制约。卡勒认为在有些时候，需要以否定的形式去对待程式，或者能试图跳出程式，你才能真实地感受到程式的存在。即使在某些时候，某一种程式失灵了，也会在意义的阐释中产生新的程式。换句话说，只要有文本，程式就会如影随形，文学批评的主要任务不是对具体文本的意义阐释，而是要发现文本意义阐释背后运行的机制和程式，这就是诗学的探寻与建构。

建立结构主义诗学的任务是什么？卡勒说这个任务很简单，简单到有些可怜：就是尽可能明确地把一切关心文学乃至对诗学感兴趣的人默认的东西挑明。但其实施过程却困难重重，面临着诸多挑战和质疑。卡勒看到了结构主义的文本分析在揭示文学符号方面做出的贡献，但还有更为重要的任务，就是使自己更系统化，以便于进一步对符号如何起作用做出解释。只有建立结构主义的诗学理论，才能对文本进行更高意义上的解读，结构主义的文本分析不应该止步于具体的文本阐释，更应该着眼于整个文本背后更大的结构普遍性和程式。仅从目前的发展状况来看，结构主义的语言分析模式只是为诗学的建构提供了大体的思路和视角，真正的诗学建构还要依赖于对文本阅读的深入研究才能完成。正如伊格尔顿所说："结构主义是惊人地反历史的：结构主义要求分离出的心灵规律——平行、对立、转换及其他等等——在远离人类历史的具体差别的普遍性层面上活动。从这样一个天神般的高度俯视，所有的心灵都是十分相似的。在阐明一个文学本文的潜在规则系统的特点之后，结构主义者就束手无策了，不知道下一步还该做什么。对于他们来说，既没有把作品与它所处的现实联系起来的问题，也不存在将作品联系于使它产生的条件或者研究它的实际读者的问题，因为结构主义的基本姿态就

---

① ［美］乔纳森·卡勒：《结构主义诗学》，盛宁译，中国社会科学出版社1991年版，第367页。

是要把这类现实全部放入括号。"① 卡勒认为单从语言学的分析模式出发是无法完成诗学的建构的，还应该将文本与社会语境、文学惯例、重复机制等因素连接起来，才能建构一种更符合文学批评长远发展的诗学理论。

  由此可见，卡勒的诗学理论在某种意义上已经超越了经典结构主义的语言学模式和文本分析方法，他也意识到结构主义语言学分析模式的局限所在，因而在《结构主义诗学》之后，相继出版了《索绪尔》（1976）、《符号的追寻》（1981），《论解构：结构主义之后的理论与批评》（1982），将研究的视角转向了解构的研究模式。

---

  ① ［英］特雷·伊格尔顿：《二十世纪西方文学理论》，伍晓明译，陕西师范大学出版社1986年版，第120页。

第 二 章

解构主义时期的学术之思

卡勒从未给自己贴上结构主义者或解构主义者的标签，但他的研究思路在《结构主义诗学》之后的确发生了明显的转向。《索绪尔》《符号的追寻》《论解构：结构主义之后的理论与批评》的相继出版，卡勒完成了他从结构主义向解构主义的转变，在这一时期，卡勒延续了他以往对文学语言符号和文学话语理论的探究，他在吸收言语行为理论、女性批评、话语理论等的基础上形成了一整套解构式的阅读理论，为文学阅读开启了新的视角和范式。

第一节 文学话语理论

卡勒认为，分析文学符号的特性只是第一步，虽然索绪尔认为符号的意义来自差异，但是如何阐明这一纯差异的概念呢？卡勒举了一个大家非常熟悉的例子，比如字母 t，它只要与 l、f、i、d 等字母区分开就行了，我们可以将它随便写成什么都可以，无须保留一个固有的形式，但实际情况并非如此，因而卡勒认为索绪尔所强调的差异性只是符号的一个特征而非全部。符号要具有意义且能在不同的情况下被重复使用，我们还要了解和认识另一个系统，那就是言语行为的系统。符号一方面是语言系统，显现规则和惯例，另一方面，也就是被索绪尔所忽视的言语系统，它对于符号意义的生成、语言交流都起着制约作用，因而卡勒引入了以奥斯汀、塞尔为代表的述行语理论，在这一理论的基础上提出了自己关于文学话语的观点。

一 述行语理论

"述行"一词是 1955 年首次由哲学家奥斯汀使用的,之后这一概念迅速发展,它也是奥斯汀言语行为理论的重要组成部分。奥斯汀认为:一类话语的出现只是为了描述,描述一个状况,它或真或假;而另一类话语则无关真假,它们只是实际地表现它们所指的动作,这就是述行语,述行语意味着说话就是做事,话语本身就是行为。卡勒认为,"'述行'语言的问题使有关语言的意义和效果的重大议题成为焦点,并且也将我们领入关于身份问题以及主体的性质问题"①。奥斯汀将日常话语分为述行语和述愿语②,述愿语即"有所述之言",述行语即"有所为之言",之后他又发现表行为、愿望的词语很难罗列穷尽,他意识到了这种分法的局限性,后又分为言内之力、言外之力和言后之力,即以言表事、以言行事、以言取效。奥斯汀认为,决定一个话语是否具有述行性,不是看它是真是假,而要看说话人当时的内心状态是否是认真的、严肃的。卡勒认为,奥斯汀所开创的述行语理论的重要意义在于开启了语言研究的行为之维,使语言与社会生活和人的行为之间建立了亲密的联系。

奥斯汀的学生塞尔继承并发展了奥斯汀的述行语理论。塞尔认为,使用语言就是在实施一种言语行为,说话就是行事,反对将话语与人类的行为和现实相剥离。他对奥斯汀的"言内行为、言外行为和言后行为"三分法进行了补充,并作了更为详细的分类。塞尔对述行语的分析更多的是在理想的状态下进行的,正如他所说:"我要讨论的只是简单的、理想状态下的情况……没有抽象化、理想化就不可能有系统化。"③ 塞尔认为奥斯汀忽略了另一种话语的状态,即相当多的句子所传达的意思并非只是字面的意思,而其言外行为是通过另一个言语行为来间接实施的。他举了一个例子。A 说:我们今晚去看电影吧,B 说:我要为考试做准

---

① Jonathan Culler, *Literary Theory*, New York: Oxford University Press, 1997, p. 94.
② [英] J. L. 奥斯汀:《如何以言行事——1955 年哈佛大学威廉·詹姆斯讲座》,杨玉成、赵京超译,商务印书馆 2013 年版,第 2 页。
③ 转引自王建香《当代西方文论中的文学述行理论》,中国广播电视出版社 2009 年版,第 29 页。

备。塞尔认为,这是一种间接言语行为,它的主要任务是"拒绝",但是它是通过"我要为考试做准备"这种言语行为来进行拒绝,而在话语的实际活动中,很多言语行为都是这种间接行为,要理解这种言语行为,就要求交际双方有共同的文化传统、语言环境、会话原则,等等。塞尔的很多理论是在与德里达等人的论辩中提出的,其中有很多也涉及了文学话语的虚构、隐喻等问题。他认为文学中那些虚构的作品才是他的研究对象,而一部作品是不是虚构取决于作者的意图,尤其是作者的言外之意,而且作者的这种表现在作品中虚构的言语行为是一种"佯装",能够表达多种信息。研究文学话语应该研究这种"佯装"的言语行为是如何表达严肃的言外之意的。

在述行语理论的发展过程中,将其与文学联系在一起的,是美国文学批评家、文化研究者理查德·奥赫曼。他在1971年写了一篇论文《言语行为与文学的定义》,被认为是第一个将奥斯汀的言语行为理论引入文学理论的学者。[①] 奥赫曼认为文学是一种"伪言语行为",因为文学言语中的行为诸如命令、许愿等都是一些不产生常规意义的"想象性的言外行为"[②],是一种不在现实中产生效力的言语行为,这种观点和奥斯汀认为文学话语是一种苍白、空洞的话语的观点相似。尽管这种观点将文学话语悬置,但毕竟"为理解文学提供了丰富的表达可能性"。但在对具体作品的分析过程中,奥赫曼又看到了读者的阅读行为使得这种"伪言语行为"向言语行为的转化,他指出文学作品用这种虚构的、想象的话语创造了文本世界,还通过读者影响了人们对于现实世界的看法。从这个角度上来看,文学话语又并非完全是苍白的、寄生的,它指向了现实世界,具有了现实的言外行为。这种两难的矛盾状态也反映了奥赫曼述行理论的复杂性和内在的矛盾性。

卡勒的述行语理论是在评述奥斯汀、塞尔、德里达、德曼、巴特勒等人的述行语理论过程中提出的,并将他们的理论放置在解构主义的大

---

① 王建香:《当代西方文论中的文学述行理论》,中国广播电视出版社2009年版,第36页。
② Richard Ohmann, "Speech Acts and the Definition of Literature", *Philosophy and Rhetoric*, 1971 (4), p. 13.

背景中去解读，努力从述行语理论的视角去分析文学话语的述行功能，为我们更好地认识文学话语的属性提供了更为科学和开阔的研究视角。

二　文学话语的述行性

奥斯汀的述行语针对的是日常言语，日常言语由于其指涉的是现实，因而在奥斯汀的理论中，述行语实现其述行功能的一个非常重要的条件是说话者和听话者都必须态度严肃。奥斯汀说："为了使人家'当真'，我们应当一定得'严肃地'讲话吧？一般来说，这是千真万确的，尽管有些含混不清——在讨论任何话语意图时，这是一个重要的常识。例如，我一定不能开玩笑，也不能是在做诗。"① 奥斯汀把诗等文学样式和开玩笑相提并论，认为它们都不"严肃"，它们缺乏言外之力，无法指向现实，是空洞的、苍白的、寄生的和无效的，是一种"无效的"述行。因而在奥斯汀的述行语理论中，文学话语作为日常话语的对立面而被排除在他的言语行为理论之外。

卡勒指出，奥斯汀将文学话语排除在外是为了抓住述行语的根本特征，但他所举的例子却是对他观点的一个反驳。奥斯汀反对援引戏剧、笑话和诗歌来阐释述行语，他举了多恩的一首诗作为例子，"去抓住那颗流星"之所以不是述行语，是因为它不是一个严肃的命令，无法在现实中完成。卡勒认为，这句诗不是一个严肃的命令，并不是因为它出现在诗里，而是其命令本身的不可完成性所致，与诗歌没有关系，芭芭拉·约翰逊的诗歌中充满了严肃的命令，从"旅行者，留下来"到墓志铭。文学中同样也充满了严肃的、完成了的述行语。例如维吉尔的"我要歌颂的是战争和那个人"就是一个完美的述行语，因为可以给它加上"我兹证明"，它完成了它所指的动作。"不是在战场上的普通命令和诗歌中的命令之间没有区别，而是它们都用语言来做事，都有一个述行的权利，都与重复性和反复引用性有关。"② 因而，卡勒认为，奥斯汀将文学话语

---

① [英] J. L. 奥斯汀：《如何以言行事——1955年哈佛大学威廉·詹姆斯讲座》，杨玉成、赵京超译，商务印书馆2013年版，第7—8页。

② Jonathan Culler, *The Literary in Theory*, Stanford: Stanford University Press, 2007, p.148.

排除在外的做法导致了讽刺的结果。在他看来,"述行语的概念似乎为我们提供了一种比对抗模式更好的文学分析的语言模式"①。

卡勒从奥斯汀所举的例子中推演出文学话语也具有述行性,因为文学话语不是指涉一种先在的事物的状态,它们也无关真假,而是在作品中创造自我指涉的新状态,即文学本身就是一种行为。卡勒认为,对文学理论家来说,述行语概念强调的最重要的一点就是语言的自我指涉,他举了奥斯汀最喜欢举的例子"我许诺",当说"我许诺"所指的许诺就是"我"说出的这些文字。那么述行语到底是一种自我指涉的行为,还是一种社会行为?卡勒的回答是述行语这一概念同时包含了这两个非常不同的方面。

如果说文学话语也是一种述行语,那么如何理解奥斯汀所谓的话语的"有效性"呢?奥斯汀认为,只有当一个话语行为具有言外之力时,才能生成现实,才是有效的话语行为。卡勒首先指出,文学话语的有效述行意味着什么,这是一个复杂的问题。他举了莎士比亚的十四行诗"我心爱的姑娘的眼睛绝不像那太阳",他说,我们读这句诗时,并不问此话是真是假,而是问它做了什么,它和这首诗里的其他句子是怎样协调的,以及它与其他行之间的配合是否恰当。卡勒认为这便是他理解的有效性,因此他得出了文学语言的得体就可以包括它与一种体裁的程式的关系。不仅如此,文学创作只有当它被出版、阅读、被接受为文学作品时才会真正成为文学,述行才能有效。由此可以看出,卡勒是将文学的述行性放置在文学活动中来考虑文学事件的,他看到了文学话语的述行功能,也注意到了文学事件的复杂性,因而他说"文学是述行的观点让我们去思考什么是文学事件产生作用这一复杂问题"②。对卡勒来说,还有一个更为困难的问题是文学述行完成的是一个什么样的行为,因为在我们普通读者看来,文学的确"没有使什么发生",但文学的价值却恰恰在于虚构性。

德里达和德曼被卡勒喻为述行语理论发展过程中的关键人物。德里

---

① Jonathan Culler, *The Literary in Theory*, Stanford: Stanford University Press, 2007, p. 145.
② Jonathan Culler, *The Literary in Theory*, Stanford: Stanford University Press, 2007, p. 149.

达对卡勒的影响无疑是巨大的，而对于德里达的述行语理论，卡勒也作了详尽的阐释。德里达的述行语理论是伴随着他与奥斯汀的学生塞尔的辩论来展开的。德里达虽然称赞奥斯汀从行为的视角来探讨意义而非通过真伪或依赖意图创造意义，但对他"严肃"和"非严肃"述行语的区分相当不满。德里达认为，即使是最严肃的命令，它如果不能在其他情况下被重复引用，不是对一个"已有的公约"的重复，或者不具有可重复的形式，那它就无法完成它所指的行为。这里德里达提出了一个非常重要的概念——"重复"，卡勒非常认同德里达的说法，认为具有重复的可能性是语言的根本属性，而述行语尤其如此。述行语不仅要重复，而且要与特定的语境和社会规约相联系，才能成为有效的述行。德里达提出的可重复性与卡勒所提出的程式和规约具有内在的一致性，规约与程式的形成必须建立在可重复的基础之上，所以卡勒在《论解构：结构主义之后的理论与批评》的第二章第二小节"意义和可重复性"中详细地分析了德里达的"重复形式类型学"①。卡勒认为，只有重复才能形成一定的社会规约和文学程式，比如，签字，如同德里达所言："签字必须有一个可被再现、重复、摹仿的形式；它必须能够与其现时的单一的生产意向分离开来。"② 在德里达看来，签字事件是一个典型的言语行为。卡勒认为签字之所以能够生效，是因为它与某一模式相吻合，能够在不同的情况下重复，即使签字人当时心里极不情愿，只要他在支票上签字，我们都可以将支票兑现，这个例子说明了社会规约的重要性。

  虽然德里达涉及述行语理论的只有《签名事件语境》和《有限公司abc》两篇长文，但卡勒却将德里达看作述行语理论发展的关键人物，主要原因在于德里达是少数几个将述行语与文学直接联系起来的哲学家之一。③ 卡勒认为德里达具有广阔基础的观点完成了奥斯汀的较为狭窄的述行语理论难以完成的事情，就是将述行语的概念与语言和文学的创造力

---

  ① ［美］乔纳森·卡勒：《论解构：结构主义之后的理论与批评》，陆扬译，中国社会科学出版社1998年版，第109页。
  ② ［美］乔纳森·卡勒：《论解构：结构主义之后的理论与批评》，陆扬译，中国社会科学出版社1998年版，第110页。
  ③ 王建香：《当代西方文论中的文学述行理论》，中国广播电视出版社2009年版，第49页。

联系在一起,并将"述行语"和"述愿语"这两个让奥斯汀感到非常棘手的概念结合起来。德里达认为,文学创作和签名、命令、许诺一样,是一种命令式的"学科",是为特殊事件给予的空间,是发明一些写作行为的新形式。而且文学依赖述行与述愿这一对复杂而又矛盾的结合体,它通过人物和事件来告诉我们关于世界的一切,"它既是行事又是对行事的摹仿;既是行为的实施又是行为的记载;既是事件又是法律"①。因而文学话语不仅是一种述行语,而且是述行语的"典范"。卡勒认为德里达的这一观点,对述行语后来的发展至关重要。

在卡勒评述德里达述行语理论的过程中,有一个概念无法回避,那就是"语境"。卡勒认为述行语的成功实施,除了重复已有的惯例、规约和程式外,还有一个因素影响其意义的生成——语境。"言外之力"总是依赖语境,任何行为的发出要想获得一种结果或意义,必须尽可能地描述场景以获得较高的可信度,"起作用的是场景描述的可信程度:被引证语境的特征是不是产生了一个改变了言语的言外之力的框架"②。意义为语境所束缚,但语境却无边无涯。德里达强调:这是我的起点:脱离语境意义无法确定,但语境永无饱和之时。卡勒接着德里达的观点阐述:意向不足以决定意义,语境必须参与,但语境渺无边际,它不能完全说明意义。卡勒看到了意义生成的复杂性,即语境的无限可能意味着意义的无限可能,这也是卡勒解构理论的核心,他的解构思想意在阐发任何想从单一途径来界定意义的理论所面临的困难。

卡勒在界定文学话语的时候,非常赞同德里达提出的述行与述愿的矛盾结合体观点,他详细地阐述了德里达关于美国《独立宣言》的例子,德里达认为"因此,我们……严正声明,并郑重宣布,这些联合起来的殖民地从此是自由独立的州,并且有权成为自由独立的州"。这个宣言中既有述愿语,也有述行语。卡勒进一步分析道,这些州独立的宣言看起来是述愿的,但它却是述行的,因为它创造了它所指涉的新的现实,即

---

① Jonathan Culler, *The Literary in Theory*, Stanford: Stanford University Press, 2007, p. 19.
② [美]乔纳森·卡勒:《论解构:结构主义之后的理论与批评》,陆扬译,中国社会科学出版社1998年版,第107页。

宣布的同时这些独立的人们才存在，但为了支持这种宣言起草者加入了"应该独立"这样的述愿语。① 正是述行与述愿的这种看似矛盾交错的不可能，才使得德里达在探索首创和创新行为的可能性时对其兴趣盎然，德里达没有像奥斯汀那样认为述行与述愿之间的区分是理所当然的，相反，他认为首创事件需要两者。卡勒重申了德里达的这一观点并做了进一步的阐释，认为述行和述愿是不可分的，"述愿语是声明如实再现事物的语言，是命名已经存在的事物的语言；述行语是修辞的过程，是语言的行为，它运用语言学的范畴，创造事物，组织世界，而不仅仅是重复再现世界，从而削弱了述愿语的声明"②。卡勒不去追究述愿语与述行语之间类似于鸡生蛋还是蛋生鸡的关系，而是将二者的关系界定为一种创造性的矛盾，即一种无法判定的、摇摆不定的"僵局"。这种思路也显示了卡勒的解构研究方法，正如他所说："解构不是将人引入全新的世界，其间统一荡然无存，而是说明，统一本身是个矛盾丛生的概念。"③

保罗·德曼的述行语理论同样引起了卡勒的关注。德曼认为包括文学在内的所有话语、写作甚至思考都是述行的，但他把述行语与文学修辞联系起来，认为文学话语既是述行的话语，但它又很难达到自己预想的目标。于是，他提出了"反讽"和"寓言"这两个在他的理论中非常重要的概念。在德曼看来，反讽是一个典型的述行语，但它同时又是修辞，它便解构了自己的述行性，因而它又达不到述行的目的。④ 于是，德曼看到了文学话语总是在述行与述愿之间摇摆，德里达所说的述行与述愿这对矛盾的联合体，到了德曼这里竟变成了他整个述行语的核心，德曼更看重的是二者之间的张力。因而卡勒指出："在保罗·德曼的分析中，文学与哲学话语的述行与述愿之间的张力是在所有他的哲学和政治分支中都会出现的。"⑤德曼将述行与述愿之间的张力看成话语为我们呈现

---

① Jonathan Culler, *The Literary in Theory*, Stanford: Stanford university Press, 2007, p. 153.
② [美] 乔纳森·卡勒：《文学理论入门》，李平译，译林出版社2008年版，第106页。
③ [美] 乔纳森·卡勒：《论解构：结构主义之后的理论与批评》，陆扬译，中国社会科学出版社1998年版，第184页。
④ 王建香：《当代西方文论中的文学述行理论》，中国广播电视出版社2009年版，第58页。
⑤ Jonathan Culler, *The Literary in Theory*, Stanford: Stanford university Press, 2007, p. 154.

的本质特征，卡勒对此持赞同的态度，他继续分析道：奥斯汀对述行语与述愿语之间所做的区分的困难，恰恰说明被视为言语行为"之间"的差异，本就是语言内部存在的差异，因而述行句和述愿句之间的游离不定，在德曼那里却成了话语的基础。德曼认为，语言的最为本质的特征就是话语在述行与述愿之间，它做了什么与它说了什么之间所展现的矛盾和自我销蚀的关系。卡勒对德曼的观点虽然赞同，但述行与述愿之间、说什么和做什么之间到底应该保持一种什么样的关系，和谐地或是保持一种不可避免的张力的？卡勒没有给出明确的答案，但他认为这依然是一个需要进一步探讨的重要议题。

朱迪斯·巴特勒的性别述行观念被卡勒认为是述行语理论发展的一个重要的转折点。卡勒在《文学理论入门》中这样说道："女权主义理论和同性恋研究中，'性别和性行为的述行理论'的出现标志着述行语历史的新阶段，这当中的重要人物是美国哲学家朱迪斯·巴特勒。"① 巴特勒和卡勒一样，认为重复对于规则和意义确立的重要性，正是在无数次的重复中才赋予了语言形式一定的权威，巴特勒认为这一过程正是语言述行力量的表现，而且整个社会规则包括主体性别的形成都要依赖语言行为的重复来完成。卡勒重点分析了巴特勒关于主体性别形成的过程，巴特勒在《性别的烦恼》中指出：说一个人是男人，不是看他说什么，而是看他做什么，从这个意义上看，性别是由行为创造的。卡勒说，重复无数次的行为而成为一个男人，就如同承诺、下命令一样，必须有社会公认的方式才能被社会认同。他接着又说，这并不等于说性别可以选择，一个人一出生就开始了主体性别的塑造活动，卡勒强调这种行为不是一个孤立的、一次性的行为，而是伴随一生的、无数次重复的行为，在这个过程中有对已有规则的遵循和摹仿；也有抵抗、颠覆甚至取代，这个过程同样充满了无限可能。

巴特勒对"同性恋"一词的述行属性的分析同样引起了卡勒的高度关注。"同性恋"这一概念对巴特勒的性别理论至关重要，她认为"同性恋"一词的侮辱力量来自不断重复之前的叫骂行为、不断重复那些质疑

---

① [美]乔纳森·卡勒：《文学理论入门》，李平译，译林出版社2008年版，第106页。

或羞辱同性恋者的言语行为。她在《身体之重：论"性别"的话语界限》中这样说道："'同性恋'正是在重复中得到了力量……质疑的回声中回响着过去的质疑，并且把所有的质问人联系在一起，似乎要跨越时间一同讲话。从这个意义上说，它永远是一个想象中的、嘲讽'同性恋'的合唱。"① 卡勒认为，正是在这个意义上，巴特勒的述行理论更具有深厚性，因为她将语言的述行与人类的历史、社会发展的关键模式联系起来，述行在她的理论中不是一个孤立的、一次性的事件，而是通过重复引用来树立权威、创新模式、创造价值，为我们分析述行话语提供了一种更为新颖的研究视角。同时，巴特勒认为，重复引用造就了规则的权威性，这与卡勒的重复创造程式的观点不谋而合，因而卡勒非常支持巴特勒的这一观点。巴特勒认为述行语之所以能产生效果，是因为强制性的重复和引用已有规则，她开始研究权威话语的模式，在巴特勒看来，法官、裁判员的话语之所以有效果，是因为对规则的反复引用才产生了权威性，而并非常人所理解的话语创造了权威的说话者，卡勒对此深表同意，他引用了巴特勒的一句话："作为主体本身的行为没有权利，只有在不断地和反复地重复行为中才会具有这种权利。"②

卡勒比较了巴特勒与奥斯汀的述行理论，他认为奥斯汀所关注的是单一场合下重复某种规则的行为，如承诺、命令等，而巴特勒所关注的是大规模的、群体化的重复创造了历史和社会现实的行为，如你是一个男人或一个女人。卡勒将这两种思路运用到对文学事件的本质思考当中，按照奥斯汀的思路，可以将文学作品看成完成了的一个单独的、具体的行为，是可以非常清楚地描述出来的一个行为。而从巴特勒的视角来分析，一部作品不是一个孤立的、一次性的行为，而是通过大量的重复来唤醒之前的记忆，形成规则和程式，当然也有可能改变事物，创造新的规则，正是在这种不断重复的过程中，形式和程式获得了生命。

卡勒在评述奥斯汀、德里达、德曼、巴特勒等人述行语理论的过程

---

① Judith Butler, *Bodies That Matter: On the Discursive Limits of "sex"*, New York: Routledge, 1993, p. 227.

② Jonathan Culler, *The Literary in Theory*, Stanford: Stanford university Press, 2007, p. 159.

中，体现了其解构主义的研究方法。卡勒坦言：关于述行语的讨论开始和结束相隔久远，但这种讨论是有积极意义的，它引发了我们对有关身份、主体、文学事件、文学话语等问题的深入讨论，而这些问题对文学的存在和发展至关重要。卡勒总结了几个非常重要的、仍需进一步研究和探讨的问题，首先是如何认识语言的塑造功能。卡勒认为这个问题不仅关系到文学，而且关乎"理论"发展。语言问题在卡勒的学术理论中占有非常重要的地位，这在他的《结构主义诗学》的第一部分"结构主义和语言学模式"中可窥见一斑，卡勒认为，我们仍需进一步澄清的是把语言限定为一种行为，还是将它看作将世界的各种冲突组织在一起的一种中介。其次是如何理解社会程式与个人行为之间的关系。卡勒说这个问题不能简单地概括，要从不同的视角来分析，而述行理论为这个问题提供了很好的解释，如奥斯汀认为社会程式是个人行为可能发生的条件，而巴特勒则认为个人行为是对已有程式的强制性重复，也有可能背离程式，创造出新的社会程式。因而卡勒说："文学应该在程式的空间中'创造出新东西'，它需要对规则和事件作出述行的解释。"[①] 最后是语言说了什么和做了什么二者之间的关系。卡勒认为这是述行语理论中一个亟待解决的基本问题，究竟在语言的说和做之间存在着一种和谐的关系，还是一种永远不可消除的张力，卡勒认为这两种关系很难调和，有时需要在二者之间穿梭[②]，他指出，当我们依赖这种和谐的结合以追寻语言的美学意义时，它们之间的这种不可避免的张力就更易于形成。

卡勒的述行语理论虽然是在评述奥斯汀等人的理论过程中来完成的，但在分析中显示了卡勒独特的理论视角和治学理念，也彰显了他与众不同的学术风格。卡勒认为文学话语是述行的，它包含自我指涉和社会行为两个方面，述行的成功与语境和文学程式紧密相关。同时文学话语的属性是对社会事件的强制性重复，在重复中加深规约与程式的权威，也有可能打破陈规，创造新的规则。卡勒的述行语理论填补了从奥斯汀、德里达、德曼到巴特勒关于述行语理论的许多空白，丰富了言语行为理

---

① [美] 乔纳森·卡勒：《文学理论入门》，李平译，译林出版社 2008 年版，第 112 页。
② 吴建设：《乔纳森·卡勒》，光明日报出版社 2011 年版，第 124 页。

论,也加深了我们对文学话语述行属性的认识。

三 文学话语的述行机制

卡勒认为文学话语的述行性不是单个、静止的属性,它需要在文学活动中,与文学程式、社会规约、社会惯例、语境、重复机制、读者阅读等因素共同协调才能完成,才能成为有效的述行,也才能真正参与社会、影响社会。

(一) 文学程式是文学话语述行的基础

只有依赖文学程式,文学语言才能准确地呈现意义,才能与现实世界完美对接。"文学程式"是乔纳森·卡勒在探讨阅读理论时提出的一个非常重要的概念,简而言之,它是指文学创作和文学接受所遵循的一系列的规范和约定俗成的惯例,主要内容包括语言符号、体裁、文类等方面的内容,每一种语言要想成功述行,就必须适应不同的体裁,搭配相应的语体,才能产生言外之力。"文学程式是必要的,完全的自由是不存在的……意义的存在依赖于程式的作用。"① 程式最基本的功能是阐释意义,体裁是文学程式最集中的体现,是文学语言属性的制度化存在,在文学活动中起着规范语言的作用,因为在一首诗中和在一部小说里,或是戏剧中,同样的话语所传达的言外之力不同,其所指向的现实行为效力也会不同。巴赫金说:"我们总是通过不同的言语体裁来说话。"②当然,文学程式一方面具有相对稳定性,另一方面也在不断的发展变化中,这也使文学语言的述行性一直处于建构当中,我们通过文本寻找意义的可能性也将向读者敞开,并指向未来。

(二) 社会规约和惯例是文学语言述行的必要条件

"一个称职的演说者不仅已经掌握了所需的语法和词汇,而且也将一套关于什么场合或由什么人说什么话的规约内化了。"③ 卡勒认为社会规

---

① [美] 乔纳森·卡勒:《结构主义诗学》,盛宁译,中国社会科学出版社1991年版,第366页。

② [苏联] 巴赫金:《巴赫金全集(第四卷)》,白春仁等译,河北教育出版社1998年版,第161页。

③ 王建香:《当代西方文论中的文学述行理论》,中国广播电视出版社2009年版,第73页。

约使语言交流成为可能,也为文学的述行提供了条件。正如奥斯汀所言:"以言行事行为不是建构于意图或事实之上,而是建构于规约之上。"① 比如"我想用我的毛巾,将启明星擦的更亮",这样的句子读者一定是把它当作文学语言来处理的,这种规约便是文学的文学性,文学语言不同于日常语言和科学语言就在于它的表现性,它可以运用多种修辞手法和写作技巧来实现其文学表现效果,增强其言外之力。如果读者不了解社会规约和文学惯例,就会认为这句话是虚假的、苍白的,是一种无效的述行。卡勒认为,文学语言的成功述行不在于它是否有效还是无效,而在于它是否与文体、文学程式相协调,如果它们之间是和谐的,便是一种成功的述行,因为它以诗歌的语言形式走进了读者的内心,便会形成一种特殊的社会效力。

(三)语境是文学语言成功述行的决定因素

卡勒在谈论文本时,一个不可或缺的因素便是语境,他认为没有语境便没有文本,文学语言的言外之力也只有在语境中才能确定它的意向性。意义为语境所束缚,如德里达所言:"这是我的起点:脱离语境意义无法确定。但语境永无饱和之时。"②例如"你放着吧",如果在一种日常生活语境或是特别融洽温馨的语境中,这句话传递出来的可能是关爱、体谅、关心等意义,当我们在鲁迅的小说《祝福》中读到这句话时,它却是扼杀祥林嫂的一把利刃,这句话的语境是祥林嫂认为捐门槛可以替身赎罪,从而重新燃起对生活的希望,但是这句话彻底击溃了祥林嫂的精神世界,导致了她的悲剧命运,这句话成为压垮她精神世界的最后一根稻草,这样的言外之力完全是由语境决定的。

(四)重复机制是文学语言得以述行的重要手段。

当说到"我发誓""我愿意""我宣布"等句子时,能在读者心中形成相应的行为模式,这便是语言的重复机制。在卡勒看来,"重复"在语言的形成和交流中,在文学的述行中是非常重要的一个范畴。但只有少

---

① J. L. Austin, *How to Do Things with Words*, Cambridge: Harvard University Press, 1975, p. 128.

② [美]布鲁姆:《解构与批评》,上海外语教育出版社2009年版,第81页。

数理论家关注到它，德里达就是其中的一位。在德里达的解构主义理论体系中，"重复"占有一席之地。在解读语言时，德里达认为，语言的本质属性是重复，正是在无数次的重复中，能指和所指之间的关系才被约定俗成地确定下来，语言的交流活动才能得以完成。他以签字为例来说明只有具有了可重复性，语言才能具有意义，才能述行，"签字必须有一个可被再现、重复、摹仿的形式；它必须能够与其现时的单一的生产意向分离开来"①。正是因为具有可重复性，文学作品中的所有行为属性都可使现实的读者获得内心摹仿和内心体验，从而使文学语言获得述行的特质。

　　重复机制不仅仅使语言可以在任何情况下被引用、被摹仿，也使语言与人的行为贯通。希利斯·米勒认为"重复"有两种类型：同一性重复和差异性重复。在文学作品中这两种"重复"同时存在，"重复"的重要价值不在于确认意义，而在于树立了惯例、规约和权威，正是因为无数次的签字，才使得签字具有了法律效力和权威。重复机制也是朱迪斯·巴特勒理论中的一个重要范畴，她认为性别是由行为确定的，说你是一个男人或一个女人，意味着你要通过重复无数次行为才能成为一个男人或一个女人，而不是一次行为可以完成的。语言的述行性也是一样，需要通过重复无数次行为来完成，她用"同性恋"一词来阐释语言的述行性，"'同性恋'正是在重复中得到了力量……质疑的回声中回响着过去的质疑，并且把所有的质问人联系在一起，似乎要跨越时间一同讲话。从这个意义上说，它永远是一个想象中的、嘲讽'同性恋'的合唱"②。卡勒认为某物之所以能够成为一个指意序列，是因为它可以重复，可以被引用，而且每一个语言符号都在指向一种行为，同时它也在为未来的语言重复着，当然在重复的过程中也有背离、扭曲和抗争，之后便是新的语言和意义的重复，如此向前，绵延不断指向未来。

---

　　① ［美］乔纳森·卡勒：《论解构：结构主义之后的理论与批评》，陆扬译，中国社会科学出版社1998年版，第110页。
　　② Judith Butler, *Bodies That Matter*: *On the Discursive Limits of "sex"*, New York: Routledge, 1993, p. 227.

第二节 文本理论与解构式阅读

　　解构式阅读与其他阅读方式的最大区别就是对待文本的态度和立场不同，其他的阅读理论是将文本看成一个有主题、有中心、有稳定结构的符号构成物来阅读的，如传统的文学批评、英美新批评、结构主义等，而解构式阅读则是从解构文本开始，来建构解构式阅读的理论大厦的。德里达的解构式阅读就是从对经典文本的重新阅读开始的，《论文字学》就是一个例子，在德里达的解构式阅读理论中，文本不是最初意义的凝聚物，而是多种意义进行交织、争夺的场所，揭示了文本意义的零乱和无可追踪，他提出了一系列概念诸如"异延""播撒""踪迹"等，用以描述文本意义的复杂多变和难以把握。德曼的修辞解构阅读理论强调了文本意义的不确定性，文本意义不是独立于读者阅读行为之外的纯自然客体，而是存在于阅读和理解的过程中，阅读过程就是文本与阅读交互作用的无止境的过程。布鲁姆的"影响即误读"理论同样吸收了德里达、德曼的理论，认为文学阅读是一种异延行为，即文本的原初意义无迹可寻，阅读的过程就是文本意义无止境的转换、播撒、异延的过程，因而阅读总是一种误读，也可以看作是一种创作。[①]希利斯·米勒同样从文本意义的不确定性开始，进而对"逻各斯中心主义"进行颠覆，他认为文本是由语言构成的，而语言永远是多义的和不确定的，它们在文本中互相撕扯、混杂，无法被纳入一个统一的结构中，因此必须用解构的、无中心的、多重意义交织的阅读方法才能应对文本的这种无中心和意义不确定的特质。卡勒的解构式阅读理论与其解构主义的文本理论密切相关，他将文本看成一个无稳定结构、无固定意义且处于不断建构过程中的编织物，因而对其必然要采用解构式的阅读策略，才能揭示文本复杂和变化的特性。

---

　　① 朱立元主编：《当代西方文艺理论第 2 版（增补版）》，华东师范大学出版社 2005 年版，第 315 页。

一 文本、互文性与解构

卡勒的文本理论与传统的文本理论是不同的,他认为文本是由符号组织起来的一个话语系列,但这个话语系列不是静态的、确定的,而是永远处于建构当中,其意义也是复杂多变的。从这个意义上说,卡勒的文本理论是一种解构式的文本理论,即使在《结构主义诗学》这部结构主义经典著作中,卡勒已经在强调文本的"完整的意义是不存在的,只有'异延'"①。既然文本的意义不是确定的、稳固的,它处于一种建构和关系当中,那么就有一个非常重要的概念与之形影不离,这就是互文性(intertextuality)。互文性在卡勒的文本理论和阅读理论中也是非常重要的一个概念,那么卡勒是如何来阐释文本与互文性的关系的?

(一) 文本与互文性

"互文性"这一概念的出现是有着深厚的历史背景的。20世纪,随着对传统文本理论的不断质疑与挑战,文本的研究不再局限于单个文本本身,而把目光投向了文本之间的联系,这种理论的出现一方面受对话和交往理论的影响,如巴赫金的对话理论、哈贝马斯的交往理论;另一方面也是解构主义理论在文本方面的体现。克里斯蒂娃在1969年首次提出了"互文性"的概念,其含义为"每一个文本都把自己建构为一个引用语的马赛克,都是对另一个文本的吸收与改造"②。克里斯蒂娃明确表示,她的互文理论是将巴赫金的对话性理论运用到文本的结果,"某一文本与此前文本乃至此后文本之间的关系,巴赫金对此已经有所阐述。我明确地将这种文本对话性称为'互文性'(intertextuality),并将语言及所有类型的意义、实践,包括文学、艺术与影像,都纳入文本的历史,这样做的同时,也就是把它们纳入社会、政治、宗教的历史。结构主义一开始只是一种形式研究;'互文性'使它得以进入到人类精神发展史的研

---

① [美]乔纳森·卡勒:《结构主义诗学》,盛宁译,中国社会科学出版社1991年版,第45页。

② 董希文:《文学文本理论研究》,社会科学文献出版社2006年版,第227页。

究"①。克里斯蒂娃指出,"互文性"这一概念的提出促使结构主义向后结构主义的转变,使文本从封闭的格局中解放出来,成为一种开放的存在状态。

互文性分为广义和狭义两种。一般来说,广义的互文性是指由克里斯蒂娃所提出的互文理论的进一步发展,代表人物主要有克里斯蒂娃、索莱尔斯、德里达、卡勒、德曼等。狭义的互文性理论是从某一个视角对其进行限定,从而大大缩小了互文性概念的内涵,为文本分析的实践寻找一种可操作的方法或工具。代表人物有热奈特、安东尼·孔帕尼翁、里法泰尔等。"我们可以把这个迁徙过程大致分成两个方向:一个方向是解构批评和文化研究,另一个方向是诗学和修辞学;前一个方向趋向于对互文性概念做宽泛而模糊的解释,把它变为一个批判武器,这一方向的代表是美国耶鲁学派的解构批评,并最终与美国的文化批评、新历史主义、女权主义相汇合;后一个方向趋向于对互文性概念做越来越精密的界定,使它成为一个可操作的描述工具,这一方向的代表是法国的诗学理论家热奈特和新文体学家里法泰尔。"② 也就是说,"互文性"这一概念在发展的过程中发生了流变,那么卡勒对互文性是持什么样的观点?他是从哪些方面来论述互文性的?互文性与他的文本理论又是何种关系?

卡勒在《符号的追寻》一书中专设一篇"预设与互文性",详细地论述了互文性在文本分析中的作用。卡勒明确指出,"互文性"这一概念很难解释清楚,其源头我们很难去捕捉,即使我们研究了所有的惯例和预设都无济于事,这不免让人感到沮丧,文本就像是前不见首后不见尾的一条绵延不息的大河,你无处追踪。正如罗兰·巴特在《S/Z》中所说:"'我'不是一个一无所知的主体……这个接近文本的'我'自身已经是和其他文本的无数个'我'复合在一起,更确切地说,'我'已经失去了原初的代码。"③巴特认为,互文性代码是一种引证的海市蜃楼,你一旦想要抓住它,它就显示出模糊、虚幻的特质,让你无从下手。尽管互文性

---

① [法]克里斯蒂娃:《互文性理论对结构主义的继承与突破》,黄蓓译,《当代修辞学》2013年第5期。

② 秦海鹰:《互文性理论的缘起与流变》,《外国文学评论》2004年第3期。

③ Roland Barthes, *S/Z*, Paris: seuil, 1970, p.16.

很难去界定和把握，但卡勒认为它至少还有两个方面需要我们关注，一是互文性让我们关注以前文本的重要性，坚持认为文本的自主性是一个被误解的概念，一个作品之所以有意义，是因为某些事情之前已经写过。然而只要它关注可理解性、关注意义，"互文性"就会引导我们将之前的文本看作各种意义生成的可能的一种代码。二是互文性促使我们关注文本与各种语言之间、一种文化意义的实践与表达这种文化可能性之间的关系，这样互文性的研究不是像传统设想的那样去调查来源和影响，而是将眼光投向包括一些无名文本在内的离题的话语实践，投向那些源头已经丧失但使近来文本的意义成为可能的一些代码。①卡勒认为文本的意义存在于与其他文本的联系当中，那么我们在解读文本的时候，就意味着我们要将研究目光投向其他文本，并对其做出意义的评判，这个过程在卡勒看来是一个无休止的意义指涉过程，这就意味着文本永远处于开放的状态，其意义生成的可能性取决于对其他文本的把握程度。萨莫瓦约曾说文本分析就是"写，再写……立足于已有的基础，致力于不断的创造……人们开始不再把互文性看成简单的引用、借用和对他人的吸收，不再把它看成一种文学技巧，而是一种特定的文学观点，因为它摆脱了武断的历史观"②。因而互文性理论意味着在一定程度上避免了主观臆断和偏见，也会引发对某些不著名的作品的重新审视，这种审视有利于消解某种权威，对文学批评的健康发展大有裨益。

互文性概念在克里斯蒂娃那里获得了长足的发展。她说道："不管一个文本的语义内容是什么，它作为意义实践的条件就是预设了其他话语的存在……也就是说，每一个文本都是其他受普遍性制约的话语权利的开始。"③文本是受其他文本控制的，但正如卡勒所言，互文性在理论上很容易被理解，但是这种普遍性话语本身又很难引起关注，在实际的操作中很难掌控。任何文本都是对过去引文的重新组织，互文性理论倡导了一种跨文本的文化研究，文本分析不再只注重文本本身的意义生成，更

---

① Jonathan Culler, *The Pursuit of Signs*, New York：Cornell University Press, 1981, p. 103.
② ［法］萨摩瓦约：《互文性研究》，邵炜译，天津人民出版社2003年版，第69页。
③ Jonathan Culler, *The Pursuit of Signs*, New York：Cornell University Press, 1981, p. 105.

要将目光投向一个话语空间,这种话语空间是一个多维的、立体的而非平面的、单一的组织。卡勒指出,互文性是一个很难使用的概念就是因为它是一个强大而又无法界定的话语空间,如果对其进行限定和规约,则有可能陷入传统的研究窠臼中,如果不进行限定,又会陷入无边的意义指涉,这使得互文理论陷入了两难的境地,卡勒坚持阅读模式中互文性对意义生成可能性的影响,在他看来,互文性就是文本在文化话语空间中的参与,每一个文本都应该在这种空间中发出自己的声音。

互文性理论强调各个文本之间的自由对话,同时也意味着在话语空间中,各个文本之间进行意义的较量和争夺,在这一方面颇有见地的是哈罗德·布鲁姆。布鲁姆认为一首诗如果没有其他的诗歌文本作为参照,这首诗歌就不可能获得意义,如果我们忽视了传统,那我们所写的就毫无意义,我们也就无法写作、教学、阅读,甚至都无从摹仿。[1]卡勒认为在布鲁姆这里他的重心已从文本转向个人,而且这成为他理论的核心。与巴特将互文性看成无尽的引证之网不同,布鲁姆认为互文性主要体现在文本与之前文本的斗争与对抗,这在卡勒看来是一个大胆的举动。布鲁姆在分析文本时只从其家族中找出一个先驱,对此布鲁姆的解释是如同一个人只有一个父亲,一样文本受影响最大的也只有一个,因而卡勒说互文性概念在布鲁姆这里其含义变得狭窄,而且他的理论也显示出矛盾性。比如他虽然主张诗歌只有在和别的诗歌的联系中才有意义,但他自己却写了许多的作品,这些作品以诗歌如何写作为基础来对诗歌进行全新的、有力的阐释。从布鲁姆的"对抗性批评"我们也可看出,"互文性"这一概念其外延无边无际,难以把控,但如果你将其进行限定以寻求阐释的便利,你就会要么陷入传统的、实证主义的来源研究中,要么你就会为了阐释的快捷而将某一个特定的文本命名为"前文本"而终结。这种状况使卡勒认识到了"互文性"这一概念的复杂性和操作的困难性,但他并没有就此否定布鲁姆的理论。相反,他认为布鲁姆的这种批评使得已经丧失了新批评的现代人文主义的阐释批评重新恢复了活力。

尽管很难界定互文性,但是在卡勒看来情况还不是太糟,他提出有

---

[1] Harold Bloom, *A Map of Misreading*, New York: Oxford University Press, 1975, p. 32.

一个人的理论就对此做出了有益尝试，这个人就是迈克尔·里法泰尔。里法泰尔主要是从诗性语言出发来研究文学文本的，并致力于在文本与读者之间的关系中去探寻互文性，在他看来，文本的互文性并不是一个宽泛无边的概念，而是一个"由文本生成的、对读者的接受加以约束的结构性网络"①。卡勒的互文性理论虽然与里法泰尔的互文理论有所不同，但他借用了里法泰尔理论中的非常重要的概念——"预设"，并对它作了独到的阐释和深入的解读。

（二）互文性与解构

卡勒是从两个层面上来论述"互文性"的，其一是作为理论上的互文性，它是向主体无限开放的话语空间，是一种向文本自主性和封闭性发起挑战、进行批判的武器，这就是为什么许多学者将卡勒划进后结构主义或解构主义的互文性理论阵营；其二是对互文性从操作层面上进行分析，这一思路的突破口就是借用了里法·泰尔的"预设"的概念。② 语言学家将"预设"分为两大类：逻辑预设和语用预设，卡勒认为这两种分类在自然语言分析中是非常重要的，什么是逻辑预设？卡勒是这样分析的："你停止殴打你妻子了吗？"这个句子必然会产生一个预设，即这个人有明显地殴打妻子的习惯。从这个例子中卡勒得出了逻辑预设的特征："一个句子 S 在逻辑上预设了一个句子 S'，只是因为 S 在逻辑上暗示了 S'，S 句子的否定句 –S 同样也在逻辑上暗示了 S'。"③逻辑预设能够引起适度的互文性，即由逻辑预设所引发的一个句子与另一个句子，甚至一个文本与另一个文本之间的关系因为是在逻辑推理的基础上产生的，因而它不会引起过度的联系。在逻辑预设的观照下，除了文本的表层结构外，还有其他所有通过预设而引发的命题本身及其否定命题都包含在

---

① 刘震军、王晓玲：《里法泰尔的互文性概念——以艾略特〈荒原〉一诗为例》，《河北联合大学学报》2014 年第 2 期。
② "预设"这一概念是德国哲学家费雷格在 1892 年提出的，它的基本含义是指说话者在说出某个话语或句子时所做的假设，"预设"有逻辑学和语言学方面的含义，里法·泰尔所提出的是语言学含义的"预设"，他将"预设"与互文性联系起来，这一方面的研究者还有 Edward L. Keenan 等人。
③ Jonathan Culler, *The Pursuit of Signs*, New York：Cornell University Press，1981，p. 111.

文本中,也就是说,一个句子所暗示的丰富的含义远超过句子表面所传达的意义,文本的意义恰恰是在表层结构之下。卡勒将逻辑预设看成互文的操作者,正是由于逻辑预设才引起了文本与文本之间的关系,他认为文本所选择的如何去表达和安置是由互文空间中的预设决定的,例如分析一首诗歌的文本,就要了解与之相关的之前的诗歌话语、诗歌传统,这些都是一首诗歌的预设条件,也是解读和分析诗歌文本的前提和基础,同时,逻辑预设又能在杂乱无章的互文空间中通过限定文本来修正诗歌阅读的途径,这不仅使互文空间打开,也使诗歌中的反讽变得容易理解。因而,在卡勒这里,尽管逻辑预设并不能贮备所有的可能性,但它对研究互文性依然非常重要,逻辑预设预示了这样一个事实:不管你是否在以前的文本中读过,文本总是以一种已经读过或了解过的方式来呈现自身。文本中的一些东西读过或没读过、找到或没找到,这个不重要,重要的是文本以已经读过的预设来表现,这一点很重要。关于逻辑预设,卡勒举了很多例子来论述其对研究互文性的重要作用,比如关于小说的开场句:"那个男孩站在一个奇怪的物体旁假装什么事情也没有发生。"卡勒说,这个开场句暗示了一系列意义丰富的句子,根据它的预设,我们会问一系列问题,什么男孩？什么物体？发生了什么事情？等等,这样逻辑预设就扮演了一个非常重要的角色,这一点读者在阅读过程中深有体会。

尽管逻辑预设在互文性研究中非常重要,但是卡勒认为与另一种预设——语用预设①相比,则显得意义有些贫乏。卡勒详细介绍了语用预设在文本的互文性理论中的重要作用,通常来说,预设句本身就是一个强有力的互文操作者,它为我们打开了一个互文的、对话的空间,这与逻辑预设所引起的单向的互文是不同的。显然,卡勒认为语用预设/文学预设/修辞预设能为我们带来一个多维度的话语空间,它不是建立在句子之

---

① 卡勒在论述"语用预设"时会经常换成"文学预设"或者"修辞预设",笔者认为其含义基本是一致的,用"文学预设"或"修辞预设"时可能更想强调预设的文学含义,而非单纯的语言学方面的含义。参见 Jonathan Culler, *The Pursuit of Signs*, New York: Cornell University Press, 1981, pp. 101–118.

间的关系上,而是建立在话语与话语状态的关系上。①什么是语用预设?卡勒没有给出一个明确的界定,但他引出了一个非常重要的概念——言语行为,他指出,只有当我们将文学话语看成一种特殊的言语行为时,预设才能呈现出丰富的特征来。文学话语是从一个特定的、临时的语境中分离出来的,被文学类型的其他要素安放在一个话语体系中,因而一句话在悲剧中和在喜剧中的意义是不同的,这是因为每一种类型的话语其惯例是不同的,那么语用预设就是引起我们对文学类型的各种惯例的关注。语用预设关注文本中意义生成的条件,它将一个文本与整个系列的其他文本联系起来,将它们看成惯例的一个成分而非意义的源头,因为没有一个句子是原初的或是权威的,它们只是源于惯例的话语空间的组成部分,没有一个文本或句子是凌驾于其他文本或句子之上的。很显然,卡勒将语用预设与自己一贯非常重视的文学惯例联系起来,这为互文性的研究提供了一个好的视角。

卡勒总结了语言学家关于研究互文性的两种方法:第一是仔细分析一个给定文本的特定的预设,从而可以产生一个前文本,产生一个互文空间,这种方法的目的是研究文本如何创造预设和前文本自身;第二种就是采用语用预设的方法,关注作为言语行为和话语空间基础的惯例。②这种方法卡勒认为会导向一种诗学,也是他一直努力想要建构的诗学。卡勒指出这两种方法各有利弊,尽管文本的互文性的各种可能在事实上很难穷尽,但这并不意味着就要废弃上面所说的方法,毕竟文本的互文性问题是很难逃避的。只要面对文本、只要阅读文本,就会涉及话语惯例、前文本等互文性问题。况且,想要创造一种强有力的话语就必须进行一种敏锐的互文性分析才能完成,由此看来,卡勒还是在以解构的方法审视互文性,同时又以建构的思路在实践着他的文本理论。

二 文本与语境

"语境"是卡勒学术理论中经常提到的一个概念,也是他解构式阅读

---

① Jonathan Culler, *The Pursuit of Signs*, New York: Cornell University Press, 1981, p. 116.
② Jonathan Culler, *The Pursuit of Signs*, New York: Cornell University Press, 1981, p. 118.

理论的一个核心内容。语境与文本意义生成和文本阐释关系密切，因而探讨文本与语境的关系是卡勒解构式阅读理论必然要解决的问题。

（一）语境理论概述

美国哲学家和逻辑学家皮尔士在 19 世纪初提出的"索引词语"理论揭开了语境理论的大幕，皮尔士认为我们日常生活中用的很多词，比如"你""我""他"都是需要一定语境支持的简捷表达方式，如果没有上下文的约束和限定，就无法确定该词的所指是谁，这种依赖于语境的词语称为索引词语。之后，波兰裔英国人类语言学家马林诺夫斯基第一次提出了"语境"的概念，他从翻译南太平洋土著居民的语言中发现，如果不了解他们的文化和说话者当时的情景，就无法确定他们话语的准确意思，他意识到了语境对话语的影响作用，第一次提出了"语境"这一概念，"真正的语言事实是实际语言环境中的完整话语"，"话语和环境互相紧密地纠合在一起，语言环境对于语言来说是必不可少的"[①]。马林诺夫斯基将语境分为情景语境和文化语境，还深入研究了语境对词语意义的重要作用。他的朋友，"伦敦学派"的代表人物弗斯，进一步发展了语境理论，将语境分为"语言因素"和"非语言因素"两类，他主要是从交际活动的视角来研究参与者对言语活动的影响。弗斯的学生韩礼德在此基础上发展和完善了语境理论，提出了语域理论，他认为不管是口头语还是书面语，其意义都会随着语言情景的变化而变化，具体来说有三个情景因素会影响语言的意义变化，那就是语场、语旨和语式。[②]美国社会语言学家费什曼和海姆斯也都对语境有过相关的研究。1986 年斯珀泊和威尔逊合著了《关联：交际与认知》。在这部著作中，他们提出了认知语境的理论，并对认知语境在话语生成和理解过程中的重要作用做了详细阐述。认知语境的提出与 20 世纪 80 年代的认知语言学的发展密不可分，它在关联理论的基础上从认知科学的角度去阐释人们的语言交际行为，并将语言赖以生成的语境看成由一系列命题和假设组成，而这些命

---

① Bronislaw Malinowski, B, *Coral Gardens and their Magic*, Bloomington：Indiana University Press, 1935, p. 7.

② Halliday. M. A. K, *Learning How to Mean：Exploration the Development of Language*, London：Edward Arnold, 1975.

题在语言交际行为中需要推理才能完成,这样语言本身的不完整性可以由认知语境来补充。① 认知语境理论的提出为西方语境理论的发展注入了新鲜的血液,弥补了传统语境理论的不足,使语境理论朝着更精细、更科学的方向发展。

（二）文本意义与语境

在这样的语境理论大背景中,卡勒同样注意到了语境对文学话语的重要影响,他在论述文本意义的无限可能性时总是将其与语境联系在一起,这也是由他的解构主义的阅读理论所决定的。卡勒认为,索绪尔虽然看到了意义只不过是某一语言系统的产物,但却未能对实际的语言行为进行研究,而研究说话的意义同样重要,这就需要通过另一个系统——言语行为的系统,来研究实际的语言行为——话语的意义。言语行为的代表人物奥斯汀将日常话语分为述行语和述愿语,后意识到其局限性,又将日常话语分为言内之力、言外之力和言后之力,卡勒在分析奥斯汀的言外之力时说道:"言外之力因此总是有赖于语境,理论家为说明意义,必须详细说明语境的必要特征,包括词语、说话人、场合的性质"②。在卡勒的学术生涯中,他总是将具体的问题与产生这个问题的大的背景和系统联系起来去探讨,对于话语的言外之力,卡勒同样也是将其放在意义产生的大的系统中去考虑。他指出,奥斯汀在分析话语的意义时,非常强调"严肃",认为只有严肃才能产生言外之力,否则就是玩笑,就无法指向现实,就是一种无效的述行,而卡勒认为奥斯汀没有抓住一个决定性的因素,那就是说话人在说话时的语境,卡勒举了一个例子,"你能搬开那个箱子吗?"这句话可以意指不同的事物,因为没有语境的限制,你无法确定它的具体意义。因而"使一段话成为一个命令,一种许诺,或一种要求的,并不是说话人开口之际的内心状态,而是牵

---

① Sperber. D. & D. Wilson, *Relevance*: *Communication and Cognition*, Oxford: Basil Blackwell, 1986.

② ［美］乔纳森·卡勒:《论解构:结构主义之后的理论与批评》,陆扬译,中国社会科学出版社1998年版,第105页。

扯到语境特征的约定俗成的法规"①。在这里，卡勒看到了语境对话语意义的制约作用，将语言与世界和人的行为有机地联系起来。

语境决定话语的意义，而话语的意义来自不同语境中的重复。一个话语的意义具有相对稳定性，是因为它能在不同的语境中被重复而形成一种约定俗成的意义。卡勒举的例子是解构理论，他认为解构之所以能成为一种理论，是因为不同的人在不同的语境中重复着德里达著作中的某些东西，这些能够不断重复的东西就被隔离出来，成为一种能够被辨认的风格或效果。从这个意义上说，解构理论正是在对德里达理论的摹仿、戏拟、歪曲的不断重复中而存在的。因而语境使话语的意义重复成为可能，没有语境的话语是不存在的，话语的意义总是有赖于语境的存在而显现。

当我们看到一个句子或一段话时，我们总是会不由自主地将其设置在一个语境中，在这个语境中赋予这个句子或这段话一定的意义，因而意义无法逃离语境。卡勒认为一个话语是否能够具有言外之力，"起作用的是场景描述的可信程度：被引证语境的特征是不是产生了一个改变了言语的言外之力的框架"②。因而是语境而非意义决定了言外之力，确切地说，文本意义的生成不是由话语本身的意义决定的，而是由文本所处的语境决定的。"但整个语境不好把握，无论对理论对实践而言。意义为语境束缚，然而语境却无边无涯。德里达声称：'这是我的起点：脱离语境意义无法确定。但是语境永无饱和之时。我这里指的不是内容和语义的丰盛，而是结构。后遗的或重复的结构。'"③ 在这里，卡勒指出了文本意义因为语境的无法把握或是无法穷尽而显示出无限的可能性，在这一点上他和德里达是一致的。语境永无穷尽之时，是因为首先语境具有开放性的结构，任何一种看似给定的语境，都是前不见首，后不见尾的一

---

① [美]乔纳森·卡勒：《论解构：结构主义之后的理论与批评》，陆扬译，中国社会科学出版社1998年版，第96页。
② [美]乔纳森·卡勒：《论解构：结构主义之后的理论与批评》，陆扬译，中国社会科学出版社1998年版，第107页。
③ [美]乔纳森·卡勒：《论解构：结构主义之后的理论与批评》，陆扬译，中国社会科学出版社1998年版，第107页。

种意义片段，而要在这个意义片段中去确定文本的具体意义，其难度可想而知。但是卡勒强调，恰恰就是因为这个原因，文学文本才给我们呈现了一个魅力无限、意义丰富的想象空间，他仍然以言语行为理论中的"许诺"作为例子，来说明语境对于具体言语行为意义的影响。在塞尔的言语行为理论中，许诺的一个先决条件是迎合听者的期望。比如"我许诺我会还你钱的"，在这个例子中，塞尔认为这个许诺如果符合听话人的期望或者利益，就是一个完美的诺言。但是卡勒却是这么认为的，"一段话应允对方表面上想做无意识中却畏惧不及的事，因此便不复是一个诺言，而成为一种威胁；相反，一段话'应诺'了听者口称不想要的东西故而在塞尔看来是有缺陷的许诺，却能成为一个名正言顺的诺言。"① 卡勒看到了意义的复杂性，意义并非像塞尔所认为的那样简单、明了，而是有着多种情景，这些情景会使得话语的言外之力发生改变。这种变形在卡勒看来是为语境所决定的，语境调动了意义的各种可能性，为文本的变形敞开了通道。

　　语境永无尽头的第二个原因是意义的难以把握。语境的形成是新的语境不断代入而形成的一种不断绵延和增值的过程。尽管存在着普遍的语法和大家共同遵守的约定俗成的规则和惯例，但是在具体的文本阐释中，语境对其影响是不言而喻的，但如何来把握语境的意义又是困难的。这就使得对文本意义的阐释处于一个不断建构又不断自我解构的过程中，卡勒在这里只好引用了德里达的"异延"这一概念，旨在说明意义必须由语境来决定。但语境无际无涯，因而语境永远不能完全说明意义，每一次对意义的阐释，都是对语境的一次扩展和改写。从这个意义上讲，解构式阅读所强调的话语、意义和阅读是一种历史性事件，它们在语境化、消解语境化和重新语境化的过程中显示出来。对德里达来说，文本意义永无确定之时，但对卡勒来说情况并不完全如此，虽然德里达认为历史是一个"总体文本"，但"我们总是在从事这一总体文本的阐释，确定意义为实践上的原因，中止语境的追求和重复描述。我们在阐释这人

---

① ［美］乔纳森·卡勒：《论解构：结构主义之后的理论与批评》，陆扬译，中国社会科学出版社1998年版，第108页。

那人的言语、文字、行为中确定意义，一般来说足够我们的目的需要"①。卡勒一方面认识到了文本意义因为语境的无边无涯而永远向读者敞开，另一方面他又能在实践中意识到意义的相对确定性，认为意义就是我们根据语境所理解的东西。从这里我们可以看出，卡勒对文本意义与语境的关系的解读是从解构开始的，他看到了语境对文本意义的无限可能性的影响作用，但又没有因此而导向一种意义虚无主义，而是将解构与建构相结合，在解构这一大的平台上重新审视文本意义的相对稳定性，既看到了意义的无限性，又根据阅读实践对具体的文本阐释提出具体的阅读策略，显示了他与众不同的学术视野和学术理路。

三 文本意义与解构式阅读

解构式阅读理论将文本的意义看成是不确定的、多义的且没有稳定的结构和统一的、中心的，卡勒也不例外。卡勒的文本理论经过了一个发展的过程，由最初的追寻文本结构到后来的超越文本结构，转向了解构文本理论。但卡勒的解构式文本理论与德里达、德曼、米勒等人的文本观念有很大的不同，这就是解构与建构的互为补充，抑或说是解构与结构的努力结合。

卡勒认为文学文本的意义是多重的、不确定的，但并不是无迹可寻的。卡勒的解构主义理论主要是受德里达解构思想的影响，但他又作了相应的补充和发展。在《论解构：结构主义之后的理论与批评》一书中，卡勒在详细介绍德里达解构思想的基础上阐发了自己的解构式阅读理论。卡勒坦言，理论的力量"不是来自某个特定学科的既定程序，而是来自对其重新阐述中的显示出的幽微的洞见"②。这句话意在说明《论解构：结构主义之后的理论与批评》不是只介绍德里达的解构思想，"而是直接参与了一场生机勃勃、难解难分的论战"，在重述德里达的解构理论中表明自己的立场和观点。德里达的解构主义是对西方整个的传统哲学和形

---

① ［美］乔纳森·卡勒：《论解构：结构主义之后的理论与批评》，陆扬译，中国社会科学出版社1998年版，第113页。

② Jonathan Culler, *On Deconstruction: Theory and Criticism after Structuralism*, New York: Cornell University Press, 2004, p. 3.

而上学进行了颠覆，解构了传统哲学赖以存在的二元对立，对西方传统的逻各斯中心主义进行了消解，打破了传统的本质主义的等级观，德里达曾说："传统哲学的一个二元对立中，我们所见到的唯有一种鲜明的等级关系，绝无两个对项的和平共处，其中一项在逻辑、价值等等方面统治着另一方，高居发号施令的地位……要解构这个二元对立，便是在一个特定的时机，将这一等级秩序颠倒过来。"① 德里达的解构理论应用在文学批评领域，是以文学文本的构成要素——文字作为起点的。卡勒明确指出，德里达的解构思想也许是一种哲学立场，或者是一种政治和思维策略，但在他看来最令他感兴趣的是作为一种阅读和阐释的方法。德里达在《论文字学》一书中，提出了言语和文字的关系问题，他认为西方一直以来都是语音中心主义，文字被贬到了一种边缘的位置，哲学家抵制"哲学是文字"的观点，文字只是一种表达手段而已。但在德里达看来，哲学恰恰以白纸黑字的形式谴责文字，这便是一种自相抵牾的行为。卡勒认为哲学家将自身界定为某种超越了文字的东西，目的是"试图以将文字纯粹作为言语的人为替代物搁置一边，而求从这些问题中解脱出来"②。在逻各斯中心主义的体系中，任何的二元对立范畴中总有一方处于主导的、中心的、高级的地位，而另一方则处于被领导的、边缘的、低一级的状态，那么在言语与文字的传统关系中，言语是中心，文字只是言语的一种"补充"和"寄生"。在索绪尔的语言学理论中，同样的担忧已经出现，他已经感到了文字的"危险作用"，它随时可以将言语改头换面，由于说话人的不在场，文字可以"专横跋扈"，可以"胆大妄为"。德里达认为索绪尔的担忧是有道理的，他引用了卢梭的话说："语言造就出来是为了说话的，文字只是言语的一种能够补充"，从"补充"开始阐发言语与文字的关系，探寻文字的地位和作用，进而确立解构式阅读的文本理论。德里达认为，文字要成为派生的和第二性的，意味着一个先决条件，那就是存在着未被文字污染的原生的、自然的言语，事

---

① 朱立元主编：《当代西方文艺理论第 2 版（增补版）》，华东师范大学出版社 2005 年版，第 303 页。

② ［美］乔纳森·卡勒：《论解构：结构主义之后的理论与批评》，陆扬译，中国社会科学出版社 1998 年版，第 75 页。

实上，原生态的、自然的言语是不存在的，因而文字与言语是互为补充的。卡勒在这个问题上的分析更为深入，他说能作为一个事物的补充，说明这个事物本身具有缺陷，才有补充的可能性，我们一般的理解认为补充物是一种可有可无的东西，其作用应是一种附属的、非决定的因素，但在卡勒看来却不是如此，事物或事件的差异是意义产生的临界点，而使这种差异成为可能的不是事物本身，而是"生于作为这一结构之特殊确断的补充和差别的内部"①。因而文字的存在使言语的意义存在成为可能，正是文字的"补充"才使言语得以完善。

通过对言语与文字关系的分析，卡勒发现一直被言语所轻视的文字恰恰是言语存在的根基，那么传统的语音中心主义者所建立的理论体系，在贬低文字的过程中也在消解自身。这种自我解构并不能导向一个新的、井然有序的理论，而是陷入了难以自拔的窘境，其最终结果只能证明它是一个差异系统。在这个系统中，没有中心、没有权威，只有差异，文本的意义只是差异、播撒、延宕的产物。因而只有解构式阅读才能呈现文本的这种差异、延宕，才能使文本阐释成为一个无奇不有、充满意外的过程。

对文本的态度和立场决定了用什么样的阅读理论去分析它，这是很自然的事。当认为文本具有稳定的结构和意义时，就会用结构主义的分析方法去阐释它；认为文本是独立的、封闭的、自足的整体时，就会用文本细读的方法去阐释它；认为文本是读者的参与和建构时，就会用读者反应理论和接受理论去审视文本；同样，认为文本没有确定的意义、没有中心，永远处于建构过程中时，就会用解构的阅读方式去阐释文本。前面我们也说过，德里达、德曼、布鲁姆、米勒等的解构理论都认为文本的意义是不确定的，其间充满了模糊性、多义性、反讽、隐喻和悖论，德里达的文本理论最终导向了一种没有终点地追寻意义踪迹的过程，或多或少陷入了虚无主义和自我不断解构的困境。德曼的文本理论最终导向修辞性阅读，他认为正是语言的修辞性导致了文学阅读成为一种"阅

---

① [美]乔纳森·卡勒：《论解构：结构主义之后的理论与批评》，陆扬译，中国社会科学出版社1998年版，第90—91页。

读的寓言",强调了语言的虚构性、欺骗性和不可靠性,最终使得文学阅读成为一种不可能完成的神话,这是具有片面性的。米勒的解构主义批评也是深受德里达解构思想的影响的,他认为文本永远是无中心的、无确定的意义的,因而传统的遵循逻各斯中心主义的批评模式应该彻底摒弃,同时米勒非常重视解构式阅读的批评实践,他在《小说与重复》一书中对英国几位著名作家的七部小说进行了解构式阅读,提出了"重复"的理论,揭示了文本意义的模糊多变和矛盾丛生。他以勃朗特的《呼啸山庄》为例,揭示了传统阐释模式所追求的那种首尾呼应、主题鲜明只是一种阐释的海市蜃楼,"《呼啸山庄》对读者的影响是通过构成作品的重复现象——它和其他作品里理性永远无法将它分解为某种令人满意的阐释本源的重复现象相同——来实现的"[1]。米勒的解构批评主义对瓦解逻各斯中心主义和西方现代的文化认知起了非常重大的作用,但他完全否认文学语言的表达明确意义的功能,使他的解构理论最终走向了一种相对主义和虚无主义,这对文学理论和文学批评的发展都有一些不良的影响。

卡勒的解构式阅读理论是与其解构文本理论紧密相连的。卡勒认为文本的意义是不确定的,文本的结构也是处于不断变化和建构的过程中的,从一个单一的视角去阐释文本是远远不够的,用解构的阅读方法才能将文本意义的这种无限可能性揭示出来。因为"解构主义不是一种界定意义以告诉你如何发现它的理论……它阐发了任何欲从单一途径来界定意义(如看作作者意向所指,惯例所指,读者经验等)的理论所面临的困难"[2]。解构式阅读正是从文本的不确定和多义性出发来阐释文本所面临的无限可能的,这正是与传统的阅读方式相区别的地方,以往的文学阐释或是从作者意图出发,或是从文本本体出发,或是从读者的阅读经验出发,来对文本作单一的阐释。卡勒认为任何单一的阐释都是对文本的一种阐释,这种情况是正常的,也是无法避免的,因为我们从一个

---

[1] J. Hillis Miller, *Fiction and Repetition*, Cambridge: Harvard University Press, 1985, p.4.
[2] [美]乔纳森·卡勒:《论解构:结构主义之后的理论与批评》,陆扬译,中国社会科学出版社1998年版,第115页。

视角看到的只是事物的一个方面,但我们经常犯的错误是往往会因为这一个阐释而否定其他阐释的存在和意义,将文本的其他意义阐释的可能性抹杀了,这便是一种不负责任的批评理念。而解构式阅读强调了文本的开放性,它永远向读者敞开,意义也永远处于交织、碰撞、追寻当中,读者可以从任何视角来对文本进行阐释,这些阐释之间有时会和睦共处,有时会互不相容,这些都是文本阐释应该有的状态。

卡勒的解构式阅读与德里达、德曼、米勒等人的解构式阅读理论不同的地方在于:卡勒并没有将解构式阅读导向一种相对主义或虚无主义,而是导向一种诗学。诗学的建构是卡勒学术历程中的一个学术理想,尽管在后来的文化研究中,卡勒也曾表示过诗学建构过于理想化,但诗学建构一直是卡勒所坚持的一个学术制高点。在卡勒的解构式阅读理论中,诗学建构的追求如影随形。卡勒认为尽管文本的意义是不确定的,是开放的、多义的,但其背后一定存在着使文本意义呈现出无限可能的惯例和内在机制,"解构式阅读也能在一个互文空间内展开,那里它的目标变得更为明晰,即不是揭示某一特定作品的意义,而是开拓反复出现在阅读和文字中的各种力量和结构"①。在卡勒的理论中,阐释一直都不是他的终极目标,对他来说,对文本的阐释是为了寻找一种使文学批评成为一门学科的诗学理论。从这一点来说,卡勒的解构式阅读理论从一开始就比德曼、米勒站的要高一些,这也是他和其他解构主义文论家不同的地方。在卡勒的学术生涯中,他总能将细小的、微观的阐释与宏观的理论建构联系在一起,即使被认为是最具破坏力、瓦解力和摧毁力的解构理论,在他这里仍然表现出了极大的包容性和建构性,这不得不说是一种难得的学术视野和一种极具启发性的学术理念。也许有人会说卡勒的学术理论极具中庸色彩,但是当你仔细分析他的学术历程后,你会发现卡勒的理论总是以具体的研究方法为切入点,在对各种理论进行深入地分析和整合的基础上,才提出自己的观点。因而他的观点虽然缺少了理论的锋芒,却也避免了偏颇与激进。学术的发展需要光芒四射的激进理

---

① [美]乔纳森·卡勒:《论解构:结构主义之后的理论与批评》,陆扬译,中国社会科学出版社1998年版,第247页。

论，更需要冷静宽容的反思与沉淀，卡勒无疑属于后者。

四 新的阅读范式——"作为女人来阅读"

卡勒在考察了读者的文学能力、文学程式等问题后，针对阅读主体的主体意识，他又提出了一个非常重要的视角——"作为女人来阅读"。卡勒自己曾说他不是一个女权主义者，但女性批评的许多成果给了他新的启发，那就是从女性的经验和视角出发，以一个女性读者的视角去阅读，会有什么样的收获和效果？卡勒认真研读了肖瓦尔特、兰德、柯洛德妮、波伏娃、米利特、斯皮瓦克等女性批评者的著作，从中发现了"作为女人来阅读"的许多有价值的东西。

卡勒首先指出，我们称之为阅读的活动实际上是一种男性的阅读，即从男性的视角去对待文本，从男性的心理构成和阅读经验出发去评判文学文本的主题和意义、人物和情节，这是长期以来男权社会意识形态占主导地位而对阅读造成的一种结果，卡勒认为这是一种有着极大缺陷的阅读模式。即使是女性读者，也已被男权社会的意识形态所淹没，在阅读中依然是一种男性视角的阅读，这对阅读活动来说是极其有害的。卡勒认为只有男性视角的阅读，缺少了作为女性的读者视野，无论如何，这种阅读都是残缺的、不完美的，因而卡勒提出，要像一个女人一样去阅读，其结果毕竟和作为男性的阅读是不一样的，卡勒的目的是要开掘一种新的阅读经验、开创一种新的阅读范式，完善和丰富已有的读者阅读理论。

（一）"作为女人来阅读"的含义

卡勒的《作为女人来阅读》这篇文章是他的《论解构：结构主义之后的理论与批评》第一章"读者与阅读"中的第二节的内容，该篇文章的中译本收录在张京媛主编的《当代女性主义文学批评》一书中。卡勒虽然不是女权主义者，但他提出的作为女人来阅读的阅读范式却是建立在女性批评理论之上的。他分析了肖沃尔特关于女性读者的阅读经验并指出，肖沃尔特认为许多作品都是以男性读者作为假定的接受对象的，但在实际的接受过程中，对于同一个场景或情节，女性读者的接受效果与男性接受者大相径庭，她举了哈代的小说《卡斯特桥市长》为例，旨在说明作品以"男性"为认定读者，从而忽视了作为女性读者的阅读期待和阅读经验，这是一种严重的偏见。卡勒认为她的这种发现是有价值的，是对长期以来一个被表象掩盖的事实的揭露。

关注女性读者独有的经验，批判男性读者经验对所有阅读的垄断是女性批评家们的共同点。在卡勒这里，他所关注的只是阅读视域的扩展，并没有将此上升到意识形态、身份、权利、平等的高度，对卡勒来说，解构主义更适合发展成为一种阅读理论，女性批评在他这里也只是一种新的阅读范式，这与他一贯对政治、意识形态的疏离是密切相关的。

女性批评家认为，传统的文学创作和文学阅读不仅仅忽视了女性读者的阅读经验和阅读权利，而且歪曲和捏造了一些假象来误导女性读者，使女性读者的阅读心理彻底沦为男性的阅读视角。这是一种常常被掩盖，甚至冠冕堂皇地出现在女性读者面前的阅读视角。柯洛德妮就因为吉尔曼《黄色的墙纸》中表现了女性所遭遇的不公和所面临的现实，而将其与爱伦·坡的《深潭与钟摆》相媲美，尽管遭到了很多人的反驳，但她坚定这一观点。卡勒指出，"作为女人的经验，这是她们阅读反应中权威的来源。这一信念，鼓励了女权主义批评家，来重新估价有名或无名的作品"①。这种"重新估价"是一种值得尝试的举动，毕竟，因为视角的单一，我们以往对许多作品的评判存在着视野上的歧视和偏差。卡勒认为女性批评家所做的事情是对以男性为中心和主题的批评传统所带来的偏颇的纠正和补偿，尽管女权主义者在某些方面矫枉过正，有些过犹不及，但从读者阅读的层面看，其意义非同寻常。

卡勒特别强调了西蒙·德·波伏娃的《第二性》一书的开创性作用。波伏娃的《第二性》是女性批评的奠基之作，在这部著作中，波伏娃主要批判了传统的作品中所表现出的对女性的偏见与歧视，在一些著名的作家笔下也是如此，比如蒙特朗、劳伦斯，甚至司汤达等，他们笔下的女性形象都是由男性意识塑造的关于妇女的神话，表现出来的都是男权意识为主宰的妇女形象。另一位值得注意的是凯特·米利特，她在《性

---

① Jonathan Culler, *On Deconstruction: Theory and Criticism after Structuralism*, New York: Cornell University Press, 2004, p. 46.

政治》一书中剖析了劳伦斯、米勒、梅勒和热内等人的作品,解释了这些作品中的性歧视,这些性歧视是一种源远流长的意识形态。卡勒认为尽管米利特的观点可能会引起纷争,但她提出的要"像女人一样去阅读"却是值得肯定的,"像女人那样去阅读"有几层含义:一是要具有女人的经验去阅读,尊重女人的阅读心理和阅读权利;二是男人也可以像女人一样去阅读,就像女人也曾像男人一样阅读;三是"像女人一样阅读"是一种阅读策略,不仅只是生理上的换位。卡勒认为"像一个女人一样去阅读"不仅仅是出于性别上的关注,更是阅读心理上的转变,是一种双重或分裂的期待。这种期待一方面是想拔掉女性意识和阅读经验中的男性意识,另一方面是期待男性读者能够从一元的男权意识中清醒过来,意识到女性视角也是创作和阅读活动不可或缺的一极,这个过程虽然很艰难,但意识到这一点就是一个新的开始。

卡勒分析了女性阅读的三个契机:一是必须以女性读者的既定经验作为前提。肖沃尔特指出,"女性读者的前提改变我们对特定文本的理解,唤醒我们注意其中性代码的含义的方式"[1]。卡勒认为这一前提标志着读者批评中结构的分裂和经验的双重特性,读者的阅读经验不再只是男性的经验,女性的经验作为与之平等的存在,在阅读中同样起着作用,也意味着男性在阅读时阅读心理结构的分裂与重新组合。而对于女性读者而言,她们疏离了作为女性的有关经验太久了,必须找回和重塑女性的阅读经验和阅读心理期待,树立女性在阅读中的地位,这是关键性的一步,尽管过程困难重重,但女性读者应该勇敢面对,坚定地迈出这一步。二是促进作为女人来阅读的可能性。尽管在第一个契机中,女性的既定经验应该被认可,但在实际的阅读活动中所阐发的经验往往是将男性所认同的经验扩大到一般化经验,仿佛他们的经验就是全人类的经验,并且他们希望女性也认同这种经验。事实上,女性也已经被这些男性的普遍经验所同化,因而必须建立女性自身独有的经验。卡勒指出:"女权主义者设定一个女性读者,意在开创一种新的阅读经验,从而使读

---

[1] Jonathan Culler, *On Deconstruction: Theory and Criticism after Structuralism*, New York: Cornell University Press, 2004, p. 50.

者——男人和女人——质疑那些曾作为他们阅读基础的文学和政治的假设。"①女性在长期的阅读中已经形成了对男性阅读经验的认同,却疏离了自身作为女性的独有的阅读经验,造成这种局面的原因有很多。女权主义批评认为一方面是男性的男权意识诱导了女性,使她们将男性意识看成自然的、合法的、具有普遍性的社会意识;另一方面是由于男性出于恐惧和与生俱来的生理劣势,比如男人是由女人生的,从生理的角度看,男人才是女人的附属品,还有女人与孩子的关系从一开始就比男人亲密,这让男人恐惧、绝望而又无可奈何,于是男人想尽办法去打压女人、控制女人,以消除这种与生俱来的恐惧感。卡勒对此没有作太多的关注,他始终强调的还是从阅读的层面去评价和借鉴女性批评的成果。费特莉认为,许多故事在男性读者看来是一个简单而平常的故事,但如果从女性读者的角度去解读就会矛盾丛生、纠葛不断,原因就是接受主体的经验和心理不同,因而开创一种新的阅读范式是必要的,也是拓展和拓宽阅读视野的明智之举。第三个契机是"探究当今批评的程序、假设和目标是否和维护男性权威同略合谋,从而开拓其他的选择"②。卡勒认为,女权主义所倡导的"打破男权主宰的一元局面"是有着积极作用的,在卡勒这里女性意识并非像在女权主义者那里的与男性意识对立,而是一种互相补充的作用。解构男权主宰的阅读模式,并非要否定理性、偏袒非理性,而是要将男性阅读所产生的独断权威的阅读概念刻写在一个更大的文本系统中,进而发展出一种新的阅读范式和新的批评模式,这对创作和阅读来说都是大有裨益的。

(二)新的阅读范式确立的意义

卡勒借鉴了女性批评的某些成果,将其纳入自己的阅读理论中,并进行了合理的改造,在女性批评理论中,女性的意识和角色更多是以男性的对立面的形式出现的,同时带有更多意识形态和政治的色彩。而卡勒所提出的"作为女人来阅读"这一新的阅读范式是作为一种与男性阅

---

① Jonathan Culler, *On Deconstruction: Theory and Criticism after Structuralism*, New York: Cornell University Press, 2004, p. 51.
② [美] 乔纳森·卡勒:《论解构:结构主义之后的理论与批评》,陆扬译,中国社会科学出版社1998年版,第46页。

读互为补充的角色出现的,卡勒强调从女性的视角来阅读,并非要扯出一种与男性阅读相对抗的阅读方式,"而是通过争论和努力阐明文本的依据,以产生一种全面的视野,一种令人信服的阅读"①。在卡勒看来,仅有男性的阅读视角是不够的,也是有缺陷的,真正的阅读应该是一种开放式的阅读,应该既包括男性的阅读,也有女性意识的参与。否则就会陷入逻各斯中心主义而否定了其他阅读视角的可能性,这对文学批评和文本阐释来说是致命的,因而,建立一种与男性阅读互为补充的女性阅读范式甚为必要。

与此同时,卡勒也看到了在这种父权主宰下开创一种女性的阅读范式是何等的困难,但这种阅读和阐释霸权的一元局面必须被打破。卡勒认为正是由于父权社会将女性看成男性的对立面,才使得二者的关系愈演愈烈,男性象征着严肃和理性,却将女性塑造成非理性和情妇的象征,而要想打破这种桎梏,就要证明女性的阅读要比男性更理性、更全面。卡勒一贯认为,事物之间只有存在着矛盾的张力才是事物的常态,一极主宰另一极会产生消极的结果。这样,女性批评的一个重要任务就是分析男性阅读所产生的误读,这些误读在卡勒看来是男性阅读一厢情愿地虚构的产物。而要消除这些误读,必须去除阳物逻各斯中心主义(phall-ogocentrism),才能从根本上铲除男权主宰的阅读方式。

接下来我们要面对的就是这样一个问题:我们应该怎样阅读才是一种真正的阅读?作为女人来阅读是一幅什么样的景象?作为一种阅读主体,你是男性的阅读还是女性的阅读,不是由你的性别来判断的,而是由你的阅读心理和阅读经验来判断的,"但是'经验'总是具有两面性:总是业已发生,却又有待产出,它是一个不可或缺的参照点,然而从不简单候在那里"②。可以看出,依据经验来判断的确是一件困难的事情,而且作为女性读者的身份结构,在女性批评家那里也显示出矛盾和分歧,足以说明任何事物的内部也是矛盾丛生的,充满了间隙和不确定性。但

---

① Jonathan Culler, *On Deconstruction: Theory and Criticism after Structuralism*, New York: Cornell University Press, 2004, p. 58.
② [美]乔纳森·卡勒:《论解构:结构主义之后的理论与批评》,陆扬译,中国社会科学出版社1998年版,第48页。

卡勒坚信,"作为女人来阅读"这一新的阅读范式对建构一种开放性、包容性的解构式阅读理论大有裨益,这不仅对读者阅读有影响,对于文学文本的生成也至关重要。

五 阐释与过度阐释

涉及读者和阅读,阐释便是一个无法绕开的问题。尽管卡勒一直强调自己关注的不是文本阐释本身,而是阐释产生的机制,但他依然认为阐释是一个重要的问题,是阅读理论中的一个关键点。对于这个问题的不同回答,影响着阅读的效果和结果,因而卡勒对此问题也做了详细的探讨。

卡勒关于阐释的论述主要有两篇论文,分别是《符号的追寻》一书中的第一节"超越阐释",《理论中的文学性》一书中的第七节"阐释:为'过度阐释'辩护",这两篇文章比较集中地论述了他对阐释、过度阐释的一些观点,当然在他的其他作品中亦有零散的论述。

(一) 阐释与过度阐释概念解析

"阐释"这一概念早在远古时期就已存在,在人们理解卜卦、神话、寓言、图腾等的意义时就会用到,亚里士多德的学说中亦涉及阐释的问题。阐释学的英文词根 hermes 来自古希腊语,意为"神之消息",阐释即把神的意志转换为人们可理解的语言。作为一种文学研究的方法论,阐释学是在哲学、语言学、文学、历史学、宗教、艺术学、神话学、人类学、社会学等跨学科基础上形成的一门学科。同时,它又是一种哲学思潮,这种哲学思潮对文学研究的影响就是形成了文学阐释学。文学阐释学是在 19 世纪德国哲学家施莱尔马赫和狄尔泰的影响下建立的,施莱尔马赫致力于对《圣经》释义的科学性和客观性的研究,使阐释在神学的释义方面得到普遍的运用。狄尔泰被认为是西方传统阐释学的集大成者,他所关注的是如何在具体的历史情境中对其他历史现象做出客观的理解。我们把狄尔泰之前的阐释学称为古典阐释学,而现代阐释学是从海德格尔开始的,海德格尔通过对"此在"的分析来达到对一般意义上的"存在"的理解,并将理解看成人的一种本体性活动。

卡勒对于阐释最初的态度主要体现在《超越阐释》这篇文章中,这篇文章收录在《符号的追寻》一书中，本节内容在第二章里已有所论述，在这里只作粗略回顾。卡勒对阐释本身并没有太多的诟病，他不止一次强调了新批评所倡导的文本阐释对我们的影响是长久的，即使我们都标榜自己是某个阵营的批评家，我们也无法摆脱新批评的影子，因为文本阐释无处不在，这一点卡勒是清楚的。他也认为文本阐释是必要的，但为什么要超越阐释？这就要从卡勒一直以来想要建立一种诗学的构想说起。卡勒认为，文本阐释并不是文学批评最重要的任务，我们研究文本并不仅仅是为了给它一种解释，更为重要的是，"我们需要一种话语的形态学和文学与其他那些构成内在主体体验的文本的话语之间的关系（摹仿的或非摹仿的）的理论"[1]。也就是说，卡勒认为阐释很重要，但对他来说，文本阐释此时不是他所关注的焦点，他所关注的是阐释背后意义生成可能性和可理解性的内在机制和惯例、程式，因而卡勒对阐释本身的论述并不多。

既然文本阐释是无法回避的一个问题，那么如何阐释？阐释到什么程度才算是合理的？这就有了一个与"阐释"有关的概念——"过度阐释"。"过度阐释"一词是由意大利小说家、符号学家艾柯提出的，起因是1990年他与理查德·罗蒂、乔纳森·卡勒和克里斯蒂娜·布鲁克-罗斯三位学者的一场辩论，这次辩论是围绕阐释的有限性展开的，后来他们的演说文章汇编成文集《阐释与过度阐释》。正是在这次的辩论中，卡勒集中阐发了自己对于"过度阐释"的理解，他的题目就是上面提到的《阐释：为"过度阐释"辩护》，他之所以选择此题目，是和他一直以来所追寻的解构式阅读的理论视角是一致的。

卡勒在解释为什么会选择"为'过度阐释'辩护"这一论题时，他是这样描述的："我也明白为过度阐释辩护会让很多人不舒服，但事实上我非常高兴的接受了我的任务，即有原则地为过度阐释辩护。"[2] 卡勒曾在《符号的追寻》一书中写过一篇名为《超越阐释》的文章，他认为文学研究只将阐释作为唯一的任务是没有出路的，只有超越阐释，关注文

---

[1] Jonathan Culler, *The Pursuit of Signs*, New York: Cornell University Press, 1981, p.6.
[2] Jonathan Culler, *The Literary in Theory*, Stanford: Stanford university Press, 2007, p.167.

本自身如何运作，研究使文学具有意义的规则和惯例，进而建立一种诗学，才能证明文学研究是一门学科。"超越阐释"是在卡勒急切想要建立一种诗学的情况下提出的，与诗学相比，阐释必然退居其次，但并不是说阐释对卡勒不重要，抛开诗学，卡勒认为阐释之所以非常重要，是因为它时刻伴随着我们，无论我们是什么学术阵营，我们都无法逃脱阐释，这一点毫无疑问。

（二）"过度阐释"的作用和意义

卡勒首先指出，由于阐释无处不在，因而它本身无须辩护。既然要阐释，就会有适度阐释、不足阐释和过度阐释。对于过度阐释，艾柯是持反对意见的，进而他也反对解构主义那种天马行空式的阅读，认为那些都是一些过度阐释。而卡勒恰恰相反，他认为阐释只有过度时，才能吸引人，而一些能产生一致观点的所谓适度阐释则枯燥无味，令人生厌。比如在大学教学中，教师和学生都在为明确共识的阐释而努力，这种共识的阐释是有价值的，但也是没有趣味的。对于研究者，尤其是批评家而言，不应该只把阐释结果看作一个重要的目标，而应该在阐释的过程中，尽其所能地提供阐释压力，使他们的思考能走多远就走多远，这对他们来说会受益颇多。卡勒认为只要阐释过度一些，它们就会有好的机会，总会带来豁然的联系或暗示，这些都比那些保持"合理"或"适度"的阐释要好很多。①卡勒以艾柯自身为例来说明这一点，艾柯所反对的那些"过度阐释"恰恰是最令读者感兴趣的地方，就像他自己的作品一样，只有被过度阐释吸引，才有可能有新的发现和创造，比如，一个作家如果没有被过度阐释吸引，他就不可能在他的小说中塑造出性格鲜明的人物形象和让人无法阐释清楚的情景，而这种无法言说清楚的状况使小说生机盎然、回味无穷。卡勒指出，艾柯提出的"过度阐释"这个问题非常好，但显然他没有抓住这一问题的核心。艾柯分析了罗塞蒂对但丁作为一个罗塞克卢主义者的失败阐释，认为他的分析走得太远，所以才反响平平，卡勒则认为并不是罗塞蒂对但丁的分析太过度，而是太不足，应该是一种"不足阐释"，之所以不足，是因为：一则但丁的作品中没有

---

① Jonathan Culler, *The Literary in Theory*, Stanford: Stanford university Press, 2007, p. 167.

出现过罗塞克卢主义这样的主题,这使得他的阐释缺乏说服力;二则对之前的传统没有作详细的互文性的考察,因而使他所提出的这个罗塞克卢主义成为一个假想的传统。①在这里,卡勒提出了这样一个问题:是否存在着一种"过度诠释"?因为实际的情况是,我们对一首诗、一部作品的阐释永远无法穷尽它的所有元素,你阐释的只是其中的某一个点,你只能从你的视角和你的阅读经验出发去阅读,就像艾布拉姆斯在《镜与灯》中所提出的文学四要素,文学活动总是由世界、作者、作品、读者构成,"尽管任何像样的理论多少都考虑到了这四个要素,然而我们将看到,几乎所有的理论都只明显地倾向于一个要素"②。从这个层面上看,任何阐释都是不足阐释,过度阐释是不存在的。

卡勒还举了一个例子来说明艾柯对过度诠释分析的方向性错误。在艾柯的第二次演讲里,他以哈特曼对华兹华斯的一首诗歌《安眠封闭了我的灵魂》的分析为例:

> 安眠封闭了我的灵魂,
> 人世的恐惧忘却馨尽,
> 她已回归自然,
> 对岁月的感觉荡然无存。
> 纹丝不动,了无声息,
> 闭目不视,充耳不闻,
> 她陪着山脉,拌着木石,
> 追随大地昼夜飞驰的转轮。

艾柯认为哈特曼是耶鲁解构学派的领军人物之一,必然会将解构的阅读理念带入这首诗的分析当中,因而哈特曼的分析在艾柯看来是一种过度阐释,比如从白昼看出死亡,从 fears、hears、years 感受到 tears③,

---

① Jonathan Culler, *The Literary in Theory*, Stanford: Stanford university Press, 2007, p. 169.
② [美]艾布拉姆斯:《镜与灯——浪漫主义文论及批评传统》,丽稚牛等译,北京大学出版社 1989 年版,第 6 页。
③ 何玉蔚:《对"过度诠释"的诠释》,中国社会科学出版社 2009 年版,第 9 页。

卡勒却认为哈特曼的这种阐释实际上是一种不足阐释，如果真要是像艾柯所说的过度阐释，哈特曼言辞应该更激烈一些，应该认为 trees 替换掉了 tears，这样才有趣，才是一种过度阐释。艾柯所提出的"阐释"与"过度阐释"的问题，布斯在他的《批评的理解》中也作过阐述，但他用的概念是"理解"与"过度理解"。卡勒认为他们二人的分析有相似之处。什么是理解？布斯认为"理解"就是提出问题并寻找到文本所持的答案，而"过度理解"则由一些文本中根本没有向读者提出的问题构成，卡勒认为布斯的高明之处就在于他明确地表示了过度理解的作用和重要性，布斯认为文本没有鼓励读者去追寻的问题其实是一些非常重要的问题，例如"很久以前有三只小猪"，我们通常的理解是"于是发生了什么"，这是一种适度理解，但如果我们问"为什么是三只小猪"或"正确的语境是什么"就会是过度理解。卡勒认为许多其他问题都比"将要发生什么"要好得多，许多现代批评之所以令人感兴趣，就是因为它不是追问作品有什么，而是关注作品遗忘了什么，不是作品说了什么，而是它没说什么，但认为那是理所当然。而艾柯则认为只有当阐释枯燥无味时才是过度阐释，显然卡勒对此并不认同。

卡勒在对过度阐释的论述中依然将解构的思路和诗学的建构紧密联系，他举了弗莱的例子。弗莱的理论不仅仅是为了阐释具体的作品，而是"一种试图描述文学作品能够起作用的惯例和策略的诗学"①。还有许多其他类似的作品，虽然也阐释作品，但其目标不是对文本意义进行重构，而是掌握它们运行的机制和结构，进而说明诸如叙事、修辞、主题等这些文学的基本问题。这些作品却经常被认为是一种过度阐释，因为它们常常会只关注一点而忽视其他方面，从而偏离作品。但在卡勒看来，这一类型的作品恰恰是最能够挖掘文本背后最有意义和价值的内容，而这一内容却经常被忽视。而是否为过度阐释，卡勒并未给出一个明确的标准，事实上也不存在这样的标准。但有一点是明晰的，那就是只要是有助于文学文本意义阐释的可能性的挖掘，有助于文本内在机制和惯例的揭示的阐释，都不属于过度阐释。而有些阐释，看似过度，但当你仔

---

① Jonathan Culler, *The Literary in Theory*, Stanford: Stanford university Press, 2007, p.174.

细分析它所处的大语境时,你就会发现这种过度阐释并非空穴来风,有时更是一种新的发现和创造,因而卡勒认为,不要轻易排斥过度阐释,要谨慎而认真地对待。

美国新实用主义哲学的代表人物理查德·罗蒂为了回应艾柯,在《实用主义者的进步》一文中指出,"阐释"与"过度阐释"之间本身不存在距离,要有距离,那也是一个文本的阐释与为了自己的目的而使用它之间的距离。"当然,这个距离我们实用主义者并不希望有,在我们看来,任何人在任何事情都是在使用它。"① 因而没有必要弄清楚"阐释"与"过度阐释",只要能使用它们就行了。卡勒对此并不认同,他说尽管我们在说英语时无须担心它的结构,但并不意味着研究它的结构就没有意义,就像他之前所说的研究英语语法、惯例和结构并不能使一个人英语说得更好一样,但这种研究并非没有意义,相反,它至关重要。因为了解一个体系如何运作,是什么使它起作用在任何时候都是非常重要的。卡勒批评罗蒂以"实用主义者"自居却忽视了文学这样关于学习人类重要的创造功用的突出的实践活动。良好的批评状态应该是不仅发展了对具体作品的阐释,同时也获得了关于文学如何运作的普遍理解,包括对它的可能性范围和特有结构的理解,这是卡勒一直坚持的态度和立场。

那么阐释和过度阐释之间到底有没有界限?过度阐释对阅读起到什么样的作用?卡勒的答案是明确的,他认为在适度阐释周围不存在一种界限使它与过度阐释相分离,即使是一种所谓的过度阐释,它也对文本阐释起到一定的积极作用。在卡勒的理论中,文本阐释其实质就是意义的可能性展现的过程,在这个过程中,有无限种可能存在,你无法确定哪一个是适度阐释,哪一个是过度阐释,事实也是如此,任何事情都没有绝对的对与错的,文学的本质或者文学阅读也是无所谓对与错的,只是一部分读者与一部分批评家的信仰不同而已。而卡勒所倡导的解构式阅读主张多角度审视文本,呈现文本的多种可能而非一种或两种,"解构阅读发现意义是受语境的束缚——这种语境是文本中或文本间的一种关

---

① Umberto Eco, *Interpretation and Over - interpretation*, Cambridge: Cambridge University Press, 1992, p. 93.

系和作用——但语境自身又是无边界的,永远有被引证的新的语境的可能性存在,于是我们唯一不能做的就是设立限制"①。因而,过度阐释在卡勒这里不是一种阻碍,反而是文本阐释获得洞见的源头。

在实际的文学活动中,适度阐释是一种理想状态,过度阐释是常态,卡勒引用了罗兰·巴特的一句话:"那些不重读(reread)的人不得不处处阅读着相同的故事。"②在卡勒看来,追求适度阐释就会使文学作品蜷缩在一个固定的空间里,尽管过度阐释也不能为文本提供任何保证,但相比于只为寻找标准答案来说,它的确可以为发现文本更多的意义提供更好的机会。对于过度阐释,卡勒保有更高的兴趣,"艾柯认为这种费尽心思揣摩文本要素的倾向是不好的,相反,我认为,一种职业性曲解是我们所寻求的语言和文学洞见的绝好来源,一项应该被培养而非回避的才能。如果对过度阐释的恐惧竟会导致我们避开或压制对文本运作和阐释的好奇心,那着实令人沮丧,在我看来这种好奇心现在太少见了——尽管它在翁贝托·艾柯的小说或符号学探究中有令人赞赏的表现"③。从中可看出,卡勒对过度阐释的辩护亦是从其为发现文本意义生产的更多可能性来阐释的,适度阐释与过度阐释本就没有一个截然明晰的标准,这也许正是文学文本意义趋向无限的根源所在。

第三节　解构式阅读的主要方法

在卡勒看来,解构主义理论中最有效的主要是一种阅读理论,一种阅读的方法和技巧,一种将文本的丰富性和意义的无限可能性呈现出来的阅读方式。尽管在《论解构:结构主义之后的理论与批评》中卡勒详细地介绍了德里达的解构思想,但和德里达相比,他的解构理论很少与意识形态、哲学等联系起来,更多是一种带有建构色彩的、积极的解构理论。他试图在解构与建构之间寻找一种平衡,并致力于具体的阅读方

---

① Jonathan Culler, *The Literary in Theory*, Stanford: Stanford university Press, 2007, p. 180.
② Roland Barthes, *S/Z*, Paris: seuil, 1970, p. 16.
③ [美]乔纳森·卡勒:《理论中的文学》,徐亮等译,华东师范大学出版社 2019 年版,第 159 页。

法的探讨,不仅有宏观的视角的调整,比如提倡一种新的阅读范式——作为女人来阅读,更有微观的具体的阅读操作方法,比如重复性阅读、意义的嫁接、惯例和倒置等。尽管其中有许多概念是从德里达那里借用来的,但卡勒对这些概念进行了诠释和补充,就像卡勒自己所说的,正是通过重复、戏拟甚至歪曲,德里达的解构思想才能不断地显现出来。的确,正是在对德里达解构理论进行阐释的过程中,卡勒与众不同的解构式阅读理论才凸显出来。

每一种理论的出现都是因为视角和研究方法的革新,解构式阅读理论之所以和其他诸如形式主义、新批评派、结构主义、读者接受理论不同,不仅仅是因为他们的研究视角不同、关注点不同,还有一个非常重要的因素,就是阅读方法的不同。卡勒的解构思想主要作为一种阅读理论,其阅读方法的重要性就不言而喻了。

一 可重复性阅读

索绪尔在分析语言系统时发现,符号的意义不是来自符号本身,而是来自它与其他符号的差异性,来自于整个语言系统的对比关系。卡勒认为索绪尔的这一发现是对传统逻各斯中心主义的有力反驳,他推翻了逻各斯中心主义者所认为的"意义先在的"观点,并提出意义只存在于符号的差异中,没有差异,就不可能有意义存在。但卡勒又接着指出,索绪尔所苦心研究的语言系统在某种意义上并未跳出逻各斯中心主义,因为意义的差别性辨认又必须以某种"先在"的意义为根基,这就是为什么说索绪尔的语言学最终也将自己解构了。在卡勒看来,索绪尔的语言学理论中还有一个非常大的遗憾,就是虽然他费了很大的力气去说明意义,却没有完全说明它。索绪尔没有看到符号在不同的情境中能成为一个指意序列,就要满足一个条件——"它必须能被重复,必须能在认真和不认真的各类语境中再现,能被引用,被戏拟"[①]。事实上情况的确如此,我们说出的同一个语言序列在不同的场合和情境中所指的意义是

[①] [美] 乔纳森·卡勒:《论解构:结构主义之后的理论与批评》,陆扬译,中国社会科学出版社1998年版,第104页。

不同的，甚至有时完全相反。卡勒看到了意义生成的复杂性，它需要诸如重复才能沉淀约定俗成的意义，但具体的意义又会随着语境的变化而做出调整，因而想要阐释文本的意义仅从某一方面来分析是远远不够的。解构理论正是以呈现这种错综复杂的意义为己任，它从不从单一的视角去解读文本，不去把握文本统一的内容或主题，它更关注文本结构的支离破碎和意义的疑义丛生，从而使得阅读成为一个充满冒险、无奇不有的自由联想的过程。

可重复性是符号具有相对稳定的意义的先决条件，也是符号具有交际功能的前提。这种重复性卡勒是放在言语行为理论的大背景中来阐述的，一个言语行为是否有效，不仅仅是依赖说话人的主观意愿，还牵扯到约定俗成的惯例和程序，而惯例和程序如何形成，卡勒认为是指意序列或者言语行为在不同的情境中重复而形成的，可重复性是语言进行交流的主要特征，也是语言系统存在的基础。在日常生活中我们有"许诺"，而且经过反复的出现而形成了一系列惯例或程序，那么在不同的场合我们才能对"许诺"进行分析，如出现在文学文本中的"许诺"这一言语行为，我们就可以将它与生活中的"许诺"联系起来。尽管它们一个是在现实世界中，一个是在文学世界中，但一个共同的特点是它们可以重复，正是在不同场景中的不断重复中，"许诺"获得了形式上的独立，具有了约定俗成的内涵，才能在言语的交流中具有效力。试想，如果一个言语行为没有可重复性，比如你用"b"表示高兴，但这只是你自己的言语，在别的语境中没有被重复、被引用，别人无法了解它的含义，那你说出"b"，别人就不会理解，因而"b"就不具有言外之力。

卡勒在论述可重复性理论时举了一个非常著名的例子，就是德里达在《签字事件语境》中所探讨的签字事件。卡勒认为签字事件虽然很常见，但其背后所蕴含的是语境与可重复理论。签字在什么情况下会生效？它背后是否有一套约定俗成的规则？德里达说："签字必须有一个可被再现、重复、摹仿的形式；它必须能够与其现时的单一的生产意向分离开来。正是它的同一性，通过颠覆它的正身和单一性，分裂了它的印记。"① 一个签字之所以有效，在德里达看来，是因为它本身已经和最初产生的意向分离了，正是在一次次不断地重复中，签字获得了形式上的独立和意向上的权威。在卡勒看来，签字不仅仅是由于能够不断重复，它还和某一模式相吻合，能够在不同的情形中再现，并被辨认出来，当它具备了这一特征时，它便具有了某种超越形式的内在权力。比如支票上的签名，不管签名主体的心理意向是什么，你签名的字体如何，都不会影响到签名的言外之力。换句话说，只要有签名，支票就可以兑现，无论你愿不愿意。

卡勒看到了意义与可重复性的关系，他认为文学阅读是读者依据文学惯例和规则，在对文本的解读中唤起曾经的阅读经验的过程。而文本的意义正是依赖于无数次的重复才能完成，惯例和规则的形成同样离不开重复。在论述这个问题时，卡勒是将文学意义与文学述行的性质联系在一起的，并且援引了巴特勒的性别述行理论。巴特勒在论述性别的形成时，使用了"重复"这一概念，她认为说一个人是一个男人或一个女人，不是对其定义就完成了，作为一个男人或一个女人，你必须用重复无数次的行为来成为一个男人或一个女人，必须通过重复来得到社会的公认，才能获得性别的认同。同样，文本的述行力量也来自对先行规则和惯例的重复，巴特勒举了一个例子，即"同性恋"一词所具有的侮辱性的力量，这种力量不是来自一次、两次的辱骂，而是来自之前的不断重复的辱骂行为，重复使话语获得了力量，也获得了意义，尽管这些意义也有可能发生改变，比如对以往惯例和规则的打破和超越，会产生新的意义、惯例和规则，而这些新的意义、惯例和规则也不是偶然的几次就可以形成的，它同样需要长期不断地重复，在重复中获得形式的独立，进而确立自身的存在。

重复是意义获得存在的必要条件。在索绪尔看来，符号之所以能表情达意，是因为符号之间的差别和对立，这个发现毫无疑问是伟大的。同时，符号的能指和所指之间的关系虽然是任意的，但二者的关系需要

---

① [美]乔纳森·卡勒：《论解构：结构主义之后的理论与批评》，陆扬译，中国社会科学出版社1998年版，第110页。

在不同的语境中反复出现才能约定俗成地稳定下来。比如我们用 dog 来指示一种能发出汪汪叫声的动物，那么能指和所指的关系不仅仅是因为 dog 与 pig 不同，而且还因为二者所指的动物是不一样的，这种意义的固定搭配需要在长期的不断重复中来确立。文本符号意义的确立依赖于重复，文学惯例和规则的形成也是重复的结果，因而重复在文本意义的解读当中是非常重要的。

卡勒认为，解构式阅读是在文本的解读过程中对以往文本、惯例和约定俗成的规则的重复。只有建立在对以往相关阅读经验进行重复的基础上，才有可能打开通往文本意义的大门，在这个过程中，符号的能指和所指、文学类型、修辞、隐喻、转喻、符号之间的张力、文本之间的互文性质等等因素交织缠绕在一起，经过碰撞和交锋，意义才有可能找到出口。但更多的情况是，意义只是"总体文本"的一个组成部分，它受语境的束缚，而语境无边无涯。从这个层面上来看，阅读便是一场没有终点的旅行，但作为个体的读者，我们能做的就是理解我们能够理解的意义，仅此而已。卡勒说："解构一个二元对立命题，不是摧毁它，废弃它，而是将它重新刻写一遍。"① 卡勒的这种重新刻写，是将意义重新置于一个新的背景中来进行的，意义在惯例和规则、互文的重复中被重新界定，意义的不确定性也由此彰显出来，但卡勒直言并不能因为意义的最终不确定性就放弃对意义的追寻，在这个过程中，新的发现和新的收获随时可能出现。他举了奥斯汀对行为句和叙述句相区分的例子来说明文学研究的新发现无处不在，有时也许是无意之举却能得到新的见地。奥斯汀将话语分为两大类：行为句和叙述句，但他很快就发现这种划分使他陷入一个尴尬的境地，"在着手实施寻找显性行为动词一览表的计划时，我们发现，似乎并不总是能轻而易举地区分行为句和叙述句，因此我们的权宜之计便是不得不回过头来重新反思其基础……"②经过分析，奥斯汀发现了行为句和叙述句两分法在实际的操作中很难去完成，他的

---

① ［美］乔纳森·卡勒：《论解构：结构主义之后的理论与批评》，陆扬译，中国社会科学出版社 1998 年版，第 117 页。
② J. L. Austin, *How To Do Things with Words*, Now York: Oxford University Press, 1962, p. 94.

这一划分趋于失败。卡勒认为，尽管奥斯汀的这一分类失败了，但是这恰恰说明言语行为之间的差异其实是言语行为内部的差异，一个句子是行为句还是叙述句是由句子的内部结构来决定的，这种游离于行为句与叙述句之间的特征在卡勒看来正是语言的特征。德曼在《阅读的寓言》中也对行为句和叙述句作过论述，他认为行为句和叙述句之间的难点，"不过是迂回和直陈间的难点的一个版式，这种难点既生成修辞，同时又麻痹了修辞，因此给予它某种历史的外观"①。德曼认为语言在建构精神世界时具有不可靠性，因而必须对语言进行解构，以求得语言背后的真实世界，而对语言的解构，是从修辞开始的。在德曼看来，行为句和叙述句的分界点是看它是直接的还是迂回的，而这些又直接影响修辞，使修辞呈现复杂的形态。卡勒受德里达的影响，他将这种语言内部因跌宕摇摆而产生的不确定性看成语言的基本特征，而这种特征在不同的文本中不断重复，似曾相识又新意盎然，使文学文本始终保持一种开放的姿态向读者敞开。

二 阅读中意义的嫁接

"嫁接"是卡勒解构式阅读理论中的又一个重要的阅读方法，这一概念是从德里达那里借鉴过来的。嫁接的本义是指把一种植物的枝或芽，插到另一个植物的根或茎上，使接在一起的两个部分长成一个完整的植株。德里达运用"嫁接"，意在用它分析和思考文本逻辑，在他看来，文本就是将字符不断运作、插入和扩张的逻辑过程，在这里，不同的字符被嫁接在不同的话语中而与之产生出一个新的文本意义，这个过程就是嫁接过程。德里达在《播撒》中说："我们不仅应系统的探讨嫁接和字符这两个词的似乎纯是词源学上的相似性，还应探讨文本嫁接和所谓的植物嫁接，甚至在今天变得日益普遍的动物嫁接之间形式上的类似关系……我们必须悉心制定出一个有关文本嫁接的系统条约。"② 德里达借用"嫁接"一词的目的是揭示文本意义生成的内在运作特性，他认为许

---

① Paul de Man, *Allegories of Reading*, Now York: Yale University Press, 1982, p. 121.
② Jacques. Derrida, *Dissemination*, Chicago: University of Chicago Press, 1983, p. 230.

多文本都是从之前的母体文本嫁接过来的，比如康德的《判断力批判》，其理论可以追溯到柏拉图或亚里士多德的理论，康德将其理论中的某些序列重新移位，放置于一个新的系统中，其意义和功能就会改变，新的文本意义和理论也就产生了。卡勒认为德里达所提出的"嫁接"概念为我们理解文本提供了一个新颖的视角，它表明了之前卡勒所持有的语言的可重复特性，即嫁接是将一种话语插入另一种话语，与之整合形成新的话语系统，其实质是一段话语在不同语境中的重复出现。同时卡勒指出，这种新的视角也存在着许多难以解决的困难。

意义的嫁接，首要的条件是寻找结合点。在植物的嫁接过程中，需要寻找两个可以合二为一产生出新植株的条件，文本的嫁接同样也需要寻找到这种结合点和受力点。卡勒认为解构式阅读正是运用了嫁接的方法，一方面解构了文本的完整性和封闭统一性，同时显示出了文本的异质性。文本本来就是由不同的主题和意义嫁接起来的，没有纯原初的文本，没有源文本，只有不断嫁接的文本，因而所谓的文本中心是不存在的，德里达的名言是："一切命题皆依附于先有的命题。"① 在阅读文本时，我们要做的不是找出文本的中心和主题，而是要分析文本的嫁接，它是由哪些话语序列整合而成的，这种嫁接构成的文本其内在格局充满了不稳定性和异质性，甚至互相撕扯，但有时也能和睦共处，相得益彰，这就需要我们认真分析嫁接的详细过程和它的来龙去脉。的确，嫁接的阅读方法为我们解读文本意义提供了一个非常好的阅读视角。

在论述"嫁接结合点"这一问题时，卡勒举了卢梭关于"补充"的例子。卢梭在《忏悔录》中将文字描述为言语的一种补充，卡勒认为文字之所以能够被附加于言语，是因为言语本身不是处于一种自生自足的自然圆满的状态，它自身有缺陷，文字才能作为补充物。嫁接亦是如此，一个嫁接之所以能够实现，是因为其内在有着隐秘的联系，因而卡勒认为我们每一个文本嫁接的条件都是不同的，需要我们阅读者认真分析，它具有或然性，是需要推算和分析的。卡勒认为卢梭的"补充"就是逻

---

① Jacques. Derrida, *Glas*, *English Translated by John P. Leavey*, *Jr. and Richard Rand*, Lincoln: University of Nebraska Press, 1986, p. 189.

各斯中心与反逻各斯中心这两种论点的嫁接，"补充"一方面显示了中心的存在，补充物只是附属于中心，另一方面又显示了中心的欠缺和不圆满，只有补充物才能使它趋于圆满，从这个意义上讲，补充物比中心更重要，因而它附属物"补充"中心的同时也消解了中心的地位和权威。德里达的《丧钟》也是嫁接的一个绝好的例子，在《丧钟》中，德里达始终运用两栏写作，左边一栏分析黑格尔家族，右栏写《权利的哲学》的作者让·热内，两栏之间平行而行，有时又互相纠缠，为什么要这样写作？德里达的答案是"还文字以歧义丛生的本来面目"①。这样的写作使文字的意义闪烁其词，游离于两栏之间，卡勒认为德里达的这种写作方式意在表明文本的意义游离于几个文本之间，它并不明确地指向一个确定的文本或意义，这是嫁接的一种效果。不同的是德里达以这种更为明确直观的方式来表现文字的歧义丛生、意义多变的状况。即使在一个文本中，没有分栏，其情况也是同样的，有文本存在就会有意义的嫁接，就会有不同文本之间的种种交叉，将几个文本联系起来，将其关系颠倒、换位在解构式阅读中是常见的阅读方法。卡勒认为这种交叉不是二元对立的解构，而是一种交流，但其实质仍然是一种解构。

嫁接在某种程度上讲也是一种重复。我们自己也有过这样的体验：当你写作的时候，为了意义的丰富和凸显你会把许多你看到的或听到的，并不发生在你身上的事情叠加在自己的身上。卡勒认为这种嫁接在文本的解读中普遍存在，混淆了文本的界限并使它的程序变得复杂、可疑，也使得文本的互文性成为可能。如同德里达所言，文本之外别无他物。文本与文本之间纠缠、影响，这使得阅读文本的读者如坠云端。因而卡勒指出，解读文本、解构文本，必须分析文本中如何使用了意义的嫁接，才能找出其踪迹。卡勒举例说明了最常见的嫁接就是对人物的评论，这种评论总是建立在被评论的人物的某一种理论或某个作品的基础之上。如德里达的《思考——论"弗洛伊德"》就是建立在弗洛伊德快乐原则的基础上来展开的，而弗洛伊德的《超越快乐原则》中同样运用了重复他

---

① Jacques. Derrida, *Glas, English Translated by John P. Leavey, Jr. and Richard Rand*, Lincoln: University of Nebraska Press, 1986, p. 76.

对其外孙的描述，这种重复之重复在本质上也是一种嫁接，目的是使文本的意义错综复杂。

卡勒认为，分析文本中的嫁接是解构式阅读的主要活动之一，其目的是探讨文本陈述与自身程序之间的关系。文本自身有自己的生成程序及自身的逻辑发展与连贯性，但由于嫁接又不可避免，那么嫁接的部分与源文本之间就会呈现出多重关系。一种情况是当一个文本需要从别的文本中截取一段嵌入自身，使自身得以发展，实现自己的目的，这是一种理想的状态。更多的情况是嫁接颇具破坏性，它往往会以意想不到的效果出现，这样一来，"分析的文本反为被分析的文本阐释"①，典型的例子就是德里达的《真理供应商》嫁接了拉康对埃德加·爱伦·坡的《失窃的信》的阅读，只不过德里达颠倒了其分析的结果，认为坡的小说早先已经分析了拉康的控制企图，而巴巴拉·琼生又嫁接了德里达的分析，这就是卡勒所说的一种嫁接：早先某个阐释嫁接的颠倒。这样一来，嫁接完全打乱了读者阅读的正常逻辑和思路，也使文本的结构和逻辑面目全非。卡勒认为这恰恰是文本的本来面目，不存在意义明确、逻辑了然的文本，文本总是在看似排列有序的符号背后呈现出令人无法把握的模糊性、多义性，文本意义飘忽不定地游离于诸多文本之间。因而德里达说："每个文本都是一台机器，长着各种专门阅读其他文本的脑袋。"②

卡勒认为还有一种常见的嫁接模式，就是选取一些不为人知的、边缘性的文本，将其放置在主流的文化背景中，使其具有了新的意义，或是获得了关键性的地位。卡勒认为这种嫁接德里达运用得得心应手，作为解构主义的最重要的代表人物，他对西方的逻各斯中心主义进行了猛烈地解构，主张去中心化，必然就会对很多边缘的、非中心的事物异常关注。卡勒认为德里达选取边缘内容进行嫁接具有双重意义，一方面，使补充的边缘内容对文本起到阐释作用，阐释即一个发现事物是什么的

---

① ［美］乔纳森·卡勒：《论解构：结构主义之后的理论与批评》，陆扬译，中国社会科学出版社 1998 年版，第 123 页。
② ［美］乔纳森·卡勒：《论解构：结构主义之后的理论与批评》，陆扬译，中国社会科学出版社 1998 年版，第 123 页。

过程，其间会有一个中心存在；另一方面，由于边缘的内容被赋予新的地位和作用，这使得原先的中心和边缘被置换、颠倒，经过嫁接，边缘的东西在主流中间运行，颠倒原先的等级，这样一来，边缘的内容有可能才是真正的中心。德里达正是通过这种嫁接来使本质与非本质、中心与边缘、内部与外部颠倒，从而解构西方传统的逻各斯中心主义和理性主义。不仅如此，德里达还通过对旧词嫁接产生新意的方法来对文本进行解构，他说："解构不是由一个概念跳向另一个概念，而是颠倒和置换某种概念秩序及它所组构的非概念秩序。"[①] 卡勒指出，德里达这种旧词新用的嫁接，目的是将旧词作为一种参与的杠杆，意在强调二者的转化，这也是解构式阅读的核心内容，解构的目的不是摧毁，而是取消对立，转移彼此的位置，并将其置于不同的背景中。

嫁接在阅读中随处可见，它是建构文本的主要方法，同时也是解构文本的主要手段。卡勒认为，阅读的过程是嫁接复嫁接的过程，这种一环套一环的意义关系使文本呈现出一种发散式结构。而在德里达看来，诸如文字、补充等被传统哲学所忽视的细枝末节恰恰能表现文本的某些重要的属性，正是因为对嫁接的分析，文本意义和结构的属性才显现出来。在卡勒看来，嫁接是解构式阅读的一个非常重要的分析方法，也是解构文本复杂意义的重要手段。

三　惯例与倒置

惯例与倒置是卡勒解构式阅读理论中一对非常重要的范畴，惯例是一种力量，它形成于无数次的重复，任何具有社会性的存在，都有惯例与之相伴，没有惯例，就没有传承与交流，它在本质上是一种约定俗成的规则。而倒置是指将惯例中认为正常的等级次序颠倒、倒置，从而改变它们的地位和秩序，摧毁原有的惯例。因而卡勒认为对文本进行解构式阅读，不仅仅是关注文本的指意内容，更重要的是"关注话语的条件和假设，理论探索的框架等，它牵扯到统治着我们的实践、能力和行为

[①] Jacques. Derrida, *Margins of Philosophy*, Translated by Alan Bass, Chicago：University of Chicago Press, 1982, p. 192.

的惯例结构"①。解构理论在某种意义上，就是对惯例力量和结构的质疑，但是惯例的力量是非常强大的，强大到你想要质疑却无处着手。德里达也承认，每一次与惯例的较量都在某种程度上失败了，他最终选择以填补空白或延宕的方式来进行。

卡勒一直强调解构的目的不是摧毁，是重新书写，这在某种意义上是一种新的建构。"惯例"是卡勒诗学建构中的一个关键词，在他进行文本分析时，解构和建构如影随形，他认为文本分析要超越阐释，寻求文本背后运行的内在机制，探讨文本意义可理解性的惯例和规约，同时他又强调，文本意义是难以把握的，它具有无限可能性，我们进行文本分析的目的就是要揭示这种意义无限可能的内在原因。为了实现这一目标，卡勒主张要批判现存的惯例，解构现有的哲学对立命题。批判现存惯例的一个重要手段便是倒置，他举了一个非常有名的例子，就是弗洛伊德的理论。弗洛伊德的精神分析学说强调了无意识的巨大作用，将人们习以为常的意识与无意识二者的地位和作用进行了等级之间的倒置，这种违背常理的倒置改变了意识与无意识的惯例结构，消解了意识主宰无意识的传统理论。弗洛伊德说："无意识是一个更大的圆，其中包括了意识这个小圆圈。每一个意识都具有某个无意识的原始阶段；而处在那一个阶段的无意识，依然可被视为具有完全的精神过程的价值，无意识乃是真正的精神现实。"② 卡勒认为，弗洛伊德正是通过对人类生活中无意识因素和结构的决定力量的揭示，成功地将"意识"和"无意识"的地位和等级进行了倒置，使传统理性主义的"意识决定无意识"理论变为"无意识主宰意识，意识只是无意识过程的一个特殊的衍生物而已"，这对西方传统的理性主义是一个颠覆性的打击。无意识的发现表明任何与思想、与人有关系的东西都不是简单明了的，德里达认为无意识自身充满差异和延宕，延宕是德里达对弗洛伊德无意识理论的一个补充和发展，弗洛伊德指出，一个人孩提时的经历或心理创伤被刻写在无意识里，等

---

① [美]乔纳森·卡勒：《论解构：结构主义之后的理论与批评》，陆扬译，中国社会科学出版社1998年版，第141页。
② [奥]弗洛伊德：《梦的解析》，周艳红、胡惠君译，上海三联书店2008年版，第268页。

他长大后会延迟而呈现出来,而无意识本身如潜藏在海面下的冰块,复杂、多变又不可捉摸。

　　文本的解构式阅读就是对已有惯例进行质疑、倒置,在质疑和倒置的过程中追寻文本意义的踪迹,从这一点来讲,倒置是解构的重要手段,德里达说:"忽略倒置,即是忘却二元对立命题的结构是冲突和从属的结构,因而便草草敷衍过去,从原先的对立中一无所获……"①卡勒认为,唯有倒置才能摧毁原有等级,解构才有可能进行,如果肯定平等,将无从摧毁等级,也就无从解构了。在文本阅读中,文字所激起的力量总是在昭示着某种等级的存在,比如男人和女人这样一对对立的范畴,经常在文本中表现为男人是主宰者,女人作为一种类似于"文字"的补充物而存在,那么用解构理论阅读这类文本时,卡勒认为需要探查各种话语,弄清楚边缘词汇是如何汇聚起来塑造女性的边缘角色,从而构筑男人的中心地位,了解了这些背景,就可以从中找到这些话语的自相抵牾之处进行倒置,摧毁其等级的意识形态基础,从而解构原有等级次序,并对其进行重新书写。卡勒对德里达关于女人的讨论、弗洛伊德关于精神分析的讨论,意在表明文本本身所具有的潜在的等级次序,需要我们以解构式的阅读方法将这种潜在的等级挖掘出来,进行相应的置换和倒置,这种倒置才能揭示文本的内在结构,进而对文本进行深层解读。

　　卡勒关于惯例和倒置的一个非常精彩的分析范例是对理解与误解之间的解构分析。理解和误解是阅读理论中无法回避的一对范畴,按照常理,我们总是在殚精竭虑地想让自己的阐释成为文本的理解,而非误解,每个人都希望自己的理解就是作者的意图或无限接近作者的意图,但事实并非如此。卡勒分析这一对范畴,是从其英语词形开始的,英语的理解为 understanding,而误读是在理解前面加上一个否定前缀 mis-,卡勒认为,从这一点上就能看到理解是原项,而误解是衍生项,在二者之间,理解是主宰误解的,误解作为对立项而存在。美国当代著名文学批评家哈罗德·布鲁姆在他的《误读之图》中提出了"一切阅读都是误读"的

----

①　[美]乔纳森·卡勒:《论解构:结构主义之后的理论与批评》,陆扬译,中国社会科学出版社1998年版,第150页。

观点，他认为阅读在某种意义上就是写作和创造意义。在他的另一部著作《影响的焦虑》中，他提出了"影响即误读"的理论，他认为影响即后辈对前人的误读、修正和改造。①卡勒认为，布鲁姆认为"一切阅读都是误读"的理论预示了一种前提，那就是正确阅读的可能性，之所以成为误读，是因为它与真正的阅读"擦肩而过"，这里面仍然隐藏着一对对立的范畴：理解与误解，而且理解即正确的阅读是主导，误读作为其对立面而存在，这种情况看似有道理，但是卡勒却认为事实并非如此。他认为所有的阅读，人们都试图将其划分为阅读和误读，这便产生一个同一和差异的问题，如果阅读与文本原来的作者的意图同一便是理解，如果与作者的意图有差异便是误解，这样一来人们还可以光明正大地阅读和误读，是因为他们认为这些误读是无伤大雅的，但事实是我们永远无法与作者的意图达到同一，同一只是一种理想化的境界，因而卡勒说："在一个较其倒置更为可信的形式中，理解是误解的一个特殊的例子。误解之一特定的离格或确认。正是误解，故其疏忽也无伤大雅。在一个总体化的误解或误读中运行的阐释过程中，既促生了所谓的误解，也促生了所谓的理解。"② 在传统的文学理论中，关于阅读的惯例就是理解，是我们一直所追寻的，误解是我们一直想要消除的，但卡勒却认为误解是必然的，理解只是误解的一种特殊例子，因为文本能被理解，则意味着它会在不同的场合由不同的读者来进行重复理解，而这种重复理解因为个人的不同而出现修正和差异是不可避免的，因而误解才是文本阅读的真正状态，因为没有一种理解是能够避免修正和差异的。卡勒进一步举了布斯的例子，布斯作为当代的理解大师，其在《批评式理解：多元论的力量和局限》中这样说："理解是一个目标、过程和结果，即一个思想成功进入另一个思想的过程和结果。"③ 布斯肯定理解，否定误解，他试

---

① Harold Bloom, *A Map of Misreading*, New York: Oxford University Press, 1975; *The Anxiety of Influence*, New York: Oxford University Press, 1997.

② [美] 乔纳森·卡勒：《论解构：结构主义之后的理论与批评》，陆扬译，中国社会科学出版社1998年版，第160页。

③ Wayne Clayson Booth, *Critical Understanding: The Powers and Limits of Pluralism*, Chicago: University of Chicago Press, 1979, p. 262.

图在肯尼斯·勃克、克雷恩和艾布拉姆斯的批评实践中求得一种和谐、正确的理解，却遭到了勃克和艾布拉姆斯的反驳和否定，这表明要获得一个和谐统一的理解是异常困难的。卡勒指出，许多误解之所以被看成理解，原因非常复杂，牵扯到很多因素，但有一点是肯定的，那就是理解的存在可能是一个永远无法抵达的彼岸，而此岸却遍地都是误解，所有阅读都是误解，但这并不意味着会导向一元论，卡勒强调这是一种双向运动：一方面，我们承认误读是谬误，因为它努力地趋向真正的阅读却未达到；另一方面，我们又肯定真正的阅读是特殊的误读，它是忽略了疏忽的误读。卡勒认为这种倒置和逆转促使读者去思考正统化、合法化和权威化的过程，差异正是在这些过程中产生的。

在卡勒看来，正是在对惯例的质疑和对等级二元对立的倒置中，变异才成为可能，这种变异的阅读方法使文本的意义空间大大拓展，不仅使意义的无限生成成为可能，还为惯例的突破与更新提供了可能性空间。

第 三 章

理论时代的文学性追寻

　　理论时代的到来迫使文学理论家将什么是文学，什么是非文学这一问题提上日程，它似乎关系着文学的生死存亡。这个问题又是一个难解之谜，从文学理论产生伊始，无数的文艺理论家就试图对"文学是什么"做出回答，然而直到现在，"文学是什么"这一问题仍然难以言说清楚。对于此问题，卡勒主张我们不要问"文学是什么？"可以问"什么是文学？"这样一来，问题的角度和视角就会发生变化，研究的视野也会拓宽。卡勒之所以放弃追问文学的本质而探寻文学的属性，是由他的解构理论视野决定的。卡勒认为，文学的文本意义具有无限可能性，文本结构包含着许多潜在的等级对立和倒置，这些内在的力量一直在运行着，时刻改变着文本的意义和结构，再加上符号、修辞、隐喻等因素的参与，使文学呈现出复杂、多变的状态，因而从任何一个因素出发去界定文学都不能对文学做出全面客观的界定。唯有放弃对本质的追寻，文学的属性才会显现出来。文学性是卡勒在多元理论时代追寻和捍卫的核心，正是因为卡勒将文学理论放置在文化研究的大背景中去考察，并且延续了他在解构主义时期的研究方法，才使得他对文学的理解与众不同。

　　卡勒将解构引入文学领域，是为了开掘文学文本中的文本逻辑，对文本意义的唯一性提出疑问，而不是将哲学搬入文学来阐释文本的意义，因而卡勒的解构文论不会导向一种虚无主义，因为它与意识形态、政治相距甚远，它主要是一种阅读理论和实践，在这种理论和实践的指导下，形成了一种以研究文学性为中心的文学理论。卡勒的这种形成于解构视野中的文学理论与传统的文学理论相比，有几个显著的特点：一是多元化的研究视角。卡勒没有像之前的文学理论家那样，试图通过对文学的界定来树立自己的理论地位或标明自己的理论流派，而是将众多的理论纳入进来，进行有条不紊的分析和平等、多元的对话，在此基础上提出自己对文学的理解，这种研究方法和治学理念值得我们学习。诚然，文学理论界需要标新立异、不断出现新的理论家，但更需要像卡勒这样的理论家平心静气地对以往的理论进行细致、平和地研究和消化，理论的价值才能最大化地体现出来。否则，文学理论界就如同市井买卖，吆喝声不断，看似热闹非凡，却不知在卖些什么。二是将文学与理论联系起来。卡勒在他的《文学理论入门》首篇就讨论了理论是什么，分析了文学与理论的关系，将文学研究置于理论的大背景中去解读，力图寻找文学研究的核心点。三是方法新颖、提倡质疑的学术精神。卡勒的文学理论看似没有体系，只是就一个个具体的问题展开论述，也好像缺乏严密的逻辑体系。其实不然，卡勒正是用打破传统的体系性的理论建构，给人以耳目一新之感，但只要仔细分析就会发现，他的理论的内在逻辑性是很强的，而且内容涉及了文学的方方面面。卡勒用解构的视野去建构文学理论，目的不是摧毁意义、解构意义，而是提倡在对传统文学理论的质疑和批判的过程中，捍卫文学的文学性，进而为建构新的文学理论寻找契机。

第一节　文学理论诸问题

卡勒对文学理论的探讨更多地是以具体的论题入手，正如他自己所说："我倾向于用介绍各种议题和辩论的方式而不是用介绍各种'学派'的方式来介绍理论……"① 尽管他用的是具体的论题，但已经涉及了文学的方方面面。这些论题都是文学研究中的一些重要的问题，卡勒对这些问题的分析建立在解构视野的基础之上，对传统的逻各斯式的研究方法进行了深度的阐释与剖析，为文学理论的自由生长提供了空间和土壤，这些论题主要有：理论是什么？文学是什么？理论和文学是一种怎样的

---

① ［美］乔纳森·卡勒：《文学理论入门》，李平译，译林出版社2008年版，第126页。

关系？语言与意义的关系如何解读？修辞对于文学的意义、文学是一种什么样的述行语？文学如何进行叙述等，这些问题弄清楚了，我们对文学的属性就有了基本的把握。

一 关于理论的探讨

随着语言学的发展，文本概念发生了变化，文本不再专指文学，文本理论的发展使跨学科研究成为一种趋势，而跨学科的发展对各学科尤其是人文学科的学科边界产生了重大影响，文学与其他学科的边界模糊了，文化研究应运而生。文化研究肇始于英国的伯明翰大学，1964年伯明翰大学成立了当代文化研究中心，这个中心在1972年发表了第一期《文化研究工作报告》，被认为拉开了文化研究的序幕。[①] 之后，文化研究扩大到了美国及世界各地，在世界范围内掀起了文化研究的学术热潮，作为对学术界发展动态极为敏感的卡勒，也对这股热潮给予了回应，第一次回应是1988年出版的《符号构形：批评与其体制》，这部著作预示了文化研究将作为一种趋势即将蔓延开来，在这部著作中，卡勒主要从体制出发，探讨了文学批评与美国大学体制、人文学科的未来等问题，他认为跨学科的出现使得文学学科的疆域被扩充了，"……这些理论话语的出现导致了一个非常直接的后果，那就是文学研究的范围大大的扩展了，原来不属于文学的研究内容现在都被容纳进来了"[②]。卡勒将这些闯入文学领地的精神分析、心理学、女性主义、语言学、结构主义、解构主义等话语称为理论，很明显，"从文学文本研究向非文学文本研究的转移，是《符号构形》一书的显著特征，而卡勒的这种转移，一言以蔽之，就是从批评体制入手，将研究目标锁定为文化批评"[③]。在文化研究的大潮中，卡勒的第二次回应是他的《文学理论》的出版，这部著作可以看作卡勒从文化研究向文学研究的回归，这种回归，不是回到原点，而是更高层次上的回归。

[①] 朱立元主编：《当代西方文艺理论第2版（增补版）》，华东师范大学出版社2005年版，第430页。
[②] Jonathan Culler, *Framing the Sign*, Oklahoma：University of Oklahoma Press, 1988, p. 15.
[③] 王敬民：《乔纳森·诗学研究》，中国海洋大学出版社2008年版，第166页。

(一) 关于理论的理论

卡勒在《文学理论》的开篇就讨论了理论问题。理论是什么？理论与我们如此紧密，我们经常言必称理论，但如果仔细去思考理论为何物时，才发现问题不是想象的那么简单。卡勒认为大多数人提到的理论，与文学联系的并不多，他们脑海中关于理论的画面更多的是雅克·德里达、米歇尔·福柯、雅克·拉康、朱迪斯·巴特勒、路易·阿尔都塞、加亚特里·斯皮瓦克等人的理论，这些理论呈现出不同的风貌，它们是否存在着一些共同点？卡勒对此作了详细的论述。

卡勒以我们生活中最熟悉的例子为切入点，阐释了理论的一些特点。"劳拉和迈克分手了？""噢，按照我的理论，那是因为……"卡勒举这个例子意在说明理论不是毫无逻辑的猜测，而是具有严密的逻辑推理性的，并且不是一眼就能看出的，"一个理论不仅仅是一种推测：它不能一看即穿；在众多的因素中，它涉及一种系统的错综关系；而且要证实或推翻它都不是件容易的事"①。理论包罗万象，其内在结构和外在关系也是复杂多变的，卡勒坦言很难界定它的范围，因为它是思想和作品汇集而成的一个整体。

理论的范围难以确定，内容无所不包，从整体视角出发去研究它无疑是一种不明智之举，卡勒采取的方式是分解论述。首先他从文学体裁的角度来论述理论在文学领域的表现，文学领域从歌德、麦考利、爱默生时代开始出现了一种新的写作样式，卡勒引用了理查德·罗蒂的一段话："从歌德、麦考利、卡莱尔和爱默生时代开始出现了一种新型的著作，这些著作既不是评价文学作品的相对短长，也不是思想史，不是伦理哲学，也不是关于社会的预言，而是所有这些融为一体，形成一种新的体裁。"②这些包罗万象的新的体裁，卡勒认为用"理论"一词来概括还是比较合适的，从这个意义上说，理论的意义和影响超出了原有作品的意义和范围。卡勒对理论的这一论述是符合20世纪中叶以来的文学世纪状况的：文学研究的范围已经超出了原有的界限，语言学、符号学、

---

① Jonathan Culler, *Literary Theory*, New York: Oxford University Press, 1997, p.2.
② [美] 乔纳森·卡勒：《文学理论入门》，李平译，译林出版社2008年版，第3页。

心理学、精神分析、社会学、政治学、电影学、性别研究等学科的交叉介入，使文学研究的范围大大拓展，传统的文学理论表现得无所适从、不知所措。面对这些新的学科和流派，卡勒认为用"理论"来命名这些成果最合适不过，理论不仅仅为我们提供了不同的研究视角和研究方法，也为我们认识文学意义和世界的关系方面提供了借鉴。

卡勒是一个不善于给事物下定义的理论家，但他却能从不同的视角呈现事物的各种属性，这种呈现是多元的，而且具有很大的增值和延续空间。对于"理论"这一概念，他同样是从分析现象入手，来呈现理论的各种特征和属性。一个理论，往往是从一个具体的议题发展而来的，卡勒以福柯论"性"为例来说明理论的形成。福柯在他的《性史》中，对"性"这一人类最基本的行为给予了心理学、人类学、社会学的解读，福柯认为"性"的背后是错综复杂的一系列的理念，各种理念的背后是被压制的性行为。卡勒认为福柯在论述"性"的时候，将其与各种社会实践和社会机构联系在一起而建构为一种权力话语，这种话语力图来描述、分析和规范人类的行为。这样，福柯就完成了从一个议题——"性"一个理论——话语理论的转变，卡勒之所以将福柯的分析称为理论是因为"它给从事其他领域的人以启迪，并且已经被大家借鉴，它才能成为理论。从公理原则旨在具有普遍指导意义这方面说，它并不是一条关于性行为的理论。它声称是对一个具体的历史发展的分析，不过它显然具有更广泛的意义"①。福柯关于性的理论修正了我们以往对性的看法，而且对我们研究文学作品具有重要的借鉴意义。卡勒举的第二个例子是德里达对卢梭《忏悔录》中关于写作和经验的讨论的分析，卡勒认为德里达的分析有益于我们厘清理论的内在的差异。在《忏悔录》中，卢梭认为写作是对言语的一种补充，是一种可有可无的附加物，而德里达对此是持怀疑态度的，"文本之外别无他物"是德里达的至理名言，卢梭认为写作是一种补充物，而在德里达看来，它是一种必然的存在，因为所有的存在都是以符号和文本的形式存在的，你以为你已经脱离了符号和文本，却发现自己已经置身于更大的文本中。因而卡勒指出，德里达所言

---

① [美]乔纳森·卡勒：《文学理论入门》，李平译，译林出版社2008年版，第7页。

的补充物会产生永无止境的意义替代物和补充链条，用这种补充链条将更多的文本汇聚起来，会形成更大的文本网络，使得语境永无止境，意义永无停歇之时。

卡勒正是通过这两个例子来说明理论的属性，他总结了理论的四个特征：一是理论是跨学科的，理论包含的内容总是会超越某一原始学科；二是理论总是带有分析和推测的成分，它总是试图找出我们称之为语言、写作、意义或主体的事物中都包含了哪些内容；三是理论总是对常识提出批评，对被认为自然的观念提出反驳；四是理论具有自我反省的功能，它是关于思维的思维，不断对文学话语创造出的意义的范畴提出疑问。① 卡勒对理论的这四个方面的描述，基本呈现了理论的属性。理论与实践是一对难以分离的范畴，我们说理论来自实践，是对实践的总结和升华，反过来理论又进一步指导实践，使实践向前发展，实践的发展又促生了新的理论的出现，因而卡勒说："结果是理论变得很吓人。如今的理论有一点最令人失望，就是它永无止境。"② 理论的永无止境一方面使人备感绝望，因为你无法穷尽理论；另一方面这也正是理论的迷人之处，它包罗万象，其间意义丛生，变幻万千，促使人类不断思考，在思考中体味思维的乐趣。

（二）对理论的思考

卡勒为我们勾勒出理论的几个特点之后，就有一个问题接踵而来，那就是以何种态度对待理论。理论从结构主义开始就与我们有着千丝万缕的联系，它为我们认识世界、文学作品、社会和人类自身提供了方法和视角。阿尔都塞在结构主义批评的影响下，对理论进行了分类，并肯定了理论在实践中的作用。从结构主义开始，理论家都试图建立一种高于实践活动的抽象科学，理论也一直扮演着重要的角色，这种情况一直持续到后理论时代，开始出现了对理论的各种形式的抵制，利奥塔对建立在结构主义基础之上的理论进行了解构和重新建构，他在1975年宣称要毁灭理论，他要毁灭的其实是结构主义那种具有稳定性的、能超越具体学科而存在的理论，他以解构的方式毁灭理论的同时，又建构了一种

---

① Jonathan Culler, *Literary Theory*, New York: Oxford University Press, 1997, pp. 14 – 15.
② ［美］乔纳森·卡勒:《文学理论入门》，李平译，译林出版社2008年版，第16页。

新的理论，即一种具有自我颠覆、自我更新的理论。德里达同样也对传统的理论进行了颠覆，他对弗洛伊德《超越快乐原则》的分析，表明了理论在新的话语实践面前的苍白无力，理论总是被质疑，受到挑战。

如果说利奥塔和德里达是以否定的形式来表现理论的某些特征，那么希利斯·米勒则对理论表现出异常的肯定和欢呼，他认为虽然许多人对理论产生抵触情绪，这种抵触理论的情绪主要是出于对语言学的本能的厌恶，但"在从理论转向历史和文化批评的显然是荒谬的甚至是处于无意义的矛盾中，存在着一种同时发生而且几乎是全球性的理论的胜利"①。米勒认为理论对人文学科的发展非常必要，它以解构自身的方式进入了各种领域，并在新的环境和语言中获得新质。

保罗·德曼在1986年发表了他的著作《抵抗理论》，他在书中这样说道："没有什么能克服对理论的反抗，因为理论本身就是这种反抗。"②德曼认为，理论无论如何定义，它都无法逃脱被抵抗的命运，因为这是由它固有的特征决定的。卡勒在《理论中的文学》一书中专辟一章来讨论这个问题，题目也是"抵抗理论"，但其结果和德曼却截然不同。卡勒首先分析了人们抵抗理论的原因，对理论的抵抗方式多样，有人认为理论阻碍了艺术作品原有的形式和原则，有些人则认为所有理论都需要抵制，因为它们的存在没有用处，有时反而成为阻碍。卡勒列举了斯蒂芬·纳泼和沃尔特·米查尔斯关于抵抗理论的观点，他们认为理论是没有结果的，没有用处的，应该抛弃，因为理论总是企图通过形成一种普遍的阐释观来控制阐释实践，它以一种认识论的形式来讨论作者意图和文本意图的关系。他们最后得出结论："我们已经讨论了惯例在决定意义中是不起作用的，我们已经否认了它们可以给文本一个自主的身份，允许它可以表现出比作者意图更多的意义。"③卡勒认为他们的观点对读者是

---

① [美] J.希利斯·米勒：《重申解构主义》，郭英剑等译，中国社会科学出版社2000年版，第260页。

② Paul de Man, *The Resistance to Theory*, Minneapolis：University of Minnesota Press, 1986, p. 19.

③ Steven Knapp and Walter Benn Michaels, "Against Theory", *Critical Inquiry*, Vol. 8, No. 4, 1982, p. 725.

一种误导，是一种没有逻辑的错误的观点，因为他们总是强调"无论你认为意义是什么，通过定义它都和作者的意图是一回事，因此这里没有什么问题了，理论也干不了什么，因而它应该停止"①。卡勒指出，首先，文本的最终意义与作者想要表达的意义相距甚远，二者很难甚至无法画等号，即使这样，我们还是会以某种理论的视角来介入文本；其次，他们抵抗理论本身就是一种理论，从这个意义上说，理论无法终止，抵抗的结果只能产生更多的理论。

美国当代读者反映批评理论家斯坦利·费什也宣称理论无用的观点，费什认为如果理论消亡了，我们可以用信念来取代理论的地位。卡勒认为信念与大量的知识和思考相联系，而这些知识和思考仍然属于理论的范畴，因而抵抗理论是没有用的，即使理论不叫理论，它也必然以现有的方式存在，理论永远不会消亡，它只有形式上的变化，而每一次变化，都会出现新的可能。

卡勒认为，人们抵抗理论的原因是缺乏安全感，因为一旦承认理论的存在，就意味着要承担一个无休止的任务，这样就将自己放置在一个永远需要学习理论却永远无法掌控理论的境地，这是一种令许多人感到绝望的境地，因为理论的无止境，促使我们不断学习，而在卡勒看来，理论本身之所以无止境，是因为它本身就建立在不断质疑结论和观点的基础之上，因而，抵抗理论也是促使理论向前不断发展的一个动力。如今的理论，已经不像过去那样仅限于一个专业或领域，现在的理论具有了跨学科的特点，这种多元化的研究方法和视角一旦用于文学研究，将会产生积极的效果。

卡勒于 2010 年 3 月在康奈尔大学举办的"理论在当下"学术会议上发言，题为《理论在当下的痕迹》②，在发言中，卡勒指出，理论在当今仍然关注理论定义的话题，"换言之，它的主要表现形式不是以某种理论，比如精神分析学、女性主义、解构主义、马克思主义、酷儿理论或

---

① Steven Knapp and Walter Benn Michaels, "A Reply to Our Critics", *Critical Inquiry*, Vol. 9, No. 2, 1983, p. 796.

② ［美］乔纳森·卡勒：《理论在当下的痕迹》，周慧译，《外国文学》2011 年第 1 期。

新历史主义为基点,来解释某个作品或某个作家,而是致力于研究由理论概念所界定的主题,并说明通过阅读哪些文本,可以阐发这些主题"①。卡勒列举了三部文本来说明理论在当下是以何种形式来阐发这些理论主题的,第一部是约翰逊的《人与物》,这部著作主要探讨了人与物之间的界限、人与人之间所隐藏的物质性、欲望和修辞之间的潜在危机,卡勒认为这部著作探讨了"何为人"这一永恒主题,值得我们去仔细研读;第二部作品是弗朗索瓦的《公开的秘密:不可数的文学经验》,这部著作以富有挑战性的创作理念,阐释了"一切都有意义"这一主题,并将那些我们看似对立的文学流派放置于一个平等对话的平台上,展现它们的共鸣与相似,给人以一种耳目一新之感;第三部是卡勒特别推崇的叙事学方面的作品——奥尔特曼的《叙事学理论》,奥尔特曼试图建构一种与传统叙事学不同的叙事理论,不是以"情节"为基础,而是以"衔接技巧"为基础,为叙事理论的发展注入了新的内容。当然,卡勒对另外一部叙事学著作也非常感兴趣,那就是弗鲁德尼克的《叙事学导论》,这部著作表现出了对经验的偏爱,并努力吸收新的认知叙事学的精华,将其与传统叙事学相结合,推动了叙事学的发展,卡勒认为,如果非要找出当今理论的发展趋势,叙事学的复兴应该是其中的一种。

在卡勒看来,理论在不同的历史时期会有不同的关注点,但它渺无边际,正是在理论的渺无边际的发展中,文学和其他的学科才不断从中吸收能量,借鉴理论的新的批评方法和视角,并在与理论的纠缠和碰撞中不断发展、壮大。

二 关于文学本质的讨论

在《文学理论入门》中,卡勒没有像其他的文学理论家那样去追问"文学的本质是什么",这个被大多数理论家视作文学理论核心命题的问题却在卡勒这里被解构了。在以往的文学理论中,文学的界定是理论家首先要面对和解决的问题,如果没有对文学的界定,那么文学理论就无法进行下去,这是本质主义的研究方法在文学研究中的鲜明体现。而在

---

① [美]乔纳森·卡勒:《理论在当下的痕迹》,周慧译,《外国文学》2011年第1期。

卡勒看来，这个问题之所以不重要，是基于两方面的原因：一是理论的涵盖面大大扩展，它将哲学、语言学、历史学、政治、心理学等思想都杂糅在一起，文本的内容也包罗万象，在这样的情况下，文学文本与非文学文本的界限大大缩小了，卡勒倒不是认为二者没有差别，而是说这种差别明显缩小了，于是文学文本与非文学文本的区别也就没有那么重要了；二是"文学性"的蔓延使文学的界定异常困难，非文学文本中同样具有"文学性"的成分，这也使得文学与非文学的区分变得错综复杂。

　　卡勒对文学的界定的解构并不意味着他取消了文学与非文学的区别，二者的区别依然存在。只不过不像过去那样可以一刀切地制定一个判断标准，因为它们之间的关系从来都是复杂多变的，传统的本质主义非要给文学下一个定义，这个定义在卡勒看来只是文学的一个特点，是以局部代替整体的做法。卡勒以解构的视野去关注文学，摒弃"逻各斯"式的研究方法，主张去中心、去权威，以多元、平等和对话的方式去审视文学，这种主张在《文学理论入门》中有明显的体现。在论述的过程中，卡勒总是将不同的文学观念和研究视角都纳入他的理论体系中，没有孰重孰轻，只是切入点的不同，这种学术理念最大化地尊重了文学研究的各种理论成果，也显示了卡勒解构主义文论的强大包容力。

　　卡勒从文学现象入手，尽力呈现文学的突出特点。他提出，如果从形式上看，文学中的诗歌、剧本、小说、散文等样式是否具有一些共同点？卡勒认为这个问题很难回答，他举了一个例子，例如这样一句话："用力搅拌，然后放置五分钟。"它也许出自一份菜谱或一则广告，或是从报纸上选出的，我们在读这句话时，会不会想到它就是文学呢？卡勒认为，如果把它看作文学，除了需要加上个题目外，好像还缺少点什么东西，那就是没有引起我们更多的思考。接着卡勒又引用了 W. O. 奎因在其著作《从逻辑的观点看》中的第一句话：令人好奇的/关于本体论的问题正是它的/简单性。卡勒认为这句话就能让人将其看作文学，原因在于它引起了人对文字的兴趣，而且让人不断思考，这种状态和我们所认为的文学有很多相似的地方。在这个过程中，是什么让我们认为这句话是文学？卡勒说，是文学的惯例和程式在潜移默化地起作用，"所谓'文学'，即一种约定俗成的标志。它让我们有理由期待我们努力研读的结果是不会辜负那一番苦功的。而文学的许多特点正是由于读者由衷地对它表示关注，并且愿意去探讨那些疑点才得以发现的"①。这种惯例和程式与文学语境密不可分，在文学语境中，非文学的话语也会被解读为文学话语，是因为它已经与语境融为一体了，即使它脱离语境，它本身也可以成为语境，这种独立的语境同样可以获得读者的关注。从这个意义上讲，卡勒认为"文学是一种可以引起某种关注的言语行为或文本"②。然而，想要从某一个方面来界定文学似乎是不可能的事情，两种或多重视角也难以综合起来，于是卡勒得出了这样的结论："我们可以将文学作品看作程式的产物，或者某种关注的结果。哪一种视角也无法成功地把另一种全部包含进去。所以你必须在二者之间不断变化自己的位置。"③ 卡勒指出，虽然我们可以从一个视角看到文学的某些属性，但要对文学进行全方位的研究，多重视角是必然的，这些不同的视角尽管也会有重叠和交叉之处，但它们却难以包容对方，因而我们只有不断地变换视角，才能给文学以更全方位的审视和研究。

按照这种研究思路，卡勒罗列了关于文学本质的五种观点，这些观点都是从不同的视角出发来界定文学的，凸显了文学的属性和特点。第一，文学是语言的"突出"。这个观点来自俄国形式主义，形式主义的代表人物什克洛夫斯基主张通过"陌生化"的手段来凸显文学艺术的本质，而"陌生化"的核心就是语言摆脱自动化，出新出奇，唤起人们对世界的新感觉，延长感知事物的长度。俄国形式主义的另一位重要的代表人物雅各布森提出了"文学性"的概念，他认为"文学科学的对象不是文学，而是'文学性'，也就是说使一部作品成为文学作品的东西"④。卡勒认为这种"文学性"首先表现在语言之中，文学语言不同于其他语言的最大特点就是凸显语言自身，文学语言是对日常语言的扭曲和背离，它以新奇的组合给读者以耳目一新之感，语言在各种修辞手段的配合下

---

① ［美］乔纳森·卡勒：《文学理论入门》，李平译，译林出版社2008年版，第28—29页。
② ［美］乔纳森·卡勒：《文学理论入门》，李平译，译林出版社2008年版，第29页。
③ ［美］乔纳森·卡勒：《文学理论入门》，李平译，译林出版社2008年版，第30页。
④ ［法］茨维坦·托多罗夫编选：《俄苏形式主义文论选》，蔡鸿滨译，中国社会科学出版社1989年版，第24页。

总是给人一种与众不同的印象,吸引读者关注它。同时,韵律、节奏的使用也使文学语言散发出非凡的魅力。卡勒指出,韵律也是文学程式在语言方面的标志性体现,当我们诵读一首诗或朗诵一篇散文时,首先打动读者的是文学突出的语言,其次才是意境、思想等方面的内容,因而文学在语言方面所表现的特点就是语言最大化的突出。

第二,文学是语言的综合。这一点还是从语言的角度来审视文学的,文学是语言的艺术,卡勒出身语言学,并力图在文学与语言学之间构架起一座桥梁来贯通二者,这种努力在他的学术理路中一直体现着。卡勒在指出"文学是语言的突出"这一观点后,接着分析道:"并不是所有的文学都像第一点指出的那样突出语言(许多小说就不是这样)。而被突出的语言也不一定都是文学。"[1] 卡勒意识到用"语言的突出"并不能涵盖所有文学类型,不能给文学一个完整的定义,他发现在文学文本中,各种要素和成分都融入了一种关系错综复杂的语言系统中,这些要素和成分之间互相牵制,使意义存在于关系当中,解读文本的过程就是要在文本中"寻找和挖掘形式和意义的关系,或者说主题与语法的关系,努力搞清楚每个成分对实现整体效果所做的贡献,找出综合、和谐、张力或者不协调"[2]。卡勒强调,研究任何文学作品,首先要研究它的语言结构,语言是文学文本的基础,而不是一开始就将文本看成作者的自我表述或者社会生活的反映。正如德曼所说:"当研究文学文本的方法不再是建立在非语言学的基础之上时,也就是说,不再建立在历史的和美学的考察之上,或者使其少一些粗杂,当讨论的对象不再是意义或价值而是生产的模式和意义的接受,文学理论才会形成。"[3] 卡勒看到了文学语言的复杂性,不论是语言的突出还是综合,都没有一个明确的标准将文学语言与其他语言区分开来,因而对文学语言的全面分析,一种解释或视角只能将文学引向一个方面。

第三,文学是虚构。虚构是人类独有的一种活动,而文学向来就是

---

[1] Jonathan Culler, *Literary Theory*, New York: Oxford University Press, 1997, p. 30.

[2] [美] 乔纳森·卡勒:《文学理论入门》,李平译,译林出版社2008年版,第32页。

[3] Paul de Man, *The Resistance to Theory*, Minneapolis: University of Minnesota Press, 1986, p. 7.

用语言来表述与世界的关系，这种关系是一种虚构的关系。那么，如何理解"虚构"？有学者指出，西方关于文学虚构的观点主要有两种：一是摹仿论，二是语言论。① "摹仿论"认为文学是对现实的摹仿，这种摹仿是一种虚构，如同亚里士多德"三个床"理论中的艺术作品中出现的床，它来自对现实世界的摹仿和超越，具有认识论的意义，西方传统文论从柏拉图、亚里士多德开始，一直到 20 世纪初，主要都是从摹仿论的视角去界定文学虚构。"语言论"影响下的虚构理论主要是从文学语言的特性出发来界定"虚构"的，认为虚构是文学语言的一种特殊的表达而产生的效果。主要的代表人物有瑞恰兹，他提出了"伪陈述"的概念，他认为诗歌语言是一种"伪陈述"。言语行为理论的代表人物塞尔则认为文学话语是一种"寄生性话语"，不需要去证明其真伪。到了语言哲学那里，整个语言就是一种游戏，解构主义者也认为文学文本只不过是语言能指的自由游戏。卡勒对文学虚构的认识主要还是从语言学的角度出发，他认为文学之所以受到读者的关注，是因为文学的言辞表述与世界之间形成了一种"虚构"的特殊关系，这种虚构是一个包含了人物、事件、读者等各种要素的语言活动过程，甚至文本中的指示语，卡勒认为都是虚构的。虚构是文学作品与现实世界复杂关系的一种体现，虚构的话语、虚构的语境，其意义难以把握，卡勒以对《哈姆雷特》的解读为例来说明文学作品所呈现的虚构世界如何与现实世界进行衔接，他认为读者可以将其看成丹麦王子遇到的问题，也可以将其看成文艺复兴时期人类自我概念在变化中进退维谷的两难境地，还可以将其看成男人与母亲之间的关系，不同的解读方式和解读视角都会将虚构的艺术世界指向不同的现实世界，因而卡勒得出了这样的结论：作品所呈现的虚构世界与现实世界的关系是一个留待解读的问题。它从侧面显示了解构主义理论的基本特征：它（解构主义）阐发了欲从单一途径来界定意义所面临的困境。

第四，文学是一种审美对象，这种观点认为文学艺术都具有使人愉悦的、无利害的情感。虽然 18 世纪鲍姆加登才在《美学》中首次使用

---

① 汪正龙：《沃尔夫冈·伊瑟尔的文学虚构理论及其意义》，《文学评论》2005 年第 5 期。

"美学"这一概念，使美学成为一个独立的学科并开始发展，但西方对"美"的讨论从古希腊时期就开始了，18世纪时文学被收入了"美"的艺术门类中，对文学的美学属性的讨论就愈来愈激烈了。纵观卡勒的学术历程，他其实很少谈到"美学"和"审美"等问题，他的理论主要还是从语言学和文本的结构等方面出发去论述文学文本的属性及意义生成的复杂性，因而在论述"文学是审美对象"这一问题时，卡勒主要是从语言、形式等方面出发进行阐释，他说："审美对象，比如绘画或者文学作品，通过把作用于感官的形式（色彩、声音）和精神的内涵（思想理念）融为一体来实现把物质与精神结合在一起的可能性。一部文学作品就是一个审美对象，这是因为在暂时排除或搁置了其他交流功能之后，文学促使读者去思考形式与内容相互间的关系。"① "美"存在于文本各个部分之间所形成的张力，它们以一种特有的关系来呈现作品本身。在卡勒的美学理念中，"美"源自以作品本身为目的的建构，它具有如康德所说的"无目的的合目的性"。在卡勒的理论中，很少出现"美""美学""审美"这样的概念，但这并不代表卡勒忽视了文学作品的美学特质，他总是将文本所引起的美感与文本各部分之间所构成的复杂多变的悖论和张力联系起来，在解读意义的无限可能的过程中感受文本带来的愉悦感，这种审美的感受是复杂的、充满了冒险和意外。

  第五，关于文学本质的论述：文学是互文性的或者自反性的建构。这个论述中有几个关键词，一是"互文性"，"互文性"这一概念我们在前面已经论述过，它主要是强调了文本不是孤立的，它存在于一个意义丰富的话语空间中，并对先前的文本进行重复、质疑或改造。卡勒论述道："一部作品通过与其他作品之间的关系而存在于其他作品之中。要把什么东西作为文学来读就要把它看作一种语言活动，这种语言活动在与其他话语的关系中产生意义。"② 一部文学作品从来都没有源头，也无法找到源头，它不仅是文学作品历史长河中的一个组成部分，同时也是文学话语空间的构成要素，在这个话语空间中，有交流和对话，也有意义

---

① ［美］乔纳森·卡勒：《文学理论入门》，李平译，译林出版社2008年版，第35页。
② Jonathan Culler, *Literary Theory*, New York: Oxford University Press, 1997, p. 33.

的争夺和厮杀,是一个充满了无限可能和变幻莫测的意义空间。二是"自反性",何为"自反性"?简单地说,"自反"就是事物对自身的反思和消解,这一概念来自贝尔的"自反性现代化",是指现代化的自我对抗、自我改变和自我终结。卡勒这里的"自反性"是指文学在发展中总是隐含了对自身的反思和质疑,这种反思和质疑促使文学不断做出新的调整和改变。在卡勒看来,文学是在互文的话语空间中,通过不断的自我反思和质疑来促使自身得以发展的,这个过程是一个动态的、复杂的过程。

卡勒从五个方面对文学的基本属性作了论述,他认为这五个方面并不能涵盖文学的所有特质,对卡勒来说,他最不愿意做的事情就是下定论,他这样说道:"福楼拜曾经告诫我们,'下定论乃愚昧之举'。"[①] 但文学研究的顺利进行却有赖于某些共识、概念和范畴的形成,因而结论在某些情况下是必要的。卡勒对文学的五个方面的阐述,呈现了文学的基本特点,同时卡勒特别强调每一个特点又都不是文学的界定特点,因为在其他的非文学作品中也可以发现同样的特点,我们能做的就是在各个视角之间不断转化,因为其中任何一种视角都不能包容其他的视角而成为一个全面的、综合的观点。这正是解构主义的精髓所在,"解构主义并无更好的真理观,它是种阅读和写作的实践,与说明真理的努力中产生的困惑交相呼应。它并不提供一个新的哲学构架或解决办法,而是带着一点它希望能有策略意义的敏捷,在一个总体结构的各个无从综合的契机中来回游转"[②]。卡勒正是以解构的思路来重新审视文学的基本属性,尽管我们没有得到关于文学的一劳永逸的定义,却从这种多元化视角的游走中获得了更多的内容和启发。

三 语言与意义的关系

语言一直是理论的核心问题,尤其是 20 世纪以后,由于受索绪尔语

---

① [美]乔纳森·卡勒:《理论在当下的痕迹》,周慧译,《外国文学》2011 年第 1 期。
② [美]乔纳森·卡勒:《论解构:结构主义之后的理论与批评》,陆扬译,中国社会科学出版社 1998 年版,第 140 页。

言学理论的影响，西方哲学史上出现了语言论转向，这种转向促成了语言研究的大发展，在文学理论研究中，语言问题成了首先被关注的问题，从俄国形式主义开始，到布拉格学派、语义学批评、英美新批评、结构主义，甚至到解构主义，都毫无疑问地将语言问题作为研究的首要问题，尽管它们有各自的研究视角和方法，但都以不同的方式凸显了语言在文学研究中的中心地位和显要作用。作为语言学博士出身的卡勒，语言在其理论中的地位和作用不言而喻，语言学是卡勒学术理论的起点和基础，更是其解构文论建构的基点，具体内容虽然在第一章里已经作了详细的论述，但作为其文学理论体系的重要组成部分，从解构主义理论的视角出发重申语言在卡勒文学理论中的地位实属必要。

卡勒在论述文学语言的时候，总是将其与意义联系在一起来考察，毕竟语言的研究最终都指向了对意义的阐释和追寻，尽管卡勒也一直强调他更感兴趣的不是对具体文本的阐释，而是超越阐释，对文本运行惯例和内在机制的把握。卡勒曾说："我曾强调过文学与语言学的相似之处，语言学家努力寻求语言的语法，寻求英语句子产生意义的系统。在理论层面上，文学研究可以区分诗学和阐释，但在实际操作中很难做到。那些声称进行诗学研究的学者最终还是回到了对文本的阐释上。"[1]这段话是卡勒在2011年的一次访谈中谈到的，可以看作他对自己长期以来诗学努力的一次总结，诗学的建构在卡勒的学术历程中占据了重要的位置，但正如他自己所说，文本阐释可以超越，却难以隔断，我们终究都是新批评家，无法摆脱文本细读和文本阐释。

阐释，将语言与意义连接起来，卡勒所用的理论工具主要是索绪尔的语言学理论，索绪尔认为语言是一个差异的系统，正是语言的差异性才使得意义的产生成为可能，差异使语言符号具有了意义。同时，符号的能指和所指的结合，意味着它也是形式和意义的结合，能指（形式）和所指（意义）本身各自是声音层面和思维层面的程式化的区分，这就使语言符号在形式与意义之间的连接变得复杂。在阐释文本的过程中，

---

[1] ［美］乔纳森·卡勒、何成洲：《文学理论的现状与趋势——乔纳森·卡勒教授访谈录》，《南京大学学报》2012年第2期。

不仅是语言的能指与所指的对接,还有文化因素的渗入、文学惯例的影响、思维的介入等,这些因素的加入使文本阐释变得异常复杂,也使文本的意义难以捕捉,扑朔迷离。卡勒指出,尤其是思维,它与语言的复杂关系是文本阐释的一个关键点。"语言与思维的关系一直是现代理论界争论的一个重要议题。一端是常识的观点,认为语言只是为独立存在的思维提供了名称,为先于它而存在的思维提供了表达方法;另一端是以两位语言学家的名字命名的'萨丕尔－沃尔夫假说'。这两位语言学家认为我们所说的语言决定了我们的思维。"① 卡勒的这段话显示了两种截然不同的观点:一是语言只是工具,是思想的外衣,为独立存在的思维命名;二是语言决定思维。卡勒的观点属于后者,他认为不同的语言对世界的划分是不同的,一种语言在另一种语言中很难找到对等的范畴或概念。再者,在一个语言系统中的简单自然的思维活动在另一个语言系统中却需要很大的力气才能理解和表达,在此基础上,卡勒得出了这样的结论:"语言并不是为先于它而存在的各种范畴提供标签的'命名法',它生成自己的范畴。"② 我们对文学文本的解读阐释过程就是探索各种思维习惯的环境和范畴的过程,并试图来改变或重新塑造这些思维习惯,因而语言本身既包含了对思维的呈现,又是质疑和消解它的场所,这种复杂的关系使文本的意义解读"雪上加霜",但这又恰恰是文学的魅力所在。

  文本的意义不是一望便知的,它存在于对文本的语言分析当中,并与社会文化、文学惯例、意识形态等因素纠缠在一起。要追踪文本的意义,语言分析是阐释的基础。索绪尔主张将语言和言语区分开来,将语言的共时性研究和历史性研究区分开来,他看重的是语言系统和共时性研究,而卡勒则认为,研究语言系统的语法系统,是为了更好地研究言语,即具体的言语行为。卡勒指出,乔姆斯基的转换生成语法为研究言语奠定了很好的基础,乔姆斯基提出的"语言能力"的概念,将语言系统与具体的说话人的实际状况和语境联系起来,达到了卡勒所希望的目

---

① [美] 乔纳森·卡勒:《文学理论入门》,李平译,译林出版社2008年版,第62页。
② [美] 乔纳森·卡勒:《文学理论入门》,李平译,译林出版社2008年版,第63页。

标：探寻语言结构产生不同意义的内在机制和各种程式。

从语言到意义的距离并非想象的那么简单，它有时近在眼前，有时又相隔遥远。因为在语言和意义之间有许多因素存在，如读者、语境、意图等，因而解读文本的过程是一个非常复杂的过程，这些因素相互作用并相互缠绕，如何处理好它们的关系是阅读文本中的一个核心问题。在文本、意图、语境、读者这四个要素中，没有一个要素可以单独决定另外几个，它们各自起着无可替代的作用并相互牵制，形成一种张力。"读者"是卡勒解构理论中的一个重要因素，早在《结构主义诗学》中，卡勒就将"读者"作为研究文学活动的一个重要的考量因素，并进而提出"文学能力"的概念，进一步提升读者在阅读活动中的创造性作用，倡导一种新的阅读范式——"作为女人来阅读"。卡勒指出："文学能力这个概念着重于读者（和作者）在与文本接触时所具有的隐含知识：读者按照哪一种过程对文本作出反应？哪一种推断肯定能解释他们对文本做出的反应和解读？"[①]读者对文本的解读受其"期待视野"的影响，"期待视野"与"文学能力"是怎样的一种关系，卡勒没有进行明确的论述，但他认为影响期待视野的因素有很多，比如读者是女性时会对阅读产生什么样的影响。从卡勒的分析中我们可以感受到"文学能力"更多地是指读者自身的语言驾驭能力、对文学类型和惯例的掌握能力等，文学能力是一种综合的能力，"期待视野"是指读者业已形成的对文学文本的各种设想，包括体裁、主题、人物、情节等，它比文学能力更具体。因而我们说"文学能力"更具有稳定性，而"期待视野"则更多地受其他因素的影响，二者在读者的阅读活动中都起着非常重要的作用。

除了读者，解读方法也是语言在通往意义途中一个至关重要的条件，用什么样的方法去解读文本，其呈现的意义也不一样。在卡勒看来，"解读"是一种社会实践，这种社会实践是一个关注历史和社会变迁的过程，因为关注的重点不同，便会产生不同的解读效果。面对每一个文本，读者都在思考"它是关于什么的文本？"并企图对文本的意义做出最终的解释，但这一切并不容易。卡勒认为重要的不是你得到了答案，而是你是

---

① ［美］乔纳森·卡勒：《文学理论入门》，李平译，译林出版社2008年版，第66页。

怎样得出那个答案的,也就是说,你是如何处理文本使它与你的答案产生联系的,这又不得不涉及另外两个重要的元素——意图和语境。文本的解释说到底是作者的意图与读者的感受之间的对比与较量,是作者的意图主宰着文本的意义,还是读者的感受决定文本的意义,抑或二者兼而有之?这是一个复杂的问题。卡勒是这样论述的:作者的意图在创作时无疑是最强烈的,但这个意图是和作者个人的处境与历史的大背景息息相关的,这是一个无法否认的存在,但同时,文本的客观存在也是一个不可否认的现实,文本语言的复杂性与语境的无尽无涯,也为意义的最终呈现铺满了荆棘,因而意义的争论是永远存在的,而结论也是不断在修改的。尽管这样,对文本的阐释也从未停止,阐释学也是作为一个主要的文本解读方式而存在,卡勒分析了当前存在的两种阐释学形态,一种是恢复阐释学,主张重新建构产生作品的原始语境,挖掘文本的原始信息;一种是怀疑解释学,认为应揭示文本可能依赖的、还未经过验证的假设并否认文本的权威性,卡勒称之为"表征型"解读法,它虽然忽视文本的特殊性,但对于解释文化实践中的文本,不失为一种好的方法。

四 修辞与文学的关系

"修辞"是文学理论中的一个非常重要的概念,从某种意义上说,没有修辞就没有文学。卡勒认为修辞在西方文学发展中几经大起大落,其与文学的关系也是分分合合,亚里士多德将修辞与诗学分开,认为诗学是对理念世界的创造性摹仿,而修辞是说话的艺术,具有说服力和表达技巧。在西方中世纪和文艺复兴时期,因为诗歌能使人愉悦,它被看作修辞学的典范,19世纪时,修辞被认为是一种狡辩术,给人以一种虚假的感觉,这与抒发真情实感的诗歌相比而相形见绌,于是其被逐出文学领地,直到20世纪,修辞作为一种建构话语的能力才得到重视且越来越与文学密不可分。

什么是修辞?它与文学到底有着一种怎样的关系?它与我们常说的隐喻有什么样的联系和区别?卡勒以解构的视角对修辞进行了独到的论

述,他是这样界定修辞的:"修辞是对于'普通'用法的变换或偏离。"①这种普通用法是相对于语言的日常用法而言的,文学语言如什克洛夫斯基所言,是日常语言陌生化处理的结果,这种陌生化的处理就是修辞的手法,卡勒举了一个很常见的例子:"我的爱像一朵红红的玫瑰。"他认为这句话中的"玫瑰"是指一种非常美丽而宝贵的东西,这是隐喻的用法,隐喻以相似为纽带,还有一种以相近为纽带,我们称之为转喻,卡勒认为转喻手法和修辞手法都是语言的基本结构,在文本语言中,隐喻和转喻既是一种认知方式,也是非常重要的修辞手法,当然还有的理论家认为提喻和反讽也是重要的修辞手法,它们构成了各种话语的基础,并使它们在语境的作用下产生意义。

修辞在解构主义理论中,被赋予建构话语的功能。卡勒说:"诗学与修辞是难以分割的同盟。从古到今,人们都将修辞看作是对语言说服力和表达技巧的研究,这种语言和思维的技巧对于话语的建构有着极大的效果。"②文学依赖于修辞,在文学文本的解读中,修辞也已经形成了自己的程式和惯例,这些程式在解构式阅读中处于不断分裂和建构的过程。美国解构主义的代表人物保罗·德曼在研究语言修辞的基础上建构了他的解构主义阅读理论,他认为修辞是语言最本质的特点,因为修辞,语言才真实存在,从他的观点我们可以看出他受尼采的影响比较大,尼采说:"语言是修辞,因为它想传达的仅仅是意见,而非知识。"③ 尼采认为语言是修辞的结果,德曼接受了尼采的这种观点,将修辞看作语言的一种内在结构,而非表意或指称意义的结构。由于修辞的个人性和不稳定性,致使语言具有了欺骗性、不可靠性,这也是西方传统文论中一直排斥修辞的一个原因。尽管修辞能使语言具有说服力和感染力,但同时也带来了虚假性和蛊惑性,因而给文本阅读带来极大的困难。从这个意义上来讲,文本阅读的过程因为修辞的存在而成为一个自我解构的过程。再者,因为语言的修辞本性不可避免,文本结构中充斥着语法与修辞、

---

① Jonathan Culler, *Literary Theory*, New York: Oxford University Press, 1997, p.70.
② Jonathan Culler, *Literary Theory*, New York: Oxford University Press, 1997, p.70.
③ Nietzsche and Friedrich, *Nietzsche on Rhetoric and language*, trans. Sander L. Gilman, Carole Blair and David J. Parrent, New York: Oxford University Press, 1989, p.25.

隐喻与转喻、字面义与比喻义等要素之间的内在矛盾张力，这种张力致使文本的意义永远处于一种悬置状态。面对这种状况，我们只能进行解构式阅读。尽管这样，对文学阅读来说，意义的追寻因为修辞的阻隔而成为一种阅读的神话，德曼称之为"阅读的寓言"，即文学阅读的不可能性。希利斯·米勒，同样作为美国解构主义的代表人物，他的解构理论受尼采、德里达的影响，将文本看成无中心、无确定意义的存在，和德曼一样，米勒也将修辞性尤其是比喻性看成语言的本性，因而文学阅读就是解读比喻、分析句法和语法形态的过程。

与德曼、米勒的修辞观相比，卡勒的修辞理论显得有些保守。卡勒认为修辞与文学密不可分，文学的表达有赖于修辞手法的运用，这种运用使文本的语言结构充满了内在张力和悖论，使文本的意义充满了各种可能，使文学话语具有了不断自我解构和自我建构的能力。卡勒重点分析了修辞中非常重要的一个概念——"隐喻"。卡勒认为，如果说19世纪修辞曾经死去，那么当它再次复苏或者说再次繁荣时，主要表现在隐喻的复兴，尤其是20世纪70年代以来，出现了研究隐喻的热潮，主要有保罗·利科的《活的隐喻》，莱考夫和约翰合著的《我们赖以生存的隐喻》，库伯的《隐喻》，海登·海特的《隐喻的结构：隐喻语言工作之方法》，还有德里达的许多著作也都涉及了隐喻，比如《柏拉图的药》《播撒》《论文字学》等。尽管从古到今有很多的理论家对隐喻表现出极大的兴趣，但隐喻到底是什么，仍然是一个难解之谜。卡勒指出，隐喻一直是修辞的最重要的手段，隐喻是将一个事物比作另一个事物，从这个角度看，隐喻也是比喻的一种形式。形式主义的代表人物雅各布森就认为隐喻和转喻是语言的两大基本结构，这种思想来自索绪尔语言学理论中的组合关系与聚合关系，组合关系和聚合关系是索绪尔创立的二项对立中的一组。雅各布森认为，用二项对立来描述语言的结构，不仅是语言研究方法上的创新，而且也揭示了语言自身的性质，所以二项对立是研究语言最经济、最自然的方法。他认为隐喻一般在浪漫主义的文学作品中占主导地位，强调语言的相似性，更多指向内心和情感，隐喻类的作品诗性功能更强一些，而转喻一般在现实主义的作品中占主导地位，强调语言的相近性和比邻性，更多指向外在的世界。卡勒认为，隐喻是人类的一种认知方式,"隐喻可以传达一种细致入微而又复杂多变的情感和见解,甚至可以传达一种理论,因而它最有理由成为一种修辞手法"①。在卡勒看来,隐喻一直被看作语言和想象的基础,因而文学不仅依赖隐喻,而且文学作品的力量也要依赖隐喻的不协调性所带来的张力。在《符号的追寻》一书中,卡勒专门有一章节详细论述了隐喻在发展过程中的几次重要转折,隐喻在文学活动中起着重要的作用。可以这样说,没有隐喻就没有修辞,没有修辞就没有想象,而没有想象的文学作品是不存在的。正是在修辞这一大的范畴下,隐喻、转喻相互交错,使语言具有了基本的结构,正是在这个基本的结构中,各种话语形成并产生意义。

卡勒认为文学不仅依赖修辞,同时也依赖更大的结构,那就是文学体裁,文学体裁对修辞有着巨大的制约作用,换句话说,修辞在不同的文学体裁中会有不同的表现,这个问题尽管卡勒没有专门分析,但在对小说、诗歌、抒情诗分析的过程中都有所涉及,我们会在后面的内容中展开论述。

五 诗歌理论与抒情理论

理论时代来临之后,卡勒的诗学理论与结构主义时期的诗学主张相比有了一些变化,尽管诗学建构是贯穿卡勒学术思想的一条主线。卡勒主张用解构的思路去审视文学,尽可能地呈现文学的多元特质,卡勒的理论看似零碎,但经过分析,其内在的逻辑性便呈现出来了,卡勒的文学理论涉及了文学的方方面面,对文学理论涉及的几个主要方面都作了精湛的论述,诗歌理论与叙事理论便是其中不可忽略的部分。

诗歌这一题材古已有之,不管是西方的古希腊神话,还是中国的《诗经》《楚辞》,都是文学作品中历史最悠久的文学体裁,对诗歌的研究理论称之为狭义的诗学。广义的诗学是指一切有关文学的研究,不论是西方还是中国,对诗歌这种文学体裁的研究都是理论丰硕,流派众多的。这些理论都是从不同的视角切入来对诗歌这种体裁做出界定和分析,这些视角无外乎语言、韵律、平仄、节奏、意境等,卡勒则不同,他不仅

---

① Jonathan Culler, *Literary Theory*, New York: Oxford University Press, 1997, p. 71.

从语言文字的视角解读诗歌,更从言语行为的角度深层解读诗歌中事件与事件之间的复杂关系,这种复杂关系对作者情感的传达至关重要,尤其对抒情诗,卡勒进行了细致入微的阐述和分析。

卡勒指出,关于诗歌的讨论,其焦点在于哪种评价方法相对重要,诗歌首先是文学语言的典范,比如俄国形式主义在研究文学性时,主要区分的是诗歌语言与日常语言,诗歌语言具有代表性,其具有的特征更突出。卡勒认为在分析诗歌时,一方面要把诗歌看作语言的艺术,同时它又是行为,因为它不仅包含了一个个事件,而且从言语行为的视角看,诗歌语言同样暗示了一种行为:作者的行为与说话者的行为,二者之间到底是怎样的一种关系?"如果把诗歌作为一种行为,关键的问题一直是写作诗歌的作者的行为与说话者,或者是在其中说话的'声音'的行为之间的关系。这是一个错综复杂的问题。"① 为了说明这个问题,卡勒举了一个例子,这个例子在他论述中曾多次出现,即罗伯特·弗罗斯特的诗《秘密坐在其中》:"我们围成一个圆圈跳舞、猜测,而秘密坐在其中知晓一切。"卡勒分析,这首诗的声音和身份充满了未定性,诵读这首诗时,读者要将自己置身其中,仔细区分作者的声音、叙述者的声音,这种区分在诗歌解读中至关重要。卡勒指出,这首诗是建立在猜测和知晓的相互对立上,文本提示给我们的信息充满了未定和猜测,秘密本是别人无法知晓的,但现在秘密成为主语,这种修辞的变动带来了诗歌主体的变化,也为阐释带来了更大的空间。卡勒还从述行和述愿的角度分析了这首诗,他认为这首诗既是述愿,因为表达了对一件事情的态度,同时又是述行,完成了一个言语行为,这种分析视角大大拓展了诗歌理论的意义解读空间。

卡勒诗歌理论的重点在抒情诗,他认为抒情诗是诗歌的代表形式,因此对抒情诗作了深入的探讨和研究。卡勒认为,抒情诗从结构上是文字的特殊形式的呈现,这些文字以某种关系组合在一起,但在实际上却是指向一个事件。卡勒认为20世纪研究抒情诗的主导方法是通过诗歌的话语想象或建构出一个说话人和一个语境,这种方法的依据是认为文学

---

① [美] 乔纳森·卡勒:《文学理论入门》,李平译,译林出版社2008年版,第78页。

作品是对真实世界的虚构性的摹仿,因而抒情诗也是对个人言语的虚构性摹仿。但也有例外的时候,有些诗你很难根据言语去想象和判断,比如我们非常熟悉的雪莱的《西风颂》:"哦,狂暴的西风,秋之生命的呼吸!你无形,但枯死的落叶被你横扫……"卡勒认为这类诗歌很难想象出说话人的心境和语境,如果可以给出一个解释的理由,那就是艺术的夸张表达。抒情诗一般都会采取夸张的表达方式,这种夸张的艺术效果在卡勒看来是借助于修辞手法实现的,这些修辞手法主要有呼语法、拟人法、活现法。卡勒进一步解释,通过这些修辞手法,诗人的情感以一种脱离正常轨道的方式呈现出来,达到一种与众不同的艺术效果。当然,抒情诗之所以能够按照这种方法去处理,是因为存在着与之相对应的建立在统一性和自主性之上的程式。

卡勒的诗歌理论在追寻统一性和程式的基础上,探究修辞对诗歌情感的重要作用并在诗歌文本的结构中寻求对立和矛盾张力,"对诗歌的解读不仅建立在一致性的程式上,而且还建立在重要性的程式上:这个规则就是,诗歌,不论表面怎样短小,都应该与一些重要的事情相关,因此就应该认为具体的细节都是有普遍意义的"①。对卡勒来说,诗歌的每一个细节都是充满了意义的场域,好的诗歌不应该有那些无意义的荒谬的夸张,诗人在创作时也应该尽力将这些毫无意义的累赘去除掉。再者,卡勒认为,作为文字的诗歌结构与作为行为的文学事件之间所构成的复杂关系是诗歌理论的一个重要问题,在这里卡勒仍然以解构的思路来审视诗歌理论并将其放在一种复杂而又多元的维度中进行解读,这是不同于传统诗歌理论的地方。传统诗歌理论主张寻求统一性和主题性,更多是从语言、韵律、节奏、意境等方面入手,很少从行为和文学事件的角度对诗歌进行解读。卡勒则从语言文字和言语行为入手,并将述行语和述愿语的理论运用到对诗歌的分析当中,不仅拓展了传统诗歌理论的解读视角和解析空间,更为诗歌理论的发展注入了新的内容。

抒情诗作为诗歌的典范,是卡勒学术体系中的一个研究重点,也是其捍卫和守护文学性的一个表现,在多元理论时代的喧嚣中,卡勒始终

---

① Jonathan Culler, *Literary Theory*, New York: Oxford University Press, 1997, p. 80.

保持着对文学理论和文学批评的热情和纯粹，在研究主题和新名词层出不穷、更迭不休的多元化时代，卡勒对文学批评的主要任务始终保持着理性的思考和清醒的判断。

六　叙事理论

　　叙事理论是卡勒文学理论的重要组成部分，也是近几年卡勒比较关注的问题，卡勒在2010年3月的"理论在当下"学术会议上宣读了题为《理论在当下的痕迹》的发言稿，在发言结尾，卡勒指出："那么，我该如何对'理论在当下'得出一个结论呢？福楼拜曾经告诫我们：'下定论乃愚昧之举。'此话颇有警示作用。但是，刚才我所提到的某些趋势，比如叙事学的复兴，倒的确可以当作一个结论。"① 而在2011年的一篇文章中，卡勒又重申了这一主题，他说："要想知道理论现在如何，就必须了解理论曾经是什么，它现在正驶向何方。对于理论当前能确定的一点就是叙事学复兴，它将认知科学而不是语言学作为一个模型，尽管现在说它是否能奏效还为时过早。"②卡勒认为诗学理论虽然历史悠久，但近来发展却相对缓慢，而叙事理论相对来说起步比较晚，它是随着小说体裁的出现而发展起来的，20世纪以来，叙事理论迅猛发展，使诗歌理论黯然失色。卡勒对叙事理论的讨论和阐述也是相当全面的，涉及了叙事理论的诸多要素。

　　卡勒首先论述了"叙事能力"。什么是叙事能力？简单来讲，叙事就是讲故事，叙事能力就是将故事讲好、讲明白所具有的能力，这种能力是一种综合的能力。这个概念来自他的"文学能力"，当然，卡勒的文学能力更多是强调读者所具有的解读文本的一种集语言能力、文学经验、阅读经验等于一身的综合能力，而叙事能力则更多强调作者所具有的一种能力，但也不能排除读者这一重要角色，读者识别情节的能力对阅读至关重要。同时，卡勒强调叙事能力不是凭空存在的，它体现在对叙事

---

① ［美］乔纳森·卡勒：《理论在当下的痕迹》，周慧译，《外国文学》2011年第1期。
② Jonathan Culler, "Afterword: Theory Now and Again", *The South Atlantic Quarterly*, Vol. 110, No. 1, Winter 2011, p. 223.

的各种因素的把握和复杂关系的处理技巧上。

情节和事件是传统叙事理论的核心要素,卡勒在此基础上加上了"话语"这一要素,他认为叙事理论首先要解决的是这三个要素之间的关系,主要有:事件与情节之间的对立;情节与话语之间的对立。情节,是叙事理论假设出来的一个结构存在,"这个结构层面独立于任何一种语言或者表现手法之外"①。卡勒认为情节设计一般有两种切入角度,一是作者和读者共同参与将一系列事件设计成情节,使其产生意义;二是叙事者设计情节。在叙事作品中,事件和情节一旦确定下来,决定它们之间关系的就是以不同方式表达它们的话语,这样就形成了两种对立的矛盾关系:事件与情节,情节与话语。先看事件和情节,事件按照一定的因果关系组织起来就构成了情节,这一点已经达成共识,无须多言,问题在于读者面对的是一个以文本形式存在的话语,读者在阅读过程中对情节的把握是从文本中猜测出来的,这一点非常重要,对于情节中的事件的理解也是读者的猜测或想象,从这个意义上讲,对内容的表达方式似乎比内容本身更重要,因而卡勒强调叙事理论的根本特点即情节与表述之间、故事与话语之间的对立,可谓是抓住了叙事的核心问题。传统的叙事理论重点关注的是讲什么,现代叙事学则更加关注怎么讲?谁讲?卡勒对这一系列问题也作了详细的论述。首先是叙事者的问题,叙事即要讲故事,那么谁来讲就是一个不可回避的问题,这个问题现代叙事学关注的也比较多,常见的有第一人称和第三人称,第一人称可以是故事中的角色,也可以是旁观者,第三人称则不充当角色。其次是接受者,也就是对谁讲话。读者在阅读叙事性文本时,通过推测总能感受到叙述接受者的存在,尽管他们大多时候是隐含的、不明确的,叙事的过程即塑造叙述接受者的过程,卡勒提到传统的阅读理论总是将文学叙述接受者设想为男性读者,从而摒弃了另一个非常重要的阅读视角——作为女性的阅读,卡勒主张要将阅读主体或叙述接受者当作女性,看看阅读的结果会有怎样的不同,这也涉及叙述接受者这个问题。卡勒还分析了叙事的方式和叙事的语言等问题,他的思路大都是顺着现代叙事学理论的

---

① [美] 乔纳森·卡勒:《文学理论入门》,李平译,译林出版社2008年版,第89页。

方向往下走的，我们在此不再重复。

　　故事的功能到底是什么？换句话说，人类为什么要叙事？对于这个问题卡勒给予了特别的关注和分析，而这一问题对叙事理论的发展至关重要。我们一直在探讨如何叙事，却很少关注一个关键的问题，就是人类为什么如此热衷于叙事？叙事的本质是什么？卡勒认为叙述至少给人类带来四方面的功能，第一是给人类带来快乐和满足。这一功能早在古希腊时期就得到认可，亚里士多德认为通过对真实世界和现实生活的创造性摹仿，戏剧能够带给人一种快乐、满足，抑或怜悯、崇高的情感，这些情感能引起人的审美愉悦，尤其是戏剧中曲折变化的情节发展，满足了人们追求新奇的心理。卡勒认为叙事之所以能够带来快乐和满足感，是与人类的欲望分不开的，他认为情节中的事件都与欲望有关，情节的发展也是受欲望驱使的，而且我们想要发现秘密、探寻结局也是人类的一种本能，从这个意义上讲，叙事是人类自我存在的一种需要，既是对现实世界的一种审视，也是对自我的一种审视和反思，更是对现存世界的一种创造性弥补，这就引出了叙事的第二个功能：认识世界。通过阅读叙事性作品，我们能够了解世界、认知世界，熟悉世界的运行规律。通过对不同视角的叙事文本的解读，我们可以学会从不同的角度去观察世界，甚至可以这样说，有些从叙事作品中所学到的知识，是我们在现实生活中很难学到和了解到的。叙事的第三个功能是控制，叙事是关于事件的叙述，其与欲望密切相关，如何对欲望进行有效的驾驭和控制，叙事作品给我们提供了很好的样本。"叙述通过小说提供的知识而进行控制。按照西方的传统，小说表现强烈地愿望是怎样被驾驭的，以及如何使欲望适应社会实际。"[①]的确，控制对于叙事来说至关重要，对事件的控制、对情节发展节奏的控制、对人物性格的控制等，叙事从某种意义上来说就是控制的艺术。第四个功能，卡勒认为叙事提供了一种社会批评的方式。文学作品中从来就不缺少揭露黑暗、鞭挞社会的因素，这是一种强有力的批判社会的方式和途径，好的作品让我们不仅入乎其内、沉浸其中，情不自禁，也会让我们观乎其外，以冷静、理性的态度审视社

---

① Jonathan Culler, *Literary Theory*, New York: Oxford University Press, 1997, p.92.

会，变革社会。

对于"叙事的本质是什么"这一问题，许多理论家都给出了自己的界定，有的人认为叙事是知识的一种形式，有人说叙事是一种特殊的修辞结构，也有的人说叙事是一种幻象的虚构。卡勒对此同样以解构的方式给予阐释，他说："要回答这个问题，我们既需要掌握独立于叙事之外的这个世界的知识，也需要有一定的基础以确信这些知识比叙事所提供的更加可信……相反，我们只能在两者之间徘徊：一是把叙事看作一种修辞结构，这种结构产生睿智的幻觉；一是把叙事作为一种主要的、可以由我们支配的制造感觉的手段去研究。"①在不同视角之间不断地切换，以求得尽可能全面的视角是卡勒解构主义文论的精髓，这种研究方法的确为我们全面界定叙事理论提供了好的研究方法和借鉴样本。

第二节 文学理论与文学性

在理论时代，文学理论的发展在一定程度上表现在对文学性的关注，围绕着文学性，理论家们讨论着文学与文化、文学的前途与发展等问题，卡勒则从解构的立场出发，阐述了文学性与文学理论的关系，也表明了他捍卫文学性的决心和对文学未来发展的多维度思考。

一 关于文学性

"文学性"这一概念是由俄国形式主义的代表人物雅各布森提出的，他认为文学研究要想发展成为一门学科，就必须确立学科的研究对象，"文学科学的对象不是文学，而是'文学性'，也就是说使一部作品成为文学作品的东西"②。之前的文学研究总是将文学作品的内容、主题、作者、写作背景等作为研究的中心，但在雅各布森看来，构成文学作品的材料以及这些材料构成审美客体的程序才是文学研究真正要研究的，因

---

① Jonathan Culler, *Literary Theory*, New York: Oxford University Press, 1997, pp. 92-93.
② [法] 茨维坦·托多罗夫编选：《俄苏形式主义文论选》，蔡鸿滨译，中国社会科学出版社1989年版，第24页。

为这些材料使文学被称为文学,这些材料总称为"文学性"。卡勒对雅各布森提出的"文学性"给予了高度的评价,他认为"文学性"这一概念的提出,标志着文学理论走向现代和成熟。卡勒在马克·昂热诺等主编的《问题与观点:20世纪文学理论综论》中有一篇题为《文学性》的文章,在这篇文章中,卡勒详细论述了文学性的表现以及在文学实践中的种种可能与划分阻碍,给我们研究文学性提供了很好的研究视角和理论启迪。

卡勒首先指出,文学性是存在的,对其进行界定也是非常重要的,"文学性的定义之所以重要,不在于作为鉴定是否属于文学的标准,而是作为理论导向和方法论导向的工具,利用这些工具,阐明文学最基本的风貌,并最终指导文学研究"①。卡勒之所以承认定义文学性的重要性,在于它对文学研究的基本任务和研究对象的决定作用,这是一方面。另一方面,文学性的界定又是一个极为复杂的问题,时至今日,我们仍然没有得到关于文学性的满意的定义,这难免让人沮丧。卡勒却不这么认为,他认为正是这种难以界定的困难反而激励了人们去认真思考关于文学的基本特征,进而规范文学研究,这种思考有利于文学研究的深入进行。卡勒详细回顾了"文学性"提出的历史背景和发展理路,他认为虽然我们认为的文学已经有两千五百多年的历史了,但是对文学的现代性思考却只有短短两百多年的历史,在这个发展过程中,值得一提的是莱辛的《关于当代文学的通讯》和斯达尔夫人的《从文学与社会制度的关系论文学》,这两部著作对文学的现代意义的确立至关重要。之后对文学性特别关注的就是俄国形式主义者了,什克洛夫斯基、雅各布森等形式主义者认为文学性最重要的表现是语言的突出,卡勒对此作了解构式的阐释。形式主义者认为文学语言因为运用了陌生化的手法,使文学语言符号产生了与日常语言不同的效果和感知性。增强语言感知性的方法有很多,比如创造新词、奇特的搭配组合、异常的语法结构、采用叠韵和头韵、重复等,都可以使语言焕发出与众不同的光彩,对于这一点卡勒

---

① [美]乔纳森·卡勒:《文学性》,载[加拿大]马克·昂热诺等主编《问题与观点:20世纪文学理论综论》,史忠义、田庆生译,百花文艺出版社2000年版,第32页。

是肯定的，但他指出，如果仅凭这一点就得出"文学即新颖"的观点还为时过早，原因在于文学的效应和魅力不仅仅来自新奇，还来自高雅的语言，而高雅的语言总是建立在或至少部分建立在某种惯常的、固定的形式和惯例之上，他举了一个例子，"天空中的蔚蓝色穹窿"就是一种已经用惯了的形式，却能给人一种经典的文学意蕴。从这个角度来看，仅从语言领域来界定文学性将会遇到巨大的障碍，因为上述的这些特点在非文学文本中也会出现。

阅读文学文本的过程是一个充满了冒险和意外的旅程，在卡勒看来，仅从语言的突现来界定文学作品的文学性显然是远远不够的，他指出，"我们发现，语言的突现不能成为文学性的足够标准，因为其他文本中也可以出现重复和谬误的现象。这些结构的融合——即按照传统和文学背景的规范建立起统一的功能性相互依存关系——似乎更应该成为文学特征的标志"①。在这里卡勒指出，结构的融合似乎比语言的突出更能表现文学的特征，对于这种结构上的融合卡勒从三个层次进行了阐述。第一种融合即要把其他言语中没有功能作用的结构或关系进行融合，使形式结构产生语义和题材方面的效果。文学文本的主要功能不是传递信息，它是具体的言语形式与异化的交际环境相融合的产物，之所以说文本的交际环境是一种异化的环境是因为它与日常的交际环境相比更典型、更突出。文学文本中任何语言的细节和结构在整个文本语境中都至关重要，其重要性一直居于支配地位。这种融合的目的便是达到某种相似性，使语言具有了产生思想的功能，我们在研究文学时应该关注这种融合是如何从一种状态转化为另一种状态的。第二种融合是文学文本的整体融合。卡勒认为文学性的一个基本的内涵便是统一性，即英加登所说的整体性。整体性的问题也是文本中各部分与整体的关系问题，在文本中，各部分在构成统一整体的过程是一个复杂的过程，需要读者付出艰辛的努力才能将貌似支离破碎的文本结构整合成一个完整的结构，这个问题自然和卡勒所说的"文学能力"有所关联，在阅读过程中，文本的省略部分需

---

① [美]乔纳森·卡勒:《文学性》，载[加拿大]马克·昂热诺等主编《问题与观点：20世纪文学理论综论》，史忠义、田庆生译，百花文艺出版社2000年版，第27页。

要读者补充出意义，使文本成为一个浑然的整体。卡勒指出，文学性所要求的文本的统一性在某种意义上只是一个假设，在实际的阅读实践中很难实现，因为一个文本"是"与"意味"之间的距离远比我们想象的要复杂得多，但这种假设并不是没有价值和意义的，它使文本结构中的种种不和谐暴露出来，这些不和谐的关系正是产生文学效果的重要因素。第三种融合是文本与文学传统和惯例的融合，即文学文本总是会对自身的某些隐形结构进行阐释和评论，有的学者将文学的这种功能称为自反性，即自我反思和自我拷问。卡勒认为，近期的研究愈来愈表明文学深层的永恒主题指向一种不可知性，这难免让人沮丧，但他又说："如果我们回到能够反映作家们孜孜以求竭力创新推动文学事业前进的更熟悉一些的说法，那么文学是对文学本身的批评，是对它所继承的文学概念的批评，从这个意义上说，文学性是一种自反性。"①

正如卡勒所言，文学性的确是存在的，但对它的界定又是一件异常困难的事情。仅从一个方面去论述文学性是远远不够的，卡勒一贯主张多元的研究方法，对研究对象进行多角度的阐释与分析，尽可能地揭示多种可能性是他解构主义文论的核心理念，对文学性的研究亦是如此。卡勒坦言，从文本特性和解读文本习惯及惯例的角度来理解文学性有一定的优势，但这两种视角互相不相容，我们必须不断地变换视角，交替使用，这种方法必然会产生界定的困难，这似乎是一个无法逾越的鸿沟。除此之外，为了多视角地对文学性进行论述，卡勒还从言语行为的角度对文学性的特征作了分析，他指出，传统的观点认为文学是虚构并不准确，文学作品在本质上是语义事件。这种事件绝非都是虚构的，也有真实的历史事件被搬进作品，这里需要注意的是虚构的不是事件，而是叙述本身的虚构方式。芭芭拉·史密斯曾说："不必从作品中的不真实的人物、事件和环境里去发现文学作品最基本的虚构性，这一虚构性存在于不真实的参照行为本身。"② 在卡勒看来，虚构性是文学性的一个特征，

---

① [美]乔纳森·卡勒：《文学性》，载[加拿大]马克·昂热诺等主编《问题与观点：20世纪文学理论综论》，史忠义、田庆生译，百花文艺出版社2000年版，第30页。

② Smith, Barbara, *On the Margin of Discourse*, Chicago: University of Chicago Press, 1978, p. 11.

这种虚构性是一种特殊的言语行为，它之所以能够给人一种身临其境的真实感，是因为有一个卡勒称之为合作性的原则在起作用，那么，什么是合作性原则？即说话人和受话人之间所达成的一种约定俗成的合作关系，举个简单的例子，如果我说"我们今天去看电影吧？"而你的回答是"今天天气真好"，这就不是一种合作性的对话。卡勒认为在文学作品中，在文本和读者之间，合作性受到了超级的保护，合作性要求读者在文本中找出中肯性的答案或结果，每一个部分都归化为整体的一个部分，"我们预先就要肯定艰涩段落，或谬误之处，或离题的章节的中肯性和价值；如果文学叙述没有遵循有效交际的规则，那是为了采取一种不同的间接的交际方式；若无大量的困惑和失望，不能轻言文学无合作性交际意图，因为在文学作品中，甚至细节的出入也可能成为极有意义的艺术构成"①。

卡勒从语言结构、文本特性、言语行为、虚构性、合作性原则等方面对文学性进行了多方面的讨论，这种多元化的视角为文学研究提供了一些重要的途径。而对文学性的界定，卡勒指出，我们并没有解决这一问题，要想将对文学性的理解推向深入，还需将其放在理论的大背景中并与文学理论的发展紧密相连来进行考察，或许会有新的发现。

二 文学性与文学理论的未来

文学性与文学理论的关系问题是卡勒在经历了文化研究大潮之后所面临的一个重要的问题，要阐释这个问题，至少要弄清楚两组关系：一是理论与文学理论的关系；二是文学性与文学理论的关系。卡勒将文学性的探讨放在对理论的研究当中，并力图从中找出二者的内在关系，使文学理论在新的境遇中获得新的诠释和发展动力。

（一）理论与文学理论

在2000年出版的由朱迪斯·巴特勒等主编的《理论留下了什么》一书中，收录了一篇卡勒的论文《理论中的文学性》，这篇论文后来被收录在卡勒的一部著作中，并以这篇论文的题目命名整部著作。在《理论中

---

① ［美］乔纳森·卡勒：《文学性》，载［加拿大］马克·昂热诺等主编《问题与观点：20世纪文学理论综论》，史忠义、田庆生译，百花文艺出版社2000年版，第33页。

的文学性》这部著作中，卡勒的主要目的是讨论文学在理论中的角色并通过对一些理论概念的范围的阐释来加深我们对文学的认识。主要的内容有对抵抗理论的阐释、文本的变迁理论的梳理、对阐释和过度阐释的辨析、文化研究的解析，还涉及小说、叙事理论、比较文学等，虽然内容比较庞杂，但其目标却是明确的，就是通过多视角的阐述，呈现理论中的文学性。

卡勒指出，近些年有很多的文章和著作都在告知我们"理论死了"，这些理论家们在绘声绘色地描绘着"理论之死"，有更多的人将关注点和目光投向了理论之后的人文学科的发展走向，有人提出了"后理论时代"等概念。面对这种情况，卡勒依然保持了他一贯理性冷静的学术风格。他分析了当前理论发展的现状，认为理论并没有消亡，我们无法逃脱理论，因为你即使在讨论理论的消亡，你也是在运用理论来阐述理论。至少在文学和文化研究领域，理论仍然是存在的，但其形式却发生了很大的改变。以前的理论，尤其是在20世纪60年代左右兴起的理论，主要是指"一些特殊的结构主义理论，这种理论将阐明各种各样的材料，是理解语言、社会行为、文学、大众文化、有文字书写的和无文字书写的社会以及人类心理结构的关键。理论是指具有特定的学科间性的理论，它激活了结构主义语言学、人类学、马克思主义、符号学、心理分析和文学批评"[1]。理论在这里更多地是指与文学相关的一些流派。随着文化研究的兴起，理论愈来愈具有了跨学科的特点，但在卡勒看来，文学的问题仍然是理论的规划核心，因为不管什么样的理论，它首先是关于语言的理论，"而当文学表现为最为有意的、最反常的、最自由的、最能表现语言自身的语言运作时，它就是本真的语言。文学是语言结构与功能最为明显地得到突出并显露出来的场所"[2]。正是因为文学在理论中的特殊作用和地位，使得理论成为文学理论的代名词。但现在的情况却有一些变化，我们所说的传统意义上的理论对文学之外的关注越来越多，文学

---

[1] Jonathan Culler, "The Literary in Theory", in Judith Butler, John Guillory and Kendall Thomas, eds., *What's Left of Theory*, New York: Routledge, 2000, p. 117.

[2] Jonathan Culler, "The Literary in Theory", in Judith Butler, John Guillory and Kendall Thomas, eds., *What's Left of Theory*, New York: Routledge, 2000, pp. 117–118.

似乎被边缘化了。文学失去了往日的风光和核心地位,更多的人将目光投向了诸如后殖民主义、身份、性别、种族等,这种情况在卡勒本人身上也有体现。他说:"我忙于谈论种族、性别、身份、代理,被纳泼和米查尔斯'反理论'的理论之间的论证弄得糊里糊涂,忘了文学理论。"① 为了弥补这种忽视,卡勒于 1997 年出版了《文学理论入门》,这部书可以看作卡勒在文化研究热潮退却之后向文学研究的重新回归,卡勒这次看似远离文学的文化研究之旅,为他之后的文学研究提供了多维的视角和开阔的眼界,他的《文学理论入门》就是这次文化之旅取得的收获在文学研究方面的体现。在这部小册子中,卡勒以解构的视野,多角度地对文学的诸多基本问题给予了与众不同的阐述,其观点新颖、论证充分,刷新了我们以往的文学观念和文学研究视域,虽涉及众多文化流派,却能始终围绕文学及文学性来展开论述。

对于理论的消亡论,卡勒是持否定的态度的,他认为理论不会消亡,但以往的宏大理论的确发生了很大的变化,转变成了枝蔓横生的各种回应和讨论,基勒瑞称之为"后理论",即宏大理论消亡之后的理论走向。但令人感到不解的是,恰恰是"理论之死"的鼓吹者写出了一部研究文学性质的理论著作,那就是纳泼的《文学兴趣:反形式主义的限度》,他在这部著作中对文学性进行了讨论,他说:"我们不能将其作为有关文学语言的论述而加以维护的东西,却可以将其作为对某种表述的论述而加以维护,这种表述激发了某种兴趣。"② 纳泼认为,文学性存在于文学这种特殊的表述中,这种表述能引起人们对表述本身的兴趣。卡勒则认为纳泼的这一观点一方面论证了理论的无法逃避性,即"理论之死"的论断将会激活更多的关于理论的讨论,其结果只能使理论更加的丰富和复杂;另一方面,纳泼关于文学性的描述有一些地方还是值得借鉴和思考的,卡勒认为文学性成分的特性不在于文学语言的特性之中,而在于这种语言的特殊表达中,文学的确在做着一件特殊的事,它是一种特殊的

---

① Jonathan Culler, "The Literary in Theory", in Judith Butler, John Guillory and Kendall Thomas, eds., *What's Left of Theory*, New York: Routledge, 2000, p. 119.

② S. Knapp, *Literary Interest: The Limits of Anti-Formalism*, Cambridge: Harvard University Press, 1993, p. 2.

言语行为，这种言语行为不仅能使读者对言语本身产生兴趣，还能带来不同的文学效果。

（二）文学理论与文学性

卡勒坦言，"文学性"是一个复杂的概念，目前的研究只能揭示它的一些特性，但要真正把它说清楚绝非易事。有一点可以肯定，那就是尽管文学受到了来自不同学科的挤压，尤其是传统文学样式面临着生存的危机，以至于出现了一大批理论家在大呼"文学死了！"但文学真的死了吗？希利斯·米勒在其著作《文学死了吗》中大声宣告：文学快要终结了，文学的末日快要到了！①他所说的是传统意义上的文学样式，而文学将会以另一种方式永远存在，那就是文学性，这种文学性以混杂着各种词语和不同符号媒介的混合体形式呈现，也可以看作传统的文学以文学性的形式继续存在于不同的媒介载体中。文学以一种新的形式获得了新生，那么文学理论也将继续存在。米勒在 2001 年写过一篇名为《全球化时代文学研究还会继续存在吗？》②的文章，在 2004 年有过一次主题为"关于文学的未来"的访谈③，在这篇访谈中，米勒对文学的未来充满了信心和安全感，而在 2006 年，同样是一次访谈中，米勒表达了对文学研究的一些观点④。从米勒的文章和访谈可以看出他对文学及文学研究的观点的发展变化，米勒认为文学以全新的形式呈现，文学性不断蔓延，统治了整个意识形态，从这个意义上说，文学在文化的大潮中取得了胜利，而文学研究从来都没有正当时，无论是在过去、现在还是将来，但文学研究不会消失，尽管它最风光的时候已经过去。米勒对文学性的关注更多是与后现代、新技术、新媒介、全球化等因素结合起来的，这种文学研究在某种意义上已经是一种文化研究，但其对文学研究的积极作用是

---

① ［美］希利斯·米勒：《文学死了吗》，秦立彦译，广西师范大学出版社 2007 年版，第 7 页。

② ［美］J. 希利斯·米勒：《全球化时代文学研究还会继续存在吗？》，国荣译，《文学评论》2001 年第 1 期。

③ 周玉宁：《我对文学的未来是有安全感的：希利斯·米勒访谈录》，《文艺报》2004 年 6 月 24 日。

④ 生安峰：《对文学研究的呼唤：J. 希利斯·米勒访谈录》，《外国文学研究》2006 年第 6 期。

值得肯定的。

卡勒对文学性的研究则是将其更多地与身份、主体、性别、言语等因素联系起来，尽管在卡勒的眼中这些属于文化研究的范畴，但他的出发点是文学，归结点是文学性。与米勒一样，卡勒也认为尽管文学在现有的大背景中可能失去了研究的中心位置，"但文学模式已经获得胜利：在人文学术和人文社会科学中，所有的一切都是文学性的"[①]。卡勒举了大卫·辛普森的《学术后现代与文学统治》这部著作来说明，在这本书中，辛普森为文学的边缘化作了辩护，他认为文学并非像一些批评家所说的那样已经沦落到大学学科的边缘，真实的情况是许多学科和研究为了更好地描述世界，越来越多地采用了文学领域的术语、文学形式和文学修辞，换句话说，文学性成分已经蔓延到了很多其他人文学科，这种蔓延是文学的一种胜利。面对这种情况，卡勒并没有急于庆祝胜利，而是理性地分析了文学理论面临的现状：如果真如辛普森、米勒等人所说的那样文学性已经高奏凯歌的话，那么真正的文学研究才刚刚开始，既然一切学科中都具有文学性成分，我们首先要做的就是重新界定文学中的文学性了，因为对文学性的界定关系着文学研究的对象，关系着文学理论的学科确立。要重新界定文学性，就必须回到实际的作品中去考察文学性，于是对作品中文学性成分的考察就必然成为文学理论的基本任务之一。

从对文学性的分析中我们可以看出，卡勒总体上要比米勒、辛普森走得更远一些，尽管文化研究和后现代理论大潮不断扩张和侵蚀着文学的边界，但对文学的本体属性的捍卫一直是卡勒文学理论的努力方向。具体到对文学性的界定问题上，卡勒主张要多视角、全方位地研究文学性，要在语言、文本结构、文学传统和惯例等诸多方面之间进行视角的不断切换，尽可能地呈现文学与非文学的区别。当然，要真正地建立一种标准来区分文学与非文学并非易事，需要走的路还很长。

---

① Jonathan Culler, "The Literary in Theory", in Judith Butler, John Guillory and Kendall Thomas, eds., *What's Left of Theory*, New York: Routledge, 2000, p. 128.

第三节　文化研究与文学性

　　文化研究从 20 世纪上半叶开始不断蓄积能量，到 20 世纪 60 年代成为一门涉及社会学、人类学、政治学等领域的新兴学科，它具有明显的跨学科性。文化研究从其中心英国伯明翰大学不断扩展到北美和澳大利亚及其他国家，在世界学术领域掀起了一股研究热潮。其研究聚焦广泛，主题繁多，从大众文化到全球化，从身份认同到同性恋研究，从追星族到互联网，从文学重读到文化帝国，研究范围一再蔓延，内容丰富，热点不断，令人目不暇接。卡勒在文化研究的热潮中也积极参与，对文化研究提出了自己的理解和独特的研究视角，短暂的尝试之后，卡勒依然回到了他的主要阵地——文学研究，在众声喧哗的文化研究中捍卫文学的文学性是卡勒这一时期的学术任务。

一　文化研究与意识形态

　　在这场文化研究的热潮中，卡勒也积极参与其中，这与他一直关注理论、理论与文学的关系等问题有着密切的关系。卡勒曾为米克·巴尔主编的《文化分析实践：展现跨学科阐释》写过一篇名为《什么是文化研究》的后记，在这篇文章里，卡勒集中阐释了他眼中的文化研究，并澄清了文化研究与文学的关系。卡勒首先指出，要真正了解文化研究，首先要区分文化分析和文化研究的含义，文化分析侧重研究的视角，聚焦于文化的反思，文化研究更强调领域，它的内容涵盖面更宽泛。卡勒在这篇后记的开篇用了很大的篇幅来分析文化研究作为一门学科其内涵的难以分辨性。其范围之广，可以说无所不包，"文化研究因此致力于对一个社会的艺术、信仰、机制和互动实践的全范围研究"[①]。卡勒认为此书对文化研究的定义采用的是抵制与排除，由此带来的是文化研究的政治性目标。在对文化研究的定义上，文化研究者们也是慎之又慎，由劳

[①] Lawrence Grossberg, Cary Nelson and Paula Treichler, eds., *Culture Studies*, New York: Routledge, 1992, p. 4.

伦斯·格罗斯伯格、卡里·纳尔逊和葆拉·特雷克尔勒主编的"劳特里奇文化研究丛书"这样来界定文化研究，他们说文化研究是"一种跨学科的、超学科的、有时甚至是反学科的领域，它运作于文化所包含的广义的人类学的和狭义的人文研究的不同趋势之间的张力"①。卡勒认为，他们对文化研究的定义有效地回避了二元对立和非此即彼的嫌疑，但也将文化研究置于难以言说清楚的境地，毕竟在学科的定位问题上，处于某两种领域趋势的张力之中是让人难以理解的。

　　卡勒深入分析了劳伦斯·格罗斯伯格、卡里·纳尔逊和葆拉·特雷克尔勒关于文化研究的定位，他们相信文化研究可以为社会带来变化，文化研究者自认为自己不仅是解读者也是政治参与者，卡勒对此定位深表怀疑，他认为这种声明恰恰表现了他们的不自信且充满了矛盾。"这样一来，仿佛文化研究保持了使人文学科充满活力的救世目标或有赖于某一内容（文学将使我们重新变得完整），或有赖于某一方法（批评将解码意识形态体系从而带来变革）的观点弃之一旁。为了一个既缺乏特定内容又没有特定方法的救世场景而大声疾呼是难以取信于人的。这的确是悖谬。"② 卡勒认为，文化一方面的确囊括了人类活动的几乎所有的内容，因而文化研究的领域几乎无所不包。但另一方面，文化自身又具有假定性，它必须通过不断的实践活动来自证自身的存在和价值，因而文化研究与意识形态无法分割。接着，卡勒分析了文化研究的通俗文化与高雅文化，在文化研究的发源地英国，通俗文化研究更多带有政治色彩，它更多的关注点是工人和下层阶级的习俗和娱乐，如乔恩·库克的主张，认为文化研究就是研究无产阶级经历的传播。卡勒认为，在英国这样一个注重身份和高雅文化的国家，研究工人阶级和中下层阶级的文化本身就是一种抵制行为。而美国则不同，美国的文化被经常定义为一种反抗文化，他们的文化研究更多时候以一种激进的方式登上大雅之堂，因而在美国，研究通俗文化反而使大众文化更加学院化。

---

　　① ［美］乔纳森·卡勒：《什么是文化研究？》，金莉、周铭译，《当代外国文学》2007 年第 4 期。
　　② ［美］乔纳森·卡勒：《什么是文化研究？》，金莉、周铭译，《当代外国文学》2007 年第 4 期。

伯明翰文化研究中心的创始人理查德·霍格特，在工人阶级的社区长大，对社会中下层阶级的生活非常熟悉，在他的影响下，出现了一大批文化研究的巨擘，如斯图亚特·霍尔、安吉拉·麦克罗和约翰·费斯克等，这些研究者广泛吸收了来自马克思主义、社会学、人类学、心理学、文学等领域的概念和术语，综合了各种理论，逐渐凸显了文化研究的学科属性和研究特征。霍尔在一篇题为《文化研究的两种范式》的文章中，将其前辈威廉姆斯和霍格特创立的早期研究模式与马克思结构主义的后期模式作了深入的对比研究，总结出了早期模式更偏重将通俗文化当作工人阶级的重要表现形式，后期则把大众文化视为强加于社会的意义体系、一种压迫性的意识形态的建构。卡勒对此观点比较认同，"这两种取舍之间的张力使得文化研究至今仍充满生机：一方面，研究通俗文化的关键在于接触与普通人生活密切相关的事物，去研究他们而非美学家和教授们的文化；另一方面，又有一种强烈的冲动去表现人们是怎样被文化形式建构和操纵的。这之间的冲突相当激烈，以至于我很想根据这种冲突来定义文化研究"①，卡勒特别注重研究方法的多元化与研究领域的开阔性，他认为文化研究更应该注重这两种张力的协调，从这个视角来界定文化研究可能更有利于界定"什么是文化研究什么不是文化研究"，这个问题对文化研究的发展至关重要。

关于文化研究与意识形态的关系，卡勒总结：文化研究在操作层面是将大众文化作为意识形态来批判的，而将通俗文化作为对资本主义的抵制并对二者之间的张力进行肯定和讴歌。他进一步指出，文化研究扮演着两个角色，既建构意识形态又解构意识形态，文化一方面是个体与团体之间的一条纽带，具有身份认同与精神归宿的功能，另一方面又表现出一定的强制性。因而分析者难免会出现两种倾向：一种是加强文化对大众的控制，甚至发展到文化霸权；另一种是诉诸文化研究，寻找最真实、最大众的价值表达。文化既是枷锁又是动力，这种二力悖反的张力感使文化研究有更多的表现空间，也更容易操作，"在我看来，或许可

---

① [美]乔纳森·卡勒：《什么是文化研究？》，金莉、周铭译，《当代外国文学》2007年第4期。

以将文化研究定义为对于这种张力的协调。这当然是一项更狭义也更容易掌握的项目——的确，它看上去更像是一个项目或一个具体的观点而不是一个领域"①。

在意识形态问题上，卡勒并未有太大的兴趣，虽然他承认文化研究无法与意识形态相分离，或者说它就是从不同的角度研究意识形态，但卡勒更感兴趣的是文化研究的结构模式，这也是许多学者评价卡勒的学术思想的一个明显的特征：去政治化。尽管在他着迷文化研究的那段时期，曾尝试着向詹姆逊的马克思主义批评方法靠近，但很快他就又回到"文学性"上，回到了"非意识形态"的轨道上。卡勒的这种倾向在如火如荼的文化研究中的确显得有些特别，伊格尔顿曾对卡勒的这种非政治化的学术倾向有过论述，他在《二十世纪西方文学理论》中说道："实际上，不必把政治拉进文学理论：就像在南非的体育运动中一样，政治从一开始就在那里。我用政治一词所指的仅仅是我们组织自己的社会生活的方式，以及其所包括的权力关系；在这本书里，我从头到尾都在试图证明，现代文学理论的历史是我们时代的政治和意识形态史的一部分。从雪莱到诺曼·N.霍兰德，文学理论一直与政治信念和意识形态价值标准密不可分。"② 在伊格尔顿看来，即使是足球都与意识形态有关，更别说文化研究和文学理论，他认为即使卡勒关注的是程式、结构、惯例，其背后依然是意识形态的呈现，他始终不可能远离意识形态，也不可能真正做到非政治化。卡勒对此也作了回应，"我并不认为文学批评能够且应该非意识形态化，重要的或有意义的是它取决于什么"③。从卡勒的回应中可以看到，卡勒并不是绝对的学术非意识形态化，而是他更关注事物背后更大的结构和运行机制，不管是语言、符号、文本还是文学想象、文化现象，从这个意义上讲，卡勒的着眼点可能会更远一些，尽管有些时候会显得不合时宜，但他建构一种诗学、捍卫文学性的决心一直未变。

---

① [美]乔纳森·卡勒：《什么是文化研究？》，《当代外国文学》2007年第4期。
② [英]特雷·伊格尔顿：《二十世纪西方文学理论》，伍晓明译，陕西师范大学出版社1986年版，第123—124页。
③ Jonathan Culler, ed. *Structuralism: Critical Concepts in Literary and Cultural Studies*, New York: Routledge, p. 347.

文化研究强调多学科、跨学科，包容不同视角的研究模式和研究策略，卡勒较为保守的研究模式也应该成为文化研究的一种。

二 文化研究与理论

卡勒指出，文化研究也存在着诸多的不确定因素，比如文化研究是否是反对当代理论的，或者相反它只是当代理论的具体表现。这里就有一个问题需要澄清：理论与文化研究的关系。卡勒对比尔·杰马诺的观点表示惊讶和费解，杰马诺认为理论是一个领域，文化研究是另一个领域，但他所倡导的研究模式，比如从种族、性别、女权主义、后殖民主义、酷儿理论、电影、虚拟空间理论等来进行研究，好像都没有逃脱理论，相反更要诉诸理论。尽管许多文化研究者一直试图将文化研究与理论划清界限，但事实上，二者之间却有着扯不断、理还乱的复杂关系。

卡勒曾对文化研究的内容感到惊讶，那些一向作为理论守护者的大学教授不再执着于莎士比亚，不再痴迷于著书立说，反而跑去研究香烟、肥胖、连环杀手、肥皂剧，他解释这就是正在进行的文化研究。这里就有一个非常重要的问题，理论与文化研究有着怎样的关系？卡勒认为理论是理论，文化研究是实践，"文化研究就是以我们简称为'理论'的范式作为理论指导所进行的实践活动"[①]。简言之，文化研究需要借助理论来进行，不管是哪种理论，它都能说明实践的意义，能够创造和再现经验，能构建人类主体，卡勒说理论就像最广义的文化，理论永无止境，令人惧怕，当你掌握了一种理论，又有新的理论出现，理论层出不穷，周而复始。

卡勒认为，文化研究之所以与理论有着难以划清的界限，是因为文化研究有两个重要的理论来源：一个是法国结构主义，一个是英国马克思主义文学理论。法国结构主义者罗兰·巴特在他的早期著作《神话论文集》中，就对文化范畴中的许多现象进行过解读，如汽车、摔跤、法国葡萄酒、广告等，他通过对社会生活中自然存在的、大家习以为常的事物进行分析，揭示和破解这些"神话"的建构过程，呈现这些现象背

---

① [美] 乔纳森·卡勒：《文学理论入门》，李平译，译林出版社2008年版，第45页。

后的运作程式和社会意义。卡勒以巴特分析摔跤和拳击的比较为例来阐述文化分析对社会中各种文化形象建构的重要意义。拳击和摔跤作为两种体育比赛的形式，其规则是不一样的。拳击者被击中时需忍受痛苦，他们不得超越界限，规则是完全超越在比赛之外的，可以说是凌驾于比赛之上的，不能被打破；而摔跤不同，摔跤手被击中或没有被击中，都有着夸张的表情和表演的痕迹，巴特认为，对摔跤来说，规则存在于比赛之内，卡勒作了进一步的阐释，他认为摔跤有着善与恶的明确对立，"因为程式被打破（公共地被打破）而存在，所以'坏蛋'，或者恶棍就可以毫不掩饰地暴露邪恶和缺少体育道德，而观众也被煽动，充满复仇的愤怒"[①]。文化现象之间的对比与规则的不同是基于社会文化建构中不同功能的实现为前提的，其文化内涵也会不同。

　　文化研究的另一个重要源头是英国的马克思主义文学理论。文化研究的重要人物威廉姆斯、霍格特，都试图复苏工人阶级的通俗文化，这在当时无疑困难重重，传统的认知里文化被等同于高雅文化，底层通俗文化想要崛起，必须有强有力的理论作为支撑，恰好有一种理论来自底层的工人阶级，那就是欧洲马克思主义理论。它将大众文化视为一种强制性的意识形态，它不仅塑造着大众，还为国家权力的运行辩解。这两种理论的碰撞，使文化研究呈现出两种研究的张力：一种要复苏通俗文化，使它成为人民的真实表达；一种是对大众文化的剖析，揭示它如何成为一种压制性的意识形态。卡勒认为正是这两种理论，才使得文化研究充满了活力。

　　文化研究中的两种文化——通俗文化与大众文化，暗含了文化发展的两种辩证的力量：质疑的与建构的力量。大众文化建构了一个社会的主流意识形态，在一定程度上实现了大众的文化认同与身份认证；通俗文化是从大众文化中产生出来的，卡勒认为它是一种斗争的文化，它对大众文化发展中的存在问题进行质疑和揭示，并不断通过创造新的文化形象来推动文化向前发展。而在文化的发展过程中，理论如影随形，理论的范围也极其广泛，其本质也具有跨学科的特点。"只要方法得当，几

---

① ［美］乔纳森·卡勒：《文学理论入门》，李平译，译林出版社2008年版，第47页。

乎任何事情都可置于理论框架之中。很难说任何一种特定话语在原则上与理论格格不入，因为理论之所以是理论，就在于它被领域之外的人们看成有趣而又充满意蕴的东西，所以，一切讨论——无论是视角的还是疯癫的，无论是关于垃圾、旅游或嫖娼，只要对于其他领域的人们具有暗示意义并能促使他们思考这些问题的重要性和内容构成——都可以被视为理论。"[①] 卡勒的这段话指出了理论的另一个重要属性，即启发性，理论的价值是引发人的思考，不管你研究的领域是什么，只要能引发人的思考，就具有理论的属性。而文化研究就是那些被称为理论的活动的总称，但二者之间是否只是一种普通的理论与实践的关系呢？卡勒认为二者关系的点并非在这里，而是在众多的理论话语在研究某种特定文化实践时的优势是什么，这才是一种具有实效的关系，理论如果适合文化实践活动，那么效果一定是令人信服的。

从以上的论述中我们可以看出，关于文化研究的性质，卡勒主要从广义和狭义上去界定文化研究，狭义的文化研究是指从大众文化中产生出通俗文化，广义的文化研究是理论的实践活动。在此基础上，卡勒提出了第三种关于文化研究的假设，即结构主义的研究模式，文化研究通过对社会生活中的各种现象的结构分析，旨在帮助人们了解这些意义生成的机制，卡勒认为这种研究模式是对结构主义分析方法的回归。他在《符号构形》一书的第三部分对"垃圾和旅游"作了符号学的研究和分析，这些处于边缘的废弃物和垃圾，卡勒将其视为暂时系统（起初具有价值但逐渐失去价值的那类事物），它们与稳定系统（具有稳定的价值甚至不断增值的事物）形成不相容的关系，这两个系统之间的互动代表了人们的符号和意义的建构过程，垃圾不仅仅是符号，它象征着价值和意义的逐渐消散，它在整个社会系统中如何安置，具有隐喻性。卡勒的研究实践符合他对理论的界定，只要有意义和启发性，它们就具有理论的属性。

卡勒强调了文化研究之所以要和理论分开，就是要强调这种结构主

---

① ［美］乔纳森·卡勒：《什么是文化研究?》，金莉、周铭译，《当代外国文学》2007年第4期。

义的分析模式，这种分析模式与福柯关于作品分析的结构主义有着密切关系，福柯关于话语和权力的论述，就是经典的结构主义的研究方法。塔姆辛·斯巴格曾评论福柯："与其说他关注何为'性'，毋宁说他关注性是如何在社会中发挥效用的。"① 卡勒也认为福柯建构性的话语就是建构在结构主义悖论之上的结构主义工程，尽管福柯自己从不承认自己是结构主义者。卡勒认为，这些研究模式说明了文化研究是对结构主义未竟事业的悄然回归，这也是他关注和认可的地方，当然，相比前两种界定，第三种假设可能更不受欢迎。

三 文化研究与文学研究

在谈及"文化研究对文学研究的影响"这个问题时，卡勒认为文化研究对文学研究的影响有利有弊，它不仅扩展了文学研究的领域，也影响了大学的体制与研究理念，甚至对传统的以哲学为研究中心的理性大学造成了冲击，也在一定程度上改变了大学的院系配置和学位课程的设置。文化研究的出现使人文学科新增了一个研究领域，尽管文化研究需要借助理论来进行，但其想作为一个学科的野心还是无法掩盖的，一方面文化研究将文学分析方法拓展到了非文学领域，大学教授过去研究莎士比亚，现在可以研究任何事物，另一方面对传统的大学教育有很大的冲击。比尔·雷丁在《倾塌的大学》中明确指出，文化研究很有可能促使大学主导理念发生一次深刻的转向。这位青年评论家在一次空难中殒命，让卡勒扼腕叹息，如果不是这次意外，雷丁一定是文化研究的积极参与者。

在文化研究与文学研究的关系问题上，卡勒认为这是一个错综复杂的问题。首先是谁涵盖谁的问题。从理论上讲，文化的内涵总是广泛的、包罗万象的，文学研究应该是文化研究的一个部分，"莎士比亚和打击乐，高雅文化和低俗文化，过去的文化和当今的文化。但是在实际当中，既然意义是建立在区别的基础之上，那么人们就把文化研究作为相对于

---

① [英] 塔姆辛·斯巴格：《福柯与酷儿理论》，赵玉兰译，北京大学出版 2005 年版，第 41 页。

其他科目的研究来对待。那么相对于什么科目呢？"①卡勒的答案是相对于传统意义上的文学研究，理由是文化研究运用的是文学研究的方法，尤其是借用了结构主义和解构主义的分析方法，文学研究分析的是文本结构，而文化研究将社会看成一个大的文本，旨在分析整个社会的大的结构与意义建构的内在机制，从这个意义上说，文化研究依赖于文学研究，"文化研究是从文学研究中生成的"。随着理论的发展，二者的关系也变得纷繁芜杂，尤其是在研究的对象和范围问题上，争论不休，相互质疑，卡勒从经典和分析模式两个方面来阐释了二者争论的焦点。

文学经典一直是文学研究的一个重要议题，更是传统文学的标志。经典和民族文化认同是一个双向建构的过程，经典化的过程也与文化权利和政治权力密切相关。在文化研究的大浪潮之中，卡勒指出，文学经典是否会受到冲击？这是许多推崇经典、维护文学研究的学者最担心的问题。哈罗德·布鲁姆就是捍卫文学经典、坚守文学传统的代表性理论家，他在《西方正典》一书中阐释了对经典的独特理解，也对来自文化研究的反对派进行了有力的回击。布鲁姆认为文学经典能够洗涤人的心灵，引发人的长久思考，铸就人的灵魂，让人善用孤独，并能坦然面对死亡，然而文化研究者一再贬低文学经典，"文学批评如今已被'文化研究'所取代：这是一种由伪马克思主义、伪女性主义以及各种法国海德格尔式的时髦东西所组成的奇观"②。布鲁姆眼中的文学经典具有审美的纯粹性，他认为经典不关乎政治、道德和其他意识形态，只有审美可以铸造经典。

相对于布鲁姆，卡勒对待经典的问题显得更加理性。他罗列出了许多学者的顾虑：肥皂剧是否代替了莎士比亚？人们只关注电影、电视而不再关注文学经典；文化研究是否应为此负责？对于这些顾虑，卡勒虽也担忧，但他认为情况还不太糟糕，卡勒分析了文化研究给文学经典带来的好处：经典的解读更加多样化以及经典范围的不断扩大。由于文化

---

① [美] 乔纳森·卡勒：《文学理论入门》，李平译，译林出版社2008年版，第49页。
② [美] 哈德罗·布鲁姆：《西方正典——伟大作家和不朽作品》，江宁康译，译林出版社2011年版，第1页。

研究借助更多的理论资源和研究视角，使文学经典的解读更加多样化，"从来没有过如此多的关于莎士比亚的论文。人们从任何一个可以想象得出的角度研究莎士比亚，用女权主义的、马克思主义的、心理分析的、历史的，以及解构主义的词汇去解读莎士比亚"①。文化研究带给文学经典解读新鲜的血液，使经典重新焕发生机，从这一点上说，文化研究推进了经典的解读与阐释。不仅如此，随着理论的发展和文化研究的不断推进，许多被冷落的、被边缘化的作品被重新发现，如边缘群体的作品、女性作品等，这就是卡勒所说的经典范围的扩大。

经典的不断增多引发了一个问题，那就是关于经典的评判标准，以及如何选择作品作为研究的对象。卡勒认为此问题涉及三个方面：文学的形式、分析的方法、标准自身受到质疑。是否选定一个作品作为研究对象，很大程度上取决于具有自我爱好的个人，"杰出的文学价值"从来都不是选定作品的唯一标准，老师给学生推荐作品，更倾向于那些具有某种代表性的作品，可能是形式方面的代表，也可能是某一时期文学的代表。"最好的"作品一定有自己特定的语境，在这个过程中，变化的是人们的兴趣。而在分析的方法方面，主要指评判标准难免会受到来自种族、性别、政治、权利等非文学因素的影响，卡勒认为文化分析在评判文学文本时，更多地是忽略了文学研究的特定方法，而将关注的焦点放在了文学作品之外的某些难以量化的内容上，这样就容易使研究滑向了"整体性"的危险境地。这种整体性认为社会是一个整体，所有的现象，包括文学作品，都是社会结构的呈现和意义的表达。卡勒认为这样的研究可能会很有趣，但研究对象自身的特性就会被忽略。另外，评判标准自身也一直备受质疑。一部文学作品是否具有"杰出的价值"，其评判标准本身在不同语境中会有所不同，更有甚者，这个标准是否真实存在也是值得商榷的，如果标准本身受到质疑，经典如何塑造？卡勒对此问题并没有给出答案，而是将问题引入了二者目的的分析。

文化研究的目的是什么？在《什么是文化研究？》这篇论文里，卡勒强调，文化研究虽然对传统文学研究带来一定的影响，但它不是一场对

---

① [美]乔纳森·卡勒：《文学理论入门》，李平译，译林出版社2008年版，第51页。

于文学研究的战争,它更多地是针对自身的一种反思,反思自身的学科和方法论在塑造研究客体过程中的运行机制和策略。因而卡勒非常认同米克·巴尔提出的将博物馆的运行机制作为文化研究的分析范式,他认为这样的研究范式将业已瘫痪的自我反思模式变成可行的研究项目,从而使个人反思具有社会性,也使社会的进步成为可能。不仅如此,卡勒还主张将这种文化反思推广到其他领域,如文学研究、社会学、艺术史、哲学等,使反思成为所有领域都具有的一个属性。当然,这种反思传播到其他领域也可能会生成另外的事物,这也是文化研究很难确认其历史身份的一个原因。从目的上讲,文化研究的目的是通过解读文化在各个领域的表征来反思自身,这种反思会推动社会各个领域的革新与进步。

文学研究的目的是什么?在卡勒看来,文学研究不仅仅是进行文本分析和意义阐释,更重要的是揭示文本结构背后意义的生成程式和运行机制,具体到不同的题材和类型中,就是要建构相应的诗学。立足文本,进行传统的文学研究固然重要,但是理论的发展已经改变了传统的文学研究范式,理论的种类繁多,语言学、人类学、哲学、性别研究、心理分析等,这些都可以成为解读文学文本的理论视角。卡勒认为文学研究与文化研究的确存在着一些目前难以言说清楚的问题,未来的走向也有些令人担忧,但就此就得出激进的文化研究与保守的文学研究之间存在对立的结论是缺乏依据的。当然,在文化研究的发展中,卡勒积极参与了这一活动,他这样来评价自己这一时期的文化研究:"我忙于谈论种族、性别、身份、代理,被纳波和米查尔斯'反理论'的理论之间的论证弄得糊里糊涂,忘了文学理论。"[①] 为了弥补这种缺陷,卡勒很快就写了《文学理论入门》一书,希望能将文学的成分保留在理论中。纵观卡勒在理论时代的学术研究,即使投身于文化研究,他也依然在为捍卫文学的文学性而努力。

---

① Jonathan Culler, "The Literary in Theory", in Judith Butler, John Guillory and Kendall Thomas, eds., *What's Left of Theory*, New York: Routledge, 2000, p.119.

四 文化研究中的文学性问题

在分析了文化研究与文学研究的关系之后,卡勒从"文学性"出发对二者的关系做了突围,转向文学性既是卡勒在揭开文化研究复杂面纱后的理性回归,也是对文学研究面临不断扩容和重建的现实的无奈之举。卡勒承认,虽然在理论发展的高潮时期,文学问题是其规划的核心,但随着理论的不断扩张,文学的研究方法不断伸向更多的领域,理论试图将文化研究的形形色色的对象都当作语言来处理。从表面上看,文学批评的方法占领了理论的绝大多数研究领域,似乎是文学研究的胜利,但换句话说,它消解了文学研究的中心地位,文学好像被肢解成无数的碎片,洒落在文化的各个领域。卡勒认为这个问题也要辩证地看待,尽管"文学作为优先研究对象的特殊性地位受到了很大损害,不过,这种研究的结果(这很重要)将'文学性'置入了各种文化对象,从而保留了文学成分的某种中心性"①。总体而言,卡勒对理论中的文学性持有乐观的态度,它至少保留了文学的某些特殊的属性,尽管文学性并不能回答"文学的本质是什么"这一问题。

20世纪80年代,理论走过了它的鼎盛期,"后—理论时代""抵制理论""理论之死"等名词相继出现,引发了一波争论。卡勒认为理论很难消亡,即使抵制理论,其本身也是一种理论,但这些争论却激活了其他一些理论,其中就有对文学理论的重新认识。卡勒特别提到纳泼的著作《文学兴趣:反形式主义的限度》,纳泼作为"理论之死"的鼓吹者,在这本书里重提文学理论传统,着实让卡勒惊喜。《文学兴趣:反形式主义的限度》这本书指出,"有一种不同于别的思想和写作模式的特殊的文学话语吗?有什么办法可以用来维护这样一种直觉:一部作品说出了用别的方式说不出的东西?"② 卡勒对纳泼的论述非常认同,认为他不仅阐述严谨,还不落俗套,没有像大多数同类研究者一样,将文学的属性最

---

① [美]乔纳森·卡勒:《文学性》,载[加拿大]马克·昂热诺等主编《问题与观点:20世纪文学理论综论》,史忠义、田庆生译,百花文艺出版社2000年版,第27页。
② [美]乔纳森·卡勒:《文学性》,载[加拿大]马克·昂热诺等主编《问题与观点:20世纪文学理论综论》,史忠义、田庆生译,百花文艺出版社2000年版,第21页。

终指向社会赋予的意义，而是以"文学的确存在着自己的特性""文学在做特殊的事"来结束。这个结论的意义在于他将理论研究引入文学理论并关注文学最本质的属性：文学性。这似乎又回到了雅各布森所说的"文学性"，当然，雅各布森的"文学性"更倾向于一种诗性的语言，但其彰显了文学之所以是文学的重要属性，也凸显了文学特有的价值与功用。纳泼认为，文学通过特殊的语言表述，重现人类的某种经验，这正是文学引发人兴趣的地方。卡勒则认为，文学兴趣并非来自形式与意义的复杂关系，或者作品所言与作品所为（即能指与所指）之间的复杂关系，而是来自它激发并介入其中的颠覆与遏制的辩证法，这种辩证法与卡勒解构式的研究方法密切相关，他强调结构，又不局限于结构，意义存在于结构与结构之间、符号与符号之间的张力中，并处于不断解构与建构之中。

辛普森的《学术后现代与文学统治》一书更是高举"文学性统治了一切领域"之说，尽管这种"统治"具有很强的伪装性。辛普森认为，文化研究者虽然研究的是非文学的事物，却难以逃脱文学研究的术语，他们自以为已经摆脱了文学性，到最后发现只能接受。卡勒认为，辛普森的论述符合当前知识的发展实际，几乎所有的人文学科，历史、哲学、广告、传播、人类学、女性主义等，都采用了描述、叙述、谈话，甚至虚构等文学惯用的手法，卡勒总结：这便是文学性成分的统治。

文化研究中的"文学性"问题是一个关键性问题，它关系着"文学是什么"的问题，也关系着文学研究的边界问题，到底什么是文学性？卡勒说："尽管这一问题似乎是文学研究的核心问题，但应当承认，关于文学性，我们尚未得到令人满意的定义。"[①] 无论我们怎么去界定文学性，它都关涉文学与非文学的界限与标准，但显然从语言、节律、人物、情节等要素出发去界定又不全面，有些诗如口语般无节奏和韵律，有些小说没有人物、没有传统的情节，像法国新小说派作品。卡勒认为，要想真正了解和认识文学性，就应该了解文学是怎么兴起的，他从历史发展

---

① ［美］乔纳森·卡勒：《文学性》，载［加拿大］马克·昂热诺等主编《问题与观点：20世纪文学理论综论》，史忠义、田庆生译，百花文艺出版社2000年版，第21页。

的角度梳理了文学研究的历程，指出虽然文学创作的历史已经有两千五百多年，但真正的关于文学的现代思想，仅可追溯到两个多世纪前。卡勒认为，莱辛在《关于当代文学的通讯》（1795）中用"文学"一词标志着文学现代意义的萌芽，而史达尔夫人的《从文学与社会制度的关系论文学》一书中对"文学"的界定和阐释标志着文学现代意义的真正确立。之后，随着文学批评和文学研究的兴起，文学的特性及文学性才得到重视。文学性的提出并得到重视伴随着文学研究的独立而彰显出来，俄国形式主义首先关注到文学特性问题，罗曼·雅各布森提出了"文学性"这个概念，他指出文学研究要想成为一门独立的学科，必须摒弃传统的用个人生平、心理学、哲学等方法来研究文学的方式。卡勒认为，文学性问题的提出将文学的研究重心转移到文学作品的结构和语言的运用策略。卡勒总结了俄国形式主义关于文学性问题的三个重要的内容：语言的凸显、文本与习俗及其他文本的联系、文本所用材料在完整结构中的前景。[1] 语言的突显强调语言的偏离和反常，这就是非常著名的"陌生化"理论，主张文学作品应创造新词新义和一些奇异的词语组合及异常的语法、语义结构，目的是形成陌生效应，从而对读者产生强烈的感知性。但通过分析，卡勒发现如果将文学性只局限在语言的运用策略方面将会遇到很大的障碍，因为在非文学文本中，依然有可能存在新奇和陌生化的语言，如广告语、文字游戏，甚至闲聊。

为了说明语言策略不能成为文学性的唯一限定，卡勒接着又分析了语言的诗学功能。语言的诗学功能必须依赖于文本的其他要素，因为语言不能自成系统，它必须与文学的其他要素一起来呈现其与众不同，"我们发现，语言的突出不能成为文学性的足够的标准，因为其他文本中也可以出现重复和谬误的现象。这些结构的融合——即按照传统和文学背景的规范建立起统一的功能性相互依存关系——似乎更应该成为文学特征的标志"[2]。从这段话可以看出，卡勒对文学性的考察最终还是落到了

---

[1] [美] 乔纳森·卡勒：《文学性》，载 [加拿大] 马克·昂热诺等主编《问题与观点：20世纪文学理论综论》，史忠义、田庆生译，百花文艺出版社2000年版，第27页。
[2] [美] 乔纳森·卡勒：《文学性》，载 [加拿大] 马克·昂热诺等主编《问题与观点：20世纪文学理论综论》，史忠义、田庆生译，百花文艺出版社2000年版，第21页。

诗学的建构上，但他依然肯定了俄国形式主义关于文学性的论述，他认为文学性的提出不仅有助于我们考察已经忽略很久的文学语言结构和修辞结构，更能引发很多关于文学本质属性的讨论。

卡勒对文学性更多地是从文学传统及文学规范所形成的相互依存关系出发去解读，他认为要理解这种界定，需要结合三个层次的融合来综合考察。第一个层次是把在其他言语中没有功能作用的结构或关系融合在一起。如何理解这一层次？卡勒以约会的信息为例，约会信息是为了传递具体准确的信息，如几点几分在哪里？它具有真伪的性质，因为它关系到接下来的行动。但当这条约会信息出现在文学中，它就与现实世界中的信息有了天壤之别。卡勒认为，文学文本中的信息与异化的交际环境相联系，在这样的异化的环境里，语言的细节和结构的重要性居于支配地位，这时，相似性就成为序列结构的首要法则。相似性法则要求读者将文本中的诸种要素整合、转化，如将秋季与小提琴连接，产生某种形式结构和语义、题材方面的相似效果。第二个层次是整部艺术作品的融合。根据英伽登关于文学作品的有机整体论主张，阐释文学作品就是探索并揭示作品的有机统一性，这也是文学性最基本的概念之一。如何寻找作品的有机统一性？卡勒指出，要从作品的不同成分、不同层次、不同结构之间的摩擦和矛盾中去寻找其内在的有机联系性，使作品的不和谐因素表露出来，有机统一性才有可能实现。第三个层次是作品与文学背景及文学传统的规则与范式的融合。这种融合是更大意义上的融合，通过与作品的产生背景及文学惯例、规则与程式的融合，文学作品才能呈现其最终的意义并对自身进行反思。卡勒特别强调，上述文学性的特征并非只有在文学作品中存在，其他非文学现象中也存在着某种文学性，如人类学、精神分析、哲学和历史。

当然，文学性的存在还需解决一个问题，即文学性与虚构的关系。卡勒认为文学与非文学的一个重要区别是文学的虚构性，那么，虚构与文学性有着怎样的关系？虚构表现在不仅人物不是现实生活中存在的真实人物，连作品中的"我"都不是现实中的真实人物，而是由作品创造出来的人物。所以卡勒说文学作品是一个语义事件，要理解它与虚构的关系，就必须了解一个原则：合作性原则。卡勒认为正是这种在作品中受到超级保护的合作性原则,才使读者能够区分文学与现实、现实与虚构的关系。他说:"然而在文学作品中,合作性原则受到'超级保护',意思是说,我们预先就要肯定艰涩段落,或谬误之处,或离题的章节的中肯性和价值;如果文学叙述没有遵循有效交际的规则,那是为了采取一种不同的间接的交际方式;若无大量的困惑和失望,不能轻言文学无合作性的交集意图,因为在文学作品里,甚至细节的出入也可能成为极有意义的艺术构成。"[①] 虚构不仅限于人物和事件,还包括虚构的语境,"文学的虚构性使语言区别于其他语境中的语言,并且使作品与真实世界的关系成为一个留待解决的问题"[②]。卡勒认为,我们对文学性的认知也还是一知半解,并未彻底解决关于文学性的问题,仅仅为文学研究提出了一些重要的途径。

从卡勒关于文学性问题的论述过程我们可以看出,虽然文学性难以言说清楚,但却是真实存在的,它随着文学的发展与时代的变化而处于不断建构的过程中,其表征也在发生着变化,在这个过程中,文学传统和文化模式都对其产生重大影响。在文化研究大行其道之时,文学性可以成为文学研究与文化研究之间的整合剂,对文学性的追寻也可看作文化研究大潮中卡勒拯救文学研究的一条路径。

---

① [美]乔纳森·卡勒:《文学性》,载[加拿大]马克·昂热诺等主编《问题与观点:20世纪文学理论综论》,史忠义、田庆生译,百花文艺出版社2000年版,第33页。

② [美]乔纳森·卡勒:《文学理论入门》,李平译,译林出版社2008年版,第34页。

第四章

后理论时代的文学研究

20世纪七八十年代，人们对理论提出了疑问，逐渐出现了一些反对和抵制理论的声音，如保罗·德曼的《解构之图》，迈尔克斯的《反理论》等，他们对理论存在的危机和诸多问题进行了反思，尤其德曼明确提出了对理论的抵抗，之后，伊格尔顿的《理论之后》更是掀起了一股关于理论未来的大讨论，理论发生了重大的转向，预示着后理论时代的到来。如果说理论时代最重要的特性是现代性，那么后理论时代的特征就是对现代性的反思和超越。① 在这一时期，卡勒也对此做出了积极的回应，尽管他关注到新的研究动向和研究主题，也参与了关于理论的各种纷争，但最终还是将研究的目光回归到诗学理论，践行了他一贯的学术理想——诗学的建构，他先后出版了著作《理论中的文学》《抒情诗理论》，对处于理论漩涡中的文学进行了重新解读，对抒情诗的诗学理论作了深入阐述，凸显了他坚守文学研究阵地，捍卫文学研究合法性的初心与决心。

第一节 后理论时代及卡勒的应对

经历了理论的黄金时代，卡勒既看到了理论给文学研究带来的冲击和影响，也深谙其为文学的发展带来的新契机。对理论的未来卡勒比较

---

① 曾繁仁：《中国美学在世界美学场域中的"缺席"及其解决路径》，《山东社会科学》2022年第4期。

乐观，他认为理论不会终结，后理论时代不是理论的死亡，而是理论的新生，它由宏大理论转变为更为具体而多元的碎片化理论，从而衍生出更多更丰富的研究主题。

一　后理论时代的内涵解读

"后理论"一词是在托马斯·道切蒂的《After Theory: postmodernism/postmarxism》（1990）一书中首次出现的，但未引起学界的注意。1996年，大卫·鲍德韦尔和诺维尔·卡罗尔主编的《后理论：重建电影研究》，对传统的"大理论"发起了挑战，认为这种"大写"的"大理论"虚无缥缈，并未真正有效，倡导理论的复数化和行为化，主张建构以"解决问题"为导向的"小写"的理论。

真正让"后理论"名声大噪的是特里·伊格尔顿的《理论之后》，在这本书里，伊格尔顿说："文化理论的黄金时期早已消失。雅克·拉康、列维-施特劳斯、阿尔都塞、巴特、福柯的开创性著作远离我们有了几十年。R. 威廉斯、L. 伊利格瑞、皮埃尔·布迪厄、朱莉娅·克莉斯蒂娃、雅克·德里达、H. 西克苏、F. 杰姆逊、E. 赛义德早期开创性著作也成了明日黄花，从那时起可与那些开山鼻祖的雄心壮志和新颖独创相颉颃的著作寥寥无几。他们有些人已经倒下了。命运使罗兰·巴特丧生于巴黎的洗衣货车之下，让米歇尔·福柯感染了艾滋，命运召回了拉康、威廉斯、不跌，并把路易·阿尔都塞因谋杀妻子打发进了精神病院。看来，上帝并不是结构主义者。"①伊格尔顿承认，那种宏大的、所向披靡的理论一去不复返了，理论趋于"终结"。伊格尔顿的"终结"论引发了一场长达十年的激烈论争。②围绕着理论的"终结"，中西方学术界相继出现了以"理论之死""文学之死""抵制理论""反理论"为关键词的文章和著作，将关于理论的讨论推至高峰。仔细阅读《理论之后》会发现，伊格尔顿所说的理论的"终结"更多是从时间维度来阐释理论，这里有

---

① ［英］特里·伊格尔顿：《理论之后》，商正译，商务印书馆2009年版，第1页。
② 关于理论"终结"的讨论，参见邢建昌《后理论及其相关问题》，《河北师范大学学报》2021年第1期。

两个概念需要澄清,一是首字母大写的理论,伊格尔顿所说的 Theory 强调的是宏大理论,其源头来自法国结构主义和后结构主义。二是伊格尔顿的"终结"是 after theory,这个词带有时间性的表述,其核心内容是指在宏大理论终结之后,理论更多是转化为更细小、更多样化的形态而继续存在,理论不是真的"终结",而是形态上发生变化。

在艺术领域,也存在"终结"说,艺术"终结"论总是发生在社会急剧变革和艺术发展的转型期,西方艺术在其发展过程中有三次大的转型:浪漫艺术、现代艺术和后现代艺术。黑格尔、阿多诺、丹托作为每一次转型的代表人物,都曾对艺术的"终结"有过深入细致的阐述,他们关于"终结"的内涵也都有形态的变化,都是针对某一种特定的艺术而言,并非真正意义上的"消亡"和"死亡"。作为理念论的集大成者,黑格尔认为绝对理念是最高的真实,绝对理念有主观精神、客观精神、绝对精神三个发展阶段,而绝对精神又有艺术、宗教和哲学三个发展阶段。黑格尔的艺术"终结"论是和他的理念论、艺术发展进程的历史和哲学目的有关的,他认为"美"是理念的感性现象,艺术是绝对精神理念的外在表现形式,而古典艺术作为精神理念最完美的表现形式,其内容和形式完美统一。随着社会的发展,浪漫艺术出现,黑格尔认为这是艺术发展的高峰,在浪漫艺术中,自我意识和精神理念不断增强,不断冲破和超越有限的艺术形式,从而使表现型、概念性的艺术理解占据上风,取代了古典艺术时期的形象化理解,"因为心灵的本质和概念就在思考,所以只有当心灵用思考深入钻研了自己的一切产品,因而把它们第一次真正变成它自己的东西时,它才终于得到了满足。但是,我们将来还会看的更清楚,艺术还远远不是心灵的最高形式,只有哲学才能证实它"①。这样一来,艺术越来越远离形式,最终转向哲学。阿多诺的"艺术终结"说是在继承和批判黑格尔艺术终结论的基础上发展起来的,他针对当时工具理性统治下的大工业时代的大众文化消费现状,指出艺术失去了反思性和批判性,无法表现真理,艺术想要继续存在,就必须表现异质性的东西,这样就走向了艺术的反面,成为一种哲学的存在。和

---

① [德]黑格尔:《美学(第一卷)》,朱光潜译,商务印书馆1979年版,第13页。

黑格尔一样，阿多诺认为艺术要凭借哲学才能反映真理，"单个作品之谜由于需要揭示，因此也就指向作品的真理性的内容；而真理性的内容只有凭借哲学反思方能实际得以确定"①。在阿多诺看来，艺术通过"反艺术"的形式将自身否定而走向终结，将异化的社会现实表现出来，引发人的抗争，挣脱工具理性的统治。阿多诺的艺术"终结"论是现代艺术发展的产物，也是对艺术发展转型的思考。阿瑟·丹托的艺术"终结"论依然从艺术与哲学的关系出发展开阐述，他认为在艺术发展过程中，充满了哲学对艺术的剥夺和碾轧，哲学通过贬低艺术或直接取代艺术的方式来"终结"艺术。同时，丹托探讨了艺术与非艺术的评判标准的问题，他认为当我们思考"一件艺术品为什么是艺术品"时，就达到了一种新的艺术哲学的高度，"首先，它指的是它本身达到这种意识层面后，艺术不再追求其自身哲学定义的责任了。相反，这是艺术哲学家的任务。其次，它指的是不存在艺术品需要关注的方式，因为艺术哲学的定义必须容纳每一种、每一类艺术——既容纳莱恩哈特的纯艺术，也容纳插图式与装饰性、具象与抽象、古代与现代、东方与西方、原始与非原始的艺术，正如这些艺术彼此可能非常不一样。哲学定义必须包括一切，所以不排斥一切，但在最后，它指的是从这点开始，艺术不再有可采取的历史方向"②。艺术走向反思，走向哲学，意味着艺术不再是艺术，艺术走向"终结"。

从上面的分析中可以看出，"终结"并不意味着彻底死亡，而是形式在不同发展阶段的变化与呈现，艺术是如此，理论亦是如此。因而在伊格尔顿的《理论之后》出版之后，有许多理论家关注理论的未来走向，从而加速了后理论时代的到来，其中有一本书功不可没，那就是拉曼·塞尔登、彼得·威德森、彼得·布鲁克等人合著的《当代文学理论导读》，该书英文版首次出版时间是1985年，2005年第5次修改时增加了"后理论"一章，其中有段话和伊格尔顿的论述如出一辙：

---

① [德]阿多诺：《美学原理》，王柯平译，四川人民出版社1998年版，第224页。
② [德]阿多诺：《艺术的终结之后——当代艺术与历史的界限》，王春辰译，江苏人民出版社2007年版，第40页。

然而，新千年开端的一些著述却奏响了新的调子。似乎引发上述焦虑的那些理论岁月已经过去了。一批论著（其中的一些下文将论及）的标题告诉我们，一个新的"理论的终结"，或者说得模糊一点，一个"后理论"（after – or post – Theory）转向的时代开始了。于是，我们读到了瓦伦丁·卡宁汉（Valentine Cunningham）的《理论之后的读解》（2002）让－米歇尔·拉巴泰（Jean Michel Rabaté）的《理论的未来》（2002）、特里·伊格尔顿的《理论之后》（2003）以及《后理论：批评的新方向》（1999）、《理论还剩了什么？》（2000）、《生活：理论之后》（2003）等文集。且不论我们能不能有意义地进入"后理论"，我们最终发现，这一预告更像是在重定方向，而不像一个戏剧性的启示录。因为大家的共识是，理论的时代已经结束，消失的不仅是理论那个权威的大写字头，还有和它紧密联系的一群明星的名字，特别是与结构主义、后结构主义、后现代主义的种种变体联系在一起的以法国知识分子为主体的那些人：巴尔特、阿尔都塞、福柯、拉康、德里达、波德里亚、利奥塔德、克里斯蒂娃、西苏、斯皮瓦克、芭芭和詹姆逊，这些人主宰了20世纪70和80年代的思想。①

"大写"的宏大理论似乎正在分解，诸多"小写"的理论也正在兴起，理论发展到了一个新的历史阶段——"后理论时代"，但它并不意味着理论的消亡，而是更具反思性和实用性理论的兴起，在这个大的背景下，文化研究如何发展？文学研究何去何从？卡勒会做出怎样的应对？这些都需要我们深入研究与探讨。

二 卡勒对"后理论"的理论解读

后理论时代伴随着理论是否"终结"的讨论而到来，也促使很多理论出场，卡勒认为，理论不会终结，不管是反对理论，还是抵制理论，

---

① ［英］拉曼·塞尔登、［英］彼得·威德森、［英］彼得·布鲁克：《当代文学理论导读》，刘象愚译，北京大学出版社2006年版，第326—327页。

带来的结果只会让理论更丰富、更多元化。此时的卡勒虽然也在忙于探讨各种关于后理论的纷争，用卡勒的话，就是"我忙于谈论种族、性别、身份、代理，被纳泼和米查尔斯'反理论'的理论之间的论证弄得糊里糊涂，忘了文学理论"①。但他还是将研究重心逐渐由理论回归到文学研究本身，不仅写了《文学理论入门》(1997)来弥补对文学的疏离，更在《理论中的文学》(英文版2007，中文版2019)一书中重申符号、阐释及文学写作的重要性，对比较文学的发展前景也作了深入的分析，八年后，卡勒出版《抒情诗理论》(2015)，卡勒的这些研究既践行了其在结构主义时期的诗学建构追求，也是理论大潮中文学性的延续和后理论时期重回文学研究的明证。

　　面对后理论的诸多纷争，卡勒的态度依然是理论仍在当下，理论并未终结，但呈现出一些新的特征。2010年美国康奈尔大学举办了"理论在当下"的学术会议，会议上卡勒发表了题为"Trances of Theory Now"的发言，在发言中卡勒主要分析了两届"韦勒克文学理论奖"作品的情况，为我们梳理了在后理论时代文学研究的基本情况及美国文学理论的基本走向。卡勒首先从参与评奖的作品数量和质量出发分析了理论在当下的总体情况。他认为这两届无论是数量和质量都超过以往，显示了理论的活跃以及文学研究的繁荣，研究领域也异常丰富，显示出理论与文学的深度交融。其次，卡勒分析了这一届摘得桂冠的两篇作品：斯劳特的《人权，有限公司：世界小说，叙述形式及国际法》和梅拉斯的《世界的一切差异：后殖民性和比较的终结》，前者探讨了欧洲小说在塑造人权的主体、决定哪些主体可以被赋予权利的过程中发挥的核心作用，后者探讨了在全球化语境下反思如何进行比较以及比较文学学科的属性。从获奖著作的书名看，文学研究是在一定的理论背景中进行的，但又不是宏大理论的建构，正如卡勒所言："我想要说，这就是理论在今天所采取的主要形式。换言之，它的主要表现形式不是以某种理论，比如精神分析学、女性主义、解构主义、马克思主义、酷儿理论或新历史主义为

---

① Jonathan Culler, "The Literary in Theory", in Judith Butler, John Guillory and Kendall Thomas, eds., *What's Left of Theory*, New York: Routledge, 2000, p. 119.

基点，来解释某个作品或某个作家，而是致力于研究由理论概念所界定的主题，并说明通过阅读哪些文本，可以阐发这些主题。"[1] 这也与后理论时代"大写"的理论消解为更为具体、更为实用的"小写"理论的特征相契合。最后，卡勒又分析了几部质量不错的著作：约翰逊的《人与物》、弗朗索瓦的《公开的秘密：不可数的文学经验》、特拉达的《眼望别处：现象性与失望，从康德到阿多诺》、哈格隆德的《激进的无神论：德里达和生命时间》、奥尔特曼的《叙事学理论》、弗鲁德尼克的《叙事学导论》、弗莱什的《应得的惩罚》，这些作品角度新颖，方法独特，并且能与社会独特的事物和领域相对接，让人出乎意料。在这几部作品中，卡勒特别强调的是奥尔特曼的《叙事学理论》。在这部叙事学著作中，作者试图建构一种以"衔接技巧"为基础的叙事学理论，采用一个叙事跟着一个或一组人物，或在某个人和某群人之间切换，由此产生双重焦点、单个焦点或多重焦点的叙事模式。而弗鲁德尼克的《叙事学导论》则以"经验"为基础进行叙事，他们二人都突破了传统叙事学以"情节"为基础的叙事模式，推动了叙事学理论的发展，因而卡勒总结当下理论发展的一个明显的趋势，即叙事学的回归。

后理论时代文学的研究境遇、研究视角和方法都有了很大的变化，这些都会影响文学研究和文学理论的发展。卡勒在 2011 年 10 月应邀参加南京大学的学术演讲，在此期间，他接受了研究人员的采访，对文学理论的现状和趋势进行了阐释和预测。这次采访涉及几个重要问题，首先是对欣赏性阅读和症候式阅读的区分和平衡，卡勒指出，文学研究从理论层面看主要有诗学和阐释，但在实际中二者很难分开，尽管很多人的出发点是诗学，但更多的是回到文本阐释。他举了自己早期的著作《福楼拜：不确定性的运用》，他声称在这本书里，他将诗学与阐释学做了折中，因为原稿更多的是关于诗学的探究，但出版商认为应加入对具体作品的阐释，出版销量证明，读者对阐释可能更感兴趣，卡勒强调做文学研究时要有自己的想法，同时多借鉴理论家们的意见，可以让自己有更多的思考空间。其次是对"阐释"与"过度阐释"的理解。卡勒强调自

---

[1] ［美］乔纳森·卡勒：《理论在当下的痕迹》，周慧译《外国文学》2011 年第 1 期。

己依然主张"过度阐释",理由是理论家只有"过度阐释",才能揭示出以前被忽视的含义,当然"这里所说的'过度阐释'通常是指通过非常规的方法和视角,阐述文本中隐含的,或者读者引申出来的意义。我认为,有趣的阐释是能够提出一些文本并不鼓励读者去思考的问题,而不是顺着作者的意图去阅读和解释预先设定的问题"①。

在后理论时代,文学经典因理论的重新调整和不同视角的介入,其评判标准也有了一些变化,对此卡勒回应道:"我非常钟情于文学经典,部分原因是我在花时间阅读别人认为值得阅读的作品。如果你对诗学感兴趣,你就会关注意义得以产生的潜在规约。就像语言学家希望从符合语法规范并且能有效达到交流目的的英语句子入手进行研究,诗学理论研究者也希望从价值得到认可的小说或诗歌入手,尽力理解其运作的基本规律。我最近研究抒情诗歌,选取的文本均是经典诗歌……动物研究和生态批评学者们做出的努力极有可能引发经典的重新调整。"② 尽管在后理论的冲击下,很多学者提出要重塑经典,但卡勒更多地还是回归传统经典,他不否认理论的繁荣的确给经典的解读带来很多新的视角,使经典重新焕发生机。

全球化语境对文学理论的确产生了重要的影响,也使跨文化交流成为可能,在这种情况下,卡勒认为文学理论应借助跨文化交流带来的有利条件,发展和壮大自己,使文学理论的繁荣不仅在美国或西方国家发生,而且应该在全球范围内产生影响。当然,在全球产生影响的也并不一定都是文学方面的,如德里达的复兴,他的声望与他实际的文学研究,尤其是他的解构式阅读并非一回事,他更多的影响和声誉是来自他对民主、死刑和动物的关注,这在后理论时代也是非常常见的现象。

卡勒认为在后理论时代理论依然在继续,并且与文学理论相互交融、相互渗透,形成了许多新的研究领域和研究主题,呈现出与以往截然不同的研究态势,其中最引人注目的是叙事学的复兴、德里达研究、人与

---

① [美] 乔纳森·卡勒、何成州:《文学理论的现状与趋势——乔纳森·卡勒教授访谈录》,《南京大学学报》2012 年第 2 期。
② [美] 乔纳森·卡勒、何成州:《文学理论的现状与趋势——乔纳森·卡勒教授访谈录》,《南京大学学报》2012 年第 2 期。

动物关系研究、生态批评、"后人类"研究和美学的回归。卡勒坦言，在理论的巨大冲击下，文学研究和文化研究领域出现了重大变化和转型，但这些变化并不涉及文学作品的区别性特征和方法论原则，"那些常常被看作是'理论'的东西，就'学科'而言，其实极少是文学理论，例如它们不探讨文学作品的区别性特征及其方法论原则。诸如弗里德里克·尼采、西格蒙德·弗洛伊德、佛迪南·索绪尔、克劳德·列维－斯特劳斯、雅克·德里达、雅克·拉康、米歇尔·福柯、路易斯·阿尔图赛、朱迪丝·巴特勒以及很多其他理论家的理论著作都根本不是在研究文学，最多不过是稍微牵涉到一点文学而已"①。卡勒认为，理论并不是一套为文学研究准备的方法，而是一组可以囊括世间万物的书写，理论可以用来研究文学理论，文学理论也可以被用作研究其他领域，这是一种正常的现象，因此不必为文学理论的前途担忧，也不必为理论的"终结"而烦恼，这是跨学科研究的必然结果，也是全球化语境下的正常状况。

  卡勒分析了文学理论为什么要借鉴理论，过去的文学研究缺乏理论化，绝大多数的文学理论只是在呈现文学及文学现象，更多的关注点停留在语言和意义的关系、作者与文本的关系等，缺少理论的反思与理论话语的建构，使文学理论显得苍白无力。"过去的文学研究建立在某种'细读'的观念之上，这种研究方式假定：直接接触文本的语言就足够了，根本不必去顾及什么方法论框架的问题。来自其他领域的著作为文学学者们重新思考文学和文学研究提供了强有力的资源，它们不但提出了关于语言和表意的功能等一些普泛性的问题，而且提出了一大堆其他的问题。""理论从总体上丰富了人文学科，使人们可以更深入地思考文本中的各种事物。理论也使人们在文学阅读中更加注意预先的假设、方法论上的不同选择、语言功能的构想等等问题。"②卡勒认为，当理论司空见惯，其锋芒也就相对趋于平淡，造成了视域上的"终结"或"死亡"，"对于很多人而言同样显而易见的是，理论不但不是对于本科生来说'太难'的东西，反而是他们应该作为人文学科中最令人激动、最与

---

① ［美］乔纳森·卡勒:《当今的文学理论》，生安锋译，《外国文学评论》2012年第4期。
② ［美］乔纳森·卡勒:《当今的文学理论》，生安锋译，《外国文学评论》2012年第4期。

社会相关的维度来加以探讨的东西。当然了，对此也有一些怀疑者，但是，谈论理论的死亡是愚蠢的，或许只是一厢情愿。"① 在卡勒看来，理论正在以更为具体的形式发挥着重要的作用，这一点毫无疑问。

第二节 比较文学的危机与未来

在卡勒的学术思想体系中，比较文学是重要的一个组成部分，尤其在跨文化语境和理论、后理论时代，卡勒给予比较文学以更多的关注，卡勒有几篇论文专门就比较文学的性质、研究方法和比较文学的未来作了非常详细的论述，论文《Whither Comparative Literature?》（Comparative Critical Studies 3, 1–2, 2006, pp. 85–97），后译为中文发表在《中国比较文学》（2009 年第 3 期）；在 2007 年出版的《理论中的文学》第十二章对比较文学的现状、问题与未来走向进行了详细的分析与阐释；2011 年 11 月卡勒应邀参加清华大学建校一百周年和比较文学与文化研究中心成立十周年活动，发表了题为《比较文学的挑战》的主题发言，后发表在《中国比较文学》2012 年第 1 期。卡勒指出，比较文学目前存在着诸多问题，但也面临着巨大的机遇，这种机遇也为比较诗学提供了好的场域和更多的发展空间。

一 比较文学的现状与危机

卡勒认为，比较文学之前更注重本源和影响的研究，更多地是将一些在传播方面有关联的作品放在一起比较，取得了一些成绩，但随着理论的扩张和迅速蔓延，比较文学的研究领域也出现了一些微妙的变化，那就是比较文学成了文学理论的场域，比较文学更易于得到民族、国别等部门的抵制、抗拒或者无视，导致比较文学的学科界说比较模糊，学科身份的确认也极其困难。卡勒指出："比较文学之所以与其他文学研究模式不同，是因为它不像英语系、法语系、西班牙语系、意大利语系、汉语系那样理所当然地认为，处于自身历史演变过程中的民

---

① ［美］乔纳森·卡勒：《当今的文学理论》，生安锋译，《外国文学评论》2012 年第 4 期。

族文学，天然就是文学研究合适的研究对象。哪些研究对象最为恰切——题材？文学分期？还是主题？"① 因而，比较文学的学科界说是一件很难完成的任务。

比较文学的自身学科属性使它经常处于进退两难的尴尬境地。理论热的兴起与跨文化研究的发展，为比较文学带来了喜忧参半的影响。喜的是比较文学成为跨文化研究的代表和潮流，许多文学研究者愿意将自己的身份定位为比较文学学者，卡勒亦是如此。在卡勒的诸种介绍中，比较文学教授是其一个鲜明的身份标识，"即使是曾经致力于例外主义与整体论的美国文学研究者（美国文学学者必须有一套关于美国文学的本质与特点的理论），如今，也在把自身重新定位为'比较美国文学'。比较文学的问题已经成为每个人的问题，或者用豪恩·索西的构思来说，比较文学学者已经成了'万能输血者'"②。从"万能输血者"的称呼来看，卡勒认为比较文学已经取得了胜利，就像理论已经取得了胜利一样，但这种胜利可能带来预想不到的结果。这个结果中最引人关注的是这种胜利并未带来预期的愉快，因为不管你怎样标榜自己是比较文学学者，从体制的角度看，你还是属于民族或者国别语言与文学的部门。卡勒认为，这种情况与理论的处境很相似，理论已经取得了胜利，它已经无处不在，同时它的锋芒及所带来的奇思妙想也已司空见惯，我们能感受到理论的影响和价值，但仍把它视为理所应当，甚至产生它已"死亡"的错觉。卡勒以女性主义为例，分析了理论胜利之后的状况，虽然有不少的理论观点宣称女性主义"已死"，但在生活中，至少在学院中，女性主义所争取的一些权益已经被理直气壮地运用，女学生将其视为理所当然，她们拒绝被标上"女性主义"的标签，却心安理得地享受着女性主义所争取到的好处。忧的是比较文学因为不断扩张致使其特殊的区分性趋于困乏，从而导致身份的危机。卡勒认为，比较文学的相关院系并未从比较文学的胜利中获利，不仅没有获利，还面临着艰巨的任务，这种虽胜

---

① ［美］乔纳森·卡勒：《比较文学何去何从？》，查明建译，《中国比较文学》2009年第3期。

② ［美］乔纳森·卡勒：《理论中的文学》，徐亮等译，华东师范大学出版社2019年版，第222、223页。

犹败的状况的确使比较文学的处境复杂难辨。

为了说明后理论时代比较文学的现状,卡勒分析了美国比较文学的学科报告,美国比较文学学会章程附则规定每十年出一份标准的报告,1993年的报告由伯恩海默主笔,题目为《世纪之交的比较文学》,后加上16篇回应的相关文章,汇总为《多元文化时代的比较文学》出版。在这份报告中,显示了比较文学的两种转向:走向全球和转向文化,卡勒认为这两个转向在全球化语境和文化研究的热潮中是完全合理的,但也带来了学科界限过于宽泛和区别身份困难的状况。面对这种情况,卡勒分析了伯恩海默在报告中的主要观点,伯恩海默在报告中抛出的最具争议的话题是在走向全球化和文化的比较文学中,文学应该承担什么样的角色?伯恩海默认为不能以文学或文学研究作为中心,否则就是一种倒退和冥顽不化,而应该顺应潮流,卡勒则对此进行了回应:"如果比较文学很大程度上使得文学研究扩大为文化研究,那么它确实不必坚持将文化研究领域据为己有。将文学的研究视为一种跨民族现象,比较文学作为这种最广阔范围里的文学研究场所,也许它就能为自己找到新的身份。其他研究领域的后撤,有可能最终彰显比较文学独特而有价值的身份。比较文学作为总体意义上文学研究的场所,将成为诗学的家园。"[①] 在卡勒看来,全球化和文化研究可以为比较文学提供新的视角和新的理论资源,但其不能代替和置换比较文学,尤其是比较文学场域中的文学与文学研究,"既然文学并不是天然就存在的,而是一种历史建构,那么,联系其他话语来研究文学,不仅是不可避免的,而且也是必不可少的。然而,与人文学科其他院系不同的是,比较文学应该将文学研究作为自己的中心任务,用尽可能多样的方法去研究文学"[②]。卡勒的这一主张并不是突发的,他曾在1996年写过一篇名为《比较文学是比较"文学"》的回应文章,在这篇文章中卡勒就提出比较文学并不排斥其他多元化的研究方法和研究视角,但应该以"文学"为研究中心,比较文学说到底比

---

① [美]乔纳森·卡勒:《比较文学何去何从?》,查明建译,《中国比较文学》2009年第3期。
② [美]乔纳森·卡勒:《比较文学何去何从?》,查明建译,《中国比较文学》2009年第3期。

较的是"文学",如果一味地将比较文学扩展到全球的文化研究,势必会影响比较文学的学科身份确认。在这场关于比较文学的国际大讨论中,卡勒作为"保守派"一直在维护文学研究的合法地位,也一直在将比较文学拉向文学的场域。在2004年的学科报告中,文学的地位不再成为争议的焦点,卡勒认为,从报告显示的结果来看,可能是文化研究的倡议者们取得了胜利,但实际情况并非如此,文学的中心问题就像钟摆一样,摆过去还能摆回来,比如,人文学科对美学的兴趣依然有增无减,"比较文学领域的求职范围广泛,吸引了很多从事后殖民研究的博士候选人来求职,我调查后感到很震惊:有些研究社会、政治问题的博士论文,根本无需涉及文学,里面也有几章论及以英语为母语的小说家(Anglophone novelists)——论证这些作家(如拉什迪、阿契贝、沃尔科特、库切,等等)的新一代超经典已然形成。文学在今天比较文学中的地位似乎很牢固,即使文学作品经常是被症候式解读"①。不仅如此,这次报告中还凸显了一个非常重要的问题,即比较文学应如何处理世界文学?这一问题从侧面反映了比较文学在发展中的真实境况。

二 比较文学的未来

尽管比较文学在全球化语境和理论大潮中面临着诸多问题和挑战,危机也如影随形,但正如同卡勒所言:"比较文学的本质就是成为人文学科的多种选择相互竞争的场所,它不仅仅是处于危机中的学科,而且它本质上就是危机产生的地方。"②比较文学从其产生之日起就在进行一场冒险,在冒险中获得意义的对接和文化的碰撞,也正因为如此,比较文学才会受到关注。

比较文学致力于跨学科、跨民族的文学对话与交流,随着中西方文化交流的不断发展与深化,比较文学必定大显身手,为世界文学的发展推波助澜。越来越多的学者关注到了比较文学给不同文化的民族和国家

---

① [美]乔纳森·卡勒:《比较文学何去何从?》,查明建译,《中国比较文学》2009年第3期。

② [美]乔纳森·卡勒:《理论中的文学》,徐亮等译,华东师范大学出版社2019年版,第226页。

带来的影响与变化,"从近年来国际比较文学的发展来看,文学理论成为比较文学的核心不是偶然的,这是西方诗学体系的特征。当前研究的倾向所涉及的其他问题有:世界上不同比较方法的比较;比较文学和文学理论的关系;有关欧洲中心主义和非殖民化的文化批评模式;拉美妇女的口述实录文学等"①。卡勒认为,比较文学的发展涉及一个重要的议题——如何看待世界文学。这个问题不仅仅是一个纯文学的主题,它关涉国家、身份、种族、意识形态等,正因为如此,有些学者强烈反对卡迪尔提出的"世界文学的抽象建构",理由是世界文学最终会导致比较文学从霸权的角度来建构,并按照霸权力量来设立其规则和标准,将自己的意识形态以本土化的形式渗入,这样会带来更大的霸权,与比较文学的初衷相差甚远。对此问题,卡勒强调我们可以更多地从非意识形态化方面出发去建构世界文学,以叙事问题为例,我们可以多关注叙述技巧、主题、叙述意识和叙事视角等问题,这样就可以防止世界文学课程变成对民族主题意蕴的帝国主义式的采样。这样的应对再次显示了卡勒"去政治化"的治学理念。

卡勒进一步阐释自己对世界文学的主张,"我本人从不赞成世界文学的建构和教学,但我确实发现卡蒂·特鲁姆普纳最后提出的'地缘政治视角'很有意思:'在某些方面,世界文学依然是个令人心生畏惧、也许是不可能完成的项目。但是,如果我们不做,谁做?如果现在不做,何时做?'"②世界文学的建构的确困难重重,但仍有建构的可能,在世界各民族的文学中,因为形式、主题、话语等,总能有相通和相似的方面,这为建构世界文学提供了可能。再者,研究者有多语种、多元文化生活的经历,或对他种语言、文化有强烈的兴趣,也有利于世界文学的研究与推进。

比较文学的发展为多元文化的研究视角和世界文学的进一步交流与对话提供了契机。著名比较文学学者乐黛云先生曾说:"当进一步研究西

---

① 刘介民:《西方比较文学研究现状》,《国外文学》1998 年第 3 期。
② [美] 乔纳森·卡勒:《比较文学何去何从?》,查明建译,《中国比较文学》2009 年第 3 期。

方文学对中国现代文学的影响时，我惊奇地发现很多作家都受到德国思想家尼采很深的影响。这位三十年来被视为煽动战争、蔑视平民、鼓吹超人的极端个人主义者，竟是20世纪初中国许多启蒙思想家推动社会改革，转变旧思想，提倡新观念的思想之源。无论是王国维、鲁迅、茅盾、郭沫若、田汉、陈独秀、傅斯年等都曾受益于尼采思想。1980年，我写了一篇《尼采与中国现代文学》，发表在《北京大学学报》，不仅引起了很多人研究尼采的兴趣，而且也开拓了西方文学与中国文学关系研究的新空间。"[1] 比较文学不仅促进了中西方文学与文化的交流，也为比较文学的自身发展注入了新的血液，卡勒说比较文学是一门先锋学科，尽管将自身置于危险和危机的境地，却也张开怀抱，容纳各式各样的民族传统与理论文本，黑格尔、尼采、索绪尔、弗洛伊德、马克思、克尔凯郭尔、杜克海姆、维特根斯坦、德里达等，因而比较文学不仅具有强大的理论包容性，也具有强烈的批判性和跨学科性，其研究结果对其他学科有着很强的示范作用，对文学研究与文化研究都具有重要的影响。

在卡勒看来，比较文学不仅为文学研究提供场域，而且为诗学，尤其是比较诗学提供一个合适的家园。法国学者艾田伯在1963年出版的著作《比较不是理由：比较文学的危机》中提出，比较文学惯常使用的历史研究和批评研究或审美的反思的研究方法并不对立，它们相互补充，最终使比较文学走向比较诗学。艾田伯所说的比较诗学其研究重心仍在文学作品，因而并非真正意义上的比较诗学，因为比较诗学的研究重心是理论。1989年法国学者谢弗莱尔出版了《比较文学》一书，在该书的最后一个章节，他以"走向比较诗学？"为标题，将比较诗学的研究范围由作品分析扩展到对各种理论的研究，被誉为第一个提出真正意义上的"比较诗学"这一概念的学者。谢弗莱尔不仅列举了比较诗学的六个重要议题：风格学、叙事诗学、表演诗学、空间诗学、虚构诗学和女性写作，而且得出了一个结论：比较诗学最终会导向一种真正的文学理论。正是在这样的观点的影响下，卡勒在1997年出版的《文学理论入门》中，开篇就讨论了"理论是什么？"卡勒分析了理论的几种

---

[1] 乐黛云：《当代名家学术思想文库·乐黛云卷》，万卷出版公司2010年版，第2页。

特性，其中最重要的就是跨学科性。理论的跨学科性使理论与比较诗学有了天然的契合与联系，如同萨义德用"理论的旅行"来描述其跨学科、跨国界的特性。卡勒坚信文化研究给比较文学的迅速发展提供了契机，使更多的文学交流成为可能，而比较文学的快速发展必将促进比较诗学的复兴。

第三节　抒情诗理论的建构

卡勒在结构主义时期致力于结构主义诗学的探究，力图找寻文学运行的机制，在《结构主义诗学》中试图通过结构主义的研究方法，建构一种能揭示文学意义生成机制的潜在结构和惯例。尽管在理论时代卡勒也曾参与了如火如荼的文化研究，但他始终没有忘记文学理论，坚决捍卫文学性，在《文学理论入门》出版的 18 年后，《抒情诗理论》（*Theory of the Lyric*）于 2015 年由哈佛大学出版社出版，这部一出版就轰动英美学界的著作，既是对《结构主义诗学》的呼应，也是卡勒长期以来从事英美诗歌教学实践和诗学研究的重要成果。

一　抒情诗理论建构的必要性

在《抒情诗理论》的前言中，卡勒坦言，建构抒情诗理论是他长久以来一直在思考的问题，"1975 年我写了一篇关于人物呼语的论文，在这篇论文中，我认为这种奇怪的言说习惯是抒情理论传统的核心——它是抒情诗中最大胆和潜在困惑的缩影。本书就是从这篇文章基础上酝酿而成，它也是我得益于新批评的自我训练的一次突破，新批评关注文学作品的语言，将研究焦点放在诗歌复杂意义的主要元素上"[①]。卡勒认为，虽然新批评关注诗歌的形式要素，但其最终还是导向了阐释，依然未能揭示抒情诗的特质，因此，卡勒关于呼语的论文是对新批评阐释诗学的超越，他感兴趣的不是抒情诗的意义，而是抒情诗吸引读者产生意义的那些特质，因此，卡勒的目标很明确：建构一种普遍的框架，一种能够

[①] Jonathan Culler, *Theory of the Lyric*, Cambridge：Harvard University Press, 2015.

更加关注抒情诗特质的抒情理论。

（一）抒情诗的传统与现状

卡勒认为，抒情诗在西方有着悠久的历史，但却未有相应完整的抒情诗理论体系，一个非常重要的原因是抒情诗的类属地位得不到确认，这给抒情诗理论的建构带来很大的障碍。另一个原因是摹仿说的盛行，使抒情诗也被放置在摹仿的框架中。

著名的比较文学学者厄尔·迈纳说："抒情诗是横贯世界文化体系的文学主张或诗学主张的基础类型。只有西方诗学不一样，即使是最重要的文明，它们都未能表明建构一种体系化的诗学的必要（例如伊斯兰教），从而使他们的文学观点建立在抒情诗理论的基础上。"① 卡勒非常赞同迈纳的观点，他梳理了抒情诗在西方文学传统中被忽视与被误解的历史，最早的抒情诗可追溯到古希腊女诗人萨福的作品，尽管比《诗学》早两百多年，但未受到重视。在古希腊、罗马时期，抒情诗已经非常繁荣，但诗学理论是不包括抒情诗的，虽然亚里士多德写过关于诗歌的文章，认为诗歌是对行动的摹仿，但他并未涉及作为古希腊文化核心的另一种诗歌形式——抒情诗。直到浪漫主义时代，抒情诗才被看作融合了五花八门的一种次要的诗歌形式，并被认为是对主观经验的摹仿。此时，抒情诗才与戏剧、史诗并列为三大基本文类。浪漫主义诗人强调主观情感在诗歌创作中的重要作用，如同黑格尔所言，浪漫主义诗人将自己置于外部世界中，并将其与内在意识相粘连，诗的有机整体性便通过主观经验而呈现出来。浪漫主义之后，抒情诗作为主观经验的呈现不再是一个流行的观点，取而代之的是认为"抒情诗是对虚构言说者行动的摹仿"的观点，这与奥斯汀、塞尔所倡导的言语行为理论密切相关，在其影响下，抒情诗被看成由一个情景和动机都需要重建的人来表述，于是，抒情诗成为对现实世界言语行为的虚构摹仿或再现。卡勒认为，这种观点虽然凸显了抒情诗语言的行为性，但它导致了另一种困境，即把抒情诗看作具有戏剧性独白的诗歌。尽管在诗歌传统中有许多诗人具有戏剧独

---

① Earl Miner, "Why Lyric?", in *Renewal of Song: Renovation in Lyric Conception and Practive*, Calcutta: Seagull Books, 2000, pp. 4 – 5.

白的属性,但从戏剧性独白的视角去定义抒情诗难免会将读者放置在一个散文化和小说化的狭窄小道中,从而忽视了抒情诗中那些最相似的、最令人兴奋的事件,包括从节奏—声音组合到互文关系。

卡勒指出,抒情诗曾是文学经验和文学教育的中心,却被小说的光芒给掩盖了,部分原因是缺乏一套完备的抒情诗理论。卡勒认为,这种小说理论话语、文学经验与文学抒情教育的核心成果之一就是形成了小说化的抒情诗理论。他分析了从巴赫金到罗兰·巴特对抒情诗的观点,认为这些重要的理论家都没有建成一种关于抒情诗丰富的话语理论,因此,建构一种真正的关于抒情诗的理论迫在眉睫。

(二) 抒情诗理论建构的可能路径

建构抒情诗理论的最大障碍就是对抒情诗类型的不确定。卡勒认为现在的类型划分篡改了抒情诗优秀的历史,他们鼓励学生以忽视抒情诗最重要的特征来思考抒情诗的现在与过去,这也为建构真正的抒情诗理论设置了障碍。同时,最大的障碍来自当前文学批评的历史学观点,尤其是那些关注点在古典时期、文艺复兴或19世纪的理论批评。

建构一种能包容抒情诗的那些不相容的惯例和特征的抒情理论无疑是一种巨大的挑战。面对这种挑战,卡勒提出了两种可能路径。第一种是诗人自身在阅读和回应前辈诗人时创造的一种能够在创作和传播中出现的跨越历史时期与全新变化的抒情诗传统。卡勒认为,抒情诗理论可以超越时代,尽管我们不能返回到以前的社会政治结构,但是诗歌可以返回到以前的形式,以它们的原初形式、现代的形式或内部属类或互文性的方式复现:即使是死的火山也只是在休眠。谁能想到维兰内拉舞和六行诗会在20世纪再次出现?抒情诗的形式不再属于某个特定的历史时期而是在不同时代都有存在的可能,一种成功的抒情诗理论是非常强调在抒情诗传统中各个诗之间的联系的,也尽可能去描述体裁的发展变化——不是简单地界定为浪漫主义模式或戏剧独白模式。抒情诗理论,将立足于除此之外的许多事情,来给我们呈现如何书写抒情诗历史的一些东西。第二种可能的路径是从教学论的角度来回应抒情诗的历史标准。卡勒认为,这种路径具有更大的挑战,因为近几年的教学流行这样的做法:阅读一首抒情诗就是产生一种新的阐释。学生们虽然没有被要求列出那种阐释，但他们会做句法分析、摹仿、翻译、记忆、评价或发现典故和修辞或者韵律策略。抒情诗理论建构的一个困境就在于我们无法把它与诗的阐释截然分开，我们也无法无视抒情诗的意义，但二者有着不同的指向，阐释的目的是发现意义，"诗学则相反，它追问的是什么惯例能够使作品对读者产生这种意义和效果，它不去发现一种意义，而是去弄明白使意义成为可能的技巧，技巧是属于类型传统"①。

二 《抒情诗理论》的主要内容

卡勒反对从摹仿的角度去定义抒情诗，也不认同戏剧独白式的抒情理论，他在《抒情诗理论》的导论中回顾了抒情诗的历史与传统，阐明建立一种真正的抒情诗理论的必要性，然后分七个章节来建构他的抒情诗理论，分别以"一种归纳法""作为文类的抒情诗""抒情诗理论学说""节奏与重复""抒情演说""抒情结构""抒情诗与社会"为标题来进行展开。

在"一种归纳法"这一章中，卡勒选取了九首西方经典的抒情诗，通过对这九首诗歌的细致分析，他归纳出关于抒情诗的四个参数，分别是言说的间接性、反摹仿性、可重复表演的仪式性、夸张与祈愿相结合。卡勒认为，这四个参数体现了抒情诗最突出的特征，也是以往的抒情理论所忽视的地方，但它们在抒情诗理论发展中具有延续性。卡勒围绕这四个参数，深入阐述了抒情诗独有的形式特征。"言说的间接性"是指抒情诗与日常言语的交流活动不同，抒情主体与受众无法直接交流，只能通过"发声器"（Enunciative apparatus）和"呼语"（Apostrophe）与受众产生间接的对话关系，这样就形成了诗中的言说者、受话人和读者之间形成的比较稳定的三角关系，从而构成抒情诗特有的"声音图式"（Sound pattering），这种非直接性的交流使抒情诗具有了非凡的特性，也具有了更大的阐释空间。"反摹仿性"是卡勒对传统抒情理论者认为"抒情诗是对行动或主观经验的摹仿"的反驳，卡勒认为抒情诗是反摹仿性

---

① Jonathan Culler, *Theory of the Lyric*, Cambridge: Harvard University Press, 2015, p. 6.

的，它不是对事件的陈述，而是事件本身。卡勒从时间、修辞、阅读和内容四个维度来阐述抒情诗的反摹仿性。从时间维度看，抒情诗采用的主要是一般现在时，目的是指示一个事件的发生，也有助于咏唱祝语和祈祷等语境的生成，实现抒情主体与时间、自然、风、云、死亡等进行交流与对话，彰显抒情力量，以抵御摹仿与虚构给读者带来的干扰。从修辞纬度看，抒情诗运用各种修辞手法，目的是成为事件本身，而不是陈述事件，比如呼语、咏唱、重复的使用，增强了抒情诗的演说效果。从阅读维度看，抒情诗通过各种抒情方式的综合运用，来营造读者在场的阅读效果，即使使用了过去式，抒情诗都尽力将读者拉回现实并创设现在时态，增强接受者的现场亲临感。从内容上看，卡勒认为，真正的抒情诗理论应该摆脱传统对抒情诗的误解，凸显抒情诗最重要的特质，即它不是对主观经验的表现，也不是对虚构事件中人物行动的摹仿，它本身就是事件，它"包含仪式元素与虚构元素之间的张力，前者是提供意义与结构的形式元素，后者为表演、人物与事件的再现提供说明"[①]。"可重复的仪式感"这一参数是卡勒从对抒情诗的内部特质的考察中得出的关于抒情诗最重要的特征，卡勒认为抒情诗的节奏、韵律、重复都有助于抒情诗的仪式感，我们关注抒情诗，就应该从它的仪式纬度及其与诗歌主题的关系入手来考察。抒情诗正是通过激活、重新唤起读者感觉的各种外在语言形式和结构来凸显其抒情的仪式感。"夸张与祈愿相结合"是抒情诗惯用的手法，卡勒认为，在抒情诗中夸张的运用是明目张胆的，它为抒情诗带来不同于日常语言的强烈情感体验，卡勒引用波德莱尔的话"夸张和呼语是两种语言形式，在诗歌中不仅必要，而且令人愉悦"来强调抒情诗运用夸张的必要性。卡勒认为，抒情诗运用夸张不仅为读者提供强烈的情感体验，而且试图将宇宙重塑为一个世界，赋予物质世界一个精神的纬度，因此抒情诗通过夸张的修辞手法来达成主体与世界万物的交流，并常常发出祈祷，祈祷能达成心愿，或得到神灵相助，为自己与读者寻找心灵的出口，为世界寻找丰富的意义。卡勒指出，这些参数虽然在不同时期和不同流派中会有所变化，但他相信这些参数

---

① Jonathan Culler, *Theory of the Lyric*, Cambridge: Harvard University Press, 2015, p. 7.

对我们理解抒情诗的属性比任何定义都重要，尽管抒情诗理论究竟是什么还在探索中。

在第二章里，卡勒从文类的角度分析了抒情诗的发展历史，他重申了文类的必要性和重要性。卡勒提出，文类作为一种策略，其在抒情诗理论的发展过程中至关重要，尽管也有许多理论家对文类提出疑问，比如意大利美学家克罗齐就认为艺术即直觉，因而对艺术没有必要进行分类。德里达对文类也持怀疑态度，罗兰·巴特认为文类的区分多此一举。尤其是莫里斯·布朗肖更为彻底，他认为文学本就无内在本质可言，文类的划分即使不显得多余，其存在也是对文学创造性的限制和扼杀。卡勒反驳了这种取消文学类型划分的观点，他指出，尽管文类划分标准不断受到挑战，但理论本身就具有自反性，总是处于不断自省和不断建构当中，这也恰恰证明了文类存在的必要性。在研究文类的具体方法上，卡勒提出用"原型模式"（prototype model）代替近几年比较流行的"家族相似性"更符合抒情诗类型的研究。卡勒回顾了抒情诗的历史与传统，并对抒情诗从文类的角度进行了阐发，认为不管从理论角度还是实践功用角度，文类都有其存在的合法性和必要性。

第三章是关于抒情诗的理论学说。卡勒试图寻找抒情诗理论的起源，他追溯到黑格尔的《美学》中关于抒情诗的论述，卡勒指出黑格尔关于抒情诗的理论不仅是最卓越的，也是对浪漫主义诗学最充分的表达。黑格尔认为抒情诗的本质就是表现主观性，尤其是表现自己内心的声音，但这种主观性又与"绝对真理"的普遍性相融合。同时，黑格尔关于诗歌韵律和通过"原型"梳理诗歌的抒情方式都给卡勒很多新的启示。黑格尔主观性的抒情理论在19世纪并未受到重视，但在20世纪得到了传承和发展。20世纪以后，抒情理论出现了语言学的转向，抒情诗被看作对面具人物思想或言语的摹仿，这样就使抒情诗理论发展为一种具有戏剧性独白的理论，其通过对虚构的言语行为进行摹仿。卡勒认为，这种理论不足以作为抒情诗的权威理论来解读抒情诗，其本质依然是返回到了摹仿论。卡勒分析了奥斯汀的言语行为理论，指出言语行为突破了传统再现论的观念，凸显出文学语言的行为性，但其理论也存在诸多问题，并不适宜全盘用于文学研究。言语行为理论给卡勒最大的启示是他更加关注抒情诗以言取效的特征，抒情诗通过呼语、节奏和韵律、重复等手段，将诗人独创性的表达变成老生常谈，进而进入公共领域，起到塑造社会的作用。

在接下来的三个章节里，卡勒重点分析了抒情诗的节奏和韵律、抒情演说、抒情结构。节奏和韵律被看作抒情诗最重要的有机体特征，但由于西方韵律学方面的诸多争议，理论家对此存有疑虑。传统韵律学以"重音－音节律"（accentual－syllabic meter）为主要格律形式，但在实际的诗歌分析实践中会遇到很多难以解决的问题，卡勒提出，用四节拍或四重音节作为抒情诗的基础格律，许多问题就迎刃而解了。抒情诗的节奏主要是通过内容对形式的再现来表现节奏的力量或取得崇高的效果，同时声音与意义的相互运行、押韵与声音重复的相互配合，构成了抒情诗歌特有的言说方式。卡勒认为，声音—重复的表达形式构成了抒情诗特有的抒情特征——抒情演说。卡勒从呼语、受众的演说和对他者的演说几个方面来阐述抒情诗不同于小说的表达方式。抒情诗通过声音图式，用呼语与受话者和读者进行间接的交流，构成抒情诗的"修辞三角"（rhetorical triangle）演说关系，这在一定程度上弱化了诗歌的道德训诫，使读者能够在感受审美的情感愉悦后间接获得道德和伦理的启迪与拷问。抒情诗特有的言说方式使抒情诗不同于以叙事为主的戏剧和小说，抒情是一种话语事件，它依赖于各种修辞手法形成可叙述、可重复的带有仪式性的表现形式。卡勒分析了抒情诗中虚构性与仪式性之间的关系，他认为，尽管抒情诗中也存在着戏剧性独白这一类型的诗歌，但这并不是抒情诗的普遍形式，更多的抒情诗更倾向于表现虚构性与仪式性之间的张力，这种抒情程式在卡勒看来它使诗歌处于现在与过去、意义在场与意义缺失的双重悖论中，收到了非常好的抒情效果。

在本书的最后一章，卡勒着重讨论了抒情诗与社会的关系。浪漫主义者认为抒情诗是一种话语的虚构，是对社会现实的一种回避，因而无法真正进入社会公共领域并起到应有的社会功用。卡勒则认为抒情的仪式性使它与祈愿紧密结合，并在重复中总是以一般现在时的语态对社会介入，在介入中又能保持随时脱离的状态，这使抒情诗对社会产生了特殊的功用。抒情诗可以独立于社会领域之外，也能随时介入不同的社会领域内，并产生持久的社会影响。经典的抒情诗可以超越时代、民族而被不断传颂，正是得益于抒情诗特有的形式因素和独特的表达方式以及其所蕴含的意识形态。

《抒情诗理论》是卡勒诗学建构的一次实践，也是他在后理论时代坚守文学研究、捍卫文学性的一次彻底回归。卡勒对抒情诗传统的梳理、对抒情诗本质特点的探究以及对抒情诗社会功用和抒情诗模式的重新界定，都体现了他一以贯之的诗学追寻，同时也彰显了他的理论体系中解构与建构辩证统一的学术立场。

结　　语

卡勒的文学理论缘起于对文学语言、文学符号的解读和对文学话语的述行分析，经历了对结构主义的阐释与超越，在对德里达、德曼等人思想的解析过程中呈现出一套关于文学与阅读的完整理论，并在风起云涌的理论大潮和后理论喧嚣中找寻文学的文学性，坚守文学研究的核心位置。即使他将更多的目光投向许多新的课题，如叙事理论、生态批评，也依然延续着解构的思考，守护着文学研究的阵地，坚守着文学性，并实践着他的诗学理论的建构。

卡勒的文论思想呈现出了与众不同的理论特征，根本原因就在于他的研究视角的多元性及学术理想的执着性，这两者看似矛盾，却在卡勒的理论中有机统一，相互支撑。不管是对语言、符号的分析，还是对文本的阐释，抑或在理论时代与后理论时代对文学性的捍卫和文学研究的回归，卡勒总是能理性地判断，平和地分析。在他的理论建构过程中，没有气急败坏的争论，也没有失去理智的辩论，他总是能抓住问题的要害，娓娓道来，这显示了他超凡的逻辑分析能力和卓越的理论反思能力。

值得注意的是，卡勒的解构文论与德里达、德曼、米勒的解构思想有着很大的不同，那就是他从未将解构主义看成结构主义的对立面，而是看成对结构主义的一种补充，一种能适应结构主义不确定性的一种运动。[①]在卡勒的学术历程中，解构与建构如影随形，以解构的视野介入，以建构一种新的诗学为目标，游走于解构和建构之间，将其二者和谐地连接在一起，这在西方文学理论发展中是不多见的。

---

① Jeffrey J. Williams, "The Clarity of Theory: An Interview with Jonathan Culler", *The Minnesota Review*, Spring 2008, p. 78.

卡勒将解构与建构完美融合的学术理念不仅在西方文论中独树一帜，其对中国文学理论的新建构也有着不可忽视的影响和启示。我们当前的文学理论面临的最大问题就是方法上的陈旧与极端，陈旧表现在有一部分学者对解构主义等西方思潮的排斥，固步自封，认为这些思想有动摇我们民族文化根基之嫌，这是一种缺乏民族文化自信心的表现。另一种情况是对解构主义和西方新近思潮的全盘接受，认为外来文化是优等文化，抛弃了民族文化之根，这两种做法都是要不得的。理论的沉淀与建构都需要时间来慢慢消化，在这个过程中，一方面，我们要对以往的文学理论进行解读和分析，解构的方法在这里至关重要，对传统进行质疑和批评是其获得新生的必经之路；另一方面，解构并不意味着全部摒弃，而是在重新倒置的关系和等级中去寻找新的平衡点，创造新的可能，这样不仅可以激活传统理论，更会为新理论的生长创造条件。

一 解构思想的延续

解构思想作为一种思维模式和研究方法，已经成为卡勒文论体系中不可或缺的一个组成部分。在文化研究、后现代理论、马克思主义、后殖民理论、女性批评、同性恋理论、新历史主义等交汇而成的多元理论语境中，卡勒依然延续着他的解构理论。在分析诸多文学现象、文化现象和社会现象时，解构主义所倡导的无中心、消解权威、追求学术平等自由的理念依然是卡勒所追寻的学术理想：在揭示更多可能性的同时，更接近事实的真相。

在目前的学术界，很多人认为以德里达为代表的解构主义已经过时，解构主义似乎已经完成了它反逻各斯中心主义的任务。但在卡勒看来，事情并非那么简单，解构并非一劳永逸，建构也并非遥不可及，没有建构，就无从解构。解构的目的不是摧毁和毁灭，而是新的建构。因此，解构主义在风靡一时之后，很多人对其已失去了新鲜感，但卡勒并未如此，在之后的文化研究中，他总是以解构的视野去审视每一个论题。之后的重返文学理论，更是将其置于解构的基础之上。近年来，卡勒的研究兴趣主要在抒情诗、叙事理论，也涉及生态批评及伦理批评，他对这些问题的思考依然是从解构的视野出发的。

多元理论时代在卡勒看来正是文学理论获得新发展的一个契机。卡勒以自己的理论实践证明了多元理论的到来并非文学理论的末日，不仅如此，而且文学性的蔓延与扩张，使文学理论在全球化语境中取得了大胜利，文学理论也获得了新的发展视点与领域。理论以多样化的形态为文学理论的发展提供了多元化的视角和无限的可能性，正如卡勒所言，"解构批评的成就，如大多数内行的读者所见，在于勾画出文本的逻辑，而不在于批评文章赖以或于中做出结论的姿态"①。文学理论正是在文化研究、女性批评、新历史主义、后殖民主义等众多的理论流派中寻找到自身的生长点，充实和拓展文学理论自身的领域，这些众多的理论流派为文学理论的发展提供了无限的可能，使文学理论不仅仅只关注传统文本与经典著作，更将自己的目光投向新的理论视点，如对身份、主体、代理的解读，对女性阅读的关注，对边缘论题的讨论，对生态批评和伦理转向的关注，都是卡勒对文学理论在新的语境中做出的解构式思考。

卡勒在全球化语境中对文学理论进行了重新的界定，对文学所关注的议题也作了延伸和扩展。他指出，随着学科之间的壁垒的打通，文学学科界限得到了扩张，各学科之间的交流与共享成为可能，跨学科研究成为一个显著的特点。在这种情况下，需要对文学的基本属性即文学性进行重新审视和界定，尽管这是一个异常艰巨的任务。在米勒等人为文学性的凯旋高歌时，卡勒并未被这种胜利所迷惑，他理性分析了文学理论未来的发展方向，将一系列有助于文学理论发展的概念和范畴与文学研究联系起来，其中最引人注目的就是对"身份""认同"和"主体"的讨论。"身份""认同"和"主体"这些概念主要出现在许多现代理论中，比如后殖民主义、女性批评、文化研究等，卡勒认为这些概念对文学研究非常重要。"身份"及"身份认同"是社会学中常见的概念，是指个体在社会中所处的位置，"身份认同"是一个复杂的概念，其含义错综复杂。一方面，卡勒认为文学历来与"身份"的关系极为密切，文学作品总是在呈现身份、塑造身份、改变身份，而关于种族、性别的理论为

---

① [美]乔纳森·卡勒：《论解构：结构主义之后的理论与批评》，陆扬译，中国社会科学出版社1998年版，第247页。

文学理论的发展提供了丰富的素材，对卡勒影响比较大的有斯皮瓦克、巴特勒等。关于身份的研究，一个需要解答的问题就是身份是先天给定的还是后天建构的，这是一个复杂的问题，这两种情况在文学作品中都有所表现。从传统的观念来看，一个人在与世界的交织碰撞中形成的自我具有先在的意义，这种先在的自我是人物行为的基础，并在某种意义上决定着人物的行为和命运，但另一方面，卡勒强调，从读者的角度看，是行为塑造了自我。在作品中，为了获得身份的认同，个人与个人、个人与群体、个人与内心都要进行激烈的抗争，抗争的结果无外乎顺从或者毁灭，抑或继续抗争，在这种抗争中就会形成种种张力。卡勒认为与作品对身份的细致入微的处理相比，理论家对身份的处理相对就会简单化一些，这应该引起我们的警惕，"简单化"是本质主义最信奉的，也是解构主义最反对的，因而理论家应该尽可能从作品中去学习对于身份认同和身份塑造的方法，避免因简单化而带来一些理论上的偏差，这对文学的发展是不利的。

　　与"身份"相联系的一个非常重要的概念，就是"主体"。何为"主体"？从学科分类上讲，它是一个社会学的概念，是与客体相对的一个范畴，是指具有主动性和创造性的自然人。那么，在文学作品中这个主体应该怎么理解？许多现代理论对此都有论述，卡勒认为，对于主体的现代思考主要是从两个方面出发：第一，主体的身份是先天给定的，还是后天塑造的；第二，应从自我出发还是从社会出发来理解主体？他认为现代关于主体的四种理论都是围绕着这两个主题展开的，第一种是从先天的和内在的角度来界定主体，比如浪漫主义理论，认为诗歌的情感是个人情感的自我流露，这个"自我"是自然的，本真的主体存在，它通过语言和行为将这种内在的和先天的本质外化出来。第二种是将先天的和社会的因素结合起来，认为主体的本质属性既有天生的性格影响，又受到后天的环境和社会因素的影响。第三种强调了主体不断发展变化的本质，如言语行为理论，就认为主体是通过不断地言语行为来塑造自我，呈现独特的行为而成为它自己。第四种强调主体与身份的结合，如后殖民理论、女权主义等，他们认为主体必须通过获取某种身份来完成自我的塑造。文学理论中的主体，更强调了语言表述的重要作用，因为所有的主体都必须依赖语言才能完成，因此围绕着二者的关系，又生发出了许多理论，传统理论认为主体是世界的中心，语言只是表述主体本质的工具，随着语言学的兴起与繁荣，语言成为超于主体的优先存在，海德格尔认为语言是人类存在的家园，主体的存在依赖于语言的表现，没有语言就没有主体的塑造。之后的语言哲学、言语行为理论都将语言放置在建构人类精神大厦的根基的位置上，这样，主体的中心地位受到了动摇，以德里达为代表的解构主义，更是以语言作为突破口，对传统的逻各斯中心主义进行了无情的解构和颠覆，主体的中心地位不复存在，文学不再是主体行动的自由场所，而是变成了包括主体在内的各种力量争夺意义而进行较量的场所。

卡勒认为，主体的优先性在许多理论中受到了前所未有的挑战，关于主体的问题的确是一个复杂的问题，它不仅涉及许多研究领域，诸如社会心理学、语言学、性别理论等，而且它们之间所形成的复杂关系和张力也是在理论研究时需要特别注意的内容。这些理论研究成果一方面丰富了主体的内容，例如心理分析理论，它不是将主体看成一个独立自主的本质去研究，而是将其看作精神、语言、性别、交往等交叉作用的结果，在分析主体的内在属性时，要看到主体的复杂性和多变性。另一方面，不同的理论因其介入点不同，会对主体做出不同的界定，这对传统的主体理论是一个不小的挑战，在传统与现代之间，理论需要对二者做出平衡，因为传统理论关于主体的观点也有许多地方值得借鉴和继承。

在文化研究和其他多元理论交织与碰撞的大背景下，卡勒延续了他一贯理性、严谨的治学风格，并对文学研究的前沿性理论保持了高度的关注。在2011年的"理论在当下"学术会议上，卡勒在题为《理论在当下的痕迹》的发言稿中，对美国当前的文学理论的发展趋势和主要走向作了详细的点评，从中能够看出他对于当前文学理论发展的一些基本观点。卡勒首先指出，当前的理论作品在关注点上有了一些新的变化，比如对主体的关注，他特别推荐的是斯劳特的《人权，有限公司：世界小说，叙述形式及国际法》，这部作品探讨了小说与人权法中的主体之间的关系，不仅使读者在阅读文学文本时有了新的阅读视角，而且展现了文学与其他学科的互相促进的跨学科性质。文学可以关注任何一个视点，尤其是那些被人忽视和遗忘的角落，后殖民主义的兴起便是文学新的关注的结果，卡勒认为近年来后殖民文学及文论的繁荣与此密切相关，但对后殖民的书写必须有新的视角，才能挖掘出新的内容来，"我们更偏爱非正统的后殖民作品，这一事实似乎表明，后殖民已成为一个允许采取各类不同研究方式的领域"①。

卡勒指出，在多元理论时代，理论采用的形式并非以某个具体的理论为基点对具体的作家或作品进行阐释，而是"致力于研究由理论概念所界定的主题，并说明通过阅读哪些文本，可以阐发这些主题"②。由此可见，传统的逻各斯中心主义时期的宏大叙事的理论时代已经结束，取而代之的是多元的理论交织和对不同领域的平等关注，这正是卡勒文学理论的精髓所在，即强调差异和多元，挖掘意义的无限可能性。因而，卡勒特别推崇理论中出现的对生态、环保等主题比较关注的作品，因为他们都尊重每一个物种并强调它们是一种有差别的存在。比如弗朗索瓦的《公开的秘密：不可数的文学经验》、海斯的《地域与星球：全球的环境想象》等。

卡勒在2011年的一次讲座中对近年来理论的转向作了精辟的总结。他认为，当今理论发展中出现了六种趋势：一是叙事学的复兴，二是德里达研究的再次兴起，三是伦理学转向，四是生态批评，五是后人类理论，六是回归美学。卡勒认为，这些理论至少部分是在解构主义理论的影响或启发下出现的。叙事学的复兴是与认知科学紧密联系在一起的，这与以往的叙事学不同，是值得关注的一个理论方向。德里达研究热的兴起是理论关注不同领域的结果，它不仅表现在对德里达解构思想的分析，还表现在对德里达其他相关思想的关注和研究，例如希利斯·米勒的《献给德里达》，马丁·海格伦德的《彻底的无神论：德里达与生命时间》。伦理学转向包括了人与人、人与动物的种种关系，卡勒认为这是解构主义运动在理论中的某种延续，"是对那些具有等级式二元对立进行驳斥的某种延续，这些等级式的二元对立规定了某些群体来创造出某种规

---

① ［美］乔纳森·卡勒：《理论在当下的痕迹》，周慧译，《外国文学》2011年第1期。
② ［美］乔纳森·卡勒：《理论在当下的痕迹》，周慧译，《外国文学》2011年第1期。

范:男性对女性、白人对黑人、异性恋对同性恋……"① 生态批评关注人与世界的关系,推翻了人作为世界中心的理性王国,对主体的含义进行了重新界定,依然是对人类与非人类二元对立等级的颠覆,是解构主义思想在生态批评中的体现。"后人类"这一概念的出现是对主体重新思考的结果,卡勒认为它超越了传统意义上的主体概念,更强调主体与机器的二元对立,如何打破这种对立,使主体成为真正的主体,卡勒认为这也许是一个永远难以解开的谜,但它指引着我们更好地认识自己。返归美学是始料未及的一件事情,在许多人看来,文学研究的泛化、审美的日常化使理论愈来愈远离美学,"后人类"的兴起打破了艺术之间的界限,传统意义上的审美渐行渐远。但在卡勒看来,这种看似疏离"美"的行为或许会导致艺术理论即美学的复兴,在多元理论的语境下,各种理论交相呼应,这为人们重新思考"美"和美学提供了好的视角和理论来源,从这个意义上说,多元理论时代恰恰不是文学艺术的终结之日,而是它们获得新生的绝佳之时。

二 解构与建构

卡勒的学术历程中不仅有对传统文学概念和阅读模式的解构,同时也交织着诗学和新的阅读模式的建构,因而解构和建构在卡勒的理论体系中有着非同寻常的意义,理清二者的关系对研究卡勒学术思想有着非常重要的意义。

在分析解构与建构关系之前,首先要弄清楚结构与解构的关系,因为没有结构,就不会有解构。关于结构主义与解构主义的关系,卡勒曾多次在访谈中强调,解构主义不应该被看成结构主义的对立物,而是对结构主义的超越和补充。他说:"我倾向于将结构主义看作是一种发生在现象学这一基本语境中的一个事物,这种现象学试图尽可能清楚地阐明使我们的经验成为可能的规则和惯例,同样,我也不会将解构主义看成

---

① [美]乔纳森·卡勒:《当今的文学理论》,生安锋译,《外国文学评论》2012 年第 4 期。

结构主义的对立面，而是一种能适应结构主义不确定性的一种运动。"①"我不认为它们之间是对立的。那些声称自己是结构主义或解构主义的人们也许是有他们不同的目的，因为结构主义其焦点是诗学，是对使文化的个体成为可能的惯例的体系的理解，而解构主义则更多地关注文学作品与哲学作品的阐释，而且它也注重于阐明作品如何发生功能而不只是注重意义。对我而言，结构主义与解构主义之间没有根本性的对立。"②卡勒在《论解构：结构主义之后的理论与批评》中关于二者的关系也有过精彩的论述。结构主义主要依赖于语言学模式，它将批评的中心由主体转向话语，并力求从探讨惯例的结构和系统中获得意义。为了说明文本的深层结构与惯例，结构主义设置各类科学、神话的科学，还有与符号相关的总科学等，并通过凸显、讽嘲、戏拟等文学手法来揭示文学语言的特性，进而彰显文本的文学性。而解构主义则从结构主义所赖以存在的二元对立入手，尤其是对结构主义所信奉的索绪尔的语言学理论进行发难，击垮了结构主义关于能指和所指所带来的意义的乌托邦王国，解构主义打破了意义的固有模式和唯一性，将意义的无限可能性向读者敞开，一方面使意义的获得变得扑朔迷离，另一方面也使意义的内在丰富性达到充盈的状态。卡勒之所以强调解构主义并不是结构主义的对立面，是因为"结构主义的科学发掘出了惊人的非规则性，解构的阐释则引出了不可抗拒的规则法"③。结构主义力图展现事物结构的规则性，而解构主义则更热衷于展现这种规则的复杂性和难以把握性，从这一点上看，二者的确存在着互补性。

在论述结构主义和解构主义时，有一个概念会经常出现，那就是"后结构主义"，很多学者将其等同于解构主义，但二者有联系也有区别。后结构主义更强调与结构主义的延续性、同质性，后结构主义源于结构主义，换句话说，它是从结构主义内部生长起来的，是一个时间概念，

---

① Jeffrey J Williams, "The Clarity of Theory: An Interview with Jonathan Culler", *The Minnesota Review*, Spring 2008, p. 78.
② 郑丽：《乔纳森·卡勒访谈录》，《外国文学研究》2014年第2期。
③ ［美］乔纳森·卡勒：《论解构：结构主义之后的理论与批评》，陆扬译，中国社会科学出版社1998年版，第208页。

强调发展变化的阶段和历程，后结构主义是结构主义发展的一个阶段，有发展就有变化，后结构主义在结构主义原有的基础上，对其进行了超越和变革。从这个层面上讲，"后结构主义"是一个描述性概念，而非一个流派的名称，表明结构主义的发展阶段。当然，有许多结构主义者经过后结构主义，最终转向解构主义，比如巴特。而解构主义则不同，解构主义有自己一套与结构主义迥然不同的主张、研究方法，结构主义所信奉的能指和所指所构成的固定的意义结构在解构主义者那里被彻底消解了，以德里达为代表的解构主义者认为能指和所指之间并不存在着稳定和明确的对等关系，能指所指向的是一个所指群，这导致了索绪尔语言学所赖以存在的能指与所指的彻底分裂。这样一来，文本阅读便是一个意义不断偏离和延缓的过程，这也是巴特将文本称为编织物的原因。在阅读文本时，你面对的不是具体、单个的文本，而是已经被混入文本海洋中的意义编织物，其意义存在于文本的不断交织和互文中，意义在不断地播撒中延宕，德里达称之为"异延"，文本的意义也就散播在这种不断聚合又消散的意义踪迹中。

卡勒认为，结构主义所界定的结构并非一种给定的先在，而是一种建构。因为结构主义在面对诗的结构时，总是发现其无法依赖于一个既定的意义，含混、反讽和散播是它们不得不面对的状况，因而给定的意义只能成为一种临时的、难以驾驭的起点。对于读者反应批评和接受美学也是如此，读者的阅读经验和期待视野总是处于变动不居的状态。德曼曾说："阅读之可能性永远不能成为天经地义的事实，亦无任何方式加以规定或证实。"[①]建构无处不在，不论是对结构主义还是解构主义，建构都是不可或缺的一部分。在卡勒的学术历程中，解构与建构如影随形，如他自己所言，没有建构，便无从解构，解构的目的不是摧毁，而是另一种方式的建构。在这个过程中，对原有秩序和结构的质疑与消解，恰恰可以带来更多的意义可能性，即使最终的建构目标很难实现，仍然可以收获很多关于文学和理论的新见。回顾卡勒的学术历程，其缘起于结

---

① Paul de Man, *Blindness and Insight*: *Essays in the Rhetoric of Contemporary Criticism*, Minneapolis: University of Minnesota Press, 1983, p. 107.

构主义，却用解构的视野去审视；投身于解构主义，却以诗学建构为学术理想；穿梭于文化研究，却能以解构视角分析诸多文学问题与文化现象并在多元的理论时代中保持理性的思考。由此看来，能将结构、解构与建构和谐地整合在自己的理论体系中，不仅需要睿智的研究方法，更需要博大的学术胸怀和高超的理论驾驭能力，卡勒无疑做到了。

结构、解构和建构在卡勒的学术理论中体现出一种超乎寻常的紧密性。在介绍结构主义时，卡勒并非纯粹的译介，而是对其进行了解构式的思考和完善。结构主义所追寻的内在的、稳定的、封闭的结构在卡勒这里修正成一个开放性的、有读者参与的建构过程。他指出，由于文本只有通过读者的阅读才能成为作品，在阅读的过程中读者所具有的文学能力起着关键的作用，除此之外，阅读经验和文学惯例也是影响文学阅读的重要因素。因而，在卡勒的理论体系中，结构的含义与结构主义所追寻的结构意义是不同的，卡勒所言的结构不仅具有多维的分析模式，即不仅仅从语言符号本身进行分析，还从读者的文学能力、文学惯例、文学程式、言语行为等方面对文本结构进行分析，将文本从结构主义所设置的封闭而僵死的框架中解放出来，卡勒看到了文本结构的复杂性和文本意义的不确定性，认为文本有若干种意义，却又不是任何一种意义[①]，这种观点与德里达后来的解构思想如出一辙。卡勒在投身解构主义时，其解构思想又与德里达、德曼、米勒等人的解构思想有着诸多不同，其中最显著的一点就是卡勒的解构思想总是与建构思想紧密联系在一起。这种建构思想从卡勒的学术理论开始就已经存在了，在《结构主义诗学》中，卡勒将诗学的建构作为他的学术理想，他认为文学研究的任务不是对具体作品的阐释，而是要超越阐释，建构一种诗学，即探究使文学的意义成为可能的惯例和文学运作机制，这比文本的意义阐释更有价值。到了《论解构：结构主义之后的理论与批评》中，卡勒虽然对德里达、德曼等人的解构思想作了详细的阐述，他也看到了文本意义的无限可能性和不确定性，但对其背后的深层结构和模式的探究依然是卡勒努力的

---

① ［美］乔纳森·卡勒：《结构主义诗学》，盛宁译，中国社会科学出版社1991年版，第185页。

方向。这就使他的解构文论没有走向消解主义、虚无主义,而是走向了一种建构,一种解构之后蕴含着多种可能的理论的新建构。

三 卡勒的文学理论对建构中国当代文学理论话语体系的启示意义

研究西方文学理论家的文论思想,大体来说有两方面的目的:一方面,可以开阔我们的学术视野,了解西方人文学科的发展现状;另一方面,也是最重要的,就是学习和借鉴他们先进的研究方法和学术理念,在卡勒身上,无疑具有可供我们借鉴的东西。卡勒在一期访谈中曾对中国学者说过一段话:"中国学者应立足于中国文化,从自己的视角出发,而不要试图从西方文化的视角出发。"① 这正是卡勒的学术思想取得斐然成绩的基点,卡勒的每一次学术转折,都与美国文学研究和文化发展的大背景息息相关,他的学术思想以及治学风格对我们当前的文学研究和文学理论建构有着非常重要的启示作用。

卡勒在中国学者的视野中被贴上了各种标签,语言学家、符号学家、结构主义者、解构主义者、文化研究者等。对卡勒来说,他是比较排斥这种标签的,认为这种标签会给读者以误导,他曾以布鲁姆与解构主义的关系为例来说明这种标签的误导作用。卡勒认为,布鲁姆与解构主义联系在一起仅仅是一个偶然,只是因为他是德曼、哈特曼和米勒的好友和同事,只是因为他提交过一篇名为"解构主义与批判主义"的文章,他就被列为"耶鲁学派"的成员而成为美国解构主义的代表人物。卡勒坦言,布鲁姆从来就没有对解构真正有过兴趣,他的作品大都与解构无关,更多的是关于诗歌的心理学模式研究。② 的确,卡勒也从未标榜自己属于什么流派、什么主义,卡勒的文学理论在看似零碎的背后,却有着自己严密的内在逻辑和结构。他的文学理论涉及了文学最主要的领域和基本问题,以结构为起点,以解构为方法,以建构为目标,将文学话语、文学文本、文学阅读和总体文学观有机联系成一个整体,它们之间既互相制约,又彼此生长的空间。这种互为张力的结构特性使卡勒的文学

---

① 郑丽:《乔纳森·卡勒访谈录》,《外国文学研究》2014 年第 2 期。
② 郑丽:《乔纳森·卡勒访谈录》,《外国文学研究》2014 年第 2 期。

理论显示出与众不同的学术风格：既有对已有惯例和规约的质疑与解构，又有对新的意义可能性形成的内在机制和诗学的建构；既有对具体的文学现象和问题的解构思考，又有对文学理论宏观体系的建构设想；既有对文学流派和思潮的译介，又有理论的参与和实践，这些方面都显示了卡勒非凡的理论驾驭能力和理论整合能力。

卡勒一直被认为是结构主义在美国的译介者、解构主义在美国的阐释者，文化研究即后理论时代的参与者。尽管卡勒没有提出原创的理论，但他的贡献在某种意义上并不亚于原创理论。原创的理论不一定都是有价值的，重要的是只要理论能够促进对于文学的新认识、对于文学研究方法的革新，就是有意义和价值的理论。梳理卡勒的整个学术历程，他的解构文论带给我们多方面的启示作用。

首先，在对待外来理论的态度上，卡勒给我们提供了一个很好的借鉴。卡勒的两部非常有名的著作《结构主义诗学》与《论解构：结构主义之后的理论与批评》，都是对外来理论的介绍和引进，但取得了巨大的成功，原因当然不止一个，但其中最重要的是对其进行了本土化的改造，寻找到了外来理论与本土理论的嫁接点，才使得外来理论在本国土壤中生根、开花、结果，这个过程异常困难，但卡勒却做到了。《结构主义诗学》中卡勒对欧陆流行的结构主义进行了改造，打破了原有封闭、僵死的结构主义文本观，加入了读者与主体的行为因素，这对于崇尚主体意识和学术自由而又被新批评长期垄断的英美文学理论界来说，无疑开启了一扇希望之门。盛宁先生在《结构主义诗学》的译者前言中对此问题有过详细的论述，他认为，不同的文化进行融合产生出新的理论是一件困难的事情，困难主要来自两方面，一是对传统的扬弃要切中要害，二是对外来理论的甄别要细致谨慎，做到这两点，才有可能成功借鉴外来理论中的精华用以发扬本土文化。[①] 在《论解构：结构主义之后的理论与批评》中，卡勒对德里达的解构思想进行了阐释，不但澄清了一些关于解构的误解，使解构深入人心，而且在阐释的过程中，也呈现了自己的新见，使这本关于解构主义的著作充满了学术的真诚，成为评述解构主

---

① 盛宁：《阐释批评的超越——论〈结构主义诗学〉》，《读书》1990年第12期。

义的经典之作。

《结构主义诗学》与《论解构：结构主义之后的理论与批评》的成功显示了卡勒非同寻常的学术洞察力与理论驾驭能力，这一点值得中国学者反思和借鉴。我们目前的文学理论面临的最大问题就是捡了西方的理论，却丢了自己的文化，20世纪80年代的失语症就是例证，根本原因是我们缺乏这种嫁接外来理论的能力，也缺乏这样的创新意识。在许多学者的眼中，卡勒只不过是一个阐释者、译介者，没有自己的原创理论，但现在看来，我们目前缺的恰恰是这种具有原创能力的阐释者和译介者，理论需要创新，但更需要去消化和沉淀，之后才会有新的创造，这需要时间，更需要耐力和智力。正因为我们缺乏这种嫁接外来文化的能力，我们的文学理论才会像走马灯一样，只有数量的变化而无新质的飞跃。我们的文学理论在经过西方诸多文学理论流派的暴风骤雨式的洗礼之后，除了留下一堆新的名词和概念外，没有留下什么本质的、能使我们本土文学理论焕发生命力的东西，这值得我们深思。当西方出现一种思潮后，我们能很快接受，迅速掀起一股热潮，但很快热潮退去便会无人问津，很少有学者能够真正潜下心来进行后续的研究。

其次，卡勒具有建构色彩的解构文论为我们当前文学理论的建构提供了可供借鉴的方法。卡勒的解构文论核心是反对单一而固定的阐释和阅读模式，主张为文本意义的无限可能性提供空间，文本意义因语境的无边无涯而难以确定，但它并不是虚无和不着边际的。正如同德里达所说的意义的踪迹一样，它永远不在场，永远处于建构之中，但你却无法否认它的存在，因为文学背后的程式和惯例仍然在起作用。卡勒指出，没有解构，就无从建构，而没有结构，就无法解构，卡勒的解构理论启示我们结构、解构是与建构紧密联系在一起的，没有绝对稳定的结构，也没有绝对彻底的解构，更没有纯粹的建构，所有的一切活动都是三者的交融和互动，三者之间所形成的张力决定了理论所呈现的风貌。如此看来，我们的文学理论建构似乎还有很长的一段路要走，其间既有对传统理论的继承，又要有解构式的解读，这两步走好了才会有新的理论建构的可能。

卡勒在《文学理论入门》一书中对文学的基本问题进行了解构式的

分析，这本书在中国读者中产生了很大的影响。这部著作在研究诸多文学理论问题时所采用的方法值得我们思考，从方法论上讲，卡勒所用的是反本质主义的研究方法，即不去界定文学是什么，而是围绕着文学来阐释与之相关的一些基本问题，甚至对"文学是什么"这一问题进行解构，对其存在的合法性提出疑问。从古至今，人们一直都在探讨文学是什么，美是什么，但从目前来看，我们好像也没有得到满意的答案，因为文学所具有的一些特点非文学独有，文学与非文学之间的界限本来就存在着模糊地带，再加上现代理论的跨学科性，这种本质主义的研究方法势必会成为文学研究的致命阻碍。目前，我们的文学理论界也在进行关于本质主义与反本质主义的争论，这种争论对文学理论的发展还是非常有益的。有解构才会有新的建构，对现有理论的反思和质疑是建构新理论走出的第一步，只有理性、客观地分析现有理论的缺陷与不足，才能对它进一步完善和补充。

最后，卡勒的学术理念为理论的创新开启了另一种存在的方式。传统的观念认为理论的创新必须是一种新的理论的提出，而建立在阐释别人理论的基础上的理论很难出新。从卡勒的学术理念来看，尽管他自己一再强调文学研究的任务不是文本阐释，而是要超越文本，走向理论的建构，但事实上，他自己正是在阐释他人文本的基础上才建构了自己的理论体系。因而，创新并没有固定的模式，能否创新的关键在于是否具有创新能力，而创新能力的获得不仅需要学习和阐释他人的理论，更需要不断质疑传统，反叛权威，解构现有理论，才能获得建构新理论的可能性和空间。

参考文献

一 乔纳森·卡勒著作、编著与论文

（一）著作

1. 外文著作

Flaubert, *The Use of Uncertainty*, London: Elek, 1974.

Structuralist Poetics, *Structuralism*, *Linguistics*, *and the Study of Literature*, New York: Cornell University Press, 1975.

Saussure, London: Fontana/Collins, 1976.

The Pursuit of Signs: Semiotics, *Literature*, *Deconstruction*, Ithaca: Cornell University Press, 1981.

On Deconstruction, *Theory and Criticism after Structuralism*, New York: Cornell University Press, 1982.

Roland Barthes, London: Oxford University Press, 1983.

Framing the Sign: Criticism and its Institutions, Oxford: Blackwell, 1988.

Literary Theory: A Very Short Introduction, London; New York: Oxford University Press, 1997.

The Literary in Theory, Stanford: Stanford University Press, 2007.

Theory of the Lyric, Cambridge: Harvard University Press, 2015.

2. 中译著作

《罗兰·巴尔特》，方谦译，生活·读书·新知三联书店1988年版。

《索绪尔》，张景智译，中国社会科学出版社1989年版。

《结构主义诗学》，盛宁译，中国社会科学出版社1991年版。

《论解构：结构主义之后的理论与批评》，陆扬译，中国社会科学出版社 1998 年版。

《索绪尔》，宋珉译，昆仑出版社 1999 年版。

《文学理论入门》，李平译，译林出版社 2008 年版。

《罗兰·巴特》，陆资译，译林出版社 2014 年版。

《理论中的文学》，徐亮等译，华东师范大学出版社 2019 年版。

（二）外文编著

On Puns：The Foundation of Letters，New York：Blackwell，1988.

Just Being Difficult? Academic Writing in the Public Arena，Stanford：Stanford University Press，2003.

Deconstruction：Critical Concepts in Literary and Cultural Studies，New York：Routledge，2003.

Grounds of Comparison：Around the Work of Benedict Anderson，New York：Routledge，2003.

Structuralism：Critical Concepts in Literary and Cultural Studies，New York：Routledge，2006.

（三）论文

1. 外文论文

"Jacobson and the Linguistic Analysis of Literary Texts"，*Language and Style*，winter，1971.

"'Frontiers of Criticism', Review of Blindness and Insight by Paul de Man"，*Yale Review*，1972.

"Structure of Ideology and Ideology of Structure"，*New Literary History*，Vol. 3，No. 4，1973.

"Literary History, Allegory, and Semiology"，*Diacritics*，Vol. 1，No. 5，1975.

"Stanley Fishand the Righting of the Reader"，*New Literary History*，Vol. 2，No. 7，1976.

"Literary History, Allegory, and Semiology"，*New Literary History*，winter，1976.

"Beyond Interpretation: The Prospects of Contemporary Criticism", *Comparative Literature*, Vol. 28, No. 3, 1976.

"Deciphering the Signs of the Times", *Leonardo*, Vol. 10, No. 4, 1977.

"In Pursuit of Signs", *Daedalus*, Vol. 106, No. 4, 1977.

"On Trope and Persuasion", *New Literary History*, Vol. 9, No. 3, 1978.

"Structuralism and Grammatology", *Boundary* 2, Vol. 8, 1979.

"Semiotics and Deconstruction", *Poetics Today*, No. 1, 1979.

"Comparative Literature and Literary Theory", *Michigan Germanic Studies*, Vol. 5, No. 2, 1979.

"Convention and Meaning: Derrida and Austin", *New Literary History*, Vol. 13 No. 1, 1981.

"The Uses of 'Madame Bovary'", *Diacritics*, Vol. 11, No. 3, 1981.

"Problems in the 'History' of Contemporary Criticism", *The Journal of the Midwest Modem Language Association*, Vol. 17, No. 1, 1984.

"Problems in the Theory of Fiction", *New German Critique*, No. 35, 1985.

"Junk and Rubbish: A Semiotic Approach?", *Diacritics*, Vol. 15, No. 3, 1985.

"Reading Lyric", *Yale French Studies*, No. 69, 1985.

"Lyric Continuities: Speaker and Consciousness", *Neohelicon*, No. 13, 1986.

"Comparative Literature and the Pieties", *Profession*, 1986.

"Poststructuralist Criticism", *Style*, No. 21, 1987.

"Interpretations: Data or Goals?", *Poetics Today*, No. 9, 1988.

"Paul de Man's War and the Aesthetic Ideology", *Critical Inquiry*, No. 15, 1989.

"Anti – Foundational Philology", *Comparative Literature Studies*, Vol. 27, No. 1 1990.

"Lace, Lance, and Pair", *Profession*, 1994.

"New Literary History European Theory", *New Literary History*, No. 25,

1994.

"Comparability", *World Literature Today*, Vol. 69, No. 2, 1995.

"Anderson and the Novel", *Diacritics*, Vol. 29, No. 4, 1999.

"Philosophy and Literature: The Fortunes of the Performative", *Poetics Today*, Vol. 21, No. 3, 2000.

"The Return to Philology", *Journal of Aesthetic Education*, Vol. 36, No. 3, 2002.

"Feminism in Time: A Response", *Modern Language Quarterly*, Vol. 65, No. 1, 2004.

"Ominiscience", *Narrative*, Vol. 12, No. 1, 2004.

"The Hertzian Sublime", *MLN*, Vol. 120, No. 5, 2005.

"Knowing or Creating? A Response to BarbaraOlson", *Narrative*, Vol. 14, No. 3, 2006.

"Whither Comparative Literature? *Comparative Critical Studies*", Vol. 3, No. 1 – 2, 2006.

"Commentary: What Is Literature Now?", *New Literary History*, No. 38, 2007.

"The Realism of Madame Bovary", *MLN*, Vol. 122, No. 4, 2007.

"Derrida and Democracy", *Diacritics*, Vol. 38, No. 1 – 2, 2008.

"Preparing the Novel: Spiraling Back", *Paragraph*, Vol. 31, No. 1, 2008.

"The Most Interesting Thing in the World", *Diacritics*, Vol. 38, No. 1 – 2, 2008.

"Lyric, History and Genre", *Diacritics*, Vol. 40, No. 4, 2009.

"Afterword: Theory Now and Again", *the South Atlantic Quarterly*, Winter, 2011.

2. 中译论文

《文学中的结构主义》，张金言译，《国外社会科学》1982 年第 6 期。

《当前美国文学批评中争论的若干问题》，钱佼汝译，《外国文学评论》1987 年第 3 期。

《超越阐释》，杨扬译，《文艺理论研究》1991 年第 1 期。

《作为妇女的阅读》，载张京媛主编《当代女性主义文学批评》，北京大学出版社1992年版。

《保罗·德·曼对文学理论的贡献》，载［美］拉尔夫·科恩主编《文学理论的未来》，程锡麟等译，万千校，中国社会科学出版社1993年版。

《为"过度诠释"一辩》，载［意］艾柯等《诠释与过度诠释》，王宇根译，生活·读书·新知三联书店1997年版。

《雅克·德里达》，载［英］约翰·斯特罗克编《结构主义以来：从列维－斯特劳斯到德里达》，渠东等译，辽宁教育出版社1998年版。

《文学性》，载［加拿大］马克·昂热诺等主编《问题与观点：20世纪文学理论综论》，史忠义、田庆生译，百花文艺出版社2000年版。

《理论中的文学性成分》，余虹译，2003年3月22日发布于文化研网站，网址：http：//www.culstudies.com/rendanews/displaynews.asp? id=212。

《什么是文化研究?》，金莉、周铭译，《当代外国文学》2007年第4期。

《比较文学何去何从?》，查明建译，《中国比较文学》2009年第3期。

《理论在当下的痕迹》，周慧译，《外国文学》2011年第1期。

《比较文学的挑战》，生安锋译，《中国比较文学》2012年第1期。

《当今的文学理论》，生安锋译，《外国文学评论》2012年第4期。

《文学理论的现状与趋势——乔纳森·卡勒教授访谈录》，何成洲、郝志琴译，《南京大学学报》2012年第2期。

《抒情理论新论》，李玉平译，《江海学刊》2014年第6期。

二　其他主要参考文献

（一）外文文献

B. F. BART, "Reviews on Flaubert: The Use of Uncertainty", *The Modern Language Journal*, Vol. 59, No. 7, 1975.

David Simpson, "Being there? literary criticism, localism and local knowledge", *Critical Quarterly*, No. 3, 1993.

David Simpson, *Academic Postmodern and The Rule of Literature: A Report on Half-Knowledge*, Chicago: The University of Chicago Press, 1995.

Ferdinand de Saussure, *Course in General Linguistics*, trans. Wade Baskin. Ed. Charles Bally and Albert Sechehaye, London: Owen/Fontana, 1974.

Harold Bloom, *A Map of Misreading*, London: Oxford University Press, 1975.

Hillis Miller, *Fiction and Repetition*, Cambridge: Harvard University Press, 1985.

Hillis Miller, *Theory Now and Then*, Durham: Duke University Press, 1991.

J. L. Austin, *How to Do Things with Words*, Cambridge: Harvard University Press, 1975.

Jacques Derrida, *Of Grammatology*, trans. Gayatri Spivak, Baltimore: Johns Hopkins University Press, 1976.

Jacques Derrida, *Dissemination*, Chicago: University of Chicago Press, 1983.

Jacques Derrida, *Glas*, trans. John P. Leavey, Jr. and Richard Rand, Lincoln: University of Nebraska Press, 1986.

Jacques Derrida, *Acts of Literature*, Ed. Derek Attridge, New York: Routledge, 1992.

Jacques Derrida, *Given Time*, Trans. Peggy Kamuf, Chicago: University of Chicago Press, 1992.

Jacques Derrida, *A Taste for the Secret*, Trans. Giacomo Donis, London: Polity, 2001.

Julia Kristeva, *The Kristeva Reader*, Columbia: Columbia Unirersity Press, 1986.

Judith Butler, *Bodies That Matter: On the Discursive Limits of "Sex"*, New York: Routledge, 1993.

Judith Butler, *What's Left of Theory: On the Politics of Literary Theory*, New York: Routledge, 2000.

Jeffrey J. Williams, "The Clarity of Theory: An Interview with Jonathan Culler", *The Minnesota Review*, Spring, 2008.

Nietzsche, Friedrich, *Nietzsche on Rhetoric and language*, tran. Sander L. Gilman, Carole Blair and David J. Parrent, New York: Oxford University Press, 1989.

Paul de Man, *Allegories of Reading*, New Haven: Yale University Press, 1982.

Paul de Man, *Blindness and Insight: Essays in the Rhetoric of Contemporary Criticism*, Minneapolis: University of Minnesota Press, 1983.

Paul de Man, *The Resistance to Theory*, Minneapolis: University of Minnesota Press, 1986.

Roland Barthes, *S/Z*, Paris: seuil, 1970.

Richard Ohmann, "Speech Acts and the Definition of Literature", *Philosophy and Rhetoric*, No. 4, 1971.

Smith Barbara, *On the Margin of Discourse*, Chicago: University of Chicago Press, 1978.

Steven Knapp and Walter Benn Michaels, "Against Theory", *Critical Inquiry*, No. 8, 1982.

Steven Knapp and Walter Benn Michaels, "A Reply to Our Critics", *Critical Inquiry*, No. 9, 1983.

S. Knapp, *Literary Interest: The Limits of Anti – Formalism*, Boston: Harvard University Press, 1993.

Sperber D. and D. Wilson, *Relevance: Communication and Cognition*, Oxford: Basil Blackwell, 1986.

Shen Dan, "Defense and Challenge: Reflection on the Relation between Story and Discourse", *Narrative*, Vol. 10, No. 3, 2002.

Tzvetan Todorov, "The Notion of Literature", *New Literary History*, Vol. 38, No. 1, 2007.

Umberto Eco, *Interpretation and Overinterpretation*, Cambridge: Cambridge University Press, 1992.

Wayne Clayson Booth, *Critical Understanding: The Powers and Limits of Pluralism*, Chicago: University of Chicago Press, 1979.

（二）中文文献

［美］艾布拉姆斯：《镜与灯——浪漫主义文论及批评传统》，丽稚牛等译，北京大学出版社1989年版。

［英］J. L. 奥斯汀：《如何以言行事——1955年哈佛大学威廉·詹姆斯讲座》，杨玉成、赵京超译，商务印书馆2013年版。

［法］保罗·利科：《言语的力量：科学与诗歌》，载胡经之、张首映《二十世纪西方文论选》（第三卷），中国社会科学出版社1989年版。

陈炎：《反理性思潮的反思——现代西方哲学美学述评》，山东大学出版社2004年版。

［法］茨维坦·托多罗夫编选：《俄苏形式主义文论选》，蔡鸿滨译，中国社会科学出版社1989年版。

董希文：《文学文本理论研究》，社会科学文献出版社2006年版。

董学文主编：《西方文学理论史》，北京大学出版社2005年版。

［奥］弗洛伊德：《梦的解析》，周艳红等译，上海三联书店2008年版。

郭宏安、章国锋、王逢振：《二十世纪西方文论研究》，中国社会科学出版社1997年版。

何玉蔚：《对"过度诠释"的诠释》，中国社会科学出版社2009年版。

［德］康德：《判断力批判》，邓晓芒译，人民出版社2002年版。

［美］拉夫尔·科恩主编：《文学理论的未来》，程锡麟译，中国社会科学出版社1993年版。

［英］拉曼·塞尔登编：《文学批评理论——从柏拉图到现在》，刘象愚等译，北京大学出版社2000年版。

［法］罗兰·巴特：《符号学原理》，王东亮译，生活·读书·新知三联书店1999年版。

［法］罗兰·巴特：《文之悦》，屠友祥译，上海人民出版社2002年版。

欧崇敬：《从结构主义到解构主义》，扬智文化事业股份有限公司1998年版。

[法]让-弗·利奥塔：《后现代主义》，赵一凡等译，社会科学文献出版社1999年版。

[法]萨摩瓦约：《互文性研究》，邵炜译，天津人民出版社2003年版。

盛宁：《人文困惑与反思——西方后现代主义思潮批判》，生活·读书·新知三联书店1997年版。

苏培：《构建中国文学理论话语体系》，《中国社会科学报》2017年7月7日。

谭好哲：《现代视野中的文艺美学基本问题研究》，齐鲁书社2003年版。

屠友祥：《索绪尔手稿初检》，上海人民出版社2011年版。

王建香：《当代西方文论中的文学述行理论》，中国广播电视出版社2009年版。

王敬民：《乔纳森·卡勒诗学研究》，中国海洋大学出版社2008年版。

王汶成：《文学语言中介论》，山东大学出版社2002年版。

王汶成：《文艺学的当代境遇与问题》，山东大学出版社2009年版。

[美]韦勒克、沃伦：《文学理论》，生活·读书·新知三联书店1984年版。

[德]乌尔里希·贝克、[英]安东尼·吉登斯、斯科特·拉什：《自反性现代化——现代社会秩序中的政治、传统与美学》，赵文书译，商务印书馆2001年版。

吴建设：《乔纳森·卡勒》，光明日报出版社2011年版。

[美]希利斯·米勒：《文学死了吗》，秦立彦译，广西师范大学出版社2007年版。

[美]J.希利斯·米勒：《重申解构主义》，郭英剑等译，中国社会科学出版社2000年版。

[英]特里·伊格尔顿：《当代西方文学理论》，王逢振译，中国社会科学出版社1988年版。

张法：《全球化时代的文艺理论》，安徽教育出版社 2005 年版。

张首映：《二十世纪西方文论史》，北京大学出版社 1999 年版。

赵宪章：《西方形式主义美学》，上海人民出版社 1996 年版。

赵毅衡编选：《符号学文学论文集》，百花文艺出版社 2004 年版。

周玉宁：《我对文学的未来是有安全感的：希利斯·米勒访谈录》，《文艺报》2004 年 6 月 24 日。

［法］朱莉娅·克里斯蒂娃：《符号学：符义分析探索集》，史忠义等译，复旦大学出版社 2015 年版。

朱立元主编：《当代西方文艺理论》，华东师范大学出版社 2005 年第 2（增补版）版。

陈军：《从阅读程式到修辞话语——乔纳森·卡勒的结构主义抒情诗理论》，《外国文学动态研究》2017 年第 2 期。

董希文：《20 世纪西方文学文本理论流派纵论》，《山东省青年管理干部学院学报》2005 年第 5 期。

董学文：《中国文学理论话语体系的当代建构》《社会科学文摘》2021 年第 1 期。

郝岚：《"后理论"时代的新世界文学》，《中国比较文学》2022 年第 1 期。

郝运慧：《诗学的倡导与当下的理论观察——乔纳森·卡勒教授访谈录》，《外国文学》2020 年第 6 期。

［法］克里斯蒂娃：《互文性理论对结构主义的继承与突破》，黄蓓译，《当代修辞学》2013 年第 5 期。

李法庭：《乔纳森·卡勒"后理论"运思视角的介入与突围》，《广州广播电视大学学报》2022 年第 2 期。

刘震军、王晓玲：《里法泰尔的互文性概念——以艾略特〈荒原〉一诗为例》，《河北联合大学学报》2014 年第 2 期。

秦海鹰：《互文性理论的缘起与流变》，《外国文学评论》2004 年第 3 期。

生安峰：《对文学研究的呼唤：J. 希利斯·米勒访谈录》，《外国文学研究》2006 年第 6 期。

盛宁：《阐释批评的超越——论〈结构主义诗学〉》，《读书》1990 年第 12 期。

盛宁：《对"理论热"消退后美国文学研究的思考》，《文艺研究》2002 年第 6 期。

盛宁：《"理论热"的消退与文学理论研究的出路》，《南京大学学报》2007 年第 1 期。

汪正龙：《沃尔夫冈·伊瑟尔的文学虚构理论及其意义》，《文学评论》2005 年第 5 期。

王钦锋：《论"福楼拜问题"》，《外国文学评论》1994 年第 4 期。

吴芳：《乔纳森·卡勒的女性主义阅读理论》，《文艺理论研究》2017 年第 2 期。

[美] J. 希利斯·米勒：《全球化时代文学研究还会继续存在吗?》，国荣译，《文学评论》2001 年第 1 期。

郤智毅：《"后理论"时代文学理论建构方式的思考》，《求索》2017 年第 12 期。

邢建昌：《后理论及其相关问题》，《河北师范大学学报》2021 年第 1 期。

杨建刚、张林轩：《从神谕到对话——"后理论时代"对理论的反思与重构》，《河北师范大学学报》2021 年第 1 期。

姚文放：《文学理论与文学批评之关系的后现代转折》，《中国文学批评》2016 年第 3 期。

赵元：《抒情诗的施魅与祛魅——读乔纳森·卡勒的〈抒情诗理论〉》，《外国文学》2019 年第 3 期。

郑丽：《乔纳森·卡勒访谈录》，《外国文学研究》2014 年第 2 期。

吴茂娟：《论文学活动中的文学程式》，硕士学位论文，山东大学，2011 年。

徐志强：《卡勒的文学理论范式研究》，博士学位论文，扬州大学，2013 年。

张进红：《乔纳森·卡勒抒情诗诗学研究》，博士学位论文，东北师范大学，2018 年。

后　　记

　　本书是在我的博士学位论文的基础上进行了大篇幅的调整、增删和修改而成的。2011年到2015年我在山东大学文艺美学研究中心攻读博士学位，在导师的影响下，逐渐对乔纳森·卡勒的文学理论产生了浓厚的兴趣。还记得老师领着我们学习卡勒《文学理论》时的情景，一本小册子蕴含着大能量，为我打开了一个通往新世界的大门，一连串关于文学的问题不断涌现，这些问题加深了我对文学及文学研究的理解。最终我的毕业论文题目定为《解构与建构：乔纳森·卡勒文学理论研究》，论文对卡勒的解构文论思想进行了解读，主要从语言符号、文本理论、解构式阅读、总体文学观等方面来论述，同时分析了他的解构思想中浓厚的建构指向及对中国学者的启示意义。

　　时隔八年，这本书算是姗姗来迟。在这八年的时光里，我对论文中的一些问题有了更透彻、更深入的理解，对卡勒的整个学术思想和文论思想也有了更为全面、细致的了解，本书的框架也经历了一个不断成熟和完善的过程。博士论文是本书的基础，也是我学术生涯真正的开始，有些问题可能至今还没有彻底解决，但在探究的过程中偶尔迸发出的思想火花也能让我感受到学术的乐趣，于是便有动力去阅读更多的文献资料。卡勒是我非常喜欢的一位学者，在他身上我看到了他对文学性的执着捍卫、对诗学的不懈追求、对解构的包容与睿智，以及他平和、多元的治学理念。卡勒在一期访谈中曾对中国学者说过一段话："中国学者应立足于中国文化，从自己的视角出发，而不要试图从西方文化的视角出发"，他开放的学术思路给了我很大的启发，促使我不断去反思当前我们文学理论所面临的问题，我想这也是这本书最重要的现实意义。

衷心感谢我在山东大学的指导老师王汶成教授，王老师为本书的写作提出了许多建设性意见，师恩如海，唯有学术上的不断成长与进步，方能回报恩师期许之一二。

感谢陕西理工大学人文学院各位领导和老师的大力支持，感谢中国社会科学出版社的各位编辑老师，是他们的共同努力，才使本书能够顺利出版。

感谢家人长期以来的呵护、支持和包容，让我能够保持初心，坚持热爱，从容不迫地面对新的挑战。

由于学术水平有限，书中不当之处还请同行及读者朋友们批评指正。

孙　宁

2023 年 6 月 3 日